王充闾回想录

WANG CHONGLU HUIXIANGLU

王充闾 著

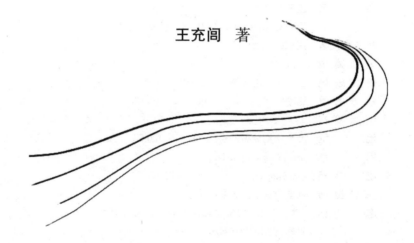

图书在版编目(CIP)数据

王充闾回想录/王充闾著.—北京:北京大学出版社,2022.7
ISBN 978-7-301-31025-0

Ⅰ.①王… Ⅱ.①王… Ⅲ.①散文集—中国—当代 Ⅳ.①I267

中国版本图书馆 CIP 数据核字（2022）第 065409 号

书　　　名	王充闾回想录 WANG CHONGLÜ HUIXIANGLU
著作责任者	王充闾　著
策 划 编 辑	王炜烨
责 任 编 辑	王炜烨　魏冬峰
标 准 书 号	ISBN 978-7-301-31025-0
出 版 发 行	北京大学出版社
地　　　址	北京市海淀区成府路 205 号　100871
网　　　址	http://www.pup.cn
电 子 信 箱	em@pup.cn　　QQ:552063295
新 浪 微 博	@北京大学出版社
电　　　话	邮购部 010-62752015　发行部 010-62750672 编辑部 010-62752926
印 刷 者	北京中科印刷有限公司
经 销 者	新华书店
	850 毫米×1168 毫米　32 开本　15.5 印张　276 千字 2022 年 7 月第 1 版　2022 年 7 月第 1 次印刷
定　　　价	79.00 元

未经许可，不得以任何方式复制或抄袭本书之部分或全部内容。
版权所有，侵权必究
举报电话: 010-62752024　电子信箱: fd@pup.pku.edu.cn
图书如有印装质量问题，请与出版部联系，电话: 010-62756370

三峡,这一横亘于长江之腰、近四百里长的巨大天然的奥秘是异常吉老的。早在读者与作者出现之前,它就读说早已浮泛,早就神秘地蕴藏之秘,它就已经排开立远里了。它的每一岩层,都是历史老人留下的回音壁,记录了珠积着志录。它的每一刻都着岁月的足痕,律动着新的呼吸,展现着大自然的启示。里面映照着时日、岁时月、汉时云、溶透了造化的情思与眼泪。我们不能设想,全自己哨限加一生中读完它的无限内涵,但若无视观赏着细腻游之处,启发思与视觉与有限的在生物人们的释真间,一种对山川形胜的原始悲情与源远流长如历史海动,就永期望地然地被呼唤出来。

目 录

自序

第一章 起步(1941—1957)
  第一节 文学胎息 / 003
  第二节 童子功 / 013
  第三节 新天地 / 025
  第四节 "进错了门" / 039

第二章 "我生不辰"(1958—1976)
  第一节 毕业之初 / 051
  第二节 "鸬鹚的苦境" / 061
  第三节 憧 憬 / 070

第四节 十年搁笔 / 079

第三章 劫后复苏(1977—1984)

第一节 喷 涌 / 095

第二节 导 引 / 111

第三节 始信文缘是苦缘 / 116

第四节 诗 缘 / 126

第四章 变革中的升华(1985—1991)

第一节 自觉补课 / 145

第二节 望海楼随笔 / 156

第三节 人生之悟 / 165

第四节 崭露头角 / 178

第五章 文园归去来(1992—1996)

第一节 转型期 / 187

第二节 梦幻情结 / 201

第三节 域外文踪 / 216

第四节 生活点亮文学 / 239

第六章 渴望超越(1997—2002)

第一节 面对历史的苍茫 / 257

第二节 生命还乡的欣慰 / 270

第三节 回头几度风花 / 278

第四节　深度追求 / 285

第七章　千秋叩问（2003—2007）
　　第一节　事是风云人是月 / 295
　　第二节　古代士人的悲剧命运 / 311
　　　第三节　女性赞歌 / 329
　　　第四节　爱的悲歌 / 339

第八章　人格图谱（2008—2012）
　　第一节　悖论话君王 / 359
　　第二节　灵魂的拷问 / 375
　　第三节　为少帅写心 / 389
　　第四节　啃"硬骨头" / 399

第九章　创造性转化（2013—　　）
　　第一节　学术研究 / 417
　　第二节　"致意最在《逍遥游》" / 435
　　第三节　读解经典 / 449
　　第四节　文脉传薪 / 463

自　序

生涯旅寄,暂息蓬庐;一觉俄然,缪斯缘结。

随着阅历的增加,人们心目中的宇宙会不断地向外扩张开去;而就个体生命来说,人生的风景却在这种扩张中相对地敛缩,曾经喧啸灵海的潮汐,在时序的迁流中,已如浅水浮花,波澜不兴了。于是,记忆之波悄然鼓荡,像刻录的光盘那样,恬淡而冲和地播放着鲜活的生命真实,映现出生灭流转的整个人生画卷。

从十二三岁开始,我就做起了文学之梦。记得读过辛弃疾的《贺新郎》词:"问何物,能令公喜？我见青山多妩媚,料青山见我应如是。情与貌,略相似。"我怦然心动,似有所悟,当即将"青山"改作"文学",成了"我见文学多妩媚,料文学见我应如是"。

大抵世间美丽的东西都是短暂的。天际绚烂的彩霞,庭前盛开的花朵,包括我们曾经拥有过的清新的环境,不旋踵间就消失了。唯有文学例外,它妩媚地伴我一生,与生命同构、与生命同在;而且,每一步都留下了鲜活的记忆。——文学在销蚀生命的同时,自然也接受了记忆力的对抗,总要竭力挣脱流光的裹挟,让自己沉淀下来,留存些许痕迹,使已逝的云烟在现实的屏幕上重现身影。而所谓解读生命真实,描绘人生风景,也就是要

>>> "回想"就是追忆,亦即捕捉自己的前尘梦影、旧时月色。解读生命真实,描绘人生风景,也就是要通过回忆设法将淹没于岁月烟尘中的往事勾勒下来。图为王充闾站在玉龙雪山绝顶的云雾中。

通过回忆设法将淹没于岁月烟尘中的文学情事勾勒下来。

"回想"就是追忆,亦即捕捉自己的前尘梦影、旧时月色。尽管许多生活图像,在心灵的长期浸染下,已似飘逝的过眼云烟,难免模糊、漫漶,但它总还透着呼吸,连着血肉,作为生命的组成部分,可以按迹寻踪;而且,自述者拥有一定的选择性与自由度,不妨专拣自己印象清晰、情况熟悉、认知深刻的加以忆述。这种回想,饶有情趣,始则有些摸不着头脑,"芒乎昧乎""苟漠无形";继而进入了角色,"往事分明尽到心",悠悠无尽的客观遗存、朦胧启示,纷至沓来;最终则像"诗仙"李白所说:"却顾所来径,苍苍横翠微。"暮色苍苍中,青翠掩映,山林幽远,正合乎老年人忆昔追怀的真实情境。

那么,我的文学生涯的"所来径""翠微景",又是怎样一种情态呢?应该说,起步甚早,开局顺利,起点也不算低;可是,走下去却遭遇了波折,政治与社会环境阻塞了前进的路径;待到玉宇澄明,重新把笔,已经人届中年。尔后,便开始了西西弗斯式"推石上山"的艰辛奋进历程。有的文学评论家概括为:"起于歌颂时代,继于美感哲思,深于叩问沧桑,悟于寻找家园,超于人性探索。"因为是和从政生涯重合交叠着,治学、创作之艰苦、竭蹶,可以想见。

"对于一个真正的作家来说,每一本书都应该成为他继续探索那些尚未到达的领域的一个新起点。"海明威的这句话,我记得很牢靠,因而时时不忘惕厉奋发,挑战自我,渴望超越;而且,幸运地一直得到师友的提携、指导与帮助。只是,"情感预期"未必靠得住,期然与实然难免存在距离。堪资自慰的是,我坚持了,我奋力了,钟情于缪斯女神终始如一,未曾移情,也未曾懈怠。

关于下一步的想法,比较复杂。习惯地说,作家,永远在路上。有如长篇小说《简·爱》中罗切斯特所说的:"在尘世间,事情就是这样——刚在一个可爱的休息处安定下来,就有一个声音把你叫起来,要你再往前走,因为休息的时间已经过了。"当然,也还有另外一种声音:"脚力尽时山更好,莫将有限趁无穷。"(苏东坡诗句)人生有限,事业无穷;顺其自然,这可能更符合自己的实际。

2020 年末

第一章

起步

(1941—1957)

第一节
文学胎息

"胎息"一词用在这儿,意在状写孕育中的文学躁动,或曰儿时文学气息的熏染。从严格的意义上讲,它还不是文学本身。

文学往往和童心、乡梦联在一起。可是,在我童年橙色的梦里,故乡的影像却并不是很清晰、很确切的。倒是一种童年的感觉,宛如一阵淡淡的清风,掀开记忆的帘帷,吹起沉积在岁月烟尘中的重重絮片。

哲学家罗素有言:"富有才华的个人发展,需要有一个对他们来说几乎没有任何强求一致的压力的童年时代。"予生也鲁钝,谈不上"富有才华",但幸运的是曾经拥有一个任情适性、随心所欲、有利于个性发展的童年时代。我的"人之初"镶嵌在大自然里,整天同泥土、草木、虫鸟打交道,疯淘疯炸,无拘无管,尽管我未曾离开过故乡一步,最远的地方便是八里外的高升街了,却感到天地特别广阔,身边有享用不尽的活动空间。

其实,小时候的事情,未必就都那么美好,那么值得追怀、眷恋,无非是少年情事,烟景迷离,罩上一层半是实在、半是虚幻的诗意形态。飞逝的时光便是飞逝的生命,而"飞去的梦因为飞去的缘故,一例是甜蜜蜜而又酸溜溜的"(朱自清语);加之,人在髫龄,既不会有过来人的失路、迷途的悲哀与愧悔,又潜在地拥有人生取向、道路抉择的广阔空间,一切都可以从头做起,因而总是散发着无穷的魅力;又兼记忆是一种微妙而奇异的东西,许多人和事,"当时只道是寻常",可是,经过岁月洪流的反复淘洗,在神思迷雾的氤氲中,它们会得到醇化,有所升华,好似深埋于地下的周鼎商彝,一经发掘出来,那些青铜器皿便会以土花斑驳的神奇色彩,令人刮目相看。——这大概缘于回思既往具有选择、过滤、补偿的心理功能,它能够把已经远哉遥遥的凄苦、沉重的境况,转化得如烟如梦,轻盈缥缈;能够把轻抛虚掷的青葱岁月重新召唤回来,予以心灵救赎。这样,人们就会拥有那种品尝存贮了几十年、上百年的陈年旧酿的感觉,在一种温馨恬静的心境里,向着过往的时空含情睇视。于是,人生的首尾两端,便借助回忆的链条接连在一起了。

写作于20世纪90年代的散文《青灯有味忆儿时》有如下的颠倒迷离的记梦文字:

> 这时候,仿佛回到了坐落在辽河冲积平原上的故乡。扑入眼帘的是笼罩在斜晖脉脉中的苍茫的旷野。梦寐中吟诵出这样一首七绝:
>
> 红蓼黄芦接远烟,一灯幽渺伴髫年。
> 茫茫旷野家何处?记得青山这一边。
>
> 这里的青山,特指医巫闾山。我的家恰好位于这座塞外名山的东南,属于内侧,因而称作"这一边"。

>>> "红蓼黄芦接远烟,一灯幽渺伴鬌年。茫茫旷野家何处 记得青山这一边。""青山"是指医巫闾山,王充闾的家乡就在山的东南。图为闾山绝顶。

望中的流云霞彩、绿野平畴,似乎与儿时没有太多的变化。睽违多年的医巫闾山的清泠泠、水汩汩的翠影,依然伴着天涯云树,赫然闪现在眼前。尤其是在这气爽天高的秋日,那峭峻的山峦,绵绵邈邈,高高低低,轮廓变得异常分明。隐隐地能够看到山巅的望海寺了,看到峰前那棵大松树了,好像下面还有人影在晃动。看!那朵白云正在峰峦上飘动,刹那间,山峰便幻化作一个白胡子老爷爷……

我把视线收拢过来,扫向这几分熟悉、几分亲切而又充满陌生感的村落,想从中辨识出哪怕是一点点的当年陈迹。不料,还没等我醒过神儿来,一转身工夫,血红的夕阳便已滚落到青山的背后,天色渐渐地暗了下来。晚归的群鸦从头顶上掠过,呱呱地叫个不停。"蒹葭苍苍,白露为霜",映衬着横无际涯的芦荡,白杨林发出萧萧的繁响,幽幽地矗立在沉沉的暮霭里。

荒草离离的仄径上,一大一小的两头黄牛,慢条斯理地走过来,后面尾随着一个憨态可掬的小牧童。趁着晚风的摇荡,一支跑了调的村歌,弥散在色彩斑驳的田野里。惝恍迷离中,忽然觉得,那个小牧童原来是我自己,此刻,正悠闲地骑在牛背上,晃晃悠悠地往前走啊,走啊。居然又像是躺在儿时的摇篮里,"摇啊摇,摇过了小板桥"。伴随着母亲哼唱的古老催眠曲,悠然跌入了梦乡——这无异于博尔赫斯的小说,梦境中的梦境。

旧时月色,如晤前生。窃幸"忘却的救主"还没有降临,纵使征程迢递,百转千折,最后,也还能找回到自家的门口。

于是,我的意绪的游丝,便缠绕在那座风雪中的茅屋上了。

北风呜呜地嘶吼着,朔风寒潮席卷着大地。置身其间,有一种怒涛奔涌,舟浮海上的感觉。窗外银灰色的空间,飘舞着丝丝片片的雪花,院落里霎时便铺上了一层净洁无瑕的琼英玉屑。寒风吹打着路旁老树的枝条,发出"唰啦、唰啦"的声响。这种感觉十分真切,分明就在眼前,就在耳边,却又有些扑朔迷离,让人无从捉摸、玩索。

茅屋是我的家,我在这里度过了完整的童年。茅屋所在的荒僻的村落里,不过是一条旧街,三四十户人家,"一"字长蛇阵般排成一列。前面是一座长满了茂密丛林的大沙岗子,沙岗子前面是一片沼泽地。清明节一过,芦苇、水草和香蒲都冒出了绿锥锥儿。蜻蜓在草上飞,青蛙往水里跳,沙鸥站在浅滩上剔着洁白的羽毛。端午节前,芦苇长到一人多高,水鸟便在上面结巢、孵卵,"嘎嘎叽""嘎嘎叽",上下翻飞,叫个不停。秋风吹过,芦花像雪片一般飘飞着,于黄叶凋零之外,又点缀出一片银妆世界。

大约从三四岁开始,天暖时节,吃过晚饭,我便尾随父亲、母亲,到门前的打谷场上纳凉。左邻右舍的诸姑伯叔们,男男女女,凑在一块,听长辈人"说书讲古"。我父亲时届中年,还不敢言"老",但也常常被推举出来,"神聊海侃"一番。内容大都涉及南朝北国的帝王将相,深山老林里的狐鬼仙魔。听了不免害怕,可是,越是害怕,我倒越想听个究竟,有时,怕得紧偎在母亲怀里,不敢动弹,只露出两个小眼睛,察看着妖魔鬼怪的动静。最后,小眼睛也合上了,听着听着,就伴着荷花仙子、托塔天王遁入了梦乡,只好由父亲抱回家去。

听母亲讲,父亲小时读过三年半私塾,性格外向,有一种行侠仗义的冲劲儿,爱"打抱不平"、管闲事,勇于为人排难解纷。后来,年近不惑,老母亲和一女二子相继弃世,自己也半生潦倒,一变而为心境苍凉,情怀颓靡,颇有看破红尘之感;逐渐地由关注外间世务演变为注重内省,由热心人事转向了寄情书卷,寻求精神上的寄托。我们那一带,吟唱"子弟书"的风习很盛,我父亲就是一个痴迷者。从前他滴酒不沾,后来由于心境不佳,就常常借酒浇愁,往往是一边品着烧酒,一边低吟着子弟书段。这样,童年时我除去听惯了关关鸟语、唧唧虫吟等大自然的天籁,经常萦回于耳际的,就是父亲咏唱《黛玉悲秋》《忆真妃》《白帝城》《周西坡》等子弟书段的苍凉、激越的悲吟。

> 客居旅舍甚萧条,采取奇书手自抄。偶然得出书中趣,便把那旧曲翻新不惮劳。也无非借此消愁堪解闷,却不敢多才自傲比人高。渔村山左疏狂客,子弟书编破寂寥。

这段《天台传》的开篇,至今我还能背诵出来。

父亲也喜欢说大鼓书。书曲前面,一般都有一首七律,起到总揽全篇、提纲挈领的作用。比如,描写烟花女子杜十娘悲惨命运的《青楼遗恨》,共有五回,每一回前面都有一首七律。第一回的诗是这样的:

> 千古伤心杜十娘,青楼回首恨茫茫。

痴情错认三生路，侠气羞沉百宝箱。
　　瓜步当年曾赏月，李生何物不怜香！
　　我今笔作龙泉剑，特斩人间薄幸郎。

　　接下来，就是开篇："说一段明朝万历年间事，勾栏院家家灯火夜夜壶觞……"

　　这些书段属于民间文学，诗作充其量只是三流品格。但是，在长期的吟唱、背诵过程中，父亲全都记得滚瓜烂熟，经常引证一些现成的诗词名句，来表达一己的观点和看法。比如，一般地劝解别人要有长远眼光，不要拘泥于眼前得失，会说"留得青山在，不怕没柴烧"；他则换个说法，引证通俗读物《增广贤文》中的"留得五湖明月在，不愁无处下金钩"来表述，令人觉得耳目一新。他也经常拿起笔来，或者随意吟哦，形成一些诗句，倒也合格入律，朗朗上口，能够运用自如地表情达意。

　　尽管他也读过李、杜、元、白等人的作品，但若是溯源探流，他的师承原是韩小窗、罗松窗等人的子弟书和传世的鼓曲。他曾自我调侃说："武功讲究拳系，叫做'内家武当，外家少林'，少林来自民间。学诗也有不同路径、不同流派，我属于野狐禅，无师自通，是不入流的庄院派。"用现在的话说，也就是"草根诗人"吧。

　　父亲对于祖居地河北大名，一向怀有深厚情感。他前后去过三次。有一回路过邯郸，他专程参谒了黄粱梦村的吕翁祠。从那里了解到，康熙年间有个书生名叫陈潢，有才无运，半生潦倒，这天来到了吕翁祠，带着一腔牢骚，写了一首七绝：

四十年来公与侯,虽然是梦也风流。

我今落魄邯郸道,要替先生借枕头。

父亲对于陈潢,同情中也夹带着不屑,随手依韵作和:

不羡王公不羡侯,耕田凿井自风流。

昂头信步邯郸道,耻向仙人借枕头。

诗的后面,他又加了一个小注——阮籍有言:"布衣可终身,宠禄岂足赖!"

他还写过一些格调苍凉、韵味低沉的诗句。记得有一首《除夜感怀》七律,颔联是"四屈三伸通变数,七情八苦伴劳生",寄寓着对于命运、人生的感喟。在我的祖母和姐姐、哥哥相继病逝之后,他曾写过"晚岁常嗟欢娱少,衰门忍见死殇多"的诗句。

我有一个近支的族叔,家资富有,虽然满腹经纶,却半生落拓,怀才不遇,生性孤高自傲,不为乡邻所理解,因而获得一个"魔怔"的绰号。我父亲读的书虽然没有他多,但在思想感情上,老哥俩倒有相通之处,所以,他们很合得来,常常凑在一起"侃大山"。只是,父亲每天都要从事笨重的体力劳动,奔走于衣食,闲暇时间很少,"魔怔"叔便把我这个小毛孩子引为"忘年交",所谓"慰情聊胜无"吧。当然,对我来说,是有幸结识了一位真正的师长。

童年的我,求知欲特别强,接受新鲜事物也快,正像法国大作家都德说的,"简直是一架灵敏的感觉机器,就像我身上到处开着洞,以利于外面的东西可以进去"。我整天跟在"魔怔"叔身后,像个小尾巴似的,听他讲《山海经》《鬼狐传》。有时说着说着,他就戛然而止,同时用手把我的嘴捂上,示意凝神细听草丛、树冠间的虫吟鸟唱,这时,脸上便现出几分陶然自得的神色。

我们经常去野外闲步。春天种地时,特别是雨后,村南村北的树上,此起彼伏地传出"布谷、布谷"的叫声。"魔怔"叔便告诉我,这种鸟又拙又懒,自己不愿意筑巢,专门把蛋产在别的鸟窝里。更加令人气恼的是,小布谷鸟孵出来后,身子比较强壮,心眼却特别坏,总是有意把原有的雏鸟挤出巢外,摔在地下。

他说,燕子生来就是人类的朋友,它并不怎么怕人。随处垒巢,朱门绣户也好,茅茨土屋也好,它都照搭不误,看不出受什么世俗眼光的影响。燕子的记性也特别好,一年过后,重寻旧垒,绝对没有差错。回来以后,唯一要做的事就是修补旧巢。只见它们整天不停地飞去飞来,含泥衔枝,然后就是产卵育雏;不久,一群小燕就会挤在窝边,齐刷刷地伸出小脑袋等着妈妈喂食了。平日里,它们总是呢喃着,似乎在热烈地议论着有趣的事情,可惜我听不懂,问"魔怔"叔,他也只是含笑摇头。

鸟雀中,我最不喜欢的是猫头鹰,认为它是一种"不祥之鸟",因为祖母说过,它是阎王爷的小舅子,一叫唤就会死人。叫声也很难听,有时像病人的呻吟,有时发出"咯咯咯"的怪笑,夜空里听起来很吓人。样子也很古怪,白天蹲在树上睡觉,晚间却拍着翅膀,瞪起大而圆的眼睛。"魔怔"叔耐心地听我诉说着,哈哈地大笑起来。显然,这一天他特别畅快。他告诉我,从前都称它是"不孝之鸟",据说,母鸟老了之后,它就被一口口地啄食掉,剩下一个脑袋挂在树枝上。所以,至今还把杀了头挂起来称为"枭首示众"。

我还向"魔怔"叔问过:有些鸟类,立夏一过,满天都是,遮云盖日的,可是,十几天过后,却再也不露头了,这是怎么回事?它们都飞到哪里去了?他告诉我:这些都是过路的候鸟,它们飞往东北的大森林和蒙古草原度夏,在这里不想久留,只是补充一些食物和淡水,还要继续前面的万里征程。不过,有些水鸟却是此间的常客,常年和我们搭伙伴。说着,"魔怔"叔便带我到沙岗前面的大水塘边,去看鸬鹚捕鱼。只见它们一个个躬身缩颈,在浅水中缓慢地踱步,走起路来一俯一仰的,颇像我这位"魔怔"叔,只是身后没有别着大烟袋。有时,它们却又歪着脑袋凝然不动,像是思考什么问题,实际是等候着鱼儿游到脚下,再猛然间一口啄去。

听村翁讲故事和父亲唱子弟书、吟诵诗词,特别是跟着"魔怔"叔亲近大自然,不仅带来无穷的乐趣,更开阔了眼界、增长了知识,"多识于鸟兽草木之名",为日后的学写诗文、研习历史,播下了早期的种子。

第二节

童子功

1935年，我出生于盘山县大荒乡后狐狸岗屯。当时东北已经沦陷几年了，但是，由于这一带紧邻浩浩茫茫的芦苇荡，日本鬼子和伪军害怕遭到隐伏在青纱帐里的抗日武装的袭击，始终不敢露面，结果，此间便成了一处"化外荒原"。

这里，居住分散、户数不多，现代学校难以兴办。"魔怔"叔便凭着家中资财，开办了一所家塾，用来教管他的小名唤作"嘎子"的独生子，延聘了素有"关东才子"之誉的刘璧亭先生前来执教。这样，我便也借光就读了。其时为1941年春，我刚满六岁，嘎子哥大我一岁。

先生见我们每人都认得许多字，而且，在家都背诵过《三字经》《百家姓》，便从《千字文》开讲。他说：《三字经》中有两句"宋齐继，梁陈承"，讲了南朝的四个朝代，《千字文》就是这个梁朝的周兴嗣作的。梁武帝找人从晋代"书圣"王羲之的字帖中，选出一千个不重样的字，交给文学侍从周兴嗣，让他把这些字组合起来，四字一句，合辙押韵，构成一篇完整的文章。这可是个"硬头货"，要拿出真本事的。"王命不可违"呀！周兴嗣苦战了一个通宵，《千字文》斐然成章。梁武帝诵读一遍，连声夸赞："绝妙好词。"周兴嗣却熬得须发皆白。先生说，可不要小瞧这一千个字，它从天文地理讲到人情世事，读懂了它，会对中国传统文化有个初步的概念。

当时，外面的学校都要诵读伪满康德皇帝的《即位诏书》《回銮训民诏书》和《国民训》，刘老先生却不理会这一套。反正"天高皇帝远"，没有人管束他。两个月过后，接下来，就给我们讲授"四书"，从《论语》开始，两年间依次把《孟子》《大学》《中庸》等一一讲授下去。书都是线装、木版的，文中没有标点符号。先生事前用蘸了朱砂的毛笔，在我们两人的书上圈点一过，每一断句都画个"圈"，其他则在下面加个"点"。先生告诉我们，这种在经书上断句的工作，古人称为"离经"，意思是离析经理，使章句断开，也就是《三字经》里说的"明句读"。"句读"相当于现代的标点符号。古人写文章是不用标点符号的，但在诵读过程中，又必须体现出来，否则无法理解文章的内容。有时，句读点错，意思就完全反了。先生说，断句的基本准则，可用八个字来概括："语绝为句，语顿为读。"

先生面相严肃，令人望而生畏，其实他饶有风趣，特别喜欢讲述一些笑话、故事，用来说明道理。当我们读到《大学》的"知止而后有定，定而后能静，静而后能安，安而后能虑，虑而后能得"的时候，他给我们讲了两位教书先生"找得"的故事——

一位先生把这段书读成"知止而后有定定，而后能静静，而后能安安，而后能虑虑，而后能得"，发觉少了一个"得"字。这天，他去拜访另一位塾师，发现书桌上放着一张纸条，上面写个

"得"字。忙问："此字何来？"那位塾师说，从《大学》书上剪下来的。原来，他把这段书读成了"知止而后有，定定而后能，静静而后能，安安而后能，虑虑而后能"，末了多了一个"得"字，就把它剪了下来，放在桌上。来访的塾师听了，十分高兴，说，原来我遍寻不得的那个"得"字跑到了这里。说着，就把字条带走，回去后贴在《大学》的那段书上。两人各有所获，皆大欢喜。

读书生活十分紧张，不仅白天上课，晚上还要自习，温习当天的课业，以增强理解，巩固记忆。次日上课，第一件事便是背诵头一天布置的课业。儿时的记忆力再强，背诵这一关也是不好过的。一年到头，朝朝如是。到时候，先生端坐在炕上，我要背对着他站在地下，听到一声"起诵"，便左右摇晃着身子，朗声地背诵起来。遇有错讹，先生就用手拍一下桌面，简要地提示两个字，意思是从这里开始重背。背过一遍之后，还要打乱书中的次序，随意挑出几段来背。若是没有做到烂熟于心，这种场面是难以应对的。

我很喜欢背诵《诗经》。"蒹葭苍苍，白露为霜。所谓伊人，在水一方。溯洄从之，道阻且长；溯游从之，宛在水中央。"整齐协韵，诗意盎然，重章叠句，朗朗上口，颇富节奏感和音乐感。诵读本身就是一种欣赏，一种享受。可是，这类诗章也最容易"串笼子"，要做到"倒背如流"，准确无误，就须下笨功夫反复诵读，拼力硬记。好在木版的《诗经》字体较大，每次背诵七八页，倒也觉得负担不重，可以照玩不误；后来，逐渐增加到十页、十五页；特别是因为我淘气，先生为了用课业压住我，竟然用订书的细锥子来扎,一次带起多少页来就背诵多少。这可苦了我也,心中暗暗抱怨不置。

私塾的读书程序,与现今的学习方法不尽相同,它不是在充分理解的基础上再做记忆,而是先由老师逐字逐句地串讲一遍,扫除了读解障碍之后,学生就一遍遍地反复诵读,直到能够背下来的程度。这么做的道理在于,十二三岁之前,人的记忆能力是最发达的,趁着这个黄金时段,把需要终生牢记的内容记下来。前人把这种强记的功能称为"童子功"。

刘老先生认为:"只读不作,终生郁塞。"他不同意晚清王筠《教童子法》中的观点,认为王筠讲的"儿童不宜很早作文,才高者可从十六岁开始,鲁钝者二十岁也不晚",是"冬烘之言"。他说,作文就是表达情意,发抒思想,这都有赖于思考。从一定意义上说,说话也是在作文,它是先于读书的。儿童如果一味地强记、硬背,而不注意训练表达、思考的能力,头脑里的古书,横堆竖放,越积越多,就会把思路堵塞得死死的,像《孟子·尽心》篇所说的:"山径之蹊间,介然用之而成路;为间不用,则茅塞之矣。"小孩子也是有思路的,应该及时引导他们,通过作文进行表达情意、思索问题的训练。

"魔怔"叔对他的这种说法极表赞同。最后,两位共同商定,在"四书"、《诗经》之后,接着依次讲授《史记》《左传》《庄子》,以及《古文观止》和《古唐诗合解》,强调要把其中的名篇一一背诵下来,尔后就练习作文和对句、写诗。

老先生很强调对句。他说,对句最能显示中国诗文的特点,有助于分别平仄声、虚实字,丰富语藏,扩展思路,这是诗文写作的基本功。作为辅助教材和工具书,他找出来明末清初李渔的《笠翁对韵》。这样,书窗里就不时地传出"天对地,雨对风,大陆对长空。山花对海树,赤日对苍穹。雷隐隐,雾蒙蒙,日下对天中"的诵读声。

他讲,对句,要分清虚字、实字。一句诗里多用实字,显得凝重,但过多则会流于沉闷;多用虚字,显得飘逸,过多则流于浮滑。唐代诗人在这方面处理得最好。

窗外有一株高大的合欢树,此时花开得正旺,雄蕊花丝如缕,半白半红,形似马缨,因而合欢树又称为马缨花。老先生就从眼前景色入手,以"马缨花"为题,让我和嘎子哥找出一种植物来配对。我想了想,答说"狗尾草";嘎子哥说"猪耳菜"。老先生满意地说:"对得很好,基本要求都达到了。"说着,他又拿起放在桌子上的新买的牛蒡茶,随口问了一句:"你们说说看,用'牛蒡茶'三个字来对'马缨花',行不行?'蒡',读音如棒。"

嘎子哥说:"可以。"

我说:"恐怕不行,因为上句的'花'是平声,和它相对的应该是仄声,而'茶'是平声字。"

老先生点了点头。

逐渐熟练了,基本上掌握了对句的规律,老先生又从古诗中找出一些成句,让我们来对。大约是就学的第六个年头,这天正值外面下雪,他便出了个"急雪舞回风"的下联,让我们以答卷形式,对出上联。

我面对着窗前场景,构想了一会儿,便在卷纸上写下了"衰桐存败叶"五个字。

先生看了,用毛笔作批:"如把'存'改成'摇',变成'衰桐摇败叶',就堪称恰对了,但亦未尽善也。"然后,翻开《杜诗镜铨》,指着《对雪》这首五律让我看,与"急雪舞回风"相对的原句,是"乱云低薄暮"。先生说,古人作诗,讲究层次,杜甫先写黄昏时的乱云浮动,次写风中回旋飞转的急雪,暗示诗人怀着一腔愁绪,已经独坐斗室,对雪多时了。

后来,又这样对过多次。觉得通过对比中的学习,更容易领略诗中"三昧"和看到自己的差距。

一次,我和嘎子哥跟随老先生到十几里外的马场远足。站在号称"南北通衢"的驿路上,看着车马行人匆匆来往,先生随口出了一副上联:

车马长驱,过桥便是天涯路;

叫我和嘎子哥对出下联。我们想了一会儿,各对出一副,老先生听过,一直在晃脑袋。过了一会儿,他把我对出的那一句加以调整、改造,成为:

轮蹄远去,挥手都成域外人。

先生问道:"你们看,怎么样?"

我们都说"好"。

先生说,就平仄相协和词性对仗来要求,这个下联完全合乎规格。但是不妥之处也很明显:这里的"轮蹄"与上联的"车马"

相互对仗而词义相同;而且,整个上下联的含义也大体一致,上联说的是出门远行,下联仍是重复或者延伸这个意思,这叫"一顺边",也就是古人说的"合掌对"——人的两只手,长短、大小、形状全都一样,合在一起,没有区别。作诗、拟联出现这种现象,是个忌讳。至于《笠翁对韵》中的例句,那是着意于讲授对句的规矩、方法,并非作吟诗、对句的示范。如果实际拟联时,就这么"天对地,雨对风"地弄下去,那岂不成了三家村的"冬烘先生"!要设法从另一面去作文章,比如,讲归来重见就比较好了。于是,他把下联改为:

襜帷暂驻,睹面浑疑梦里身。

他解释说:两个分句,前者采自《滕王阁序》,后者暗用杜甫诗句"相对如梦寐"。但是,过了一会儿,他又说,如果严格要求,这个下联也并不理想,因为"襜帷"二字,其实也还是说的"车马",乘坐车马的,遮挡前面的叫"襜",围罩旁边的叫"帷",转了一圈也没有避开。

转眼,一年时间过去了,记得那天正值元宵节。我坐在塾斋里温习功课,忽听得远处响起了锣鼓声,料想高跷队(俗称"高脚子")快要进村了。见老先生已经回到卧室休息,我便悄悄地溜出门外。不料,到底还是把他惊动了。只听得一声喝令:"过来!"我只好转身走进卧室,他正与"魔怔"叔躺在炕上,面对面,共枕着一个三尺长的枕头,中间摆放着一套烟具,崭亮的铜烟盘里,放着一个小巧的烟灯,闪动着青幽幽的火苗。"魔怔"叔拿着一根银签子,从精致的银盒里,挑出一块鸦片烟膏,在烟灯上烧得嗞嗞作响,立刻有一种特殊的香味散发出来。他把烟泡用银签子递送到老先生的烟枪上,然后又给自己如法炮制一个。这样,两人便先后凑在烟灯底下,畅快地吸食着。由于博役(私塾佣工)不在,唤我来给他们沏茶。我因急于去看高跷,忙中出错,过门时把茶壶嘴撞破了,一时吓得呆若木鸡。先生并未加以斥责,只是说了一句:"放下吧。"

这时,外面锣鼓响得更欢,想是已经进了院里。我刚要抽身溜走,却听见先生喊我"对句"。我便规规矩矩地站在地下。他随口说出上联:

歌鼓喧阗,窗外脚高高脚脚;

让我也用眼前情事对出下联。

寒风吹打着外面的窗纸,沙沙作响;我站在窗下,早已憋出满头热汗,正愁着找不出恰当的对句,忽见"魔怔"叔用银签子拨动一下烟灯,又把头部往枕头边上挪了挪。不知他是偶然动作,还是有意提示,反正促使我灵窍顿开,对出了下句:

云烟吐纳,灯前头枕枕头头。

"魔怔"叔与塾师齐声赞道:"对得好,对得好!"

且不说当时那种得意劲儿,真是笔墨难以形容,只讲这种临时应答的对句训练,使我日后从事诗词创作,获益颇深。

除了对句,老先生还结合日常生活实际,让我们对所见所闻以诗文形式记录下来,以培养、训练我们的写作能力。

这年除夕之夜,按照老先生的要求,我曾写过一篇纪实文和一首纪事诗。文章是《灯笼太守记》：

  灯笼太守者，除夕灯官之谑称也。我村之太守不知其名姓为何，亦未审其身世。以平日未曾谋面，推知其原非本村人氏。

  古制："嘉平封篆后即设灯官，至开篆日止。"嘉平为腊月之别称；篆者官印也，封存官印为封篆，官印启封称为开篆。官府衙门于腊月二十前后封存印鉴，公事告辍；乡村设置灯官，由民众中推选一人充任，俗称灯笼太守，暂摄民事。一俟翌年元月下旬，官府之印鉴启封，乡镇署员各就其位，灯官即自行解职。

  闻之父老，此俗积年已久，渐成定例。里巷习传：充一月之灯官，将三载沦于困厄。众皆目为不祥，愿承此差事者甚少。然亦非人人皆能胜任，故灯官之遴选，颇费周折，终以乡曲之游侠儿居多。其酬金、职司、权限，由当事人与村中三老议定，各村之间类同。

  丁亥之岁，冬日奇寒，除夕阴暝尤甚。薄暮初临，百家灯火已齐明矣。少间，窗外锣鼓声喧，爆竹轰响，步出庭外，见秧歌列队款款而来。灯笼太守着知府戏装，戴乌纱亮翅，端坐于八抬大轿中。健夫二，摇旗喝道于前，旁有青红皂隶护卫，赫赫如也。

  巡察中，遇有灯光不明、道路不平者，倾置粪土、乱泼污水者，太守辄厉声叫停，下轿喝问，当众施罚。如户外无缺隙可寻，即径入院中。鸡鸣犬吠、婴儿啼哭者，辄以"聒噪老爷耳鼓"受罚;而如冰雪致滑,则以"闪折太守腰肢"问罪。诚所谓:欲加之罪,何患无辞!

受罚者均乡间富户,俗称"土财主"者。赤贫之家固无油可揩,而巨室高门亦未敢轻启衅罅。凡所承罚者,均由事先圈定,届时深文周纳,务求捉定口实而后已。所获无多,以足用为限,一以酬恤太守之劳,一以应年关不时之需。而乐民娱众,固所期也。

灯笼太守出巡之夜,师尊刘汝为先生亦携杖往观,于引人发噱处,辄掩口胡卢而笑,三数日内犹屡屡话及;并以"灯笼太守"为题,命我们作一文一诗,借督课业。遂泚笔为文,以纪其实。

纪事诗是一首七绝,用的是"七阳"韵:

声威赫赫势如狂,查夜巡更太守忙。

毕竟可怜官运短,到头富贵等黄粱!

先生看过文章,在题目旁边,写下了"描摹实事,清通可读"的评语;对这首七绝,好像也说了点什么,记不清楚了。

印象深的还有一次春游,是在结业那年,恰值梨花开得正闹时节。先生带领我们来到闾山东麓一处丘陵地带,整个向阳的一面坡,上上下下,高高低低,叠叠层层,到处泛滥着、奔涌着浩荡的花潮,浮荡起连天的雪浪。我们沿着一条蜿蜒曲折的土路穿行于花树丛中,像是闯进了茫无际涯的香雪海,又好似粉白翠绿的万顷花云呼啦啦地浮荡在头顶上。远处的山峦罩着烟岚晴雾,仿佛蒸腾着热气,青松翠柏间欹侧着一些奇形怪状的岩石,充满了泼辣的生意。

归来后,先生让我和嘎子哥以这次郊游为素材,写一篇记叙文。要求既要纪实,把眼中的所见写出来,又要把心中所想也呈现在纸上。他说,高明的画师总要在图像之外给人留下一些可供思索的东西。驱遣文字来描形拟态,状写事物的发展经过,我并不打怵;可是,一听到"思索"二字,就有些犯愁了。尽管老先生多次强调,读书中要注意疏通思路,多加思索;但我自认这种能力是比较弱的。那时候主要精力是放在记诵上,拿起笔来,充其量也就是表情达意,而不善于分析、思辨。

当时,很费了一番脑筋,总算完成一篇构想:我把郊游中看到的梨花景观,同我外祖父家的梨园做了比较。我讲,外祖父家的梨园是在平地上,我进入里面,感觉像是穿越花海;而郊游中看到的梨园,却是在一个丘陵坡地上,站在下面往上一望,仿佛是一片花的云霞浮在头上。所以,我的题目叫做"花云",写了大约有五六百字。卷子交上去后,我就注意观察先生的表情。他看了一遍,便摆手让我退下。第二天,父亲请先生和"魔怔"叔吃春饼。坐定后,先生便拿出我的作文让他们看,我也凑过去,看到文中画满了圈圈,父亲现出欣慰的神色。

原来,塾师批改作文,都用墨笔勾勒,一般句子每句一圈,较好的每句双圈,更好的全句连圈。对欠妥的句子,去掉或者改写,凡文理不通、文不对题的都用墨笔抹去。所以,卷子发还,只要看圈圈多少和有无涂抹,就知道作文成绩如何了。

我从六岁到十三岁,像顽猿箍锁、野鸟关笼一般,在私塾里整整度过了八个春秋,情状难以一一缕述。但是,经过数十载的岁月冲蚀、风霜染洗,当时的那种凄清与苦闷,于今已在记忆中消融净尽,沉淀下来的倒是青灯有味、书卷多情了。

第三节
新天地

私塾是在 1948 年底停办的,当时叫做"封馆"。

那天,我早早地过去,向恩师辞行,施了最后一次鞠躬礼。忆起八年前:也是在这间屋子,也是清晨,行的也是鞠躬礼,般般景象恍如昨日,可是,一聚一散,一合一分,真是人生多故,世事无常!

这天,恩师换上了一袭藏青色的棉袍,戴上那顶外出时常戴的黑色礼帽,看上去很整齐、洒脱;面色虽然依旧是黑黑的,但显得比较慈祥、柔和。上车之前,对我进行了最后一次诲导。

他说,《礼记》中的《学记》,你是读过的,能够记得这些话:"古之教者,家有塾";"比年入学,中年考校:一年视离经辨志,三年视敬业乐群,五年视博习亲师,七年视论学取友,谓之小成;九年知类通达,强立而不反,谓之大成"。你读了八年,临近"大成"不远了,今后继续努力,好自为之。

繁杂的课业,早已钝化了我的情感,每天除了诵读、背书,其他似乎什么都不关注。母亲常说:"孩子念书,念傻了。"可是,恩师的这番话,还是深深地触动了我。一时间,青灯黄卷、早起迟眠的八年岁月,全部凝集成一幅画面、一个情结,蓦地兜头涌来。

尽管年少轻离别,此刻尚未洞悉惜别的苦楚,但是,我的眼眶中已经滚动着泪花,眼前一片模糊……

渐渐地,恩师的背影模糊了;渐渐地,整个牛车也踪影全无了。当时绝没有想到,这竟是我同老先生的最后一面。

关于这段读书经历的得失,后来我曾多次做过总结与反思,特别是进入沈阳师范学院后,在教育学原理、教育发展史、教育方法研究等多种课程中都屡屡涉及,那时对于传统私塾、蒙馆,都持否定态度,指责这种教学方式束缚儿童思想,知识覆盖面过窄(不开设算术、历史、地理、格致),教材千古不变,知识老化,等等。今天以唯物辩证的观点来分析,上述缺陷确实存在,这是社会、时代的局限性所造成的;不过,同时也应看到,作为传统文化,有些方面还是值得今天参考、借鉴,甚至应予肯定的。比如,所授课业内容,基本上都是传统文化与国学的精华,姑无论"四书""五经"、《左传》《庄子》《楚辞》《史记》《古文观止》《唐诗三百首》等经典,即便是那些童蒙读物:"三百千千"、《弟子规》《幼学琼林》《增广贤文》等,也都有一定的价值。再看授课的方法,循序渐进,由浅入深;扎实推进,强调背诵;苦练"童子功",最大限度地开发儿童智力,特别是记忆功能,为日后做学问打下坚实基础;学习写作诗文、研习书法,都讲求千百年来传承下来、行之有效的严格范式和套路。最突出的一点,是在蒙养教育阶段,就十分注重德育,注重人格、人品与道德自觉,强调从蒙童开始就养成良好的道德品质和生活习惯,大至立志、做人、为国尽忠、齐家行孝,小至行为礼节,连着衣、言语、行路、视听等都有些具体规定,成为我国教育的独特传统。

这些方面,我都是直接的受益者,从小就为后日的立身、成才打下了良好的基础。举其荦荦大端,比如,由于从小就熟读、记牢了古代经典的训诫,终生养成了"省身"的习惯,经常省察自己的言行、得失,发觉有轻狂、"失范"之处,随时加以矫正;在孔子"仁者,人也"(《中庸》)、仁为立身之本这一规范引领下,终生奉行"己所不欲,勿施于人""讲信修睦""屈己待人""克己奉公"的准则,提倡"不能忘记老朋友,常想平生未报恩"。其实,也不止于古代经典,即便是一些通俗读物,最精彩的名言,记住了同样是终生受用。

朱光潜先生有一段话,讲得非常好:"我以为一个人第一件应该明确的是他本国的文化演进、社会变迁以及学术思想和文艺的成就。这并不一定是出于执古守旧的动机。要前进必从一个基点出发,而一个民族已往的成就即是它前进出发的基点。"回想七十年前,业师临别时说的那番话,实际上讲的就是,八年苦读奠定下了日后前进的基点,当然也是对他个人八年辛勤教课的成果的总结。

说到这里,有的文友会问:流光似水,七十年过去了,你怎么会记得那么清晰?应该说,八年童子功的强化训练,使我养成了超强记忆的能力;但只靠这个还不行,我的诀窍,也可说是笨招儿,就是随时记笔记,回家后立即把这些话写在本子上。

重视笔记,这是古代学者的共识。宋人张载曾说:"心中苟有所闻,即命名札记,不思则还塞之矣?"清人章学诚也说:"读书如不及时作笔记,犹如雨落大海,没有踪迹。"当然,除了保存记忆,有助于搜索、积累资料;更主要的是,做笔记还能激发自己勤于思考,训练综合分析能力。汉代王充在《论衡》中说,"或抒己见,或订俗讹,或述见闻,或综古义,随意录载,不限卷帙之多寡,不分次第之先后,兴之所至,即可成编";唐代大文豪韩愈在《进学解》里讲,"记事者必提其要,纂言者必钩其玄";鲁迅先生更明确提出,"读书要眼到、口到、心到、手到、脑到"。"手到"就是动笔,记笔记。它本身就是做学问,因而历代出现了大量笔记类传世精品。

这段读书生涯就这样终结了,以后开始迈进了新的天地——

次岁上半年,我到八里外的高升镇高级小学就读,补习功课;7月考入盘山中学。考试只有语文、算术、时事政治三科。语文满分,政治及格,算术二十分——我带个算盘,加减乘除四则题,答案都对;但不会列方程式,因此,只得了五分之一的分数。幸亏口试、面试时成绩优秀,终被录取。

口试中,主考老师是王志甫先生,像唠家常一样,他首先让我介绍一下家庭状况和个人的学习经历,我如实地汇报了自己的情况。

王老师说:"怪不得,你没有读过正规小学呀!不过,你的语文基础相当不错。那么,你读高小这半年,最喜欢的是什么课程?"我说,喜欢地理。又问:"为什么?"我说,我志在为文,长大了以后,要学徐霞客,撰写游记。

>>> 1949年7月王充闾考入盘山中学,新天地开始了。因为文笔好,粉笔字写得也工整,他在中学时期是校刊的主编。图为他(后排中)与编辑部同学在一起。

"那好,我就考问你这方面的问题。"王老师略加思索,便说,"你注意听着,试题是这样的:我想从这里(指盘山县城)到广州——你知道广州吧——去看望外祖母。你看,要怎么走才能经济、省时,而且方便?要求有三条:一要尽量减少经费,二要尽最大限度节约时间,三要汽车、火车、江轮、海轮都能坐着。"

我说,可以从盘山县城坐汽车到锦州,然后换乘京沈铁路的列车前往北京,再转乘京沪线的火车抵达南京,从南京登上长江客轮到达上海,再从上海乘海上轮船前往广州。

"你再考虑另外一种方案。"王老师说,"我的出行计划有些改变,因为发生了新的情况。我的妹妹在陕西宝鸡读高中,放暑假了,她也要一同去看望外祖母。你看,这要怎么走?我怎样同她会合?"

我说,那就事先通知她,登上陇海铁路的东行列车,赶到江苏的徐州,彼此约定好车次和到达的时间。老师还是从这里坐汽车到锦州,再坐火车到天津,然后换乘津浦铁路的列车,在徐州车站接妹妹上车,依旧是到南京下车,然后换乘江轮到达上海,再转乘海轮前往广州。

"好!"王老师高兴地说,"给你打一百分。"

这样,尽管我笔试的成绩并不理想,但还是以第十九名的靠前位置,被录取为初中一年级插班生。

那时是春季始业,为了补充生员,实行暑期扩招,我所在的初中一年甲班和另外的乙、丙、丁三个班,都加进去一些插班生。我们的班主任,就是口试时的王志甫老师,他教数学;还有几位科任老师,也都一起同新生见了面。为了帮我接上数学这条"短腿",王老师利用星期天和几个晚上,集中给我补课,使我较快地跟了上来,而且,培养了我钻研数学的兴趣。孔子说过:"知之者不如好之者,好之者不如乐之者。"意思是,懂得它的人,不如爱好它的人;爱好它的人,又不如以它为乐的人。看得出来,爱好、兴趣对于知识和技能的掌握,至关重要,所以有"兴趣是最好的老师"的说法。

出乎意料的是,在语文方面,我竟遇到了一道难关。开学一个星期之后,教授语文的石老师发现我的作文用的竟是文言,便在作文簿上郑重地写了一条批语:"我们是新社会、新时代,要用新的文体写作。今后必须写语体文。"课后,又把我叫到教研室,说:"文言词语简练,你这个'洎乎现世,四海承平',确实比'到了今天,国内社会环境和谐、安定'节省一些字,可是,'文章合为时而著',新时代的写作,要面向工农兵大众,对象不是少数精神贵族。你左一个'洎乎',右一个'与夫',又有几个能懂的!"

这番话,对我来说,确实产生了振聋发聩的效果。为此,我痛下决心,要改弦更张,从头做起。除了认真理解、背诵课本里的现代范文,我还有意识地阅读了许多"五四"以来的新文学作品。

不久,石老师因为咯血,住进医院养病;语文课由富老师暂代。一次上语文课,富老师拿了一本冰心的《寄小读者》。她说,这是中国现代文学的一部代表作,也堪称是"爱的经典",同学们可以传着看一看。说着,就递给了我(当时我是语文科代表),让

>>> 王充闾考入盘山中学后,王志甫先生为班主任。图为五十年后师生在一起。

我先看。我用午后自习和晚上时间，突击看了一遍，然后提议：大家传看，每人不要超过两天；鉴于全书共二十九篇书简，可以选出二十九名同学，或者自告奋勇，每人抄写一篇，随看随抄。富老师同意我这个建议，当即从前向后，依次指定二十九位同学，按照编号顺序，每人看后，分别抄写一篇。这样，三个月之后，这本手抄的《寄小读者》，便装订成册，成为全班的公共财产了。而对于我，这本散文集更起到了学习语体文的示范作用。

翌年春初，我们升入了二年级。石老师病情稳定，重新给我们上课。看了我的作文，他感到满意，还在班上当众读了一遍。

石老师的讲课水平，全校公认是一流的。我印象最深的，是讲授汉乐府《孔雀东南飞》。当谈到诗中主人公刘兰芝和焦仲卿为反抗封建礼教，分别"举身赴清池"与"自挂东南枝"，以死殉情时，他在黑板上板书"问世间，情是何物？直教生死相许"，说是出自金代文学家元好问有关殉情的词。虽然他没有多加阐释，可是，却给我们这班初涉世事的中学生，留下了一道终生都在叩问、求索的课题。是呀，情是何物？竟有如此巨大的震撼力量！

那天，石老师还说，堪与这首被明人称之为"长诗之圣"的经典作品比美的，在西方还有伟大剧作家莎士比亚的《罗密欧与朱丽叶》。那时的中学生与今天的不同，眼界十分闭塞，读书范围很窄，多数人还是第一次听到这部作品的名字。先生便较为详细地讲述了剧情，讲了年轻、勇敢、纯洁、善良的一对恋人，终因两个家族的世仇而双双赴死的人间悲剧。最后，以嘶哑的声音朗诵着罗密欧自杀前的那段话：

> 你无情的泥土,
>
> 吞噬了世上最可爱的人儿,
>
> 我要掰开你的馋吻,
>
> 索性让你再吃一个饱!

先生教课当时,已经年过半百,但是,仍然豪情似火,充满了诗人气质。平素感情容易激动,有时一件细微的物事,也会激起他奋袂低昂,情见乎辞,脸上经常浮现着红艳艳的华彩。据校医说,这和他患有严重的肺结核有直接关系。这天,他又是带着两颊潮红,像是醉酒一般,讲了一大篇,然后,匆匆地离开了教室。

几年过后,"反右"开始了,石老师被错划为右派。听说,批斗中,他连续咯血不止,终致惨死在会场上。除了"历史问题",他被指控的主要罪状,是在课堂上恣意宣扬"封、资、修"的爱情观,包括殉情等"极不健康"的内容,严重地毒害了青少年的稚嫩心灵。可是,我们这些已经走进高等学府的当年受教者,听到这种指责后,却私下里议论:石老师以其汪洋恣肆的才情和富于魅力的解说,在教育系统,独迈群伦。他不是一般的授业、解惑,同时,还能交给学生一把开启心灵的钥匙。

我读初中时,"偏科"现象十分严重。喜欢语文、地理、历史、数学,对于俄语、物理,却缺乏兴趣,每逢上这两门课时,我就在下面偷偷地阅读小说。期末考试时,靠着"临阵磨枪",耍小聪明,勉强维持到三分以上(当时是"五级分"制)。一次,教授物理课的王达老师突然走到我的桌前,说:"我已经发现多次了,你不认真听课。本想给你留点面子,等待你自觉纠正,无奈……"当即指令我：下课后，要把书桌里的所有小说，给他送过去，由他代为保存。

走进新的学堂，有两件事令我大开眼界：

一件是参加富老师的文明婚礼。过去我在农村看到的结婚仪式，繁文缛节，笔难尽述，什么相门户、议彩礼、串小门、备嫁妆；下请帖、请鼓乐、搭喜棚、安炉灶；娶亲、送亲、谢媒；上轿、下轿、拜天地、揭盖头、喝交杯酒、吃子孙饽饽、闹洞房——总之，结婚简直就是遭罪。富老师的婚礼，只有三项议程：一是，介绍人讲话；二是，新娘和新郎（校内另一位老师）谈恋爱经过，并互赠礼物：新娘送给新郎一只派克笔，并亲自插在对方中山装的上兜里，由于紧张和激动，富老师的手竟然有些颤抖，新郎回赠的是一方漂亮的围巾，也是当众围在新娘脖子上；三是，新人为主婚人、介绍人和来宾送糖、敬烟。然后，就欢欢喜喜入了洞房。

再就是锦州之行，见了世面。因为我的文笔比较好，粉笔字又写得工整，入校第二学期，便被学生会聘为壁报、黑板报《盘中青少年》的主编。这期间，赶上了1950年5月召开的辽西省第一届人民体育大会。盘山中学有二十八名选手，我被安排为随团报道员。大会在省会锦州举行。我们提前一天，起个大早，在教体育的由老师带领下，每人背上一件简单行囊，步行三十公里，到沟帮子乘坐火车前往。当晚8点，在大剧场举行预备会，全部与会人员到场。这是我有生以来见到的最豪华的建筑，显得庄严、壮观、气派，心灵立刻就被震撼了。当时电力供应不足，场内灯光比较幽暗，好不容易才找到自己的座位。这时，由老师过来了,低声问着:"环境好不好?舒服吗?"我说:"太好了。"略一迟疑,我又悄悄地问:"老师,椅子怎么硌屁股呢?"他俯身看了看,原来我是坐在木板楞上。他扑哧地笑了,告诉我,要把椅座放平。说着,他又四下看了看,像我这样坐的,竟有好几个。——我们这些农家孩子,没有进过剧场和礼堂,不知道里面的木板座椅,平时为了进出方便总是立起来,落座前需要把它放平,结果像刘姥姥进大观园那样出了洋相。

赛程空隙,《辽西文艺》编辑高柏苍先生来到我校代表队住地,看望他的海城老乡由老师,还带来了几期刊物。由老师翻了翻,顺手交给了我,并向客人做了引荐。高先生随之介绍:刊物是面向工农大众的,作品以曲艺为主,也刊载一些连环画,当即给我留下通信地址,说欢迎多多投稿。高先生热情、诚恳,谈吐文雅,风度翩翩,这是我见到的第一位专业作家。因为从小受到子弟书的熏陶,对这种文艺形式十分熟悉,回校后我连续写了几篇,内容都是歌颂学校新生活的,居然被采用了。这在当时影响很大,于是,博得了"校园小作家"的赞誉。

那时,校园文艺生活十分活跃。每逢周末,学生会都要组织文艺晚会,节目全部是在老师指导下,学生自编自演的。记得我们初二(甲)班曾经演出过一个三幕小话剧:《老头三年生》。剧情梗概是:小学生金彤终日嬉游耍闹,不肯用功读书,结果课业荒疏,屡屡降级。这天,他忽然做了一个梦,恍惚间,自己已经头秃齿豁,垂垂老矣,却仍和八九岁的儿童一起读小学三年级。建校六十周年庆典到了,同学们的祖父母——金彤当年的同学们,纷纷从全国各地赶回母校。这里有工程师、农艺师、大学教授,也有工厂经理、劳动模范、军队将领。听说当年的老同学金彤仍然在校,有几位便捎过话来约他叙旧。这个"老头三年生"闻讯,登时愧怍流汗,悚然惊觉。从此,他刻苦自励,加倍用功,矢志成才。

演出很成功,在全校产生了轰动效应,后来还参加过全省校园演出大赛,得了三等奖。其实,小戏情节简单,主题也没有脱出"少壮不努力,老大徒伤悲"的俗套。但在当时,对我们这些思想单纯、可塑性强的少年儿童,还是起到了有力的鞭策作用。

记得,我们班还在全校文艺演出会上,集体朗诵过石方禹的长诗《和平的最强音》。这是新中国成立初期颇有影响的一首长篇政治抒情诗。诗人以奔放的热情、昂扬的声调,歌颂了人民反对侵略战争、保卫世界和平这一庄严的主题。有些诗句至今我还能背诵下来:

为了无数家庭骨肉团圆,
为了星期六的跳舞晚会,
为了我们的工厂,
　我们的学校,
　我们的农庄,
　我们的戏院,
不许战争!
让无数的丹娘继续念中学第九班,
让刘胡兰活到今天成为劳动模范。

在周末晚会上,我还朗诵过一首《到远方去》的短诗:忘记是哪位诗人写的:

> 收拾停当我的行装,
> 马上要登程去远方。
> 心爱的同志送我——
> 去天安门广场。
> 在我将去的铁路线上,
> 还没有铁轨的影子;
> 在我将去的矿井,
> 还只是一片荒凉。
> 但是,
> 没有的都将会有,
> 永远不会落空——
> 美好的希望。

那时的中学生,可说是豪情激越,壮志盈怀,充满了前进的热望和必胜的信念。在大家的心目中,事事无不可为,一切理想都必将实现。

第四节
"进错了门"

高中毕业时,家中唯一的劳动力——我的父亲已经六十三周岁了,母亲也已年过花甲,作为唯一的子息,在亲老家贫状况下,我理应立刻参加工作,以撑持家计。可是,在万难之下,父亲还是让我继续深造。这样,作为公费生,我考入了沈阳师范学院。

因为是要培养合格的教师,学院教学自然要围绕这一目标进行,一切都服务于如何当好教师,不可能有其他选择;加之受到苏联凯洛夫《教育学》的直接影响,教条主义明显,教育之外,其他人文学科受到严重忽视。当时中文系刚刚独立分出,即便是讲授语言文学,也在很大程度上从毕业后教学需要出发,注重语法修辞、课文解析,而对于写作则似有若无。在校期间,有过几次教育实践活动和观摩教学,当时都做了笔记,回来也写了论文报告,尽管比较认真,但与文学创作无关。

《文艺学概论》是当时中文系的主要教材,学起来很枯燥,除了记诵一些教条、词语,并没有留下更多的深刻印象。其时,教育以苏联模式为主宰,文学理论方面也不例外,可能是受苏联文学理论界影响,当然也和课文分析相关,系内关于文学体裁的讨论比较热烈。大致是"三分法"和"四分法"两类意见。所谓"三分法",就是分为叙事的、抒情的、戏剧的;"四分法"则是分为小说、诗歌、散文、戏剧四大类。

持"三分法"的出发点,是文学作品塑造形象的不同方式。其中叙事文学中又包括神话、史诗、小说、叙事诗、报告文学、传记文学等;抒情文学包括抒情诗和抒情散文,它们以抒发作者的感情为主要特色;戏剧文学是供舞台演出的脚本,它通过角色的对话和动作反映社会生活、塑造艺术形象。

而"四分法"是根据文学作品在形象塑造、体制结构、语言运用、表现手法等方面的不同来划分的:其中诗歌类包括抒情诗和叙事诗;散文类除了抒情散文、叙事散文外,还有游记、小品、杂记、杂文、随笔、报告文学等。

"三分法"大约来自西方,据说从亚里士多德时代就出现了,可谓悠哉久矣;"四分法"属于国产,据说诞生于清末,定型于20世纪30年代。支持前者的,强调"三分法"是以文学性质为标准做出分类,而"四分法"是针对文学作品形式的,属于外在层面。主张"四分法"的则强调,从称谓模式本身而论,"三分法"的叙事与戏剧,抒情与戏剧,在外延上不能并列,概念是混乱的。当时,我从常识上、习惯上加以考究,是倾向"四分法"的。但是,由于我们的老师在《文艺学概论》中力推"三分法",我便也不敢坚持己见了。当然,就我当时的理论根底看,也并不具备参与争辩的能力。

这期间,尽管我酷爱文学,但只是读些文学名著,以苏联的为多；至于作文，基本上就没有进行。那个时节，经常萦回脑际的是如何登上三尺讲台，做一个合格的语文教师；至于"作家梦"，不要说做，甚至想都没有想过。其实，当时莫说是师范院校，即便是普通的大学中文系，恐怕也未必真正重视学生审美欣赏和写作能力的培养、训练。杨晦先生就曾明确地说："北大中文系不是培养作家的。"难怪有的志在为文的同学说："考大学是进错了门。"

据我了解，他这么说，并非无谓的牢骚，而是有其一定的学术背景的。从整个发展趋势看，自从工业化降临大地，诗文创作便遭逢了厄运。工业化带来的是机械化和理性化，速度、效率为先，同一、简单、抽象为其本质特征。诗情画意、文思隽语，失去了悠闲、舒缓的心态和田园牧歌式氛围的依托，葬身于匆促、慌忙、躁进之中。而20世纪50年代的社会政治环境，也并不适合于文学这朵奇葩的绽放。记忆中有这样一件事：

一个星期天，我们几个同学在北陵公园闲步。不知是谁提出"什么样的小说最伟大"的问题，有的说是《战争与和平》，有的说是《钢铁是怎样炼成的》，有的说是《牛虻》，相互争持不下。说着说着，话题又转到"作家成功的路径、最佳的选择"上。对这个问题大家的看法比较一致，都认为最好是写本身经历，并且举出苏联和国内许多作家的实例，除了耳熟能详的高尔基、奥斯特洛夫斯基，还有曲波（《林海雪原》），杨沫（《青春之歌》），杨益言、罗广斌（《红岩》），吴运铎（《把一切献给党》）等一大串名字。最后得出这样一个结论：我辈青年学子经历简单，缺乏足够的生命体验、人生阅历,纵有文学天才,纵然百倍努力,也难以获得成功。

尽管我也认同这些观点,但是,积习已成,心烦技痒,写作的欲念仍然时时涌动。这样,我还是写了几篇文章,不过几乎全是纪实性的。即便是名为短篇小说,也基本上是写实,而不善于虚构与想象,谈不上塑造典型环境、典型人物。当时,我有一篇名为"葬鹰"的作文,故事取材于童年时期我家的房客靳叔叔讲述的一段真实经历——

靳叔叔一家,祖居山东临沂,已经不知道多少代了。到了他出生之后,赶上了从城里搬来的"土霸王"赫连福。从此,开启了他们父子的终生厄运。

赫连福心黑手狠,欺男霸女,横行乡里,无恶不作。靳叔叔形容他,是"三角眼,吊梢眉,眼睛一眨巴一个坏点子"。臂上一只鹰,身后一条"狗",加上赫连福本人,被称为"村中三害"。"狗"是两条腿的,指他的狗腿子,是个有名的打手;鹰,据说是从俄罗斯买进来的,勾勾着嘴,圆瞪着眼,翅膀一张三尺挂零,整天怒气冲冲的,凶神恶煞一般。

鹰,是赫连福的爱物,整天不离身旁,走到哪里带到哪里,以致老太太们早晨揭开鸡窝时,总要唠叨两句:"小鸡小鸡细留神,小心碰上赫家人。"这当然无济于事,年年月月,被这只老鹰叼走的鸡,毛血淋漓,不计其数。眼看着自己辛勤喂养的大母鸡被老鹰叼走,老太太们心疼得都要流出血来,却只能忍气吞声,既不敢怒更不敢言。如果有谁敢于说出半个"不"字,狗腿子便会立刻闯进门来,敲锅砸灶,闹得倾家荡产。

靳叔叔的父亲,从年轻时就在赫家当长工,已经在这座黑漆大门里,熬过四十个年头了。这年秋后,他起了一个大早,赶着牛车去给东家拉秋秸,路上坡坎很多,不慎翻了车,右腿被砸伤了。伙伴们把他背回家去,刚刚躺下,赫连福就打发人来,叫他过去。他拄着拐杖,一瘸一颠地进了门,赫连福便恶狠狠地吼着:"真是个窝囊废!你跌伤了,倒没有啥;这大忙季节,叫我到哪里去雇人?"

老人越听越觉得不是滋味,气得"回敬"了一句:"怎能说跌坏了腿还没有啥呢?"赫连福冷笑一声,说:"有啥没啥,与我没关系。找你来,是让你收拾收拾,赶紧回家歇着去!"就这样,苦奔苦拽了半辈子的老长工,一句话就辞退了。

老人回到家里,没吃又没烧,三天两头揭不开锅。这天早晨,喝了一碗高粱面糊糊,就一瘸一拐地下地去拾柴火。也是"冤家路窄",刚走出大门口,就和"村中三害"碰上了头。——赫连福摇摇晃晃地从东面走了过来,一只胳膊上挎着文明棍,另一只手臂上架着那只老鹰,身后紧跟着那个打手。见到场院里有几只鸡正在低头啄食,赫连福便止住脚步,把鹰撒开。只听"嗖"的一声,那老鹰便闯入了鸡群,对着那只肥大的母鸡,开始搏击。靳爷爷一见被捉的正是自家那只下蛋最多的母鸡,一时,"怒从心上起,恨自胆中生",照着老鹰就是一耙子。

靳叔叔说,当时老人想的是"撕了龙袍也是死,打了太子也是死",反正是一码事。一不做二不休,干脆揍死这个鬼东西,也算给村中除去一害。说来也巧,耙子一抡出去,不偏不倚,正好打穿了老鹰的天灵盖,它翅膀一扑棱,就玩完了。

这可闯下了弥天大祸。老人被赫连福和打手劈头盖脸地揍了一顿,最后又被带回去关押起来。靳叔叔当时在外村扛活,听说家里出了事,连夜赶了回来,托人说情,争取和解。赫连福对来人说,若要放人回去,必须应下三个条件:第一件,这只鹰是神物,要为它举行隆重葬礼,出殡那天,他们父子二人要给它披麻戴孝;第二件,要像对待他家的老太爷一样,葬在坟茔地里;第三件,犯案的本人干不动活了,由他的儿子献工三年,赔偿损失。

靳叔叔一听,立刻就火冒三丈,觉得实在是欺人太甚;但一想到遭受苦刑的老父亲,也便忍着怒气答应下来。可是,当去接父亲回家时,老人却死活不肯挪动地方,说是干脆死在他赫家就算了,也省得受这份窝囊气。结果,伤势本来就重,已经奄奄一息,加上又气又恼,第三天就一命呜呼。靳叔叔急火攻心,两耳嗡嗡作响,当时便什么也听不见了。草草地埋葬了父亲,趁着夜静更深,索性一跑了之,隐姓埋名,下了关东。

这时候,我才知道,他原本姓葛,靳是母家的姓氏。

当时时兴"写真实",唯恐别人看了说是蹈虚、凿空,一开头我就做出交代:"二十多年前,在我的祖籍山东临沂,盛传着一个'葬鹰'的故事。乍一听来,似乎觉得有点离奇,可它确确实实是件真事。"三个主要人物:老长工葛爷爷、他的儿子老三和恶霸赫连福,全都是真实人物,只不过换了姓氏;为了叙述方便,把我的祖籍由河北移至山东。现在看,纯粹是一篇纪实作品。

毕业那年,到辽西省建平县中学实习。其间,听说有几十名

>>> 图为王充闾大学时代留影。

男女青年响应党的号召,结队上山建设青松岭,我们便前往参观。听了他们的介绍,当时真是热血沸腾,奋发鼓舞。回来后,我写了一篇散文,名为《青松之歌》,刊发在校报上。前两部分记叙青松岭青年建设者的事迹,同时描述了此间山川形貌以及过去自然生态恶劣的状况,下面是文章的最后部分:

> 创业维艰,古今同理。但是,正如荀子所言:"良农不为水旱不耕,良贾不为折阅不市。"真正的革命者,绝不会因为艰难险阻而中断奋斗。呼唤暴风雨,迎着困难前进,正是时代英雄的本色。青年时代的马克思写过这样的诗句:"火焰充满着我的整个心房,我怎能安闲地游荡!迎着风暴,投身斗争,我怎能在半醒半梦中闲逛!""为了不致在空虚的苟且偷安中生活得碌碌无为,来吧,我们一起走向困难重重的遥远的途程。"
>
> 幸福,是斗争的伙伴。一个人如果胸无大志,畏难苟安,整天像蝴蝶似的空虚地飞去飞来,企鹅般把头伸到崖岸底下去逃避风雨,那还有什么幸福之可言呢!——可悲而已。
>
> 契诃夫有一篇题为"哀伤"的短篇小说,写老镟匠格里高利·彼德洛夫,跟老婆一块儿过了四十年,可是,那四十年如同在雾里一样过去了,尽是酗醉啦、打架啦、贫穷啦,处在半睡半醒之中,既不知道什么是哀伤,也不知道什么是快乐,一句话"根本没有觉得是在生活"。后来,老婆在绝望中病危,他赶着借来的马车,在风雪迷漫中,送她到城里就医。

一路上，他回忆起了过去，认识到过去的生活实在是糟糕，深感后悔，从内心深处发出"再从头生活一回才好"的向往，盘算着添置新工具，承揽订货，要好好地干活；发誓再不打老婆，再不逼她去讨饭，要把钱全都交给她。可是，一切一切，都为时过晚，无法挽回了。老婆已经死在半路上，他自己也因在雪地里受凉，到医院后在哀伤中死去。这真是一场悲剧！如果说"哀莫大于心死"，那么，痛则莫大于无聊——无聊会使人处在麻木状态，造成生命活力的停滞与枯竭。

现在，我们唱着时代的凯歌走进了人类的新天地，用斗争和劳动开辟了一个辉煌的历史时期，心中充满了幸福感与自豪感。每当想到未来的人们，便会立刻喷涌出无穷的热力。为了后代人生活得更美好，此刻，我们宁愿付出更艰巨的劳动。诚如列宁所说："我们想要建立八小时工作制，可是我们自己却往往做了至少两倍时间的工作。"前人种树，后人乘凉。通过我们的双手，大地披胸献宝，长河摇尾欢歌，万古荒原涌起金黄的麦浪，千亩秃山开遍绚烂的花朵——而这些，正是新时代的凌烟阁、纪功碑。

青松岭上的青年建设者，无疑也将在时间的洪流中老去，然而，他们的精神、他们的业绩，却是永世长新的。遥想几十年后，当未来的一代登上青松岭时，面对着绿浪接天、浓荫蔽日的松林，咀嚼着那又甜又脆的水果，饱游饫看之余，再联想起旧县志上记载的"山上秃子头，山下鸡爪沟，刮风狼烟起,雨后洪水流"的情景,他们该是怎样地感佩这班艰苦创业的先行者啊!

文章并不出色。"立此存照",只是为了展示一番当时写作的基本风貌,一睹其时代特色而已。

第二章

"我生不辰"

(1958—1976)

第一节
毕业之初

　　走出大学校门,我就被分配到盘山第一中学担任初中班语文教师。

　　讲授的第一课是老舍先生的《我热爱新北京》。中学教导主任是我的校友,事先郑重其事地嘱咐说,上好第一课至关重要,要投入足够的精力做好准备。我说,我有些紧张。他说,没关系,放开讲,以你的文学水平,肯定能够叫座。直到上课前,他还叮嘱我:稳住架,不要慌;切记按时结束,绝对不要"压堂"。说着,从腕上摘下了手表,放到我的粉笔盒里。

　　走进教室,我扫视了一下全场,几十名学生坐得整整齐齐,静穆无声,最后一排坐着语文教研室的几位同事。简单地做了自我介绍,我便开始转入正题。讲解课文之前,首先对作者生平、北京历史做了阐释。尽管其时我还没有到过首都北京,对老舍先生更是素昧平生,但我讲得还是绘声绘色,自认生动感人。特别是讲到龙须沟,因为我事先看了老舍先生的剧本,发挥得更是淋漓尽致。我还大段地背诵了剧中人程疯子的快板。

　　我说,老舍先生生在北京,长在北京,写了一辈子北京,他对北京的感情极为深挚。1936年,他曾写过一篇《想北平》的散文,说:"真愿成为诗人,把一切好听好看的字都浸在自己的心血里,像杜鹃似的啼出北平的俊伟。"十五年后,他又写了这篇《我热爱新北京》,将新中国成立前后的北京加以对比,一个"新"字道尽了北京的沧桑巨变,也写出了作家对新中国首都的炽烈深情。

我就这样,洋洋洒洒地讲,完全模糊了时间观念,更忘记了看上一眼粉笔盒里的手表,以至外面响起了下一节课的上课铃声,我还在那里滔滔不绝地讲啊讲。结果,回去后被教导主任"训"了一顿。多亏教研室的几位同事在一旁大力为我解围,肯定我的课文讲解内容充实,生动感人。

半年紧张的教学活动,我还没有过足了瘾,"大跃进"的洪潮便在全县蓬勃涌起了。中学师生大部分时间是下乡投入生产实践活动,兵分几路,有的投入挖渠引水,有的大炼钢铁,我则以"缺乏实践"之名,被下放到棠树林子乡秃尾沟村劳动锻炼。

这样,我在给学生上过"第一课"之后,又在生产第一线,以普通劳动者身份,接受了农民上的"第一课"。到后第四天,农业社的管委会主任到队里来,听说我教过中学,一到农村就和群众打成了一片,还当选了团支书,当众鼓励了一番;然后,又领着我在村里村外转转,帮助我熟悉一下周围的环境。我知道,这是在向我进行热爱乡土、献身农村的实际教育。

望着大堤外面黑黝黝、油汪汪的河滩地,我被深深地迷住了,当下情不自禁地甩了两句学生腔:"多么肥沃的宝地啊!真是插进一根锄杠也能长出庄稼来的!"

"地是没比的,只是年年夏天涨大水,二三十天水下不去,什么样的庄稼也挺不住哇!"管委会主任面带忧郁地说。

此后,我和队里那些年轻人依旧是天天到堤外挑黑土,心里却总是记挂着管委会主任所忧虑的事。一天,到乡里办事,翻看《人民日报》,发现一则新闻,介绍河南省商水县农村种植一种富有营养,又能治多种疾病的薏苡(俗称药玉米)。它的最大特点是抗涝,水中浸泡三四十天,仍有较好收成。回到住处,我连夜给商水县县长写了一封信,并寄去五元钱,请他帮助购置一些药玉米种子。这事是悄悄干的,没有告诉年轻的伙伴。因为我知道"一县之长"工作很忙,未必能过问一个外地青年的请托。

大约过了半个月,接到一个邮件通知单,寄来的是两个枕头般大小的包裹。打开一看,正是我日夜盼望的药玉米种子。捧在手里,粒粒珍珠一般,椭圆形,淡褐色,有光泽,共有十斤左右。包裹里还夹了个便笺,简单地介绍了播种日期和它的喜肥、喜水的习性。我在连夜召开的团支部紧急会议上,当众宣布了这一秘密。然后,大家一起研究、拟定了为期两年要使全社滩田受益的"宏伟规划"。一张张极度兴奋的青春面孔,在煤油灯的照映下,看去像涂上了一层油彩。

清早起来第一件事,便是去找管委会主任,请他批准划拨一块肥腴的腹地作为栽培药玉米的青年试验田。老主任听了我和回乡高中生赵书琴描述的神话般的远景,乐得合不拢嘴,马上就答应下来。第二件事,便是挨户到团员、积极分子家里收集上好的农家肥。大家都记着商水县县长复信中讲的"喜肥"二字,决心把这个"大地的骄子"喂养得壮壮的。经过一天一夜的紧张动员,试验田的旁边矗立起一座小山似的肥堆。

转眼到了播种时期。我们起早睡晚经营着这块腹地,地整得炕面一样平,土细碎得像用竹箩筛过一般。然后,套上一副牛犁杖,开了沟,起了垄,把上万斤的鸡、鸭、猪粪一股脑儿倾撒进去。我们觉察到了,帮助干活的两个老庄稼把式有不同看法,但他们憋着不说,只是一个劲儿抽着老旱烟。也许是为这些孩子们的冲天热劲所感动,尽管有不同意见,也不忍心泼冷水。但是,回到家里以后,赵书琴的父亲按捺不住了,申斥女儿说:"我看你们是瞎胡闹! 什么事情都要有个限度。巴掌大一块地方,下了那么多的肥,将来还不得长疯了!"女儿——这个坚定的"跃进派",心里想的却是:老脑筋,老保守,到秋天放个"高产卫星"给你看!

下种的第三天正赶上一场透雨,真是天遂人愿。此后,几乎每天早上,我们都要跑到地头,伏下身子,察看萌芽的踪迹。药玉米终于齐刷刷地钻出了地面,它们摇摆着两片娇嫩的小耳朵,向主人微笑着。一个星期过后,我们又浇了一遍蒙头水。同伴们互相揶揄着,说是以后结了婚、生了孩子,也未必能像这样嘘寒问暖,关怀备至。几十个难忘的日日夜夜过去了,药玉米已经蔚然成林,手指般粗细的茎秆上,枝分叶布,绿影婆娑,最后竟繁密得连鸡鸭都钻不进去。为了按时灌水,佟心宇从家里扛来一根竹桅,一破两半,刳去节档,将一头顺进垄沟里,另一头支起来,连清水带粪汤一齐倾泻进去。

趁着雨季尚未到来,我们又一次踏勘河滩地,计算着明年大体需要多少玉米种子。当时,想到了尽量节省用量,以便拨出一些来支援兄弟社。此刻,这伙年轻人确是有些"提刀却立,四顾踌躇"的志得意满之态。但没过多久,这种乐观的情绪便为沉重的焦虑所取代了。大家注意到,那么葱茏蓊郁的药玉米秸棵上,竟没有几串花序,更很少见到颖果。随着时间的推移,连那几个最活泼、最乐观的女青年也把头耷拉下来。我当即跑了三十里路,请来乡农业技术推广站的技术员,诊断结论是:营养过剩,造成贪青徒长。啊,真的"长疯了"!赵大叔的预言竟不幸而成为现实。结局自然是"一幕悲剧":割倒后装满三大车,拉到村东头养老院做了烧柴。

当时我们都在二十岁上下,本来就缺乏辩证观点,易走极端。又兼当时处在"大跃进""放卫星"的气氛中,头脑更是发热膨胀。后来,我曾以"薏苡的悲喜剧"为题写了一篇文章,总结自己因违反规律、不懂辩证法而干了蠢事的沉痛教训。

取得反面经验的同时,还有一项收获,是和农民群众建立了深厚感情。辽河截流之役,连续奋战三个昼夜,我迷迷糊糊地回到住处,一头扎在炕上,再也不想起来了。嘴里喃喃地喊着"渴渴",房东大嫂立刻烧水。可是,等她把水碗端过来,我却早已"呼呼"地睡着了。大嫂便坐在一旁,静静地等候着,一当我嘴里又咕哝起来,马上就扶我坐起,帮我端着碗把水喝下去。

房东——陈家夫妇正直、善良,心眼好、人缘好。陈大哥的岳父家在邻村,大雪封门,家里一条老狗冻饿而死。妻侄把它煮熟,给他们送来狗的两条大腿。陈家孩子多,当天就吃光了一

>>> 2008年,王充闾重回旧地,探望半个世纪前下放盘山农村时的房东夫妇。

只;但夫妇俩看我累瘦了,就把另外一只送给了我。当时正值寒冬,我就把它吊在檩子上凉起来。每当我晚上回来,大嫂五岁的女儿小云都要过来看,手指着上面问:"叔啊,你那腿啥时候吃啊?"逗得家里人哄堂大笑。我便把它解下来,洗了洗,用菜刀一片片地切开,和几个孩子一起,大快朵颐。

2008年,我重回旧地,特意拜望了老房东。夫妇都已年过九十。大嫂双目失明了,站在地下,举手摸了摸我的头,说:"还是那么高。"小云听说我来了,专门从十五里外赶过来,告诉我,她已经从邮局退休了,还当上了"奶奶"。我惊讶地"啊"一声,一转念,自己不也成了"古稀老人"吗?少不了"光阴似箭""转眼就是百年"一番慨叹。直到我提起当年的趣话:"叔啊,你那腿啥时候吃啊?"大家才又腾起了笑声。

当时住在那里,家庭般的温暖,加上亲身参与轰轰烈烈的生产建设热潮的鼓动,一时激情四溢,燃起了蓬勃的创作欲望。于是,利用两个晚上写出一篇纪实小说《搬家》,内容是:河湾村历年遭受辽河侵袭,为了保护农田修堤筑坝,社员赵老明需要搬家,这便产生了公私矛盾,经过一番家庭内部的纷争、激辩,最后是小局服从大局。当时投给了《辽宁日报》文艺副刊。由于紧密配合当时中心工作,又热情颂扬了农村基层先进人物,很快就刊发出来。得了四十八元稿费,献给生产队,买了一套锣鼓和高音喇叭。

后来参观县里的工厂,还写过一篇《沸腾的春夜》,通过工厂夜战中发生的矛盾冲突,刻画一个爱厂如家、刚直不阿的老工人形象,刊发在《营口文艺》上。作品生活气息浓厚,语言比较鲜活,但纯属纪实,人物个性特征不突出,艺术水准不高。

那时的干群关系、上下级关系,还是界限严明的;但到了乡下,由于强调领导干部要和群众同吃、同住、同劳动,上下级关系有所淡化。这样,我这个普通中学教师,便有机会和短期下放劳动的县委宣传部一位副部长睡在一铺炕上。我们每天挑土筑坝,或者"放秋垅"——用锄头铲垅台的两帮,破坏土表的板结层,改善土壤中空气和水分条件,利于作物成熟。热极了便扔下锄头,一头扎进辽河里,游两圈,然后就穿着湿漉漉的衣服,继续钻高粱棵子。晚上回屋,累得腰都直不起来;但是,由于两人都喜欢文学,躺在炕上,还是经常"山南海北"地闲唠,用今天时髦的话说,是"平等对话"。

一天早起时,他问我:"是不是就想这样趴在被窝里睡下去,再也不起来了?"我点头称是。他说,这种最先萌动的念头——"动念",反映意念的原生态,是直觉性的。一经觉醒过来,就进入了理智的判断、理性的辨识,这时,"动念"就为"转念"所取代,呈现理智、清醒的状态。

我说,在沈阳师范学院读书期间,听冉欲达老师讲过这个问题。话题是从京剧《捉放曹》说起的。曹操错杀了吕伯奢及其全家,陈宫看清了他的奸雄本质,想在曹操熟睡时,把他一剑斩之;但后来经过仔细掂量,还是甩手走开。《三国演义》第五回有这样一段话:"却说陈宫临欲下手杀曹操,忽转念曰:'我为国家跟他到此,杀之不义。不若弃而他往。'插剑上马,不等天明,自投东郡去了。"冉先生说,"转念"是一种理智取向,和它相对应的是"萌念"或曰"动念",属于情绪反映,所以古人有"初念浅,转念深"的说法。

在这段时间里,我们相处得比较融洽。话题很宽泛,除了避谈政治问题,有关诗文掌故、社会风情、日常伦理等议论得较多,有助于我开阔视野、增长见识。

到了秋后,县委、县政府组织各乡镇一把手南下"取经",实地学习办公社的经验,亲身感受"大跃进"的气氛与成果。我被抽调做随团秘书,一路上,负责写稿和照相。半个多月时间,先后到了河北、山东、安徽十几个地、县。在河北徐水,看到"万头猪场",还参观了密植稻谷的超高产田图片展览,后来知道是县里领导弄虚作假,欺骗中央的,但是,当时我都深信不疑,还把这些绘声绘色地写在《南天取经集》里加以宣扬。

这里还有个小插曲。我们到过的许多地方,特别是山东的寿张、阳谷一带,都介绍了地瓜"粗粮细做"的经验,并赠送了一些样品。我背了满满的一提包。一天午后,我在安徽淮北濉溪一家照相馆里冲洗相片,回来晚了,没有赶上饭时,空着肚子躺在床上。夜间,饿得胃肠咕咕地叫,我便从带回的地瓜饼干中,选一些加工细致、口感良好的饱吃一顿。竟然忽略了这是回去后要在全县推广的样品。返回县城后,县里召开三级干部广播大会(主会场之外,各乡都有分会场),由王县长传达、介绍南下取经收获,在谈到"粗粮细做"经验时,他说:"本来,还有几样标准很高的地瓜饼干,可惜路上被随团的王充闾给吃个精光,大家就看不到了。"这样,我的大名就在全县传扬开来,很多人都知道有个"专吃最好饼干的王充闾"。

南下归来后,我就被调到盘山县报社。下乡采访总要背上一个带有方形皮套的照相机。这天,骑着自行车来到了一个偏僻的荒村,竟然被一个老太太当成了劁猪的,非得拉我到大队部(村委会)去,不依不饶。估计她是前几年从关内移民过来的,彼此说话都不太懂。这时,正好过来一个骑马的乡干部。我觉得来了"救兵",便请他帮助疏通一下。原来,老人家的公猪前几天劁过之后,发病死掉了,她要索赔。那个"动刀的"也是个高个小伙子,也骑自行车、背着一个皮匣子。看来是认错人了。为了证明真实身份,我把记者证递给这个乡干部看,他瞄了一眼,扑哧笑了,说:"原来你是那个吃饼干的。"

笑话过后也就淡忘了。可是,当时我竟没有深入去想:既然亩产十万斤的稻、麦高产田那么多,粮食堆得如山如阜,多少年也吃不完、用不完,那么为什么还要在地瓜上大做文章?看来,当时的思维方式、思想观念确实存在着很大的盲区,在政治和文化的双重规约下,竟然丧失了独立思考的能力,没有多问几个"为什么"。

第二节
"鸱鹩的苦境"

县报归口县委宣传部,有四个编制:两名编辑、记者,一名会计兼出纳,一名正科级干部负总责。我们都叫这位干部为"总编辑"。每周出三期,每期报纸大样都要经宣传部领导审查。审样的领导,恰好就是我们"同睡一铺炕"的那位副部长。这样,每隔一天,我就要在晚上 10 点钟左右赶到他的家里。门已上锁,我便从卧室一个小窗户里,把八开四版的报纸大样递进去,然后站在窗前等候,四块版面从头看一遍,总要花上一两个小时,即便是酷寒的冬夜,也是如此。

平常见面,我们也只是点点头,再没有像下放期间那样倾心交谈过。我的脑子里,也曾经形成一些想法,诸如,同是一个人,环境、地位发生变化了,思想意识也就随之而发生变化;看来,领导干部深入基层、参加劳动锻炼确有益处。当时还想到"贫贱交情富贵非"这句宋诗。

1959 年 9 月 17 日,这天是中秋节,我以县报记者身份来到荣兴农场的朝鲜族聚居地中央屯采访,写了一篇《秋千起舞月明中》散文,那时称为文艺通讯。

9 月中旬,天气渐渐短了。好在太阳刚刚落下,月亮便立刻出来接班。今天是农历中秋节,晴空一碧,亮晶晶的皓魄高悬在东天边上,宛如一面明镜、一块银盘。

宽敞的打谷场上,已经聚满了人群。绝大多数都是朝鲜族的打扮——姑娘、媳妇穿着鲜艳的民族服装,老爷爷有的是一袭宽袍大袖,有的身上披着一个褂子,嘴里一无例外地都叼着烟袋。欢快的小男孩,像一头头野马驹,满场上跑着跳着。最整齐的是中青年男女,以民兵形式,分队坐在光滑的场地上,此刻,在带队的指挥下,一阵阵地拉着歌子。

这里东面紧靠着辽河,西边傍着渤海,地势坦平,土质肥沃。村落比较整齐、集中,两条街上布满了一色一式的稻草苫顶的茅屋。

二十几年前,"九一八"事变之后,在日本侵略军统一策划下,大批朝鲜移民迁往中国东北;为了开垦"南大荒"、种植水稻以应军饷之需,其中一个群体被安置在辽河西岸这块土地上。这些离乡别井的移民,劳动艰辛,生活凄苦,身心备受摧折,但他们不忘固有的民族根脉,举凡传统的风俗、习惯,以及舞蹈、音乐、民间游戏,包括盛行于端午节、中秋节的"荡秋千"活动,全部带了过来。只是,啼饥号寒中,提不起精神来,所以,活动很少开展。

这些文艺项目,真正起到丰富精神生活的作用,是在广场上飘起了五星红旗之后。特别是今年的中秋佳节,恰值新中国成立十周年大庆前夕,自然要开展各种庆祝活动,"荡秋千"表演是必选项目。因此,下田的职工,居家的老小，在集体食堂里用过晚饭之后，便都早早地赶来聚会。

此刻，全场目光的焦点，都聚集在场地中央的秋千架上。架子很高，横梁、立柱都由农家盖房用的檩木装成，就地取材，省钱、实用，而且牢固；两条秋千绳索是农用的缆绳，底部装有一个木制的踏板。

伴随着一片杂沓的掌声、笑声、欢呼声，两名身着彩色长裙的青年女职工上场了。她们轻盈地踏上秋千板，凭着腰部、臂部的力量向前后摆荡，秋千越荡越高，直到绳索几乎要与大地平行，她们才反身向下，如紫燕凌空，逍遥自在；如仙女腾云，优美飘逸。一会腾空而起，一会俯冲而下，长长的裙子随风飘舞，显现飘飘欲仙之态。全场响起热烈的掌声。

前后四组表演过站在秋千踏板上悠荡之后，又改换成坐在踏板上荡悠，照样精彩动人，照样扣人心弦。记得幼年曾在童蒙读物《千家诗》上，读到过北宋诗僧惠洪写的《秋千》诗：

画架双裁翠络偏，佳人春戏小楼前。
飘扬血色裙拖地，断送玉容人上天。
花板润沾红杏雨，彩绳斜挂绿杨烟。
下来闲处从容立，疑是蟾宫谪降仙。

看来，这项艺术表演活动，早在八九百年前，在中国内地就已经很盛行了，只不过那时还只限于贵族庭院之中。你看：彩绘的秋千架，翠绿色的丝络，雕花的踏板，织彩的扶绳,一般的民户又怎能置办得起?由于这项艺术表演活动,不仅需要健壮的体魄、勇敢的精神,还需具有高超的技巧,显然,在古代都是经过专门训练,由专业人员来承担的。

时代不同了,社会在进步,"旧时王谢堂前燕,飞入寻常百姓家"。"荡秋千"活动,早已普及于东北各地所有的朝鲜族自治乡村,而且,邻近的汉族及其他少数民族群众,也都广泛参与。面对此情此景,我们在欢乐之余,真的又平添几分自豪。

不过,中央屯朝鲜族青年妇女的"荡秋千"活动,具有高、飘、悠、巧的特点,可谓秀出群伦,独树一帜。有幸在中秋之夜,一饱眼福,亦一种偏得也。

文章见报后,许多人看了都称赞说,有文采,很感人。又经记者站推荐,被省报转载了;据说,新华社也发了通稿,但我并没有见到。第二天午后,总编辑找我谈话。我以为,这回总算为报纸增了光,便坦然地拉开架子等着听取表扬。没想到,竟然是一顿批评。进门后,他也没有叫我坐下,便冷冷地说:"下去写点东西是可以的,也应该写。但要注意不要突出自己——有必要吗,署上个人名字?长城是谁修的?故宫是谁建的?咱们的双台河大桥是谁设计的?你晓得吗?劳动人民创造了世界,也没见哪个到处署名。写个屁股大的,不,巴掌大的一篇小稿,算得了什么!落上个'本报记者'就蛮好了。荣誉应该归于集体嘛!"

这番话,对我来说,无异于满头热汗兜头浇了一瓢凉水,这一顿闷棍打得可不轻啊!不过,文章的传播终究还是给我带来了巨大的鼓舞力量,也增强了信心。我暗暗地下了狠心,要利用一切节假日和早晚时间写作散文。

文章写出来了,发表欲也很强,却没有勇气公开投稿,只是悄悄地寄给《中国青年报》《大公报》和《光明日报》,全部使用笔名,而且,再三叮嘱编辑部:"无需退稿,如不刊用,置之纸篓可也。有事确需联系,请寄信辽宁盘山县城某街某号。"提供的是本城我姨妈家的住址。不过,"智者千虑,终有一失",稿件确实没有直接退还到本单位,但是,全国性的报纸发表作品,总需了解作者情况,即便是笔名也得察个究竟。那时,"阶级斗争"这根弦还是绷得很紧的。结果,一星期之内,单位连续接到两封中央报刊询问作者情况的信件。因为我毕竟没有什么政治问题,所以,单位也只好盖章"同意",这样,两篇散文先后都见报了:《插在货郎担上的一束鲜花》歌颂青沙乡模范货郎何大爷的先进事迹和敬业精神,《慈母心肠》则是描写城郊八一大队一位园田技术员精心培育、莳弄种苗的感人故事。

岂料,从此便惹下了麻烦,再无宁日。总编辑几次在会上不点名地批评,说有的人提出了入党申请,却不注意改造思想,整天"不务正业""名利思想冒尖""个人主义十分严重"。我实在想不通,为什么他在业余时间打扑克、下象棋,可以理直气壮;而我在业余时间搞创作,就叫不务正业?但是,不敢较真,不敢辩解,只能暗气暗憋,最后蒙着大被痛哭一场。

不久,省报决定各地记者站充实一批年轻记者,点名调我。我们报社却以"不是党员"为由,直接挡了回去。几天过去,省报又来人商谈,说现在虽未入党但具备近期发展条件的也可以。这次由总编辑直接出面,告诉来人:"该同志三年内入党没有希望。"同时,和宣传部商量,推荐部里一名干部为省报驻县记者,几天后,调令就到了。

这位同志是忠厚长者,人品很好,而且,具有实践经验,熟悉农村情况,但平时很少动笔,对新闻工作缺乏兴趣。其时,工作调动是不能讲价钱的,自然唯有从命。转到记者站之后,每逢遇有重大采访任务,他总要拉上我,由我执笔,然后,两级报纸分别采用。因为总编辑有话,我们自己报纸刊发时,便署名"本报记者",而刊登在省报上则由他单独署名。

一次,我跟随他去高坎湾采访,见到渔人驾着舢板在河中撒网,同时带上两只鸬鹚捕鱼。它们不时地在水中钻进钻出,每次必叼出一条大鱼放进舱里。我是头一次见到这种场景,便好奇地问这问那。他告诉我,不能放任鸬鹚随意吞食,否则,吃饱了就不再干活了,所以必须戴上脖套。但隔一会儿,也要喂它一点小鱼,以示奖赏。又要它叼鱼,又不让它吃饱,这就是驾驭鸬鹚的学问。

接着,他说,我们的总编辑在此地长大,从小就玩这个鸟儿,处事也深得此中奥秘,但他只做不说,只有一次喝得醺醺大醉,才志得意满地泄露了天机。听到这里,我当即打了个寒噤,原来,我正处于"鸬鹚的苦境"啊。看来,只要他老兄当政,我大概是没有希望脱颖而出了。

那时,我单身在县城工作,父母住在五十华里之外的乡下。

>>> 一次采访,见到渔人驾着舢板在河中撒网,同时带上两只鸬鹚捕鱼。王充闾问这问那,感到很好奇。图为他假日钓鱼。

大约两个多月,我能骑自行车回家一次,路面凸凹不平,至少需要三个小时。这天,幸而遇上了顺风,只花一半时间就进了家门。高兴得又唱又跳,剩余的精力用不完,我就坐下来写文章。想起这两年一直都是背时憋气,劲没少使,汗没少出,到头来撞了满脑袋大包,真是"文章误我,我误青春"。唯有这次算是遇到了好风,只是机会太稀少了。于是,以清人潘未的诗句"好风肯与王郎便"为题,顺手写了一篇随笔。回到机关以后,稍稍冷静下来,重看一遍,觉得有的地方失于尖刻,便删除一些牢骚语句,换成正面表述。只是由于实在偏爱这首清诗,把"好风肯与王郎便,世上唯君不妒才"保留了。结果,见报后又引起了一场轩然大波。

本来,文中已经说明了诗中讲的是唐代文学家王勃的故实。那年他由故乡山西龙门出发,在前往交趾的省亲路上,中途乘船,驶离马当,幸得一夜好风相送,使他赶上了南昌的盛会,写下了千古名篇《滕王阁序》。但是,我们这位总编辑,生性嫉妒,心胸褊窄,虽然心思并不放在报纸上,文才也不高,政治嗅觉却异常灵敏。他一眼就看出了,这是不折不扣地借古讽今,发泄不满情绪。他说,必须抓住这个典型,进行深入剖析——文章的核心在于"指控妒才",要害却在"唯"字上。试想,如果世上唯有风不妒才,那我们这个时代、这个社会,岂不是漆黑一片!

真不愧是总编辑,端的厉害!好在其时正处于三年困难时期,政治环境较为宽松;又兼县委常委、宣传部部长亲自出面,说了"通篇还是正面文章,只是引诗不当,终究未脱知识分子习气"

等解围的话,才算不了了之。

谁知一波未平,一波又起。报社房子漏雨,临时搬到印刷厂办公,编辑们除了携带一些必需的材料,其余文字资料都集中放在会计室里。会计是个刚从财专毕业的女青年,酷爱文学,尤其喜欢背诵古诗。那天,她闲翻大家寄存的文稿和剪报,从我的资料袋里看到一首七言绝句,便抄录在笔记本上:

技痒心烦结祸胎,几番封笔又重开。
临文底事逃名姓?秀士当门莫展才!

这是我在投稿遭到批判后顺手写的,过后忘记销毁了。若是其他人碰上了,因为了解诗中的含蕴,估计不致公开议论。而女会计新来乍到,不知避忌,且又天真烂漫,渴求知识,便当面问我:"秀士"是不是指《水浒传》中的白衣秀士王伦?直吓得我恨不能用手堵住她的嘴,但一切都晚了,总编辑恰好在场,而且听得一清二楚,脸子唰啦一下摆下来,比哭丧还难看。我知道,这一关是无论如何也难以躲过了,只有硬着头皮等着挨整吧。

幸好"绝处逢生",县里连着开了几天会,总编辑没有腾出工夫来追查此事;等他开会回来,宣传部又转来了中央关于整顿全国地方报刊的通知。我们这张小报归于撤销之列,"老总"面临的首要课题是他的未来去向,少不得要观察风色,奔走权门,已经没有精力过问这场"文字官司"了。

第三节
憧　憬

除了向在京的报纸副刊投稿，1960年、1961年，我也曾在《营口日报》副刊上发表过几篇散文：《菜地里的遐思》《绿了沙原》《风正一帆悬》《英雄本色》；还有一篇杂文《政者，正也》，抨击一些公职人员拉关系、走后门，假公济私、营谋私利、拉帮结派、拨弄是非；倡导持之以正、一秉至公，做有利于增进团结的事情。这种批评类文字，在我是"初试锋芒"了。

1962年新年过后，我被调到营口日报社编辑副刊，这算是正式与文学写作接轨。本来，调我是做驻盘山县记者，可是，出乎意料的是，到市委宣传部报到时，董连璧部长竟亲笔在我的调令上批示："老丁（报社总编辑丁立身）：我的意见，让王充闾去编副刊。"我暗自思忖，这可能同那几篇文章的见报有直接联系。到了报社，同样获得了上下的青睐。总编辑自然尊重宣传部部长的意见，这样，我便开始了四年多的副刊编辑生涯。

这时已经二十七岁了。所以，当时有"苏洵发愤年同我，学海扬帆意悔迟"（引自《三字经》："苏老泉，二十七，始发愤，读书籍"）之句。编辑部里，人才济济，大家相互切磋，学术方面时有思想交锋。特别是评报过程中，各抒己见，气氛民主，即便是总编辑的文章,也可以无所顾忌地加以指摘,使我扩展了视野,受到了激励。

副刊编辑岗位,为我提供了接触文艺界、学术界专家的有利条件,获益匪浅。人们常常误以为当编辑只是付出,只是"为他人做嫁衣裳",实际上并非如此,采访、编稿过程正是学习、练笔、求知、益智的好机会。"五四"之后,有很多编辑成为文豪、作家、学问家,便是实证。

这期间,适应报纸副刊要求,我写了《红粱赋》《时代的凯歌》《春潮滚滚》等二十几篇散文、随笔、杂文,篇幅一般都在两千字以上。

当时,几乎读遍了报社图书馆的文学类藏书,我最喜欢的是鲁迅、茅盾、冰心、曹禺的作品。我也爱读孙犁的小说、散文——文笔优美,情感细腻,特别是作品中的女性人物,善良、清纯,十分可爱。杨朔散文,艺术地、诗意地讴歌劳动、创造、贡献,讴歌社会生活中具有美好品德、带有英雄色彩的人物和崭新事物,十分感人,虽然属于当时政治的赞歌,但并非政策图解、标语口号,而是真正的文学作品。还有苏联作家波列伏依描写共产主义建设工程的特写集,20世纪50年代我就看过了,作家笔下那些活跃在工地上的厂长、技师、工人的先进思想与开阔视野、远大理想,令人感发兴起。

这一阶段我的散文写作,从主题到题材都比较单一,无论是描写城市、农村、工业、服务业、山区发展、社会场景,都是以澎湃的激情、昂扬的笔调,反映生产建设的成就,记述先进思想、模范人物,歌颂党的领导、歌颂时代、歌颂人民,赞颂新生事物。文笔比较流畅,也讲究结构、章法,但多数失之直白,浮在生活表面,缺乏思想张力,意蕴深度不够;主要是叙述事情,人物有平面化、表象化倾向,看不到更深层面的内心活动和矛盾冲突。

儒家传统文化先忧后乐、昂扬奋进的精神积淀,同那个特殊年月的时代召唤相呼应,点燃了我的乐观向上的生命激情和青春火焰,整天都生活在"乌托邦式"的憧憬之中。在那激情四射的年月里,我所确立的是与时代、社会和群体完全融合的人生坐标,而放弃了或者说根本没有意识到对于一个文学写作者至关重要的思考和体验的权利,结果是自我的放逐,个性的迷失,心灵倾诉的缺席。文学途程伊始,走的便是"时代的抒情"的路子,而未能唱出自己的歌吟。

进入新世纪之后,文学评论家石杰在《王充闾:文园归去来》一书中指出了这一点。我在关于创作的自我反思中也认识到,好的散文应该具备个人的眼光、心灵的自觉、精神的敏感,提高对客体对象的穿透能力、感悟能力、反诘能力,力求将深邃的思想和独特的智性,将自己的富于个性、富于新的发现和感知的因素,贯注到作品中去,努力写出个人精微独到的感觉、特殊的心灵感悟;要善于碰撞思想的火花,让知识变成生命的一部分,使理性的思考和感性的生命体验有机地结合起来;应该带着强烈的感情、心灵的颤响,呼应着一种苍凉旷远的旋律,从更广阔的背景打通抵达人性深处的路径,充满着对人的命运、人性弱点和人类处境的悲悯与关怀。

我在报社四年多时间,参加过三次农村"四清"运动。最后一次是在营口县大石桥镇东窑村,从 1965 年秋到次年春,长达二百多天。市委书记陈一光在这里蹲点。著名评书演员、市曲艺团副团长袁阔成也在我们这个工作组,我和他睡在一铺炕上,一同吃农家的"派饭",一同参加社员大会,一同下地干活。稍有差异的,是我们顿顿喝高粱米粥,农家大嫂专门给他烙一块玉米面饼,为的是增加一点力气,饭后好给大家说一段评书。陈书记对袁阔成的评书艺术备极欣赏,鼓励他多说新书,为全市文艺队伍树立一个榜样。同时,交付我一项任务——帮助他收集、整理、创作一些农村素材的段子,充实、丰富其艺术资源。

开始时我还满怀着信心,拉开了架势,真想在这方面做出一点贡献;后来发现自己并不具备这种能力和条件。但是,收益还是蛮大的。六个多月,朝夕相处,我几乎听遍了袁先生的一切"拿手好戏",不仅包括《三国演义》《水泊梁山》《施公案》《薛家将》《岳飞传》《明英烈》等传统评书选段,还有新书《烈火金刚》《林海雪原》《暴风骤雨》《转战南北》《敌后武工队》等等。在我,这是机会难得的艺术熏陶,而当地群众更是把它看作是精神大餐、文艺盛宴。每当他"讲段子",都是里三层外三层,场场爆满。

一次,我和袁先生一道,扛着锄头进菜园子铲菜,发现小记工员正在那里模仿着他,说肖飞把烟头摔在狗特务的脸上,"滋啦"一下就烫出一个泡来,狗特务一哆嗦,烟头又顺着脖梗子往下滑,滚到胸脯上,疼得直打激灵。小记工员又学着袁先生的腔调,问道:"没想到吧,何志武?"对方"乌拉"了一句,心想:"我想这

>>> 在1965年"四清"期间下乡,王充闾与评书艺术家袁阔成同吃同住,同劳动。图为他(右一)同袁阔成(右二)在营口农村。

干啥？碰上你肖飞，这不倒霉吗？"一举手、一投足，做派、声调，活脱脱的一个"小袁阔成"，逗得大家笑个前仰后合。一位老大嫂说："师傅大驾到了，快快跪下，叩头！"

按照专家的讲法，说评书有三重境界，基础是编故事、说故事，能够吸引人听下去；再上一个台阶，是传授知识、益人心智，使人听了深受教益；再进一层是创造美的形象、弘扬美学精神。这三个方面，袁先生都有创获。

当时他不过三十六七岁，艺术造诣、精力、体力都处在最佳时期。他的表演，神形兼备，细腻感人，形象优美，气度恢宏。说到编故事，这正是他的长项，而我拙于此道；倒是自认文史功底丰厚，可以帮助出些主意。通过听评书段子，发现他读的书很多，对历史颇有研究。一次，我和他唠嗑儿，谈到往传统小说里"加事添彩"，他举出许多例子。比如，曹操杀孔融，是由御史大夫郗虑（他和孔融有仇口）告密引起的，这在《三国演义》第四十回里有记载，但很简单——郗虑所告发的秘事，无非是孔融背后发泄不满，说曹公坏话，并且和祢衡有交情。过去，袁先生也是这么照着说的，但总觉得没能击中要害，于是就考虑往里加些内容。加什么呢？加了郗虑对曹操说："您还记得您在破袁绍的时候，公子曹丕收了袁绍的儿子袁熙的夫人甄氏，孔融曾经给您写过一封信，信上说到了武王伐纣把纣王的宠妃妲己赐给了自己的弟弟周公旦吗？孔融的意思是什么呢？他的意思就是说，武王把妲己赐给了周公，其实是他自己看上妲己了。但是，由于妲己毁掉了纣王的江山，这是一个不祥之物，如果武王自己纳了妲己,传出去影响不好,所以,武王在名义上把妲己赐给了周公,其实暗地里是自己把妲己接纳了。因为只要妲己进入家里,那外人就无法过问了。现在您破了袁绍,把甄氏赐给了公子曹丕,其实是您自己把甄氏纳了。"这一下,可就"冷訾辛阒"(《百家姓》里一句话,谐音"冷刺心坎"),扎到痛处了,坚定了曹操除掉孔融的决心。

我问:"你怎么想到了这个事?"

他说:"有根据呀!孔融写信的事,《后汉书》本传里专有记载,但那里并没说是郗虑讲的。我把它加到郗虑身上了。"

说到兄弟剧种以及小说互相借鉴的事,他谈到了京戏《打渔杀家》,说这是一出《水浒》戏,萧恩就是阮小五嘛!我说,不过,《水浒传》里可没有记载。他说,类似情况不少,比如《黄鹤楼》和《单刀赴会》,内容大体相同,都是"三国"戏。我插了一句:说的是东吴为了讨还荆州,邀请西蜀君主过江赴会,图谋绑架,结果未能得逞。他说,两出戏都取材于元人杂剧,但是罗贯中只选用了后者,所以《黄鹤楼》不见于《三国演义》。

他善于借鉴、吸收长篇小说的成功经验,一改受中国戏曲影响的传统评书主要是交代故事的做法,高度重视细节刻画和心理描写,不仅细致入微,而且合情入理。《许云峰赴宴》中,为了刻画这位英雄人物的沉着镇定、处变不惊的气质和心态——当然也是表现他正在精心思考应敌之策,评书中摹写了他的眼中所见:"休息室布置得很别致,地下铺着地毯,周围摆着几张沙发,对面有一架独立全球老鹰牌的大座钟,有一人多高,钟砣'嘎噔嘎噔'地来回摆动,东西两侧有二米见方的两个水晶鱼缸,里边是清凌凌的水、绿莹莹的草,百十条热带鱼,在里面游来荡去。……他坐在一只独坐的沙发上,若无其事地抬起左腿搭在右腿上面,伸出双手,扯平了长衫的衣襟儿,轻轻地往膝盖上一搭,双手自然地放在胸前,两只眼睛悠闲自得地看着缸里的游鱼。"

与这种表现手法截然不同、形成鲜明对照的,在《肖飞买药》中,他说:"肖飞登上川岛一郎的跨斗摩托车,头闸拱,二闸拽,三闸没有四闸快;咕嘟嘟,离开药房,冲出东门,再一次经过日军岗哨时,鬼子一瞧肖飞来了,心说:你看怎么样,我就知道是自己人嘛,有急事,把自行车扔在家里,骑摩托来了。肖飞到了眼前,鬼子大喊一声:'乔子开!'(日语,意为立正)肖飞一听,什么?饺子给?燕窝席也没工夫吃了。"

二者一静一动,一庄一谐,张弛有致。前者写的是激烈交锋的前奏,"万木无声待雨来",使听众产生悬念与期待;后者属于闲笔,信手拈来,触处生春,别有情趣,令人忍俊不禁。

我想,袁阔成成就的取得,当然和"袁氏三杰"的家学渊源、祖传技艺有直接关系,但根本之点还在于他的认真学习、刻苦钻研精神。这对我触动很大,自叹弗如。本来,应该多向他学习一些东西,可是,十分遗憾,当时他实在太紧张、太忙累了,几乎所有业余时间,全部用来说段子——这年夏天他光荣入党,决心要倾尽一己之所长,为工农大众献艺,很难找到交谈的机会。这样,也就失之交臂。

"四清"结束,工作总结时,我说,最大的收获是光荣地加入了中国共产党,同时我也做了一番检讨,说限于自身能力、水平,市委领导交办的任务没能很好地完成,准备回去后加以弥补,认真写几篇报道,宣传一下袁阔成的同群众打成一片、带头说新书和刻苦钻研的精神。结果,我们回到单位不久,"文革"就开始了,陈一光调任锦州市委书记;而批判"三家村",新闻单位首当其冲。本来,我已被调入营口市委机关,但运动开始后,原单位的造反派贴出大字报,要求所有调出的编辑、记者,一律回去参加揭发、批判"三家村营口分店"的反党罪行。回去的当天,就赶上报社造反派联合高中学生把总编辑丁立身作为"三家村"黑店的代理人揪出批斗,紧接着,我们几个所谓"黑笔杆子"(俗称"四大金刚"),作为黑爪牙,也被点名批判。这样,上述写作计划就"胎死腹中",全盘落空了。

第四节

十年搁笔

说来也暗自庆幸,作为"反动文人",我由于受到过批判,有"污点",机关哪个群众组织也不愿吸收我为成员,便只好站在一边,过着"逍遥派"的生活。这倒是"因祸得福",正好摆脱干扰,埋头读书。与之相呼应,"文革"十年,我也没有发表过一篇作品。

我之所以搁笔,究其原因:一是接受了消极教训,害怕再度触犯"文网"。曾几何时,自己还曾因为那些"宝贝文章"而洋洋自得,现在竟都成了背上的沉重包袱,担心哪一天会突然被再次揪出来,重新遭到批判。为此,甚至觉得县报"老总"出于忌恨,不许我署自己名字,到头来却是一种无意的"保全"。还想到,两千多年前,庄子就发出"骄猴中箭""直木先伐"的警告,真有先见之明!在这种状态下,当女儿进入小学,特别喜欢诗文,老师夸她有慧根时,我却一再给她讲,绝对不要弄这个。

二是对"帮派文章"那种"拿'不是'当理说"、生拉强扯、诬枉不实、蓄意倾陷的内容和居高临下、武断蛮横、矫揉造作的格调,从心里反感,无意更不屑于往里面掺和。

三是文章的书写必须发自内心冲动,心有所感,情有所注,方能泚笔为文。创作对于心灵的遵从,是不容否认的。"文革"期间,谈不上有什么激动,有什么感悟,就是说,没有了精神资源,那还写什么?那个时节,多的是迷茫、困惑、怀疑——这能写吗?不敢写,写了也无处发表。

"文革"中还发生过这样一件事,事出偶然,尤感突然。1968年9月下旬的一天,市革委会政工组长找我谈话,说是全市只剩营口日报社没有建立革委会了,国庆节前必须实现全市"一片红"。经过军队、地方领导反复酝酿,最后确定由我做报社革委会主任。由于丝毫没有准备,我一听,脑袋就大了,紧跟着问:"你是不是开玩笑?我怎么能担这个重任?"政工组长严肃地说:"怎么能开玩笑!"接着神秘地说,"这是由韩政委亲自点将啊!政委说你是一个难得的人才。在北京两派谈判时,我也在场,政委就是这么说的。"他说的"政委"是某野战军的一位首长,当时任营口市革委会主任。

原来如此!

这年年初,中央号召地方各派大联合,分批召集各地群众组织"头头"进京谈判。记得是1968年1月26日,突然接到通知,说是韩政委要我到北京去。我感到特别突然,也十分紧张,不知出了什么事——我一介书生,区区一个小科长,找我干什么?坐了一夜火车,第二天早晨被接到京西宾馆。韩政委对我说:

> 周总理亲自部署和主持这项工作,要求全国各地群众组织,务必在1月28日前实现大联合。可是,我们市里两派头头各执一词,争持不下,联合协议签订不了。现在,急

需起草一份既符合中央要求,两派组织又都能接受的联合协议。明天是最后期限,凌晨5点前必须达成协议。中央的口径是:(一)两派都是群众性的革命组织;(二)两派都犯有错误,不能"唯我独左";(三)各自多做自我批评,团结一致向前看。

最后,他说:"你没有介入两派纷争,立场中立,不怀成见,比军队同志还要超脱一些;而且,文学修养、表达能力都是拔尖的。这样,由你起草协议,他们很容易接受。"

接下任务后,我带上两派分别起草的协议稿,就被送进一个房间,整整突击了四个小时,最后送交首长审定。认为措辞严谨,没有偏颇,一碗水端平了;特别是强调顾全大局,情辞恳切,很有感召力、说服力。这样,在两派"头头"会谈中,韩政委主持,由我宣读协议书,都没有提出异议,算是正式通过。

因为记着这件事情,这次准备对我予以重用。可是,我却"不识抬举",一迭连声地说:"不行,不行,绝对不行。我可担负不了这个重担。"我对报社深知深解,那里是人才荟萃的地方,也是龙潭虎穴、水深莫测。这两天,我正在看《庄子·列御寇》篇,在骊龙颔下取珠,"使骊龙而寤""子为虀粉夫"!"子见夫牺牛乎?衣以文绣,食以刍菽,及其牵而入于太庙,虽欲为孤犊,其可得乎!"

由于我死活不肯就任,最后没办法,军里派了一位秘书科长,担任了报社革委会主任。他一到任,就赶上"清理阶级队伍",导致一人自杀、两人批斗致残。粉碎"四人帮"后,这位科长调回部队;剩下两个地方副主任,都不怎么管事,但也受了处分。我如果当了"一把手",即便是消极应付,因为有责任在身,也得被划为"三种人",开除党籍、公职。

报社一位同仁,后来见面时对我说:"你具备政治智慧,很有预见性,不然的话,一生就毁了。"

我说:"预见谈不到,更说不上有什么政治智慧,主要是从小读《庄子》,加上父亲的影响——他很信仰道家的思想,对名利、功业一向看得比较淡,没有那么强烈的欲望。当然,对于那些造反派"头头"拉拉扯扯,不学无术,权欲熏天,兴风作浪,确实也看不惯,心存戒备,不想和他们混在一起,这也是重要因素。"

他说:"一个是淡泊名利,一个是洁身自好。具备了这两条,即便是从政,经风历浪,同样也能立于不败之地。"

1975年底,营口市委办公室一位副主任调到省里工作,我由综合科长提拔起来,填补了这个空缺。当时的心路历程,《王充闾:文苑归去来》一书中所描述的,颇近实际:

> 命运似乎和他开了一个不小的玩笑,让他经受了一场磨难后,又沿着它早已为他安排好的路子走下去。然而,此时的王充闾还没有完全从这场噩梦中解脱出来,当权者在运动中的遭遇更是让他心灰意冷,犹有余悸。本来,他的政治欲望就不很强,此刻,对他来说,从政更没有太大的吸引力了。实际上,他的进取心是很强的,只是没有放在事功上,他所拼力追求的,是向往在学术研究、文学创作上有所建树。然而遭逢不偶,未遇其时。如今已年届不惑,治学与

创作两个方面均未能实现预期,岂不愧对亲人、也愧对自己!这期间写就的一首七言绝句,充分表露出他的心迹:

星月争辉映敝庐,深宵何事久踟蹰?

不成一事年空长,有愧人间大丈夫。

当时的局面也甚为动荡。"四人帮"活动猖獗,政治斗争十分激烈。作为一个副处级的官员,虽然位置不高,但也无法完全游离于运动之外。不过,他给自己定下了一条严格的戒律:不前不后,不左不右,处中游,随大溜儿,既没有鲜明抵制的觉悟,也绝不想跟着运动去捞油水。即便如此,繁杂的公务还是常常弄得他心烦意乱。有一次,他去东郭苇场的南井子,这里是大凌河入海口,最为偏僻、宁静。心里非常喜欢这个地方,窃想:如果能够在这里住上十天半月,带上一部《汉书》,静下心来读一读,该有多好。

由此,亦可见其内心深处的矛盾心理和避世心态了。他渴望人生有成,却不喜欢政治斗争;治世中他入世,乱世中他宁愿躲到书斋里去。然而不管怎样,他已经踏上了仕途这条路,在日后很长一段时间,他都处在入世与出世、为官与为文的矛盾漩涡里。——为官为文的矛盾已初露端倪。

正是由于心中蕴蓄着做学问、搞研究的抱负,所以,辍笔绝不意味着对文学的放弃,只不过是找到了另一个出路,就是拼命读书,充实自己。马丁·路德金在《我有一个梦想》中,有过"从绝望中寻找失望"的说法。借用过来,可说是"从绝望中寻找希望"。这样一来,倒使我在天崩地坼、浮尘十丈中悄然结下了书缘。

最初那段时日,我主要是读《毛泽东选集》读鲁迅,这是"造反派"们所允许的。我很喜欢鲁迅的小说。那种冷眼看人生的峻厉、深藏的压抑,以及广大的同情心、深刻的批判性,引起了我的共鸣。《鸭的喜剧》一开头就说:"俄国的盲诗人爱罗先珂君带了他那六弦琴到北京之后不多久,便向我诉苦说:'寂寞呀,寂寞呀,在沙漠上似的寂寞呀!'"读到这里,我的心猛地一震。

控制不住读古书的欲望,我就常常偷偷地躲进宿舍去翻看,但外边总要包上一张报纸,以防意外。《庄子》和《红楼梦》这两部百科大全书,让我钻进去就不想出来,暂时竟忘却了身处逆境,今夕何夕。读《庄子》,使我增长了人生智慧。世上人群,聪明者多,智慧者少。"游于世而不僻,顺人而不失己",这是绝高的生存智慧。而读《红楼梦》,则往往流于消沉:曹公倾其十年心血写就的乃是其人生理想的三部曲:追求、激荡与幻灭。现在看,这种认识失之偏颇,显然与当时的处境直接相关。

其间,将近两年,在纺织工厂劳动,干的活是接线头、推布捆,前者琐碎,后者乏累。不管如何,回到宿舍,躺在床上还是要看一会儿书,周围总是一片鼾声。每星期休息一天,是我集中读书的大好时节。读苏俄的小说《在人间》《复活》《罪与罚》、读郭沫若的《蔡文姬》、读巴金的"激流三部曲",也读《聊斋志异》《桃花扇》。当我读到:"俺曾见金陵玉殿莺啼晓,秦淮水榭花开早,谁知道容易冰消！眼看他起朱楼,眼看他宴宾客,眼看他楼塌了。这青苔碧瓦堆,俺曾睡风流觉,将五十年兴亡看饱。"似乎从中悟出了一些神秘的奥蕴,却又说不清楚。

1971年初,揭露、批判陈伯达的资产阶级唯心论,毛泽东号召学习马克思、列宁主义认识论的基本观点,学习马、列六本书。在参加读书班之外,我还专门利用三个月时间,系统学习了恩格斯的《反杜林论》,反复精读,整本书上有五种笔迹,上面写满了学习心得。这些马克思主义经典著作为我的认知与领悟开启了一扇窗户,引起了我很大的兴趣,更是终身受益。

"文革"开始时,红卫兵"破四旧",从一些人家搜出大量文物、藏品,也有许多古旧书籍,统统放在市财政局的仓库里。后来"落实政策",物品陆续归还原主,而这些旧书却还一直堆放在仓库里。"批林批孔"要找靶子,市革委会宣传组就让我到那里去清理,因为我读过"四书""五经",在全机关是出了名的"饱学之士"。弄了两整天,从中挑出有价值的(当时说成是可供批判的)古书三百三十多种,我把它们用卡车运到市委机关,在办公楼的几个卷柜里锁了起来,钥匙由我掌管。这在我是求之不得的。

从此,我就堂而皇之、名正言顺地以准备批判材料为借口,找出各种各样的线装古籍,阅读、摘抄。其实,那时军代表关注的是联系现实,他们不愿意也不懂得翻动那些古旧东西。你不是要"评法批儒"吗?那我就读了《韩非子》,还有杂家吕不韦的《吕氏春秋》、刘安的《淮南鸿烈》和王充的《论衡》。反正周围那

>>> 1971年,在参加读书班后,王充闾又系统学习马、列著作,这使他终身受益。图为他在英国伦敦马克思墓前。

些人,也分不清谁是儒家、法家、道家、杂家。我倒是乐得迷恋在这个"桃源世界"里,"不知有汉,无论魏晋"!我记了几本笔记,中间也没有人催我写批判文章,顾自在那里饱享嗜书的乐趣。郭沫若的《十批判书》、范文澜的《中国通史》、梁启超的《饮冰室合集》,也都是这期间读的。或许是有了一些阅历的缘故,觉得书读得深了,理解得也比较透辟了,心中逐渐豁朗起来。

1974年夏天,一个早晨,家里柴油烧尽了,炉灶生不了火,我急着下楼去取柴油桶,由于过分慌张,竟将两个台阶当作一个,结果导致左脚踝骨断裂。医生警告说,必须卧床静养,否则容易致残。这样,在家整整待了四个月。日长似岁,痛苦难熬,我便天天躺着读中华书局出版的十二卷本《后汉书》。在私塾读过《史记》,后来又读了《汉书》《三国志》。这样,"前四史"只剩了《后汉书》,这次算是历史补课。

读史书,需要原原本本,悉心研索。但我辈青年学子不同于史学专家,没有专门课题,缺乏周密计划,在通读过程中,如何读出兴趣、理出端绪,是个很现实的问题。开始时我也感到有些枯燥,好在逐渐摸索出一些窍门。

其一,"找熟人,抓线索"。书中人物已经死去一千八九百年了,哪里会有熟人?有。凭着知识积累,许多人早已耳熟能详。我喜欢看京剧,《上天台》(又名《打金砖》)中许多人物,像光武帝以及姚期、马武、邓禹、岑彭、陈俊、吴汉等一干将领,他们的形象、言行一直刻印在脑子里。尽管历史上并无"二十八宿上天台"之说,但这些功臣名将在《后汉书》里都有传,读起来甚感亲切。同样,《三字经》里有"香九龄,能温席,孝于亲,所当执"。我在读《文苑列传》时,发现了黄香的传记,眼睛立刻一亮。记得童年背《三字经》时,父亲说过,这个黄香和他的儿子黄琼都在我们祖居地大名所在的魏郡当过太守。还有,于今尚能背诵的童蒙读物《幼学故事琼林》(增订本)中,至少有四十人的典故,像"马融设绛帐,前授生徒,后列女乐""雷义之与陈重,胶漆相投","孟尝廉洁,克俾合浦还珠""蔡女(文姬)咏吟,曾传笳谱",等等,都出自《后汉书》。由于有了这么多"熟人",史书入眼,就变得活灵活现,分外亲切了。

其二,作由此及彼的联想,实现多光聚焦。前面说到黄香,由他联系到其子黄琼;又由黄琼联系到李固——他在致黄琼信中有"'峣峣者易缺,皎皎者易污'。阳春之曲,和者必寡;盛名之下,其实难副"之警语,是毛泽东主席在"文革"之初推荐过的。而我之晓得李固,则源于《幼学故事琼林》中的这句话:"李固不夸父爵,可称子弟之良。"

其三,同前几次读史比较,这次在读书方法上有所改进。当年业师曾经教诲:读书应该参阅多种典籍,博取诸说,撷采众长;借他山石以攻玉。但在过去读《汉书》时,限于条件,主要是参照《资治通鉴》;这次不同了,自己多年来购进了一些古籍,市图书馆也提供了方便,加上"破四旧"时搜索了几百种古书,可供翻检。在读《后汉书》的过程中,我参看了宋人王应麟的《困学纪闻》、近人陈登原的《国史旧闻》、清人章学诚的《文史通义》、清人俞正燮的《癸巳存稿》等多种书,其中尤以清人赵翼的《廿二史札记》,使我获益最多——不仅纠正了一些书中的史实错误,而且增长了许多见识。单说《后汉书》部分,瓯北老人善于就一些课题做综合性分析,比如"东汉尚名节""东汉宦官""东汉废太子皆保全"及东汉"多母后临朝、外藩入继",一个个问题分析得丝丝入扣。如在《东汉诸帝多不永年》一文中指出:"国家当气运隆盛时,人主大抵长寿,其生子亦必早且多。独东汉则不然。""人主既不永年,则继位者必幼主,幼主无子,而母后临朝,自必援立孩稚,以久其权。"讲得十分透彻。

不过,有的方面也似可商榷。《廿二史札记》中有一篇《东汉功臣多近儒》,开篇就说:"西汉开国功臣多出于亡命无赖,至东汉中兴,则诸将帅皆有儒者气象,亦一时风会不同也。"这个论断极是。举例中,首先是光武帝,"虽东征西战,犹投戈讲艺,息马论道。是帝本好学问,非同汉高之儒冠置溺也"。接着从邓禹开始,点了十四五位功臣名将,唯独没有伏波将军马援。那么,马援是不是"近儒"呢？诚然,史书上没有记述他如何研习儒家著作,但从他的言行中可以看出儒家忠君、孝亲观念的影响。本传称:兄卒,"援行服期年,不离墓所；敬事寡嫂,不冠不入庐"。在他患病时,他的至友的儿子、朝中的驸马梁松前来拜望,他不搭理。他的亲属问他:"人家是皇帝女婿,公卿以下人人畏惮,大人奈何独不为礼？"他的答复是:"我乃松父友也。(松)虽贵,何得失其序乎？"梁松由是恨之。为了维护长幼之序,不惜遭到忌恨,这还不是儒家的风范吗？马援的从弟少游,对他"慷慨多大志"甚感哀怜,曾劝说他:人活一世,只要衣食丰足,乘短毂车,骑缓

>>> 读史受益匪浅,使王充闾增长了许多见识,更具备了提出问题,进行商榷的能力。图为他在查阅史料。

步马,为郡掾吏,乡里称善人,也就可以了。何必贪求无度,徒招自苦! 可是,他听而不从。"男儿要当死于边野,以马革裹尸还葬耳。"这是他的名言。出征交趾,立功绝域归来,恰值湘西南"五溪蛮暴动",年已六十有二的马援再次主动请缨前往讨伐。光武帝看他年老,没有应许。他坚持申请,说:"臣尚能披甲上马。"帝令试之。"援据鞍顾眄,以示可用。"帝笑曰:"矍铄哉,是翁也!"结果,战场上遭遇酷暑,士兵多患疾疫,马援也染病身死。最后却遭到诬陷,妻儿惊恐万状,连棺材都不敢归葬祖茔,成为历史上有名的一大冤案。设想,如果他能知足知止,见好就收,何至于此! 这里只辨对是否"尚儒"这个问题,意在说明赵翼高明中也有疏漏,所谓"百密一疏",并不涉及历史人物的价值判断问题。

通过《后汉书》的研读,我自感在史学方面有了长足的进步。附带说个小插曲:由于四个月没有出门,缺乏运动,结果我的体重增长了十多公斤。上班后,坐在凳子上,脖子后面的肉耷拉下来,单位的同事在后面用夹子给夹起来。从此,我开始了天天跑步锻炼,长久坚持不辍。病后得以专心读书,是"塞翁失马,焉知非福";从此养成了锻炼习惯,也是坏事变成了好事。

第三章
劫后复苏
(1977—1984)

第一节
喷　涌

党的十一届三中全会之后，面对着潮平岸阔、虎跃龙骧的蓬勃景象，我的创作情怀又从长久的冬蛰中苏醒过来。心灵上的锁链脱掉了，一种火热的激情和昂扬的活力喷涌而出。真实的感受，伴着联翩的浮想，通过理性的过滤，揭示出潜藏在生活深处的美感。这样，就再次与缪斯女神打上了交道。

1980年上半年，我在省委党校学习。利用图书馆的藏书，有条件读到许多"五四"时期和西方的文学名著，并能广泛阅读全国各地的文学刊物，眼界、胸襟得到有益的扩展。脑子里积累了许多文学素材，开始了散文随笔的写作。

年底，我调入辽宁省委机关，不久，被指定给省委书记当秘书。经常跟随领导下乡和外出开会，接触面扩大，思路也渐渐地开阔了。我便利用休息时间，将所见、所闻、所思、所感记录下来，有一些还写成了散文、杂文、随笔。1983年初夏，奉调到营口市担任领导职务，写作也仍然没有中断。

到1984年底，七八年时间写出了六十余篇，近二十万字。大体上分为这样几种类型：

一、抒怀、感奋类散文

新时期伊始,写的多是这方面文字。像《高跷忆》《小鸟归来》《老窑工的喜悦》《东风染绿三千顷》《春天》《神话与现实》等,从标题上即可看出,基本上还都属于"时代的颂歌"。包括语言,也打上了鲜明的时代烙印。

《细雨梦回》写的是:

> 初春的第一场喜雨,不待鸣雷的呼唤和闪电的指引,蕴蓄着满腔的爱意,悄悄地降临人间。衬着路灯的辉映,雨丝闪着一道道耀眼的毫光,透出一种朦胧、含蓄的美蕴。推开窗户,细雨扑上脸颊,痒丝丝的,了无寒意。夜风轻吻着头发,流荡着沁人心脾的清新气息。
>
> 春雨,唤醒了万物的生机,催动着人们丰收的热望。古往今来,咏赞春雨的诗章连篇累牍。人们总是把三春灵雨同花繁果富紧密地联系起来。许多无名诗人早在两三千年前就吟咏着:"芃芃黍苗,阴雨膏之";"既沾既足,生我百谷"。至于后来的诗篇,诸如"小楼一夜听春雨,深巷明朝卖杏花";"一百五日寒食雨,二十四番花信风";"土膏欲动雨频催,万草千花一饷开",可说是俯拾即是。
>
> 雨催花发,昨天还是蓓蕾,今天便绽放出鲜花,几天以后就将结出小小的果实。久旱逢甘雨,是人间的乐事之一。"五风十雨升平世",更是古代人民的理想境界。苏东坡在《喜雨亭记》中讴歌春雨,兴会淋漓:"使天而雨珠,寒者不得以为襦;使天而雨玉,饥者不得以为粟。"一雨三日,"官吏相

与庆于庭,商贾相与歌于市,农夫相与忭于野,忧者以喜,病者以愈"。

出外旅游,逢着落雨,总有些大煞风景吧?也不见得。古人早已说过:"水光潋滟晴方好,山色空濛雨亦奇";"雨里登山且莫嫌,却缘山色雨中添"。极目青郊,烟雨中的杨柳、禾稼,显得分外朗润清新。有一次,我在苏州逢着下雨,那黑瓦白墙的楼舍,典雅工丽的园林,五颜六色的雨伞下疾徐不一的行人,都因为霏微的春雨更饶韵致。不然,恐怕是无法领略"雨中春树万人家"这句诗的妙处的。

落雨,是挑人思绪、引人遐思的时刻。雨能使人从躁动归于沉静,从感情进到理智。面对着垂天雨幕,耳听着潇潇暮雨,人们会萌动着种种饶有兴味的思绪——"诗圣"杜甫在长夜苦湿、风雨凄其中,发出了"安得广厦千万间,大庇天下寒士俱欢颜,风雨不动安如山"的浩叹,体恤民艰之情,跃然纸上。宋代的诗人曾几,午夜梦回,听得雨声渐沥,认为是最佳音响,从甘霖普降想到稻香千里,大有丰年:"千里稻花应秀色,五更桐叶最佳音。无田似我犹欣舞,何况田间望岁心!"而他的门生陆游,则是"忽闻雨掠篷窗过,犹作当时铁马看"。因为听到雨声,他那饱满的爱国激情,竟然冲出白天清醒生活的境界,泛溢到梦境中去:"夜阑卧听风吹雨,铁马冰河入梦来。"

雨,本来是没有灵性和知觉的。无情抑或有情,都在于人的感受。正如唐代大诗人白居易所说的:"峡猿亦无意,陇水复何情,为到愁人耳,皆为断肠声。"

不知是什么原因,我对雨向来抱有好感。童年时代,每逢落雨,我都跳着双脚,跑到街头玩耍、嬉戏。有一次,因为在雨中贪玩、摸鱼,竟然忘记吃饭,误了上课,塾师带着愠色,让我背诵《千家诗》中咏雨的诗篇。当我吟过"天街小雨润如酥,草色遥看近却无";"绿遍山原白满川,子规声里雨如烟"等令人赏心悦目的清丽诗章之后,老师轻轻点了一句:"朱淑真的诗,你可记得?"我猜想是指那首:"连理枝头花正开,妒花风雨便相摧。愿教青帝常为主,莫遣纷纷点翠苔。"因为觉得有些败兴,便摇了摇头。老师也不勉强,只是轻叹一声:"还是一片童真啊,待你到了我这个年纪,就会懂得人生了。"当晚,听父亲说,十年前的一个雨夜,在警察署长家里充任家庭教师的先生的爱侣被东家奸污了,第二天,便含愤跳进了辽河。

先生以戊子年五月生,授徒当时五十岁刚过。如今,我也快到这个年龄了。但是,时移世易,历史揭开了新的篇章,他那样的遭遇再不会重演了。所以,我对雨终无恶感。

思绪,像一个扯不尽的线团萦绕着,楼外,淅淅沥沥,雨还在下。

我还写过一篇抒怀散文《我的四代书橱》。还在中学读书期间,我就渴望有个专门藏书的书橱。这个愿望,在20世纪60年代之初终于实现了。书橱样式谈不上新颖、别致,但十分宽大、坚固。抬将过来,居然有二三同道称羡不已。他们帮我把二十年来积聚起来的书籍一一存放进去。其中,新中国成立后出版的新书居多,也有我在童蒙时期读过的"四书""五经"和《纲鉴易知录》《古唐诗合解》《昭明文选》等旧书数十种。

"书卷多情似故人,晨昏忧乐每相亲。"它们原来挤压在几个木箱里,随我出故里、入县城、进都市,历尽流离转徙之苦。于今,看到这些"故人"终于有了安身立命之所,心中颇觉畅然,甚至有一种"向平愿了"之感。

当时书价低廉,但薪俸也少,去掉必要的开支,已经所余无几。每当走进书店,总是贪馋地望着琳琅满架的新书,不想移步,无奈阮囊羞涩,只能咽下唾涎,空饱一番眼福,无异于"过屠门而大嚼"。尽管如此,几年过去,书橱里竟也座无虚席。工余归来,即使再累再乏,只要启开橱门,浏览一番书卷,顿觉神怡目爽,倦意全消。

不料好景不长,"文革"浩劫到了,"破四旧"的狂飙席卷全城。自忖橱中书籍十之八九当在横扫之列。为了安全度过劫波,只好将它们再度塞回木箱,放置楼顶天花板上。尽管有些过意不去,但形势所逼,也只好屈尊。转眼间三年过去,我从劳动锻炼的工厂归来,进门第一件事,便是从楼顶上搬下木箱,拂去蛛网尘灰,将书籍重新摆上书橱。"故友"重逢,恍如梦寐,相对唏嘘久之。

20世纪70年代后期,大批新书上市,许多旧版书也陆续重印。冷落已久的书店,又是熙熙攘攘,门庭若市。我呢,由于十年间物资匮乏,开销不大,手头略有些许积蓄。这样,几乎每次从书店出来,都要带回几本新书。加之,在"海、北、天、南"等大都市工作的朋友,知我嗜书如命,也都纷纷为我代购。一时间,床头、桌下,卷帙山积,竟然"书满为患"。于是,我又添置了两个新的书橱,是为第二代。

20世纪80年代初,创作激情汹涌澎湃,随着散文的构思、撰写,读书视野扩展开来,购进的书籍大幅度增长,书籍积聚渐多,我又新置了两个书橱,是为第三代。接着,我进入了补课阶段,从事哲学、美学与史学的研究,相应地置备了大量学术著作。适应这方面的需要,我添置了两个高与梁齐、装上有机玻璃拉门与铝材滑道的现代化书橱。后来居上,这第四代可称是"佼佼者"。

与后来的相比,制作于20世纪60年代的第一代书橱,未免有些寒酸、陈旧,有的朋友劝我改作它用,另置新橱,我却敝帚自珍,割舍不得。算来,它已经与我同甘共苦二十几年,伴我由青春年少到绿鬓消磨,彼此结下了深厚的情缘。"故交不忘",我为它派下了特殊用场,专门陈放各地文友签名、惠赠的书籍,数量也是相当可观的。

四代书橱,比肩而立,占去了我的卧室与客厅的半壁江山,使原本就不宽敞的居室显得更为褊窄。但环堵琳琅,纵然谈不上桂馥兰馨,书香盈室,但"四壁图书中有我",毕竟不失雅人深致。尽可以志得意满,顾盼自雄,说上一句:"丈夫拥书万卷,何假南面百城!"

二、纪事写真类散文

《永存的微笑》,讲述1982年春节期间,我收到一封由《散文》月刊编辑转来的信件。寄信人是重庆一位女教师,说她的胞兄1937年秋同家人失散,四十多年杳无踪影。近日偶读《散文》,发现一篇文章的作者署名,竟然与她哥哥的姓名完全相同(这个名字曾被人们认为是极少见的),真是喜出望外。于是,写信给编辑部,打听这位名叫"王充闾"的作者的联系方式。

热切的企望,真挚的感情,使我深深为之感动。我仿佛看到一位年过半百的老教师,掠着花白头发,满怀期望地伫立窗前,急切地等待着"绿衣使者"送来亲人的信息。但她哪里知道,这却是一场误会。于是,按照信址寄了回信。信中劝慰她切莫失望,尽管没有找到哥哥,我很愿意做一个懂事的弟弟。紧接着,又收到了这位女教师的回信。原来,她的丈夫有个胞弟,新中国成立后一直在沈阳工作,兄弟间书信频传,互通情愫,这对于万里暌隔的亲人来说,确实是很大的慰藉。可是,在十年动乱期间,彼此的处境都十分艰难,自顾不暇,音信便完全隔绝。来信委托我代为探询他们弟弟的消息。经过多方查访,终于找到了。过后老大姐专函致谢,她以欢快的笔调告诉我:"这些天,我们全家沉浸在欢乐的气氛之中。虽然我没有找到哥哥,但我们老两口却相继找到了各自的弟弟。"也许是因为做了一件有益于他人的事情吧,我也深深感到快慰。

《捕蟹者说》,记事散文,以抒情领起:

"一年容易又秋风。"望着阶前悦目的黄花,我想起那句

"对菊持螯"的古话,蓦然触动了乡思。

西晋文学家张翰,因见秋风起而兴"莼鲈之思",想起了家乡吴中的菰菜、莼羹和鲈鱼脍,遂命驾东归。鲈鱼脍,常见于古代诗文,名气很大,该是上好的佳肴,但菰菜却没有什么味道,莼羹也未见得怎样的鲜美。我想,无论如何,它们也比不上我的故乡那肉嫩膏肥、风味绝佳的蟹鲜。

我的家乡地近海口,处于九河下梢,向来是河蟹生长的理想地带。那里流传着许多关于蟹的传说,有个红罗女的故事,凄楚动人。据说很早很早以前,河口有一个蟹王。背壳赛过大笸箩,螯上夹钳像农户用的木杈,目光灼灼如炬。每当星月不明的暗夜,便耀武扬威地出来伤人,成了乡间一害。这年秋天,村头来了一个身披红箩、手持双剑的卖艺女郎。说是能降魔伏怪。于是,便和蟹王斗起法来,鏖战了三天三夜,女郎终因体力不支,被蟹王吞掉。但事情并没有完结。此后,连续数日,大雾弥天。天晴后,人们发现蟹王死在岸边,从此,妖怪就平息了。

这当然是神话传说,但据群众讲,至今螃蟹还很怕大雾,却是事实。老辈人口耳相传,道光年间中秋节过后,一个浓雾弥漫的晚上,突然,河里"唰唰唰"响成一片,螃蟹成群结队急急下海,顿时,河面上黑压压一片铺开,有的小渔船都被撞翻了。

螃蟹雅号"无肠公子",又称"铁甲将军",千百年来,一直活跃在诗人词客的笔下。有对它进行嘲骂的(当然是借物讽人):"眼前道路无经纬,皮里春秋空黑黄";"常将冷眼观螃蟹,看你横行到几时"。也有加以赞美的:"未游沧海早知名,有骨还从肉上生。莫道无心畏雷电,海龙王处也横行。"还有些诗借题发挥,咏怀抒愤。吾乡近代诗人于天墀,出于对横行乡里、鱼肉人民的"高俅式"的恶棍的痛恨,趁着酒兴,写下了一首《捕蟹》七绝:"爬沙响处费工程,隔岸遥闻下簖声。毕竟世间无辣手,江湖多少尚横行!"人们从不同角度咏蟹寄怀,见仁见智,独具只眼。

但是,"口之于味,有同嗜焉"。对于蟹味的鲜美,古往今来,认识却是一致的。在现代国内外市场上,河蟹与海参、鲍鱼平起平坐,被誉为"水产三珍"。其实,早在一千多年前,人们就很抬高它的位置。东晋时期的毕茂世,经常左手持螯,右手把酒,说是"真堪乐此一生"。后世还有个叫冯梦桢的,敬事紫柏大师,潜心奉佛。一天,两人同赴筵席。冯因贪食蟹鲜,痛遭师尊的棒喝,但终竟不改其馋。据他在日记中记载:"午后复病,盖疟也。不知而啖鱼蟹,益为病魔之助矣。"亦足证蟹味之鲜美。大诗人李白是很喜欢吃蟹的。他写过"蟹螯即金液,糟丘是蓬莱,且须饮美酒,乘月醉高台"的诗句。在曹雪芹笔下,连那个温文尔雅的苏州姑娘林黛玉,也还啧啧称赞"螯封嫩玉双双满,壳凸红脂块块香"哩!

不过,就我体察,蟹味美则美矣,但随着情况的不同,人们的感觉也时有差异。半个多世纪以来,我曾实践过多种多样的捕蟹办法:比较轻巧,并且凭借某种智力支持,或者带有一点诗性特征的,是编插苇帘,设"迷魂阵",诱蟹就范;拦河挂索,迫蟹上岸;在秋粮黄熟的田埂,提灯照捕;驾一叶扁舟,设饵垂钓;而方式比较原始,操作起来却需冒一点风险的,是在临河大堤边上掏洞捉蟹。

原以为洞中捉蟹,手到擒来,谁知这绝非易事。我刚把手探进去,就被双钳夹住,越躁动夹得越紧,疼得我叫了起来。父亲告诫我:悄悄地挺着,别动。果然,慢慢地蟹钳松开了,但食指已被夹破。父亲过来从洞中把螃蟹捉出,并做了示范——用拇指和中指紧紧掐住蟹壳后部,这样,双螯就无所施其技了。吃法也有些特殊,父亲把捉来的大蟹一个个用黄泥糊住,架在干柴枝上猛烧,然后,摔掉泥壳,就露出一只只青里透红的肥蟹。吃起来鲜美极了。

我想,未必河堤边的螃蟹就风味独佳,恐怕还是主观上的感觉在起作用:得之易者其味淡,得之难者其味鲜。王安石说过:"世之奇伟瑰怪非常之观,常在于险远。"把这番道理推演一下,是不是也可以说:甘食美味,往往出现在艰辛劳动之后啊。

三、纪游散文

这个时期,我到过省内许多地方,因而写了一批纪游文字。一般地说,撰写本地游记有一定难度,由于大家所熟知,泛泛的文章不好作;需要寻觅一个特殊视角,做到别有会心。营口市区濒临渤海,地势低洼,盐碱度高,从前树木很少,现在是浓荫密布了,行行翠柳遍布长衢。我遂以"柳荫絮语"为题,抓住街柳这一独特的人化自然的质点,表现当下的社会风貌、思想感情,熔所见、所感以及诗话、史实于一炉,敞开激越的情怀,观照多彩的现

>>> 这个时期,王充闾到过省内许多地方,因而写了一批纪游文字。图为他在沈阳怪坡——明明是走下坡路,蹬着自行车却分外费劲。

实,把叙事、抒情、描写、议论手法结合在一起,算得上别开生面。

应该说,动笔写这篇散文,我是饱溢着浓烈的感情的。由于我曾长期生活在这里,看惯了漫空卷着黄尘、遍地泛着白碱的街景,而今处处竟是饱绽着诗意的青青垂柳,它们像亲人般笑立在东风里,轻摇着翠发,漫闪着青睐,频频招手致意,予人以清新的美感;又好似无数绿色甲兵,排成长长的仪仗队,亲切地迎送着过往行人,怎不令人心旌摇荡,欣然色喜!

下面的《四季歌》,正是这种心声的写照——

柳是报春的使者。当寒威退却、冰雪消融的时节,痴情浓重的春风朝朝暮暮奏着催绿的曲子,鼓动得万里郊原生意葱茏。花丛草簇从酣睡中醒来,急忙抽芽吐叶,点染春光,顿时大地现出了层层新绿。然而,这一切与高楼栉比、车辆穿梭的城内是不相干的。那么,是谁最先把"春之消息"报告给十丈红尘中奔走道途之人的?正是街头的翠柳。

溽暑炎蒸,骄阳喷火,行行路柳为过往行人撑起遮天绿伞,清凉凉的略带咸味的海风扑到脸上,你会感到燥气潜消,无异入清凉国。清晨起来,你尽可以沿着柳林穿行,过了这棵迎来那棵,满路清阴,伴着几声清脆的鸟鸣,偶尔会有一两滴露珠滚落下来,凉生颈际,于恬适、惬意中不觉走出了很远。

秋宵漫步,清爽宜人。在城市住房尚较紧张,许多人家还是三世同堂的情况下,这长长的林荫路便成了翩翩情侣的"爱的长廊"。许多热恋中的青年男女,挽手并肩,徜徉其间,悄声地交流着浓情蜜意,一任多事的柳丝在鬓发间撩来荡去。有人调侃地把它比作欧洲的谈情胜地——"维也纳森林",这当然是过分的夸张。

即使是在寒风凛冽、滴水成冰的严冬,家家紧闭着门窗,地面上满铺着积雪,这行行垂柳也不显衰颓、沮丧之态,依旧温存地摆荡着枝条,似向行人问候,使人们记起往日撩人的春色,憧憬着充满希望的未来。

《古洞泛舟》写的是游览本溪水洞。水洞堪称一处清幽静谧的洞天水府,天下奇观。洞顶到处都是乳白色或黄褐色的钟乳石,宛如"达摩克利斯之剑"条条垂下;洞底则挺立着许多皎洁、濡滑的石笋,与之相互对映;洞身阔狭、高低不一,水流嘶嘶有声,浮光溢彩。泛舟其中,宛如置身冰幕之中,顿觉凄神寒骨。洞中的岩石千姿百态,可以据形状物,惟妙惟肖,引发游人无穷的联想。待到维舟上岸,走出洞天水府,仿佛刚刚从梦境中醒来。虽然瑰奇、绚丽的景象已经从视网膜上逸失,但那迷人的意境和隽永的情思却将长存在记忆里。当时,我即兴题写了三首七绝:

> 洞府清游赞化工,人间绝景壮关东。
> 神龙生怕飞腾去,固闭深藏古洞中。

> 流水声中对画屏,一舟容与往来轻。
> 天生怪诞欻奇状,我作平和坦荡行。

> 拊掌倾谈一笑生,沧桑不尽古今情。

石林钟乳八千岁,洞口桃花一霎红。

四、思辨性散文

思辨,自然离不开说理,但这个"理"怎么说,却是大有讲究的。在《闲话私谒》中,我做了如下的尝试:

祖国语言的精确,着实令人叹服。比如,公署、公廨、公堂、办公室,顾名思义,都是处理公务的场所。反之,如果因私事而有所干求、请托,就要悄悄地溜进达官显宦的私邸去"走门子",现代语言叫"走后门",古时则称为"私谒"。

战国时期,孟尝君奉齐湣王之命行聘于秦,开始时受到了秦昭王高规格的接待,还要任命他为丞相。这样一来,遭到了朝廷里权臣的妒忌,因而向昭王进了谗言,结果被囚禁起来,准备一杀了之。孟尝君见形势急转直下,赶忙托人到昭王的爱妾燕姬那里"走门子",请她给调解、说情。燕姬听说孟尝君有一件天下无双的狐白裘,便提出以此为交换条件。无奈,这件宝物已经作为见面礼献给了秦王,只好由随行人员中一个"善为狗盗"者设法将它盗回,再转献给燕姬。

燕姬见了,喜上眉梢,当即进言于秦王曰:"我听说孟尝君乃天下之大贤,现在来此,本为秦国的幸事。置而不用,也就罢了,怎么还要杀掉呢?真是没有道理。君王如负此杀戮贤才之恶名,我恐天下之贤士皆将裹足而避秦矣!"昭王甚以为是,马上下令:给孟尝君置备车马,颁发驿券,放他出关还齐。看来,"走门子"这种社会存在,由来已久了,而且,效力还是蛮大的。

私谒,核心是个"私"字,得趣在一个"便"字上。私谒者一般都避开旁人的耳目,悄没声地进行活动。明末,写过《燕子笺》《春灯谜》等传奇的阮大铖,颇负才名;但他奸诈猾贼,嗜权固利,时人称之为"小人中之小人"。他脚踏两只船,先是厕身于东林党人间,后又投靠大宦官魏忠贤,私拜为"干祖爹",经常夜半私谒,外表却佯装与魏阉疏远。他每次离开魏府时,都要花大价钱把递送的名片从接待人手里买回来,以掩饰其奔走权门的劣迹。这是"私"字。

那么,"便"字呢? 夤缘求进,可以开门见山;馈遗往还,无须半推半就。有时,"灶王爷爷"不开面,遇上了窒碍,还可以通过私谒,请求"灶王奶奶"代为转圜,打通门径。秦昭王的爱妾燕姬扮演的正是这类角色。

明代文学家宗臣在《报刘一丈书》这篇著名散文里,用漫画式的艺术手法,淋漓尽致地刻画了干谒求进者的丑态和权门的赫赫气焰:私谒者日夕策马候于权者之门,守门人不放入,则甘言媚语求情,并袖金以私之。而权者又不即出见,只好立于厩中仆马之间,忍受着恶臭的气味与饥渴、毒热的熬煎,耐心地静候着。到了晚上,里面才传出话语:"相公已倦,谢绝客人,明天再来。"明日又不敢不来,照旧立于厩中仆马之间。经过这样几度腾挪、辗转,始得一见。出门后,却招摇过市,虚言"相公厚我",借以骄人。

这真是一幅绝妙的讽刺画。

古往今来,一切私谒者走的都是"热门"。哪个人位高权重,那他的私邸便宾客盈门,摩肩接踵。本来素昧平生,也要通过曲折的关系附凤攀龙。而一当罢黜遭贬,就立刻"门庭冷落车马稀"了。唐代李适之为宰相时,每值退朝,宾客云集,道是"朱门长不闭,亲友恣相过"。可是,一当他被李林甫谗毁、罢相之后,立刻就变得冷冷清清,门可罗雀。他在一首诗中感慨无限地写道:"避贤初罢相,乐圣且衔杯。为问门前客,今朝几个来?"

"走门子"这种社会弊端,原是私有制的产物。在贪贿风行的封建时代,有其深厚的滋生土壤,可谓天下滔滔,俯拾皆是。

现在,对于干谒求进的歪风,多数当政者不胜其烦,觉得讨嫌;但也有一定数量的人爱吃这口食儿,结果免不了贪饵吞钩。古语说:"受恩多则立朝难。"既承私惠,必谋酬报。结果,赤裸裸的交换活动代替了党性的尊严,人民赋予的神圣权力变成了谋求一己私利的工具。"虽云交际之常,廉耻实伤",这确实值得深加惕戒。

第二节
导 引

通览新时期开始后我所写的散文作品,感到确实比过去有了较大的进步。取材范围有所扩大,不再限于身旁事、眼前人,而是兼及古今,涵盖物我;抒怀、纪游、叙事、思辨,都普遍地进行了尝试,跳出了新闻性、纪实性较强的报纸副刊文字的窠臼,文学性增强了,反映在语言运用、心理刻画、细节挖掘、形象描写以及联想、想象手法的运用等多方面。

写作纪游、记事散文,我力求做到有情、有理、有趣。这里有三个层次:一是以诗意的、形象的笔墨描绘眼前的事物、景观,使人有身临其境之感;二是即事即景,能够发现、引申出一己的独特感悟、个性情怀,这里强调的是"这一个";三是不止有个人的独特感怀,还力求通向广大人民群众的心灵,寻觅到具有普适性的质素。

写作这类作品,我总是不满足于眼前的所见所闻,竭力追求更深入、更透彻的解读,常常在历史与现实之间沉思联想,从中体会一种立体的、有诗意的感悟。这个流程是双向的:当抒写现实风物时,是从眼前所见走向历史与文化;而那些典章故实,又总是在我抒写旅途的感受时,同萍踪思绪缠绕在一起,起到引导作用。就这个意义来说,赏鉴自然,实际上也是在观书读史,在感受沧桑、把握苍凉的过程中,体味古往今来无数哲人智者留在这里的神思遐想,透过"人文化"的现实风景去解读那灼热的人格,鲜活的情事。当然,我在欣赏自然风物的同时,也努力从中寻找、发现和寄托着自己。

关于思辨性散文随笔,我有一种想法,它们既然归类于文学,那就应该是感发性的,带有某种诗性的,避免过多的抽象、烦琐的议论;行文中可以借助一些古典诗词、轶闻逸事,直至驱遣文学形象与生命体验,使之得以软化、细化、诗性化。作为说理散文,无疑需要具有哲理意蕴,但它应该是溶解在作品中的思想元素,而不是机械的外在贴补或"注水式"的内部填充;是丰富多彩的个性化的展露,而不是单调、划一的公共话语模式。这里说的是表现手法,当然还有比这更重要的两点:一曰勇气,二曰锐气。这是杂文写作的命脉,舍此,即便敷衍成篇,由于缺乏精神与风骨的支撑,亦无足观。

不过,认识与实践毕竟是两码事,认识比较到位,可是,一当落到创作实践上,就会打很大的折扣。这方面,我自认差距还是不小的。显然,这一阶段的写作,实际上带有过渡期转型的性质——由过去十七年的思维方式、文学观念、写作路径向着新的境域转换。

在《历史与美学的对话——王充闾散文创作研究》一书中,评论家颜翔林将我的整个散文创作划分为六个时期,对于20世纪50年代至80年代前期这两个阶段,他有如下的评断:

王充闾的散文创作踪迹,可以追溯到 50 年代,那是一个充满理想和激情的历史时期。新的政治制度和经济方式赋予古老的华夏民族以新的历史命运和情感冲动,理性和非理性的深处,均具有一种强烈的乌托邦的精神色彩,多灾多难的中华大地终于迎来了极有可能的物质文化和精神文化的沧桑巨变。王充闾以文艺家的细致的审美感受,体验新的历史语境所产生的时代镜像,并诉诸散文形式。尽管由于历史的限定性,其散文不乏审美乌托邦的色彩,但是,作者以其真实的感受和传神的写照,表现出平凡的人物和日常的生活所蕴藏的高尚情操和素朴之美,笔法洗练含蓄,视点独特而富于变化,显现了一定的艺术技巧。其 60 年代初期的散文也具有如此的特点。此为王充闾散文的第一个时期。

　　直至 80 年代开始,历史再一次为王充闾的散文创作提供了契机。作者重新焕发了文学激情,回归到他日夜萦绕于心灵的文学世界,重温失落多年的散文之梦。这一时期对现实与历史的思考,较之 60 年代显现辩证而深刻、历史感与现实感更为和谐地交融在一起。从散文的技巧和美学风格来考察,这一时期的散文,可谓云蒸霞蔚,蓊郁勃兴,初步呈现出匠心独运、挥洒自如的形态。体物言志,象征比拟,达到景情合一,不露凿痕;叙事记人,经营布局,针线绵密,浑然天成。王充闾特有的艺术风格和审美情趣于焉展现。是为王充闾散文的第二个时期。

美学家、评论家王向峰在评论这一时期我的散文时,引证刘勰的话"情者,文之经""情以物兴,物以情观",说明情感不是抽象存在的,而是与感知、表象、感性客体联系着的。他说,王充闾在抒情散文的创作中,就情感的视角来说,努力做到寄意于象,把情感化为可以感知的形象符号,为情感找到一个客观对应物,使情成体,便于观照玩味;而就感性客体的视角来说,则是使景观、风物向情思转化。其实,这是一个一而二、二而一的问题。描绘自然也好,展现社会也好,都是诉诸心灵、抒写心灵,如同瑞士哲学家阿米尔所说的:"一片自然风景是一个心灵的境界。"表现为面对自然景物或者人间万象,能够将人文关怀贯注到无生命的客体表象之中,将自己的主体意识、对人文精神的追求的愿望投射到符号和意象之上。

评论家阎纲在《诗人型,也是学者型》一文中,对于这一时期我的散文写作,做了透彻解析:

> 王充闾才识博达,博学多闻,旁征博引,说理周到,使作品内容大为丰厚,故称学者型散文家。一旦智慧闪光,偶有所得,有关的材料、例证、格言、诗情、画意,纷至沓来,如众星拱月,花团锦簇,把鲁迅所说的"一点意思"衬托、渲染、强化得淋漓尽致,发挥了他博学多识的优势,读来颇有意兴。

清华大学教授蓝棣之《在古今之间沉吟》一文中,谈到了我这一时期散文作品的缺陷,十分准确而又深刻。他说:

> 如果说有什么不足,那就是在个体的生命体验方面。

我认为,有时候他的个体生命体验被过重的文化负荷与历史理性压倒了、压缩了,有时候他看上去缺乏一份对人生的欣赏之情,尽管他也说自甘淡泊,但他很少用置身事外的、欣赏的心情来看待自己的苦乐。如果他稍稍把文化与理性的因素抑制一点,他自己的生命体验就会从压抑中释放出来;如果他对人生(包括他所喜爱的文学创作)稍存一点欣赏玩味的态度,如果他真正放松一些,他就会发现个体生命的丰富性,他的散文创作所发掘到的社会人生的层面,就会更加丰富、深入了。

就我个人所意识到的,有些作品意蕴挖掘得不深,失之直白,流于清浅;特别是开头几年写的文章,存在着文学的个性化、主体性不强的缺陷。以写于1979年的随笔《灯下漫笔》为例,文章的叙写,突显了社会性、普遍性、倾向性的内涵,而欠缺个人的情感体验。这种心灵倾诉的缺席,同我的对于文学的本质、文学创作的旨归的认识还比较模糊,以及过去的经历、现时的境况,特别是思想方面的束缚,都有着直接的关联。

当时,我在青年时结识的文友、南开大学孙昌武教授还提出了一个厚积薄发、自我超越的问题。他直率而恳切地说:"你写得还是过多,缺乏沉淀,缺乏深化,应该力戒浮躁。刘勰有'陶钧文思,贵在虚静''积学以储宝,酌理以富才'之说。为了再上一个新的台阶,要像农民莳弄庄稼那样,适当时候'蹲蹲苗',防止贪青徒长。"这番教示,针对性很强,所见者远,所虑者深,关键时刻发出,犹如"醍醐灌顶",使我受益良深。

第三节
始信文缘是苦缘

前面谈到读书的文字已经不少了。最近我看到友人忆述三十多年前的一个情景,便又勾起了我的"余兴"。

文友杨春清在一篇回忆文章中谈道:

> 1980年5月的一天,我意外地接到了王充闾的电话,说他正在省委党校学习,想见见熟人,同时受邀的还有时任省出版局副局长的刘明德。
>
> 党校学员的宿舍不大,充闾和明德两个人交谈着,我坐在旁边听。他的课桌上放着十来本书,旁边还有个借书证。我顺手翻开,只见上面写满了借阅的图书,并且在书名的旁边都打了一个对号,说明已经读完。看来是准备归还图书馆了。
>
> "这么多书,都能读完?"
>
> 见我瞪大眼睛、充满疑问的神情,他笑着告诉我:"日夜兼程,都读完了。党校规定,一次只能借阅七本书,一周内只准借阅一次。——可能是怕影响听课吧?"
>
> 几年后,他应调到省委当了宣传部部长。我听参与考核的一位同志讲,1980年、1986年,他先后两次在省委党校

学习,时间共七个月,用了九个借书证,每个借书证都借满了,共七十本。三十周时间,三七二十一,后面再加个零,总共是二百一十本。这是考核时一个个现查的,准确无误。

不是说"习惯成自然"吗?这种爱书如命、嗜读成癖的习性,很可能和我髫年即泡在"书海"中有关。

读初中时,我开始接触图书馆。我经常借着课中闲空儿,跑到校图书馆那里看上一眼,面对架上一排排图书,久久不想离开,即便未得亲炙,也有"过屠门而大嚼"的快感。待到办了借书证,我便不间断地往回抱书。前面曾经谈到,我因课堂上看小说而遭到批评,书也被没收了。为此,我写了两份检讨书,一份送给授课老师,一份交到校图书馆。

光阴荏苒,人到中年,时间仿佛过得更快了,"岁月疾如下坂轮",自当以分秒计,结果是"时间常恨少,苦战连昏晓"。无分节假日、早午晚,一切工余之暇,我都攫取过来用于读书学习。甚至晚间睡前洗脚,双足插在水盆中,两手也要捧着书卷浏览,友人戏称之为"立体交叉工程"。

我尤其喜欢一个人踽踽独行,许多文章的构思都是在散步中完成的。伴着风声林籁,月色星光,展开点点、丝丝、片片、层层的遐思。此刻的散步,看似悠闲自在,散漫无羁,实则脑子里在进行紧张的劳动,思维和记忆的细胞空前活跃,注意力一直集中在某个兴奋点上。上下古今,云山万里,浮想联翩,绵邈无穷。

关于读书、创作,我曾写过六首七绝,其一、三、四、六曰:

  绮章妙语费寻思,天海诗情任骋驰。

绿浪红尘浑不觉,书丛埋首日斜时。

伏尽炎消夜气清,百虫声里梦难成。
书城弗下心如沸,鏖战频年未解兵。

学海深探为得珠,清宵苦读一灯孤。
书中果有颜如玉,戏问山妻妒也无?

今古文缘是苦缘,青灯孤影鲜清欢。
为伊消得人憔悴,无悔无尤付逝川。

都是心路历程和苦读生涯的真实写照。

曾经有人提问:"您的地位已经不低了,待遇也足够了,年过半百的人,还犯得上花这么大力气拼命读书、钻研学问吗?"一句到了嘴边的话"夏虫不可以语冰",我没有说出,因为这有点不太尊重。我只是含糊其词地答复:"在任何时代,追求'判天地之美,析万物之理'的人,总是占全社会人口的极少数,我甘愿加入这个极少数人的'精神贵族'的行列,对这一选择我将至死而不悔。我有我的快乐,甚至是幸福;有人说是大境界、大格局、大潇洒,那恐怕是评价过高了。反正这是内心世界的东西,'如鱼饮水,冷暖自知',它不是给别人看的,仅仅是一种主观的自我感受。"

我的读书有一个鲜明特点,就是和文学创作、学术研究紧密结合,所谓学用结合,学以致用。我的身边总是准备一个笔记本,随时把读书、思考、观察所得记录下来。多至几千字,成套理论;少的不过几十字,也都是新知识、新见解、新感悟。这样的笔记,积有七八十册,对于写文章、做学问帮助很大。

现在有一个说法:凡是活着的人都是一种"耗散结构"。这是借用自然科学中的一个名词。比利时科学家普利高津1968年提出:一个远离平衡状态的开放系统,在一定的外界条件下,通过不断地与外界交换能量和物质,就可能由原来的无序状态转变为稳定的有序结构。而人本身就是一个开放系统,需要不断地同外界交换能量,充实、提高自己。现在是一个信息、知识大爆炸的时代,每天的新事物、新知识层出不穷,不同外界持续地"交换能量",就无法实现与时俱进的要求。尤其是写作者和研究学问的人,面对日新月异、瞬息万变、范围广、要求高的知识经济时代,整天在那里输出知识、沟通思想、做出判断,更是迫切需要注入新的能量,不断地补给营养,通过读书学习来增长知识、增加智慧、增强本领。否则,知识就会老化,思想就会僵化,写作能力就会退化。"以其昏昏,使人昭昭",岂不是缘木求鱼!

接着,有人又问了:"那么,苦不苦呢?你这样埋头苦读,潜心写作,摒绝了各种娱乐活动,也没有其他嗜好,难道不感到枯寂吗?"

我的答复是:说不苦是假话——相当的苦,非常的苦,苦情很深。法国小说家福楼拜,听说他的学生莫泊桑决定当作家,便怃然地对他说:"你选择了这个职业,以后就不能像一般人那样舒服地生活了,就再也不能享受一般人可能享受到的那些娱乐了。"说来也是邪门儿,中外古今的文学之士,都明明知道这条路千难万阻,道远且长,可是,他们仍然趋之若鹜。也许克尔凯戈尔的说法得其真髓。这位丹麦哲学家在日记里写道:"当一个作家或者不当,不是我自己选择的;它是和我这个个体中的一切伴随而来的,是发自其中的最深沉的鞭策。就是说,写作是与自己的整个生命存在紧紧联系着的,写作是自己命定的生命境界。就是说,对于一个好作家来说,对于一个以精神探索为命定的生命境界的人来说,当一个作家或者不当,不是自己所能选择的。"

也正是为此吧,所以有人说,患上别的病,都容易救治;唯独和文艺结缘,往而不返,万劫不复。英国作家毛姆的中篇小说《月亮和六便士》,取材于法国画家高更。高更原来是股票公司的一个职员,在四十岁左右,突然迷上了艺术,变得神经不正常,还不回家了。太太怀疑他有了外遇,委托一个私人侦探进行调查。结果报告给高更太太,说他没有和任何女人来往,现在迷恋的是艺术。太太一听,哭了,说这可完了,如果迷上另一个女人,最多三年会厌烦的,我有信心,凭借我的魅力保证能把他夺回来;他若是迷上吸毒,也可以想办法送到戒毒所,两年过后,便可以洗心革面,变成新人;如果迷上黑社会,更好办,没多久就会被警察抓住,关进监狱,三年五载,出来后就会老老实实了;唯有迷上艺术,无可救药,我这一辈子,算是彻底完了。

迷上了文学艺术,不仅无可救药,之死靡他;而且,还心甘情愿吃苦受累,殒身不恤。翻译家傅雷说过:"艺术是一个暴君,因为做他奴隶的都心甘情愿,所以,这个暴君尤其可怕。你既然认了艺术做主子,一切的辛酸苦楚,便是你向他的纳贡。你信了他的宗教,怎能不把少牢、太牢去做牺牲呢?"

道理简单得很,凡事着迷、成癖以后,就到了"非此不乐"的程度,不仅没有厌倦情绪,有时甚至甘愿为此做出牺牲。柳永词中说的"衣带渐宽终不悔,为伊消得人憔悴",正是这种境界。看过《聊斋志异·娇娜》的,当会记得这样一个情节:美女娇娜给孔生割除胸间痈疽,"紫血流溢,沾染床席,(孔)生贪近娇姿,不唯不觉其苦,且恐速竣割事,偎傍不久"。

读书固然是苦差使,但苦中有乐,乐在其中。林语堂有个很幽默的说法:读书要能产生浓厚兴趣,必须在书境中找到情人,"一旦找到文学上之情人,必胸中感觉万分痛快,而灵魂上发生猛烈影响。如春雷一鸣,蚕卵孵出,得一新生命,入一新世界"。

说得很神秘,我至今尚无这样的体验,说明还不到火候。但书卷的吸引力极大,确是实情。笔记小说记载,明人屠本畯平生好读书,至老尚手不释卷。有人问他:"老矣,何必自讨苦吃?"他答复说:"我于书,饥以为食,渴以为饮,欠伸以当枕席,愁寂以当鼓吹,未尝苦也。"虽然没有说"生活中当情人",但迷恋之情并无稍异。孔夫子当年读《易》,"发愤忘食,乐以忘忧,不知老之将至",不也是一种痴情迷恋吗!所不同的是,生活中的恋人贵在用情专一,具有排他性,而书境中的恋人则多多益善,而且,这种恋情可以与众分享,绝不会招致麻烦,产生嫉妒。

我以为,林语堂说的在书境中寻找"情人",也可以作为读书当求会心,读书是一种精神享受来理解。就其本质来说,创作同读书一样,是一种精神享受。创作的艰辛,体现为一种长期熔铸性情、积贮感受,一朝绽放、四座皆春的甜美。试看母亲诞育婴儿,用一句时髦的话来形容,不是"痛并快乐着"吗?作家面对作品,宛如母亲面对婴儿,那种可爱的"宁馨儿",总会带来一种温馨感、成就感、自豪感。正是在这一特定的条件下,我们才说:"越是艰苦,越是快乐。"

创作过程是艰苦的,但创作心态却并非像负重登山那样,筋肉紧绷,气喘吁吁;而是表现得轻松自如,左右逢源,绝非胶着、执拗。创作过程中,作家总是努力减轻心灵的外部负载,从容不迫、弛张有度地发挥好自己的创作活力。宛如舟行江上,纵目山川,仰眺俯瞰,刹那间感受到宇宙生命的律动,感受到这一律动与内在情怀的契合,目与心会,情与景融。这时节,作者的内心,应该像美学家宗白华《美学散步》中所说的:"涌现了一个独特的宇宙,崭新的意象,为人类增加了丰富的想象,替世界开辟了新境。""诗仙"李白说:"当其得意时,心与天壤俱。闲云随舒卷,安识身有无。"达到了"物我神会"、双向交流的境界,将形而下的景与情,上升为形而上的审美超越。此时心境,正像宋代词人张孝祥《念奴娇·过洞庭》词中所描绘的:

> 洞庭青草,近中秋、更无一点风色。玉鉴琼田三万顷,着我扁舟一叶。素月分辉,明河共影,表里俱澄澈。悠然心会,妙处难与君说。　　应念岭海经年,孤光自照,肝胆皆冰雪。短发萧骚襟袖冷,稳泛沧溟空阔。尽挹西江,细斟北斗,万象为宾客。扣舷独啸,不知今夕何夕。

完全是一种闲散不羁、自由自在、意态逍遥的境界。所以,黑格尔说:"审美带有令人解放的性质。"

苏东坡的两句诗"粗缯大布裹生涯,腹有诗书气自华",使我联想到那种所谓"书卷气"。小时候,一迈进私塾的门槛,先生就说,要努力培植一种书卷气。当时听了一片茫然——书卷,不就是那一本本书吗？它也不是活物,哪来的"气"？现在明白了,它是一个综合性的指标,反映人的属性,人的精神状态,包括气质、气度、仪态、格调、风貌、气概等内涵。这个"气"和"书卷"叠加在一起,应该是指在气质、仪态等方面表现出来的读书人高雅的气度与风貌。晚清的陈其元有言:"学者苟能立品以端其本,复济以经史,则字里行间,纵横跌宕,盎然有书卷气。"他原是就书法而言,但因其植根于"敦品励学",这就道出了根本,因而具有普适性。

书卷气,诚然是优良素质的外在表现;但它却是由内在品格决定的,所以,突出强调"立品";而它又肇源于书卷,就是说,这种内在品格与外在表现,都是通过"济以经史"亦即读书、励学来完成的。从个人角度,读书、励学是健康成长的助推器、发展前进的导航针,直接影响到自身的品格修养和精神境界;往大处说,关系到整个民族的素质与活力,关系到一个国家的盛衰、兴替。当然,敦品有赖于励学,却又不完全依靠读书,它还要从社会实践中来,从学以致用中来,从自我修养中来。

现实生活中,与书卷气相对应的,有江湖气、市侩气、痞子气、粗俗气、酒肉气,还有书生气,等等。顾名思义,前面几种气,看来都要不得;那么,书生气呢？也不太好。"书生气十足",是政治上幼稚、处世上呆笨的表现,比起读死书、死读书的书呆

>>> 苏东坡的诗句,让王充闾感受到什么是"书卷气"。图为他在海南儋州拜谒东坡居士像。

子,好不到哪里去。我们说,要有一点书卷气,绝非提倡"本本主义"。读书的目的全在于应用,最后应需落实到陶冶情操、净化心灵、增长才干、增强思辨能力、廓清思想迷雾上来。

第四节
诗　缘

新时期伊始,我的文学创作——散文与诗词这对孪生兄弟,几乎是同时从蛰伏状态下复苏过来。把笔时的阳光心态、风发意气,作品里反映的时代气息、社会内容,二者都极其相似。与那时的散文《高跷忆》《小鸟归来》《老窑工的喜悦》《东风染绿三千顷》《春天》等相对应,诗词也有《村望》《滴园》《攻关颂》《园丁赞》等,都属于时代的颂歌。

《故乡秋咏》是由七首绝句构成的组诗,其一、三、五、六云:

廿年暌违赋归来,古道新姿万树栽。
一色方田连碧落,波清风软稻花开。

篱豆花开引蔓长,谁家梨早一园香。
村娃嬉笑黄昏后,柳带牵风送晚凉。

新城一霎起南荒,钻塔如林插碧苍,
千顷芦花九月雪,秋光胜处是家乡。

淡霭轻风不碍晴,长河如带伴车行。
黄云盖野蛙吹歇,稻浪无声诗有声。

《攻关颂·调寄菩萨蛮》:"东风笑绽花千树,骅骝竞骋长征路。勇探科学宫,关山越万重。时间长恨少,苦战连昏晓。报国耻空谈,丹心红欲燃。"正是我当时精神世界的真实写照。

我所在的营口,地当大辽河出海口,有天然良港,海运发达;又扼哈大线铁路、公路之要冲,素以交通便利、经济发达、人文荟萃著称。特别是所属的盖州,自古人才辈出,久负盛誉。我很喜欢此间的人文环境。20世纪80年代中期,主持全市的宣传、文教工作达五年之久,有机会同这里的许多诗人、学者常相过从,谈诗论道,同时参与筹建了金牛山诗社。书法家、学者沈延毅和诗人、散文家吕公眉应聘为诗社顾问;书法家、诗人陈怀当选为首任会长。诗社开展了多项有意义的活动,文朋诗侣,"济济多士",写下了为数可观的华章,成为当时全省成果斐然、声名卓著的诗社之一。

1980年春,那天在沈阳开会,顺便参观了全省地方、军队老同志书展,在留言簿上即兴题写了两首七绝:

翰墨辉光映绮霞,宗王范柳各名家。
毫端饱蕴腾波势,临镜何须感岁华!

山惊海立字如人,虎顾鹰瞵力万钧。
戎马平生存浩气,纵横墨沈写尧春。

沈延毅先生看到了,当即约我"到堂上一叙",地点记不准了,好像是在友谊宾馆。沈老年近八十,个头很高,面容略显清癯,嘴里叼着个大烟斗,两只臂肘架在座椅的把手上,腰杆挺得直直的,矍铄中透着一种傲岸之气。这一天,老人的兴致很高,

>>> 1980年春,王充闾应约拜访书法家沈延毅。沈老年近八十,个头很高,矍铄中透着一种傲岸之气。图为他与沈老在一起。

在点评了我的诗句之后，重点同我谈了他的故乡盖州历史上的一些诗人。正是从他那里，我才知道金代文学家王庭筠原来是熊岳城人；近现代他重点谈到了蒋荫棠，系传世名歌《苏武牧羊》的词作者，也是沈老的业师。

分手时，先生赠送我一帧手书条幅，题句云：

虎跃龙腾志，天空海阔心。

身经无量劫，一笑过来人。

下面还有一行小字："充闾小棣有行赋此志感。"我真是喜出望外，回去后便把它细加装裱，多年来一直挂在床头。当代作家汪曾祺先生赐赠的条幅挂在旁边：

红桃曾照秦时月，黄菊重开陶令花。

大乱十年成一梦，与君安坐吃擂茶。

我觉得，作为"过来人"，两位老先生的诗作似有翕然相通之处，所谓"君子安时，达人知命"是也。朝夕晤对，不独是绝美的艺术享受，在处世、做人方面也受惠良多。

吕公眉先生小沈老九岁，同样学殖深厚，博览群书，对中国古典文学、现代文学和历史均有深厚修养；他毕生从事教育工作，及门桃李，彬蔚称盛。先生工旧体诗，尤擅七绝，以神韵见长。先生对我格外垂青，包括品评我的诗文集，前后赠诗达二十余首。诗中情真意切，感人肺腑。1987年元宵节，我曾去盖州先生寓所拜望；5月初，先生到营口专程枉顾，值我公出未遇，留下了四首七绝，以诗代柬。其一、四曰：

>>> 汪曾祺曾给王充闾写过条幅:"红桃曾照秦时月,黄菊重开陶令花。大乱十年成一梦,与君安坐吃擂茶。"图为二人斟酌题诗诗句。

风雪元宵一别离,清明又见柳依依。

小桃欲落春犹浅,着意余寒莫减衣。

何曾咫尺是天涯,争奈缘悭莫自嗟。

别后流光君记否?上元灯火到槐花。

脉脉深情,令人永生难忘。两年后的深秋,金牛山诗社有重九登高之会,其时我已调往省上年余,先生又咏诗寄怀:

登高寒色扑衣襟,满目蒹葭感客心。

我欲辽天北向望,雁声嘹呖海云深。

与此同时,我也结识了陈怀先生。1986年3月上旬,营口在体育场举行城乡风筝大比赛。应《营口日报》记者的邀约,当场我题写了两首七律,其一曰:

的是今春乐事浓,花灯赏罢又牵龙。

千般妙品争雄处,万丈晴空指顾中。

兴逐云帆穷碧落,心随彩翼驾长风。

只缘寄得腾飞志,翘首欢呼众意同。

陈怀先生看了,立即依韵作和,其一曰:

遥天引上众情浓,谁辨真龙与叶龙?

彩蝶似疑离梦境,霓裳宛欲下云中。

红楼妙手传新谱,白雪新词送好风。

忽忆金猴留幻影,异邦赤子此心同。

"彩蝶似疑离梦境,霓裳宛欲下云中",绮思妙绪,允称佳构。先生诗才之敏捷,涵蕴之丰厚,遣词之工丽,境界之高远,令人由衷地叹服。

陈怀先生在营口师专任教,工诗词,擅书法,腹笥丰厚,热心教育事业,深受公众爱戴。20世纪90年代初,先生不幸患了膀胱癌。闻讯后,我从省城回市,前往问疾。床头执手,畅叙移时,临别依依,不料竟成永诀。后来听人告诉我,先生临终前,曾写过一个条幅,是李商隐的两句诗:"春蚕到死丝方尽,蜡炬成灰泪始干。"这用来概括他的一生,真是再确切不过了。当时,我正在外地出差,没能赶赴灵前向先生的遗体告别,怀着深深的遗憾,写下了两首七绝,遥寄哀思。其一云:

梦断音容尚宛然,床前揖别隔人天。

诗翁去后情怀淡,独对青灯作素笺。

其二是一首集句,都是清代诗人的:

千年过客太匆匆(张问陶),聚散浑如一醉中(黄仲则)。

最是春来无限憾(刘友宪),云霄何处托冥鸿(丘逢甲)!

1999年初夏,承文友告知,通过辑佚、钩沉,吕公眉先生的诗文集编辑工作告竣,正好赶上他的八十八岁"米寿"。我应邀撰写了序言,末尾题了两首七绝。其一:

被褐怀珠历雪霜,天留一老作灵光

(此时,沈、陈二老均已作古)。

骚坛饶有三千士,诗酒风流尽瓣香。

2002年,沈老辞世十年祭,我曾吟四首七绝,其一、二曰:

> 程门犹记受知时,遗爱长存去后思。
>
> 十载人天悲永隔,一篇薤露悔成迟。
>
> 孤坟岭下雪丝丝,落木寒烟夕照时。
>
> 如此高才终化土,从知绝物总难持。

又过了十年,适值沈老、陈怀先生仙逝二十周年,公眉先生百年冥诞。忆及当日游处,与曹子桓所写到的"行则连舆,止则接席,何曾须臾相失""酒酣耳热,仰而赋诗。当此之时,忽然不自知乐也",略相仿佛。"何图数年之间,零落略尽,言之伤心!"我曾以"辽南三老"为题,撰文奉祭他们的在天之灵。

那个期间,还有一位远方诗友,名叫祁子青。20世纪60年代之初,我们同在营口日报社担任编辑,后来他调往杭州工作,我们常有诗文往还。1987年6月,接到他的来函,我曾以《写怀寄友》七律奉答:

> 埋首书丛怯送迎,未须奔走竞浮名。
>
> 抛开私愤心常泰,除却人才眼不青。
>
> 襟抱春云翔远雁,文章秋月印寒汀。
>
> 十年阔别浑无恙,宦况诗怀一样清。

也是在这一年,我有幸参加在北京举行的中华诗词学会成立大会,听取了一些诗苑名家的学术报告,受益良深,感赋七律、七古各一。《七古》云:

> 诗人雅集逢端午,刳虎屠鲸迈前古。

大匠成风巧运斤,班门我亦挥刀斧。

骚坛逸韵壮神州,屈子高怀日月侔。

官清不碍吟哦兴,奋袂低回气尚遒。

1988年,经中共中央批准,我出任辽宁省委常委、宣传部部长。秋初,到吉林长春参加东北三省宣传部长会议。因为珍惜时间,我用餐一向都很简单,迅速吃完,便返回房间看书;可是,东道主却唯恐慢待了客人,总是热情劝酒,不依不饶,闹得十分尴尬。周末晚上举办舞会,与会者纷纷下场,唯独我端坐不动,主人前来劝驾,说:"您不肯喝酒,我们谅解了;现在总该给个面子,出场跳舞吧!"我说:"真的不会。"但他不肯相信,说:"哪有文化人、大作家不会跳舞的!是不是对我们接待工作有什么看法?"我一看,已经遭人误会了,万般无奈,只好讲点交换条件——以诗代舞,题目就叫"舞会口占":

晚雨生凉送暑天,未谙歌舞愧华筵。

非关左旧轻时尚,为恋诗书断雅缘。

盛会岂堪人寂寞?良辰空美影翩跹。

题诗且作他年约,重聚春城再比肩。

进入20世纪90年代之后,在辽海诗坛上,有两位大家光华迸射,果硕花繁。一为学者、美学家王向峰教授,一为学者、书法家李仲元先生。二位亦师亦友,与我常相过从,多有唱和。

向峰先生著作等身,多文为富。学术研究、诗文创作都极具功力,有煌煌十卷本《向峰文集》传世。他是文坛上的一个多面

>>> 20世纪90年代,辽海诗坛两位大家的成就很大,其中的王向峰(左)是一位多面手。他学术研究与诗词创作都很突出,著作等身,曾获得"鲁迅文学奖"。图为王充闾与他相聚辽西。

手。其理论著作曾获"鲁迅文学奖";而诗才敏捷,善赋组诗,尤为世所推重。其咏史诗,含先秦十子十首,唐代、宋代诗人各五十首;《四季咏怀》竟达二百四十首,超迈前贤,继踵者恐亦难觅。我曾题七律赞曰:

> 畅咏韶华一大观,骚坛沃野簇峰峦。
> 未登兜率三千界,且托莲华丽四盘。
> 妙谛苍黄存意象,神思莽荡涌毫端。
> 谁云诗到唐时尽?放眼新程路正宽!

作为海内著名的文学评论家,向峰先生对于我的散文与诗词创作,一向特别关注。他带领着一支博士、硕士研究生队伍,跟踪研究我的创作,先后编辑、出版了《王充闾散文创作研究》《王充闾诗词创作论集》《走向文学的辉煌——王充闾创作研究》《王充闾的庄子世界》等多部专著。

二十多年来,获先生赐赠、唱和之诗作近四十首。如题拙著《蘧庐吟草》五首,其一、三、五云:

> 热肠古道日衰微,傲雪松梅与候违。
> 会意诗文同鉴赏,不求衣马共轻肥。

> 千古文章首创难,诗家何处见高端?
> 游心化物如天纵,尺水兴波涌巨澜。

> 得意庄生未忘言,南华内外广存篇;
> 鲲鹏屡振逍遥翼,不负蘧庐一宿缘。

余虽专事散文、诗词创作,然于小说一途亦未尝忘怀,每读时人佳作,辄见猎心喜。尝构想演绎清末一双才侣之苦恋悲歌,尽写其"求不得""爱别离"之怅憾幽怀;并按情节发展进程,拟作相互赠答七绝数十首;而小说则因才力未逮,屡作屡辍,终于流产。现摭拾数首,略见一斑:

款款情深见素心,西楼一霎悟前因。
渔郎识得桃源路,二月春浓欲问津。

记得芳园并倚时,湖山痴恋晚归迟;
回头怕忆长安路,旧梦分明感不支。

芳衷脉脉闪情波,满腹幽怀麈黛蛾。
底事花前无一语?一林缟素似银河!

空报佳期鹊踏枝,飞蛛枉自袅情丝。
难堪独立黄昏候,一抹斜阳弄影时。

料峭东风作晓寒,故都光景尚凋残。
相将何物堪萦念?烂漫春郊二月兰。

镰月纤纤映碧池,团圆无计憾芳时。
空阶零落王孙草,怅问南园蝶可知?

壑暗林幽一径斜,桃源邈远似仙家。
也知身在情常在,无那人生恨有涯!

璧月无声却有情,漫移疏影度寒棂。
诗魂夜访浑相认,争奈频频唤不应。

款款盟心亦夙因,多情千载付才人。

> 零鸿断雁愁难遣,恨袅西风日半沉。
>
> 秋草凝烟忆别离,追仙躐鬼各东西。
>
> 河阳此日楼千百,只恐重来路欲迷。

向峰先生通览诗稿后,赞赏之余,也曾就其中数首依韵作和。

李仲元先生腹笥丰厚,书艺精绝,兼擅诗赋。我在其《缘斋诗稿》序言中指出:"其为诗也,用典深稳,使事精切,兼具学人之诗、才人之诗的鲜明特点。他的许多具备历史属性的诗章,能够以有限的文字反映深广的历史内涵,以诗的艺术手法再现社会历史、现实的某些侧面,渗透着作者的学识见解和价值取向,既具诗情,更饶史识、卓见。"

我的《逍遥游——庄子传》面世后,仲元先生有赠云:

> 少年早富五车书,晚岁弘文乐隐居。
>
> 清影徘徊人不识,斜阳柳径瘦蘧庐。
>
> 蘧庐又著好文章,思古情开智慧光。
>
> 且起庄生重化蝶,翩翩辽左觅书香。

就我闻见所及,写作传统诗词大致有两条路子:一类是自小就濡染其间,大量记诵诗词名篇佳句,不期然而然就掌握了写作的技巧,所谓"熟读唐诗三百首,不会吟诗也会吟";另一种情况是,从做学问入手,精心研索古典诗词的声韵、格律、章法、构局,日夕沉浸其间,不免"见猎心喜",便也动手作诗填词。我走的路子是二者兼备:幼读私塾,从对句入手,把握格律;几十年来,又从未间断背诵诗词,烂熟于胸中的总有上千首吧?随着年龄的增长,我越来越喜欢"老去诗篇浑漫与"这句杜诗。在我看来,诗主性情,贵在本色、天然、自成机杼,原无须巧加雕饰。

记得顾随先生说过:诗难于举重若轻,以简单常见的字表现深刻的思想情绪。我是完全赞同这一主张的,因此,流连题咏中也有意追求一种蕴藉浑融、冲淡自然的格调。谢玄晖与沈休文论诗,主张"好诗圆美流转如弹丸"。我一向认为,诗应该朗朗上口,如流水行云,呈现"杨柳春风百媚生"的意态,切忌佶屈聱牙,艰深晦涩。

结合个人的创作实践,关于写作传统诗词,我有四点认识:

一是,要有真性情,表现出创作的个性。诗人内心具备真情实感,才有创作构思的依凭。诗歌中自然也要表现景物、形象,但归根结底还是要体现情怀。王国维有"一切景语皆情语"之说。古罗马的贺拉斯认为:"一首诗仅仅具有美是不够的,还必须有魅力,必须能按照作者愿望,左右读者的心灵。"这就要有性情,有个性,有"我"。《随园诗话》的作者袁枚说过,作诗"有人无我,是傀儡也"。明代公安派的主将袁中郎非常欣赏其弟小修的诗,说他"大都独抒性灵,不拘格套,非从自己胸臆流出,不肯下笔"。

二是,应该富有才情、才气、才学。并非有了真性情和个性,就一定能写出好诗,还必须有诗才。所谓"诗才",内涵十分丰富。意大利的浪漫主义作家福斯科概括为强烈感受、敏锐观察、新颖构思和准确组合的能力。也有人认为,主要是指诗人的审美能力和艺术表现能力。袁枚强调才分、天分,他说:古人之所以强调读万卷书,是欲助其神气,而不是以书卷代替灵性,所谓"役使万卷书,不汩方寸灵"。赵翼则标举为"才气"。他说,"气"需要养,孟子就说"吾善养吾浩然之气"。赵翼充分重视诗人的生活阅历、生活环境,后天的培养、提高,客观的磨炼。

三是,有一等胸襟才有一等文字。胸襟、眼界决定着一个诗人的识见,识见对于诗歌创作是至关重要的。谈到哲思、理趣,就不能回避眼光与识见,古诗中的范例俯拾皆是。陈子昂的《登幽州台歌》:"前不见古人,后不见来者。念天地之悠悠,独怆然而涕下。"纵观天地,俯仰古今,远远超越了诗人个人的身世慨叹,也超出了诗歌本身的政治价值和历史价值,表达了古往今来无量数人在宇宙时空面前的生命共振,从而使它在人类生活中获得了永恒的美学价值。

四是,要有情趣,有意思,使人看了能发出会心的微笑,不能味同嚼蜡,枯燥生涩,面目可憎。风趣是和健康、高远、平和的心态联系着的。一个人心如死灰,形同槁木,没有丝毫灵气,肯定写不出富有情趣的诗词。有些人整天处在浮躁之中,陷身于红尘十丈里,利欲熏心,锱铢必较,心理素质不佳,纵然能诗,也不会充满情趣。

我于传统诗词可说是情有独钟,爱到深处。数十载研习不辍,不仅口诵、心唯、手创,而且在散文创作中亦博征繁引,以至被论者认为"内在地以诗词话语为思维素材和思维符号"。但是,在痴迷的同时,我又不无几分清醒、几分警觉。众所周知,旧体诗与新诗,文言文与白话文,在遣词造句、表述方式以至体例、程式上,都存在着明显的差异。两千余年的文学实践表明,写作古体散文与写作旧体诗词是恰合榫卯,相得益彰的;而我的主业是经营现代散文,这与写作新诗当可相辅相成。反之,若是沉酣于"束缚人们的思想"的传统诗词而不能自拔,甚或不自觉地成为一种"话语方式",那就必将有碍于思路的拓展、笔墨的宕开、文势的挥洒。同样重要的,还有一个时间、精力、关注的重点问题——在这些方面,当然要以散文为主,所谓"余事作诗人"者也。

为此,我曾戏谑地改篡《庄子》中一个警句:"诗词,作手之蓬庐也,止可以一宿,而不可久处。"但此论一出,即遭到几位诗友的驳诘:"君不见鲁迅、瞿秋白、郁达夫乎?其旧体诗均出色当行,何以现代散文亦绝妙无俦也?"我一时语塞,有顷,才回应一句:"彼者文章圣手、天纵英才,自非常人可比。"

当然,"清醒"也罢,"警觉"也罢,话是那么说,实际做起来往往还是从兴趣出发,凭感情用事。南宋诗人杨万里"自责"诗云:"荒耽诗句枉劳心,忏悔莺花罢苦吟。也不欠渠陶谢债,夜来梦里又相寻。"我于诗词也是如此。旧时月色,已经刻骨镂心;不经意间,又回到了故家门巷。这样,在散文创作之余,就有了一部《蓬庐吟草》的面世。不论信手拈来,抑或刻意为之,其为情感的宣泄、志趣的写真则一。展卷遐思,充盈着师友的深情、昔梦的追怀和感兴的喷薄。拂去岁月的尘沙,剩下来的多是美好的记忆。

第四章

变革中的升华

(1985—1991)

第一节
自觉补课

1985年元旦过后,我在省城开会,接触到几位作家、艺术家。谈话中,大家都为不久前颁布的《中共中央关于经济体制改革的决定》和党中央提出的"文艺界要大团结、大鼓劲、大繁荣"而欢欣鼓舞,兴高采烈。一致认为,文学孕育在社会这个母体之中,改革开放必然带来文艺生产力的大解放,呼唤着作家、艺术家的创造精神和思想解放;看得出来,历史正慷慨地为作家艺术家提供一个新的活动空间和发展空间。

当时我谈到,爱因斯坦说过,从事精神创造的人,要有两种自由:一种是外在的自由,应该在全体人民中提倡一种宽容的精神;另一种是内心的自由,思想上不受权威和社会偏见的束缚,也不受一般违背哲理的常规和习惯的束缚。这两种自由,于我都直接相关:作为组织领导者,对于前一种我负有责任;而作为写作者,后一种自由,也就是思想解放,正是我必须具备、孜孜以求的。

由于贴近广大文艺工作者,又是其中一员,我要比市级其他领导干部,对于这种文化热潮的汹涌澎湃有更深切、更直接的感受;而因为主管宣传思想文化工作,置身改革开放第一线,每天都接触大量的新事物、新变化,又较一般作家具有比较开阔的文化视野和精神境界。

其时,中国文坛正在发生着巨大的变化。小说界呈现出"寻根文学"与"现代派"双峰对峙的局面。前者着眼于民族文化,力图通过对民族文化精神的挖掘和重构,奠定中国当代文学发展的根基;后者则与西方现代派紧密相连,采用与传统的写作截然相反的艺术方法,表现世界的不可思议和人生的荒诞、孤独。两种文学流派都引起了理论批评界的高度重视。一时间,西方的哲学、宗教、文化、文学等各个领域的著作被大量译介过来。这对于封闭已久的中国作家来说,无疑敞开了一个全新的世界。与此同时,诗歌和散文也有了长足发展。尤其是散文,摆脱了 20 世纪 80 年代之初缓步前行的状况,霎时间异军突起,呈现出"美文"与"学者散文"并驾齐驱的态势,有如 80 年代的小说,形成了令人刮目相看的"散文热"。

文学研究领域,学习外来理论的热潮更是一浪高过一浪。特别是"美学热",在举国上下蓬勃掀起。继 20 世纪五六十年代一些美学巨子围绕着"美的本质"即"美的根源"所展开的论争之后,从"文革"结束到 80 年代中期,他们又就"美的本体"等基本问题,大张旗鼓地展开了争辩,使美学独得风气之先,登上全国一些高校基础课或选修课的讲坛,西方美学著作纷纷被译介,成为名副其实的显学。

这些思潮、流派、理论、方法上的争衡,大大促进了文学创作的发展。创作的风貌脱离了较为单一的模式,艺术方法的探索和革新以更大的步伐推进。作家的主体性在这一时期的创作中表现鲜明,文学在朝着本体回归。

如果说,上述这些因素,对于我是催生变革的大环境或曰外因的话;那么,我自身的认识与需求,便形成了内在的动力。

孔子有"五十而知天命"之说,1985年我正好是五十岁。何谓"知天命"？说不清楚；但我知道,首先应该知道自己、认识自己。单就知识基础来说,我自认必须同时做好两件事情:已知的应该更新,未知的抓紧补课。小时候,我是从"读经"开始的,"四书""五经"毕竟是封建时代和小农经济的产物,许多东西需要转化、更新,同现代化接轨;知识结构不够完整,学术视野相当狭窄,表现为中国传统文化这条腿比较粗,而缺乏现代科学思维方式、科学精神的支撑。现代的学问、西方的文史哲经,相对来说,涉猎较少,许多新的理论、新的学说、新的思想知之不多,积淀比较薄弱。这样的结果,必然是思想境界拓展不开,不能与时俱进,影响不断创新。另外,在创作观念上,我对于文学回归主体,对于当代文学的主体性、内倾性特征的认识,远不如传统散文中"文以载道"的思想那样深刻。

受当时文化热潮的影响,我从个人实际出发,在过去精读恩格斯《反杜林论》的基础上,从1985年开始,又花费几年时间,深入研读了马克思和恩格斯的《德意志意识形态》、马克思的《1844年经济学—哲学手稿》、黑格尔的《美学》、罗素的《西方哲学史》、丹纳的《艺术哲学》、卡西尔的《人论》等哲学及美学名著;同时,也研读了国内几位美学家的著作,其中有朱光潜的《谈美》、宗白华的《美学散步》、蒋孔阳的《德国古典美学》、王朝闻的《美学概论》、李泽厚的《美的历程》《美学四讲》等;还有法国年鉴派史学、美国新历史主义方面的史学著作。这样,一直延续到21世纪之初,对于马克思主义理论和西方的文史哲美的学习、研索,迄未间断。如果说,20世纪70年代中期那段理论学习的目的性还不甚明确的话;那么,80年代下半叶开始的这番较长时间的补课,就带有鲜明的指向了。

这期间,我在文学期刊上刊发了一批带有哲理性的散文,体现哲学与美学的双重意蕴,力求从理性的张力、审美的愉悦和诗性的澄明中,展现一己对内宇宙与外宇宙森然万象的领悟与沉思。当然,也可以视为补课学习的现场答卷。

《五岳还留一岳思》,从友人遍游间山之后"产生一种意兴阑珊的感觉"谈起,说到旅游,说到现实生活,说到艺术创造,核心表达的是"充满希望的追求比到达目的地好"的理念,以及对于"审美距离"和"不到顶点"的体验与领悟。

文中有这样一段话:"人们对于已经占有、已经实现的事物,不及对于正在追求、若明若暗、可然可否的事物那样关心。张恨水的两句诗'凡所难求皆绝好,及至如愿又平常',反映了这种心态。古往今来,有谁未曾从不断的追求中获得快慰呢!"

我在这里想要揭示的是美感体验中的"过程说"——过程重于目的,理想高于现实。这固然谈不上什么新的见解、新的发现,但在我个人来说,却是一种超越心态的反映。以往所关注的常常是目的的实现,比如两年前写的《黄山三人行》就是这种心

>> > 说到旅游,说到现实生活,说到艺术创造,就是对"审美距离"的体验。图为王充闾登临南岳绝顶。

态的典型的艺术表现。攀登黄山天都峰,我是以爬越崇阶,直上峰顶为终极目标的,那种架势,大有不达目的誓不罢休之意态;至于欣赏途中美景、关注心灵体验,似乎根本就没在意念之中。

越往上爬,石级越陡,每上升一步都要手足并用,动作稍不协调,前面人的脚就会碰到后面人的头顶。有时遇到垂直九十度的绝壁,免不了要膝盖贴腮,鼻头碰壁。仰首翘望攀登顶峰的路线,远哉遥遥,势如悬瀑,不禁心旌震怖,两腿发虚。特别是山树鹰在枝头一声声的鸣叫,听来很像"回——回去",更平添了三分退意,确像古人说的有点"望峰息心"的味道。可是,当想到三百七十年前,徐霞客抓着树枝、野藤,将肚皮贴在山上,蜿蜒向上爬行,终于登上天都峰的情景,又觉得眼前的难度和险度,正在大大减小。——起码我们有石头凿出的台阶可登吧?

及至到了峰顶,心情确是无比的兴奋,以至豪气冲天地高声朗吟着:"只有天在上,更无山与齐。举头红日近,回首白云低。"但再往前走,步步都是下坡路,很快也就四顾茫然、意兴索然、心境苍然了。

应该说,人生原是一场关于美的充满情趣的艺术之旅,遗憾的是,我辈者流竟然往往把它轻轻地忽略了。为此,朱光潜先生慨乎其言地忠告:"阿尔卑斯山谷中有一条大汽车路,两旁风景极美,路上插着一个标语牌劝告游人说:'慢慢走,欣赏啊!'许多人在这车如流水马如龙的世界过活,恰如在阿尔卑斯山谷中乘汽车兜风,匆匆忙忙地急驰而过,无暇一回首流连风景,于是这丰富华丽的世界便成为一个了无生趣的囚车。这是一件多么可惋惜的事啊！"

18世纪德国思想家、文学家莱辛说过："我重视寻求真理的过程,胜于重视真理本身。"爱因斯坦十分喜欢这句话,曾把它作为座右铭,意在从中汲取美感,寻求慰藉。在日常生活中,我们也有这样的体会。钓鱼兴趣很浓,但目的往往并不在于吃鱼,只是为了从持续的等待、期望、追求中,获得一种心理上的充实和满足,寻求健康、悠闲的情趣。记得哲学家冯定曾在一次谈话中说过："人生就像解方程,运算的每一步似乎都无关大局,但对最终求解却是必要的。结果往往令人神往,我却更喜欢过程本身,过程就是结果的奥秘所在。"

《心中的倩影》这篇散文,同样表达了一种出于切身体验的美的感受。20世纪80年代初,我曾有南京之行,当时最急切的向往,就是一睹秦淮河的秀丽姿容;但是,令人沮丧的却是秦淮河已经受到严重的堵塞与污染。听到这个信息之后,我毅然打消了前往念头,不想让它的陋貌衰颜呈现在眼前,而宁愿秦淮河的美永存于虚幻的记忆与意念之中。

……回来后,我把这些想法讲给几位朋友听,多数人都不以为然。有的说我"痴情可哂",有的笑我"书生气十足""理想主义",我却至今不悔。特别是读到文洁若的散文《梦之谷中的奇遇》,对作家萧乾的举措,更是赞其通脱,引为同调。

1928年,十八岁的萧乾在汕头角石中学任教时,结识一位名叫萧曙雯的女学生。二人心心相印,灵犀互通,诚挚地爱恋着。不料,校长插足其间,声言如果曙雯拒婚,就要对萧乾狠下毒手。姑娘断然斥绝了这个恶棍,同时劝说萧乾赶紧离开,以免遭到暗算。本来,她是准备同萧乾一道乘船逃离的;可是,当发现码头上有歹徒持枪环视,她只好改变主意,悄悄地溜回。她知道,若是萧乾只身出逃,他们会高兴地放他走开;如果二人同行,萧乾就会死在这伙恶棍手中。

尘海翻腾日月长,一别音容两渺茫。这对情人南北分飞,无缘重见,各自在布满荆棘的坎坷路上建立了家庭。八年后,作家萧乾以此为题材,写了一部长篇小说《梦之谷》。他是多么盼望有朝一日能够再见一面当年的恋人——书中的女主人公盈姑娘啊!

六十年过去了,他终于有机会旧地重游,回到了汕头的"梦之谷",并且得知萧曙雯仍然健在。这对于千里离人来说,尽管不无苦涩,却也毕竟是一种抚慰。可是,经过一番斟酌,他竟毅然决然放弃了这个此生难再的机缘。他不愿让记忆中的清亮如水的双眸,堆云耸黛的青丝,轻盈如燕、玉立亭亭的少女风姿,在一瞬间,被了无神采的干枯老眼、霜雪般的鬓华和伛偻着的龙钟身影抹掉,他要把那已经活在心目中六十年的美好影像永远保存下来。萧乾说:"这不光是考虑自己,也是为了让曙雯记忆中的我永远是个天真活泼的小伙子,所以,还是不见为好。"

看到这里,也许有人会问:那么,美,究竟是存于内心,还是一种现实存在?我的看法是,美既是主观的,又是客观的。主观的以意象存在,比如《红楼梦》里的大观园,或者作家的所谓"白日梦";而客观的美以具象形式存在,同样是随处可见的。所以说,美是到处都有的,关键在于要有一双善于发现的眼睛。当然,对于作家来说,更习惯于"将无作有"——驰骋心中的想象,流连于"白日梦"。至于黑格尔所说"只有心灵才是真实的,只有心灵才涵盖一切,所以,一切美只有涉及这较高境界而且由这较高境界产生出来时,才真正是美的";反过来,"自然美只是属于心灵的那种美的反映,它所反映的只是一种不完全、不完善的形态,而按照它的实体,这种形态原已包含在心灵里"。这样,可就全然弄颠倒了——他把艺术的源泉原本是客观的现实生活,反转过来说成心灵是艺术的源泉,生活的真实来自心灵的真实。

康德在《判断力批判》中指出,适度的空间距离与心理距离是形成崇高或美感的必要条件。朱光潜先生对此做了进一步的阐释:"距离含有消极和积极的两方面。就消极的方面说,它抛开实际的目的和需要;就积极的方面说,它着重形象的观赏。它把物和我的关系由实用的变为欣赏的。就我来说,距离是'超脱';就物说,距离是'孤立'。从前,人们称赞诗人往往说他'潇洒出尘',说他'超然物表',说他'脱尽人间烟火气',这都是说他能把事物摆在某种'距离'以外去看。反过来说,'形为物役''凝滞于物''名缰利锁',都是说把事物的利害看得太'切身',不能在我和物中间留出距离来。"

我的思辨性散文《追求》,可以看作是对于美学大师的精辟论述的感性解读。

悬念与追求会产生一种美的境界。有的美学家认为,哲学、艺术的真谛,都在于不断地追求真善美,而不是占有它们。实际上,美是不能被占有的。由此,我联想到《世说新语》中的一则故实:

王子猷任性放达,弃官东归后,在山阴闲居。一天夜里,大雪纷飞,弥天盖地。他一觉醒来,开门叫僮仆备酒。饮酌中,临窗四望,但见处处银装素裹,净洁无尘,蓦然忆起了住在剡溪的好友戴安道,便连夜乘船前往寻访。足足走了一宿方始到达友人门前,可是,却悄然返回了。人们问他:这么远冒雪赶来,为什么不进去与友人见上一面?他的答复是:"我本乘兴而来,兴尽而返,何必见戴?"

也许王子猷只是追求一种美的境界,走近,却并不占有,留下一块永恒的绿地,供日后悬想与追思。在他看来,这种美的境界就在事物的过程之中,所以,"山阴泛访戴之舟,到门不入"。这里,也显示了晋人追求心灵超越的唯美主义品格。

············

从中,我们也悟解出,追求比占有更使人感到快慰,感到幸福;充满希望的追求,总是比实际到达目的地更有吸引力。有些人占有欲很强,但未必就能得到真正的幸福。世间能够到手的东西毕竟有限,而占有欲却会无限地膨胀。

以有限逐无限,必然经常处于失望、苦恼之中。正如苏轼所言:"物之所以累人者,以我有之也。""人之所欲无穷,而物之可以足吾欲者有尽。美丑之辨战乎中,而去取之择交乎前,则可乐者常少,而可悲者常多,是谓求祸而辞福。"

第二节
望海楼随笔

1986年、1987年这两年,应《人民日报·海外版》编辑孙乃的邀约,作为几位主要撰稿人之一,我参与了撰写《望海楼随笔》专栏文章。编辑要求:文字简洁、洗练,篇幅在一千五百字上下,最多不超过两千字;叙述、议论与描写穿插组合;题材不限,但应兼顾情致与蕴含;争取每星期提供一篇。

按照要求看,这也就是那时通称的小品文吧? 20世纪60年代的《燕山夜话》和《三家村札记》,自都属于标准的样板——随着兴会所至,意之所之,顺手书写精细观察之后的见闻感触,表达动人之情思,透辟之见解,即便是讽刺、抨击,也不失其雍容的情态和隽永的风格,看了令人惬心快意,忍俊不禁。

有了规范、体例,接下来,就是根据平素的知识储备,拟定出大量题目,或曰话题,分别记在活页笔记本上;在大致思索出一个路数的基础上,逐一往里充实素材,包括过去积累的、现今搜集的、随时想到的观点、材料、故事、趣闻以及名言、诗句;待到发现哪一篇准备就绪了,便细加梳理,确定题旨,厘清脉络,动手写就。由于平时阅读量大、读的书多,腹笥比较丰厚,又兼儿时"童子功"的超强训练,记忆力强,而且,手勤、笔勤,随身带着笔记本,每有感悟,辄撮要记下,颇有助于旁征博引,左右逢源,往往两三个小时就能完成一篇。

其间,我正在营口市委担任领导工作,负责常务。每天参加或主持会议,检查部署工作,开展调查研究,接待来信来访,八小时之内总是排得满满的;只有早晚和星期天、节假日,还有一点时间可供自己支配。当然,还有思维方式、心态、心境方面的冲突、矛盾。写作,光是身静不行,还必须保持心静。这样,每到星期天、节假日,匆匆吃过早饭,我就提个兜子到军分区去,躲进一间静室,排除一切干扰,集中精力阅览、构思、写作;中午吃盒饭,直到晚上六七点钟才回家进餐。

对于我来说,这原是一种常态。可以说,退休之前,我的大部分文章都是在紧张、繁忙的工作之余完成的。谢绝了吃请、陪餐、拜年、贺节以及各种娱乐活动,一点点时间也舍不得浪费。我常常想,中外古今,许许多多志在创造艺术,誓为艺术而奉献终生的人,他们的生命存在方式、生活方式却往往缺乏艺术性。诗人,应该是富有浪漫情怀,优哉游哉的吧?可是,"百年歌自苦,未见有知音"的杜甫,"两句三年得,一吟双泪流"的贾岛,还有"是儿要呕出心肝"的李贺,全都是一副"拼命三郎"的架势。这使人联想到列宁那句椎心泣血之言:"我们想要建立八小时工作制,可是我们自己却往往做了至少两倍时间的工作。"与其说,这里反映了一种人生悖论,毋宁说,是创造者预先支付的生命代价。

两年间,共写了七十篇随笔,围绕着人才问题、社会矛盾、生活事理和艺术规律等多方面的话题,将人与事、情与理、今与古、诗与文熔于一炉。春风文艺出版社把它们统一纳入智性散文的范畴,以《人才诗话》为名付梓,作家余心言(中宣部副部长徐惟诚笔名)欣然撰写了序言。录下书中的《意足不求颜色似》一文,借窥一斑:

> 宋代诗人陈与义的五首《水墨梅》七绝,颇负盛名。其四曰:"含章殿下春风面,造化功成秋兔毫。意足不求颜色似,前身相马九方皋。"
>
> 据说,宋徽宗看到这首诗以后,击节称赏,当即会见了作者,有相识恨晚之憾。陈与义自此名播海内,并被拔擢晋用。诗,确实写得很好。前两句为一般的铺叙,大意是说:南朝宋武帝的含章殿下,有你(梅花)美丽的笑靥,大自然孕育名花的功绩,全靠一支兔毫画笔完成。精彩之处在于三、四两句,借咏墨梅提出了一个富含哲理的课题。
>
> 中国古代诗论中,有"古诗之妙,专求意象"的命题。说的是传统艺术最讲究摄取事物的神理,而遗其外貌,像九方皋相马那样,达到那种"超以象外,得其环中"的境界。"意足不求颜色似",讲的正是这个道理。
>
> 原来这里面有个典故:《列子·说符》记载,秦穆公问伯乐说:"你岁数很大了,你的后辈里有没有能够接你的班,善于相马的呀?"伯乐说:"我的后辈只能凭着形容骨相去相一般的良马;至于天下无双的千里马,看上去神奇恍惚,难以捉摸,跑起来飞蹄绝尘,不留迹印,这光凭骨相去识别就不

行了。我有一个自幼一起担柴挑菜的伙伴叫九方皋的,此人相马本领不亚于我。"

这样,穆公就把九方皋请来了。按照穆公的要求,九方皋四出相马,奔波了三个月,终于在沙丘一带找到了一匹千里马。回来禀报时,穆公问他马是什么样的?九方皋答说:"是黄色的母马。"但是,前去取马的人回来了,却说是一匹黑色的公马。穆公很不高兴,责备伯乐说:"你推荐的那个相马之人,简直是胡闹。竟连黄、黑毛色和公、母性别都分辨不清,怎么能鉴别马的优劣呢?"伯乐答道:"这正是他的高明之处。因为他对马的观察,深入马的神理,得其精而忘其粗,在其内而忘其外,视其所视而遗其所未见。他重视的是马的风骨、气质,而把毛色、性别等次要因素都抛开了。"后来,经过实际检验,果然是一匹天下稀有的佳骏。

这种抓本质、看主流,摄取事物神理而遗其皮毛外貌的做法,不独对于赏花相马、论诗评画具有指导意义,以之论才取士,同样是适用的。世上并无完人。我们选拔人才也应"得其精而忘其粗,在其内而忘其外","不以一眚掩大德"。

汉代学者王充在《论衡》中讲过:"志有所存,顾不见泰山;思有所至,有身不暇徇也。"当一个人专心致志于某一学问或事业时,他可能连泰山也视而不见,连身边的事情也无暇顾及。法国大画家罗丹关于艺术人才也有这样一段精彩的论述:"在著名的画家与雕塑家的传记里,满载某某前辈的天真可笑的趣闻。但是要知道,伟大的人物因不断思考自己的作品而忽略日常生活。更要知道,有许多艺术家,虽然他们颇有智慧,但表面上好像肤浅得很,只是因为他们没有口才和应答不敏捷的缘故。可是,对于那些浅薄的观察家来说,善于辞令是聪明伶俐的唯一标志。"

"意足不求颜色似",重视神理、本质,而不胶着于牝牡骊黄,作为一个指导思想,无疑是必要、正确的。但是,人才毕竟要比"马才"复杂得多,人事工作者不应以此为借口而粗心大意,马虎从事。在这方面,我们应提倡更耐心些,更细心些,多问几个为什么,多多看上几眼。

走笔至此,想起《儒林外史》中《周学道校士拔真才》的一段故事:五十四岁的童生范进,考了二十余次,迄未中举。这次,提学道周进主考,将范进的答卷用心用意看了一遍,心里不怎么喜欢,想道:"这样的文字,都说的是些什么话!怪不得不进学!"便丢过一边不看了。又坐了一会儿,还不见一个人来交卷,心里又想道:"何不把范进的卷子再看一遍?倘有一线之明,也可怜他苦志。"于是,从头至尾,又看了一遍,觉得倒是有些意思。末了又看过第三遍,看罢,不觉叹息道:"这样文字,连我看一两遍也不能解,直到三遍之后,才晓得是天地间之至文,真乃一字一珠!可见世上糊涂试官,不知屈煞了多少英才!"忙取笔细细圈点,卷上加了三圈,填上了第一名。

周老先生可贵之处,在于他爱贤惜才怀有一片赤诚之心。他想的是"倘有一线之明,也可怜他苦志"。这样,才能一看再看,细致认真,终于摄取神理,得其真髓。这一点,也是我们汲取九方皋相马的经验时,所不可忽视的。

在《历史与美学的对话》中,颜翔林先生指出:"王充闾的人才观已经超越了一般的人才学范畴,上升为对人的存在意义、生存价值、人格设计、审美情怀、生命智慧等方面的本体论、存在论、价值论视角的认识,也从人才视角表明作者对中华民族的复兴和繁荣的拳拳之心,他渴望诞生无数的中华民族的理想群体和审美个体,出现理性精神和诗性情怀完美统一的崭新人格。可以说,就这一问题的运思,很少有人能达到王充闾这样的关切和深刻的程度。"

关于智性散文的写作,我有如下几点体会:

第一,张扬主体性。这是智性散文的本质特征所决定的。智性散文不在于抒情,而在于思辨与说理,这就要求突出知识与智慧的含量,实现审美与审智的交融互会。最忌讳的是只见知识、素材的堆砌,而创作主体的灵魂缺席。我力求在每篇文章中,都能跃动着创作主体的身影,闪烁着作者的灵思妙悟,做到"六经注我"。创作中,我把鲁迅先生的文章奉为圭臬,那"血的蒸汽,醒过来的人的真声音",时时引领着我的构思与运笔。在这里,诗性与哲思充当了缪斯女神的助手。无分悲剧、喜剧,噩梦、美梦,顺境、逆境,亮色、暗色,七色人生一经诗性与哲思的点拨,就会突显其无常而有常、单调而驳杂、平淡而深邃的张力,增添趣味性,展示其开阔的可叙述性、可认知性。

第二,叙述方法,体现互文性。应该说,每个文本都是一个开放的体系,都是其他文本的镜子,都包含了其他文本的质素与因子,亦即每个文本都是对其他文本(如文化典籍、古今轶闻、诗词掌故、名家论述等)的吸收与转化。这样,多个文本的质素集中在一篇文章中,可以相互贡献意义、相互指涉、相互参照、相互印证,释放出新的意义。像这篇《意足不求颜色似》,为了阐明抓住本质、遗貌取神的道理,就与《列子》《论衡》《儒林外史》和古诗、诗论形成了互文关系。有的则是用作者写作之前阅读过的作品阐释此一文本,从而形成文本间互相渗透、互相生发的关系。

第三,思维方式上的相似性。这是从互文性衍生出来的。要实现互文,必须充分调动思维主体的联想与想象功能,将思维对象随时同其他事物联系起来思考。有的学者将这种机能称之为相似思维,亦即利用事物间的内容、结构、动态、功能相似的特点,在具有相似性的对象之间进行类比、连接、隐喻,达到触类旁通的效果,形成新的认识,拓展一个新的认知空间。这是我的一种习惯用法。

第四,选取一种与内容和表现形式相适应的认知视角。由于散文中涉及的多是用人之道、治国之理、处世之规、人情之常,应用得比较多的是人本视角。视角的选择,决定于胸襟、眼界、识见,往往受到文化视野、人生阅历、生活经验的制约。

第五,形式的创新。从文体角度看,这种形式对传统诗话体例有所创新。文学评论家叶易指出,传统的诗话体制,一种是本

>>> 王充闾的《人才诗话》类似于欧阳修随感式的《六一诗话》。图为他在醉翁亭前。

于钟嵘《诗品》——其实,它是诗评,持论严肃,条理清晰;另一种体制本于欧阳修的《六一诗话》,随感而发,轻松行文,如过于随便,易流于滥。此著(《人才诗话》)属于后一类,既有唯意所欲,轻松行文的优点,又兼有前一类严肃持论,条理清晰,重于说理的特点,使哲理性、知识性、趣味性得到较好融合,开创了"诗话"的一种新风貌。

第三节
人生之悟

本章集中地说一下这一时期的纪游散文。

可能是由于受中国传统文人、传统诗文的影响过深,对于名城胜迹的深邃蕴含、山川佳境的自然之美,我一向有着本能的直觉的迷恋,所以,只要有机会,不辞跋山涉水,有时甚至废寝忘食,也要前往游观。

处在领导岗位上从事创作、研究,确实经常出现时间、精力以及心态与思维方式上的矛盾,但也获得一些方便条件,特别是到省里任职之后,有更多机会参加全国性的会议,而由于同时又有作家、教授的头衔,可以经常到各地访问、考察、观光、研讨,广泛接触各方人士,请益于文艺界、学术界的专家、学者。

在那些积淀着千百年来无数诗心墨痕的所在,我往往是"因蜜寻花",或如庄子所言,"乘物以游心"。我不想按照景点导游图的指引,挤在熙熙攘攘的人群中,泛泛地"到此一游";而是习惯于在景深人静之处,停下脚步,静观默察,过细思索。两脚踏在敞开的大地上,一任尘封在记忆中的此一景点的诗文典故、逸闻轶事涌动起来,心中流淌着时间的溪流,在溟濛无际的空间的一处处景点,与那些曾经在这里驻足流连的前贤往哲对话,感受

>>> 对于山川自然之美,王充闾一向有本能的直觉迷恋。图为他在黄河龙羊峡水电站。

着一束束性灵之光,同那些易感的心灵,穿越时空壁垒,共同交换着各自的审美感受,坦呈不同视角、不同取向的独特认知。

这样,写出来的游记,不再是自然景观与历史人文一般的交融互会,而是渗透着一己切实的人生体悟;不再是泛泛地叙述他者(古人或今人)的思感、言行,而是融进作者的主观见地。在这里,社会思想剖析的纵向掘进,同关注个体的精神特征、注重表现人的感情的横向开拓,有机地结合在一起。主体精神的融入使自然景观蕴含了浓重的生命意趣,而人文化了的自然景观也以其自身的特质作用于写作者,使之获得丰富的生命情感、蓬勃的生命活力和崇高的人格精神。

我在云南大理曾经参加过一次白族的"三道茶会"。顾名思义,茶分三道:第一道茶是经过文火烹过的,苦涩无比;第二道茶是甜茶,里面加了红糖、核桃仁等,喝上一口,甜中带香;第三道茶里,添有蜂蜜、花椒、芥末等佐料,使人记起苏辙"俚人茗饮无不有,盐酪椒姜夸满口"的诗句。略一沾唇,便觉麻辣酸涩一齐涌来,竟然辨别不清是什么滋味。可是,饮过几口之后,细加品啜,却又颇像咀嚼橄榄,大有回甘之效,故称之为回味茶。喝过之后,我即兴吟咏一首七绝:"未经世路千重境,且饮人生三道茶。消受个中禅意味,蹉跌险阻漫诧讶!"

据说,这种茶会原是为欢送子弟外出求学、习艺、经商的一种礼俗,后来,演进成一种富有生活情趣、饱蕴人生哲理的待客方式。它融娱乐、审美、教化作用于一体,为人们在紧张、喧嚣、粗犷、变动的现代生活中提供一方宁静的憩园和几丝温馨的抚慰。

回来后,我写了一篇散文,其中有这样几段话:

三道茶会,对于初出茅庐、乍涉世事的青少年,颇有教益。三杯釅茶入口,苦苦甜甜,回味无限,即使是粗心率意的钝根庸质,也总能从中得到启迪,有所感悟,减除几分稚气,增加些许成熟,不致把原本复杂曲折的社会生活简单地看作笔直、坦平的"涅瓦大街人行道"。

回味茶,尤其宜于老年。人到了一定年龄之后,沧海惯经,风霜历尽,百般磨折过去,世事从头数来;绚烂归于平淡,浮躁化为沉静。丰富的阅历,多彩的生涯,翻过筋斗、勘透机锋的智慧与超拔,使他们如窖藏数十年的陈酿,味浓而香冽。经过几番回味,其间固然不乏颓唐、退馁者流,所谓"五欲已消诸念息,世间无境可勾牵"(白居易诗);但更多的还是"老骥伏枥,志在千里"。有人说,幸福感是经过磨折之后一种高扬的澄静。果如是,则这些老人的心境笃定是甘甜的。

身处逆境者有必要啜饮三道茶。那种苦甜交会、忧乐相乘的意蕴,有助于他们顿悟"艰难困苦,玉汝于成"的妙谛,相信"天将降大任于是人也,必先苦其心志,劳其筋骨,饿其体肤,空乏其身,行拂乱其所为,所以动心忍性,曾(增)益其所不能"的人生哲理,领略"谁谓茶苦,其甘如荠"的辩证关系,从而磨砺意志,振奋精神,立志做烈火中的纯钢、冻雪中的红梅、暴风雨中的雄鹰。

至于那些万事亨通、一无窒碍、志得意满的幸运儿,三道茶对他们也有所裨益。他们在横绝四海、睥睨万方的奋进中,喝上一杯苦茶,当可澄心静虑,少一些浮躁,多几分清醒,懂得危机感的不可或缺,忧患意识之可贵,增强经受挫折、战胜困境的应变能力。

健全的人生离不开真、善、美的发掘与弘扬。借鉴与吸收外间经验,无疑是极端必要的。但是,总不能脱离民族传统的土壤。而且,正如某些民俗学家所指出的,现在有些艺术实践活动,尽管比较科学、缜密,但总不如一些优秀的民族传统活动那样清新活泼,意趣盎然,贴近生活,因而不能形成足够的社会氛围和人文趋向,不易获得整体的社会性认同与契合。

在中外文学家的笔下,夕照、黄昏都是鲜活灵动、多彩多姿、富有生命力的。所不同的是,中国古代诗人多是赋予它以凄美的意象,往往带有感伤的韵味。"夕阳无限好,只是近黄昏""最难消遣是黄昏"。而在域外却迥然有异。黄昏具有美的形象,泰戈尔说:"黄昏时候的天空好像穿上了一件红袍,那沿河丛生的小树,看起来更像是镶在红袍上的黑色花边。"它又是富有音乐感的,高尔基说,当太阳走到大地里面之后许久,"天空中还轻轻地奏着晚霞的色彩绚烂的音乐"。而且,还有性格,有情感。在莫泊桑笔下,"那是一个温和而软化的黄昏,一个使人灵肉两方面都觉得舒服的黄昏"。凡尔纳写道:"太阳在向西边的地平线下沉之前,还利用云层忽然开朗的机会射出它最后的光芒","这仿佛是对人们行着一个匆匆的敬礼"。赫尔岑写得更是富有良知,"这美丽的黄昏,过一个钟头便会消失了。因此,更其值得留恋。它为了保护自己的声誉,在别人还没有厌倦之前叫他们珍惜自己,便在恰当的时候转变成黑夜"。原来,黄昏竟是这样的充满情趣,难怪夏洛蒂·勃朗特称它是"二十四小时中最可爱的一个小时"。

我在散文《黄昏》中,一改千年固有的印象,凭借主观的瞬间审美体验去表述黄昏所附丽的心理色调和人生感悟。

我说,自小我便看惯了草原的夕阳,它像过年时节村头挂着的大红灯笼,似近实远,似静实动,衬着绿绒毯一样的芊芊茂草,成就了一幅天造地设的风景画。海上的夕阳也灿然可观,宛如正在爆发的火山一样,喷射出万道光芒,把天际烧得通红。海涛则如万马奔腾,疾驰而去,闯进那红宝石和炉火般蒸腾滚动的霞辉里。当然,最动人心弦的还是万米高空之上的黄昏景象:

> 在苍茫的天地交接处,映现出类似日光七色的横亘西天的宽阔彩带。紧贴黛青色天穹的是翠蓝和绀紫,下面是一层碧绿,再下面是一色的橘黄,再下面呈淡金、橙红色,靠近地平线是一抹丹红,彩带下面是暗黑的大地。二十分钟以后,天空开始变暗,七色不甚分明,尔后红色逐渐转暗,彩带全呈暗黄色,最后与大地融合在一起,看去像薄暮中大片成熟的谷物。

这是自然界的黄昏,分明也是我不久将来即将面对的生命的黄昏。平生积累下来的知识、经验、能力、阅历,便是那日光七色,那丰收的景象和成熟的果实。已经化为烟云的昨天因收获而实存,而可供把握的今天更因探求与超越而分外壮美。

在记游文字中,融会着生命体验与人生感悟的散文,还有描写风景区九寨沟的《清风白水》。面对此间的自然天籁、荒情野趣,我的感觉是,犹如"裸体的婴孩扑入母亲的怀抱,生发出一种重葆童真,宠辱皆忘,挣脱小我牢笼,返回精神家园,与壮美清新的自然,整个地融为一体"。

在我看来,"隐在深山人未识"的九寨沟,与其他许多风景区都截然不同,亘古以来,它就是一片与世隔绝的典型的处女地。世世代代,这里只是散居着为数不多的藏族同胞,那些性耽山水、情系烟霞的文人墨客从未涉足,因此,过去"名不见经传",人文景观相对缺乏。此间,多的是古艳动人的神话传说,它们以原始思维的想象和幻想、虚构的形式,曲折地反映出藏族劳动人民在征服自然的劳动、斗争、爱情生活中的经验、理想、感情和愿望。这种特异的历史文化积淀的形成,当然和它长期处于封闭式的环境,脱离原始状态较晚有直接关系。

作为民族远古的梦、文化的根、精神活动的智慧之果,口头传承的原始文化结晶和无意识的集体信仰,神话传说在九寨沟可说是满坑满谷,俯拾即是,几乎所有的景观都和神话传说相联系。这一切,使得九寨沟原本就瑰丽迷人的景观更加富有魅力,筑成连接过去、现在、未来的一座虹桥,沟通梦境、现实、希望的一条彩路。

我访九寨沟时,正当知天命之年,已经是告别童话与神话的时期,可置身其间,仿佛又回到了飞驰已久的童年,重温和白雪公主、美人鱼为伴的幻想世界,恢复了清风白水般的童真。同这种雾气氤氲缠绕在一起,幻者似真,真者疑幻,怕是几个清宵好梦也难以遣散的了。

也许是文人的积习吧,此刻,那易感的心灵和深沉的忧患意识,又悄然而至,迫使我的心情在轻松、愉悦的同时,又交织着剧烈的冲突与矛盾。在散文的结尾处,我郑而重之地写下了这样一段话:

> 面对那醉人的湖山秀色,我曾深深为之惋惜:长期僻处深山密林之中,鲜为人知,空度了无涯岁月,辜负了天生丽质。但是,当我看到坐落在海拔二千六百米的湖山胜境的日则招待所门前,一群吃罢山禽盛宴、喝得烂醉如泥的年轻人,乱掷罐头、酒瓶,随处便溺、呕吐,丑态百出的情景,又觉得开发得晚也未必不是它的幸运。在工业文明的物欲满足往往是以破坏生态平衡为其代价的现代社会里,如果九寨沟早几十年面世,恐怕今天再也见不着这块净土了。……须知,自然界有其自身合法的权利和独立的价值。我们每个生活在地球母亲怀抱中的现代人,都应该对生态环境有一种深沉的眷恋感和自觉的责任感。遗憾的是,在这方面,人们常常忘本。人是自然的产儿,但在成为文明人之后,便一天天地远离自然掉头不顾了。

同样属于环保题材,还有一篇《绿净不可唾》,说的是:

游览辽东的浑江水库,面对绿波凝净的秀美景观,记起了韩愈的"瞰临眇空阔,绿净不可唾"这两句诗。诗人不仅把澄潭远涨的景色写得清丽动人,而且刻画出一种自觉形成的审美心态——身处净洁的环境,心中自然而然地升腾起一种爱美保洁的意识。

确确实实,赏心悦目的优美环境,在引发人们精神愉悦、产生视觉美感的同时,还会像黑格尔老人所说,有力量从人的心灵深处唤起种种反应和回响,因此,我们应该充分重视客观环境对于主观心理的影响作用。行为主义心理学之所以把环境归并到行为之列,就是着眼于审美情感的发生、发展及其内容、强度,在很大程度上,都反映了客观对象对于主体的影响。这种影响,此刻集中表现为"绿净不可唾"的心理制约作用。它建立在自觉的基础之上,无须仰赖纪律的督查,法制的约束。它有助于人们养成良好的习惯,维持爱美保洁的环境秩序。

当然,我们说环境对于人的心理有着影响作用,并不意味着人们只能消极地坐待环境的优化。英国作家萧伯纳说得好:"人们通常将自己的一切归咎于环境,而我却不迷信环境的作用。在这个世界上,有所作为的人总是有力寻求他们所需要的环境;如果他们未能找到这种环境,他们也会自己创造出来。"

而要净化环境,首先必须净化人的心灵。爱美保洁,应该成为每个现代人的道德修养和行为规范,而且,要从小做起。可以说,培养良好的习惯是人们在其神经系统中存放的道德资本,这种资本日后会不断地增值,在整个生命历程中享用着它的利息。

与这类侧重审美意识的文章相呼应,还有一些纪游散文,通过对景物、事件的勘核,阐发哲学的意蕴。在《历史的抉择》中,以记叙帝王墓葬为载体,通过正反对照、互为背景的写法,以空间对时间,从感性见理性,做了道德、生命与功业的关系的思考,表达了对于历史人物的价值判断。

老子有言:"死而不亡者寿。"那古穴神奇迷茫、碑亭巍然高耸的禹陵,那规模宏大、气象巍峨的禹庙,那金碧辉煌、重檐飞角的大殿,那身着华衮、手捧玉圭、头戴冕旒的大禹塑像,以及往来如织、络绎不绝前来参谒的四海游人,不正是苦工皇帝、治水英雄大禹的永生不朽的象征吗?与此形成鲜明对照,距此并不很远的南宋六座皇陵的荒凉冷落,无人问津,被人们弃置若遗,则正反映出无道昏君的"价值生命"的短暂。

一方面,是四千年前的大禹,以其震古烁今、惊天动地的英雄业绩和鞠躬尽瘁、死而后已的献身精神,留下了不朽的生命,为万代子孙所景仰;另一方面,时间仅仅过去七百多年,巍巍六陵于今却已荡然无存。——我之所以做这样的对比鲜明的思考、判断,倒不是单纯地强调某种政治思想主张,而是旨在同时揭示一种哲学蕴含,亦即对生命长度的辩证思考。人的生命是有限的,但如果和人民的利益、历史的进步结合起来,则有限就会变成无限。

还有一篇《长岛诗踪》的记游散文。我原来想,长山列岛既然是个景色绝佳而又荒寂、褊狭,与世隔绝的所在,那里一定会弥漫着朦胧、神秘的氛围,广泛流传着各种神话传说——史前艺术的折射镜和显像版。可是,身临其境之后,弥望中却是一排排矗立着的现代感很强的楼群,那整洁、开阔、平坦,覆盖着绿树浓荫的柏油马路,那环绕着碧绿的海湾,满布着不同肤色、不同服饰的游人的环海公园,仿佛一齐在向我申明:这里并非我所想象的荒凉岛屿。在改革开放的新时代,海岛渔民在这里筑起了中国第一座县级民用飞机场;架设了贯穿全县各个乡镇,与国家电网接通,总长达二百多公里的海底电缆,使长山列岛成为名副其实的海上明珠;修建了设备比较先进的科、教、文、卫设施。他们自编、自演的《海蓬花》,竟在全国歌剧观摩演出中夺得了剧目奖和优秀导演奖、优秀演员奖,弄得那些声名煊赫的大型剧院瞠目结舌。此行唯一感到缺憾的是,两日的勾留,竟然没有搜集到一则神话传说。这使我想到了马克思的一句话:"任何神话都是用想象和借助想象以征服自然力,支配自然力,把自然力加以形象化;因而,随着这些自然力之实际上被支配,神话也就消失了。"

这里还有一个小插曲:1991年《人民日报》举办"五彩城"散文大赛,本文被评为一等奖。评议中,有的评委心存戒虑,怕评上一位高级干部会被说成是"文以人重",评委会主任秦牧先生指出:"我们对参评文章取舍、轩轾的唯一标准,是其质量与水准。质量第一,质量唯一。只要标准达到了,就可以放胆地评,不管他是领导干部,还是一介平民。"高言傥论,博得全体一致拥护。

这七八年间,对我来说,是很不寻常的,其间经历了比较显著的变化,这里有转身,有反思,有奋进,有升华。其间,有几部

>>> 20世纪80年代初,王充闾的第一本散文集《柳荫絮语》出版。图为他和出席作品讨论会的人员在一起。

作品集问世。1986年、1987年、1991年,先后出版了《柳荫絮语》《人才诗话》《清风白水》三部散文集,还有一部旧体诗词集《鸿爪春泥》。

第四节

崭露头角

1990年,经小说家金河、诗人晓凡介绍,我加入了中国作家协会。

翌年,散文集《清风白水》在作家出版社付梓,附有一篇《后记》,略云:

在文学创作队伍中,我不属于正规军,充其量只能算一名亦劳亦武的民兵。我的工作担子很重,每天除了繁杂的公务,再去掉'三餐一梦',几乎抽不出多少时间读书,遑论创作!按说早就该和缪斯女神斩断尘缘了。无奈"凡心"难退,一遇到催人奋进、引人返思、令人感慨的风物人情,心潮便会不期然地荡起感情的波澜,重新燃起创作的欲望,于是,已经落地的杨花又复飞扬起来。我一向认为,写作散文绝非易事。即使终生以之,全力去做,也难臻化境。在文学道路上,我经常有西绪弗斯推石头上山的感觉,从来不知自在逍遥为何物。当然,苦中有乐,创作本身也是一种诱惑、一种欢愉、一种享受,更是一种责任。

公余之暇,特别是节假日,我喜欢独自负手闲步。此时,心境悠然,万虑澄净,平日的诸多见闻、联想,便如一脉清泉汩汩流出。心游目会,意绪纵横,思接古今,想落天外,完全突破了时空的限界。胸中有得,兴会淋漓,笔之所至,自然成篇,谈不上有什么法度与定式。这样,有些篇什就难免枝蔓芜杂。但因激情已经消逝,很像干却的胶泥,再也难于揉搓捏抹了。好在感情是真实的,无论是状时代之洪波,写人情之欣戚,究世事之得失,发物理之精微,都是意之所适,情之所钟,从心泉中自然涌流出来的。炉锤在我,全无矫饰。我以为,人生不能没有理想、追求和精神支柱,创作亦然。纵使有些篇章缺乏应有的深度与分量,未能把丰盈的生命之波鼓荡出一片潮声,起码也要做到对读者有所启迪,努力给人以鼓舞、希望和力量。

　　这些散文多数写于80年代。其间有赤诚的热爱、执着的追求,也有温馨的忆念、严肃的思考。它们宛如树木的年轮,一一再现了作者情思的轨迹和梦影、屐痕。十年文事,约略书中;回首鸿泥,徒增惭怍。

"后记"概述了当时创作的心境。1985年之后,经过刻苦学习、自觉补课,自认散文写作确实发生了一些变化,表现为不仅关注时代、关注社会,而且着眼于自我对于生命和生存的感悟与理解,自我对文化的发掘、沉醉,自我对人与自然的关系的体验,以及生命与自然的合而为一。其中,人生、文化、自然成为这一阶段创作表现的三个层面,而核心则是生命的强烈的追求意识。作品中还散发着强烈的文化气息,但那已不仅仅是从前的诗文佳句的引用,而是在大量的史实、神话、传说的交融互会中,注入鲜明的主体意识。它们不再是生命之外的存在,不再是僵硬的建筑和落满了灰尘的纸张,而是作为个人的生命意识内化于字里行间。

端的是功夫不负苦心人,散文集出版之后即引起了文学界的广泛关注,有多位知名学者、作家、评论家撰文评论,予以热情鼓励和中肯的指导。应该说,这和当时整个文学界的良好气候、学术氛围也有着直接关系。

我同散文家郭风先生素昧平生,但他接到书稿和邀请函后,不顾七十五岁高龄,欣然命笔,撰写了序言。指出,王充闾的作品,"给我较深的印象,是他不断地向散文的各个领域,或云向散文的诸多样式进行探索和表现出自己的追求与才智,从而取得了别人不能代替的艺术成就"。他把这概括为"自觉的文体意识"。他说:"我似乎从他的作品中间觉察得到,即使早期的杂文作品,也看不出他刻板地模拟前人的某种定式进行创作","仔细地读,或读得多些,便会觉得他从不重蹈前人(或他人)的窠臼,而他自己的散文,从总体看,也可以说是不拘一格。为此,他的散文作品便发出一种独特的个人散文文体的光彩,大有别于他人的散文作品。而所以致此,我个人以为正是作家深切理解散文文学的品质、性格之故"。

文学评论家吴俊也谈到,我们能够从许多角度来界说:"王充闾是一个成熟的文体作家","具备了传统意义上的抒情散文、叙事散文和议论散文的文体特征。比较起来,由于他的散文大多集中于叙写具体的个人遭际及其命运,因此,同样可以记人散文视之";"在他的实际文体形态中,它们都是合而为一、融会贯通的,并且,事实上也很难说哪一种文体特征是最主要的,这就是将王充闾称之为文体作家的根本原因,或者说,这也是将他视作文化散文作家在文体方面的根源。王充闾的散文文体特征最足以使他的散文成为文化散文的典型代表"。

文学评论家冯牧先生在《书生本色,诗人襟怀》一文中说:"业余作者在经过勤奋学习和实践之后进而成为有所成就的作家,所在多有,并非罕事;但是难能可贵的是这样的业余作者,在他步入文学道路之始,就具备了相当充分的思想文化准备,相当丰富和广泛的生活积累,相当敏锐和深沉的艺术才思,以及颇具大家风范的把握与驱遣文学语言的功力。"为此,"我还是愿意把他看作是一位文学写作的斫轮老手,一位在散文写作上出手不凡和独具机杼的散文家"。北京大学教授、学者谢冕先生最先提出:"王充闾的创作实践是通往散文学者化的进程","他在散文方面的贡献,是把平日思考与读书心得结合起来,把知识的积累与实际运用引入各种体式的散文中,而使这些散文展现出浑厚的文化氛围。它的好处是能在保全散文体式的前提下,使它具有作者致力追求的知识的进入"。郭风说"王充闾的散文闪现出'独特的个人散文文体的光彩',这是很中肯的","他正是建立一种属于个人的散文风格"。

发表评论文章的还有华东师范大学徐中玉教授、辽宁大学王向峰教授、雷达、孙郁、胡河清、陈辽、王必胜等多位学者。当时,文化艺术出版社将上述文章结集出版,名为《王充闾散文创

>>> 北京大学教授、学者谢冕最早指出,王充闾的创作实践是通往散文学者化的进程。图为王充闾与谢冕在一起交谈。

作论集》。

写到这里，我想顺便谈一下1994年9月4日那次关于散文集《清风白水》的研讨会。这是由中国作家协会会同作家出版社、辽宁省作家协会一起召开的。中国作协党组书记、副主席玛拉沁夫亲自主持，谢冕、阎纲、林非、徐怀中、雷达、石英、吴泰昌、崔道怡等三十余位作家、评论家到会，他们在充分肯定作品的同时，也指出了一些不足之处。我印象最深的是两个人的发言。

陈荒煤先生正在住院，没有到会。他写了一篇两千多字的发言稿，由作家出版社一位副主编代为宣读。开头说："我很同意郭风在序言中的评价，这本散文集确是独具一格，文笔洒脱，放得开，撒得远，收得拢，自由自在，颇见功力。作者如能保持和发展这种'出格'继续前进，相信会在散文天地里闯出一条新路来的。"接下来，他又说："散文之散，关键在于作者自由地就所见所闻随意抒发自己的感受，虽然也不能不联想到古今中外名文名篇、诗词歌赋、旁征博引，但不宜太多，否则就会近似炫耀。还是以少而精为好，应该着重地表现自己特有的感受。"话语不多，直击要害。关于我的散文创作的缺陷，冯牧、阎纲、荒煤先生意见完全一致，共同击一猛掌，帮助我认清了今后挑战自我、努力改进的方向。

那时的莫言先生还很年轻，不过四十岁上下，但《红高粱家族》已经使他名满全国了。他在会上的发言，简短、深刻，又有风趣，一语中的，分量很重。他跷着二郎腿，眯缝着眼睛，不像其他人那样具体剖析作品、文章，而是着眼于作者的生命体验与文学道路。他不像是大会发言,也没有面向当事人,倒像是自说自话。大致意思是:可惜了王充闾的学识、才气,走顺境太多了,要是把他流放到西伯利亚十年八年的,可就成气候了。接着又解释几句:看了王充闾的作品,知道他的人生道路很平稳,心态很平和,运笔也很从容;平稳、平和、平面化——欠缺的是深刻的生命体验。以他的文学功底,如果能够有陀思妥耶夫斯基那样的体验与认识,作品就深刻了。

第五章
文园归去来
(1992—1996)

第一节
转型期

20世纪90年代上半叶,我恰值"坐五望六"之年。这个年龄段,一般被认为"生命转型期",属于多事之秋。果不其然,1993年8月,体检中发现在四十年前肺结核病灶上出现了早期癌变,于今"江东子弟"卷土重来,结果挨了一刀,这样,我便由"五花教主"变成了"四叶亭侯"。

病痛,显示了生命的真实。平时,身强体壮,觉察不到四肢五官存在什么毛病,更不知病苦缠身为何物,可以说,几乎失去了生命存在的感觉。现在,倏忽之间,成了重点照护对象,转侧要人帮,下地要人扶。护士每隔两个小时要量一次体温,测一次血压,摸一次脉搏,还要详细记载饮食、起居状况,以及便溺的时间、次数、颜色。令人想起古代宫廷中皇帝的"起居注"。

几天过去,渐渐能下地走路了,护士又严厉警告:动作不能像从前那样速度很快、幅度过大。过去吃饭如风卷残云,蚕食桑叶,"刷刷刷",五分钟不到,整碗饭就进肚了。现在,受到了严格限制,必须缓进嚼烂。然而,最大的约束还是不准读书。理由是看书损耗精力,不利恢复。因此,只要发现我在翻书,轻则警告,重则收检,直至把我床头所有的书籍全部缴械,令我叫苦不迭。

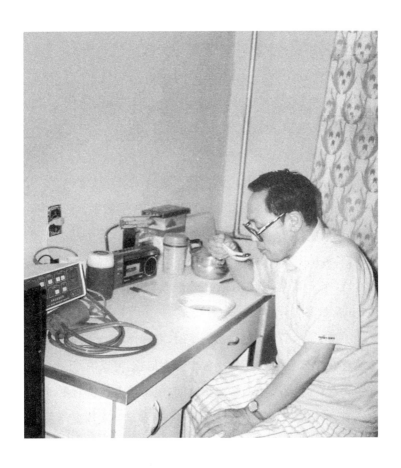

>>> 1993年8月,王充闾体检中发现在四十年前肺结核病灶上出现了早期癌变,做了手术。图为他手术后住院治疗。

从识字起,就书伴人生,虽然没像古人说的那样,"饥以当食,渴以当饮,欠伸以当枕席,愁寂以当鼓吹";未尝一日废离,却是千真万确的。数十年来,我习惯于到书籍中去寻找自己生活中没有得到的东西。凭书了解世道,由书走向人间,书既是镜子,又是窗子,伴我走过悠悠岁月,给我带来乐趣,带来慰安,带来智慧。书之于我,堪称交游感遇中的心灵的守护神,不啻怡红公子的通灵宝玉,成了名副其实的命根子。

手头没书,颓然静卧,又睡不着,急得我抓耳挠腮,心神郁闷。实在挨不过去,就悄悄地把要看的书目写在一个小纸条上,塞进饭盒里去,趁护士不在,交给前来探望的亲友。这样,很快我就又有了新的给养。苏东坡、黄景仁的诗,鲁迅、梁遇春的散文,又都悄悄地跑来给我做伴了。趁医护人员不在,抓空拼命地读下去,如逛宝山,如饮甘泉,直累得两臂酸麻,全身疲累。

卧病中最大的痛苦,不是刀口疼痛,不是胃口不佳,也不是无聊、闷寂,而是失眠。想望黑天,又怕到黑天。独卧床头,辗转反侧,一个念头接着一个念头,滔滔汨汨地涌来,正似清诗中所写的"往事无根尽到心"。多年的意海波澜蓦然泛起,眼前的忧虑,过去的纠葛,未来的筹谋,也都聚上心头。

在这万籁俱寂的秋宵,偏偏听觉又出奇的灵敏。隔壁的鼾鸣,阶前的叶落,墙外的轮机交响,甚至腕上石英表的轻轻滑动,都来耳边、枕上。此刻,我想到了宋朝的陈抟老祖,睡着了百日不醒,所谓"以一睡收天地之混沌,以一觉破今古之往来"。看来,这位华山道士不仅能睡,而且会睡,睡出了高度,睡出了水平。因此,宋人有诗云:"华山处士如容见,不觅仙方觅睡方。"

有人说,一夜沉酣,那是前生修来的福。我没有过高的要求,只要能美美地睡上四五个小时,就谢天谢地了。可是,就这一点点需求,也常常沦为奢望。而负责监护的小护士,一到夜静更深,就困得上下眼皮不住地打架,却又不敢伏几而卧,一怕失于监控、发生事故,二怕被值班的发现记过、罚款。这种反差,被明清之际的大学者黄宗羲说个正着:"年少鸡鸣方就枕,老人枕上待鸡鸣。"一壁厢是有觉不准睡,一壁厢是想睡睡不着,世情之"不公",有如此之甚哉!

小护士喜欢诗,要我讲些和诗有关的故事,以驱除睡魔,消解烦闷。我就说,二十年前,我在营口工作,一个老朋友公出到此,突然扁桃体发炎,住进了医院。我把刚刚收到的吐鲁番出产的葡萄干给他送了过去,并附了一首小诗:"日晒风吹历苦辛,清新浓缩见甘醇。区区薄礼无多重,入口常怀粒粒心。"然后,我就下乡了。一个星期之后回到办公室,发现案头放着一封挂号信,拆开一看,正是那位老朋友寄来的,里面装着一个小纸包和一张信纸。说到这里,我卖了个"关子",住口了,顾自在一旁悠闲地喝着开水。

小护士忙问:"纸里包着什么?"我说,你猜猜看。她歪着小脑袋想了想,其时正处于20世纪70年代初"文革"期间,于是,她就猜测肯定是粮票、饭票、布票之类的东西——全都错了。我告诉她,纸里包的是七个蚊子和八个臭虫。信纸上写了一段话:"小病幸已痊愈。佳诗美味,受用已足,无以为报,献上近日在病房中俘获的战利品,并戏题俚诗一首,借博一笑:'深宵斗室大鏖兵,坦克飞机夹馅攻。苦战苦熬一整夜,虽然流血未牺牲。'"说到这里,连我自己也憋不住笑了,小护士更是笑得前仰后合,睡意全无。

一天,护士长带队前来查房,量完血压、脉搏之后,她们央求我讲个有趣的故事。我就说,宋朝有个宰相名叫王安石,生性古怪,喜欢抬杠。这天,大文豪苏东坡拿过一方砚台请他过目,说是花了很多银子买到手的,言下流露出炫耀之意。王安石问这个砚台有什么特异之处,苏东坡说,呵上一口气就可以磨墨。王安石说:"这有什么出奇的?你就是呵出一担水来,又能值几文钱!怕是你一连呵上五十年,也挣不回本钱来。"苏东坡被噎得只有苦笑的份儿,心说,这个"拗相公",真是拿他没办法。

王安石虽然执拗,但才气纵横,而且,观察事物非常细致。说到这里,我先问她们:"你们说,菊花枯萎了,花瓣是依然留在上面,还是纷纷飘落下来?"她们异口同声地回答,"花瓣不落",并举出医院花畦中的实物为证。我说,王安石的诗句是:"黄昏风雨打园林,残菊飘零满地金。"苏东坡的看法和各位是一样的,马上续诗加以批驳:"秋花不比春花落,为报诗人仔细吟。"一般地说,菊花确实是这样,但事物是复杂的,常常存在着特殊与例外。古代的诗人屈原早就吟过:"夕餐秋菊之落英。"后来,苏东坡在黄州,也亲眼看到了落瓣的残菊,从而认识到自己的孤陋寡闻。

接着我又讲,就是这个苏东坡,每到一处总喜欢作诗,像我喜欢看书一样，无论如何也抑制不住。可是，他竟忘记了身旁经常有人往上打"小报告"。结果，遭受了种种麻烦，惹下了无穷的后患，弄得颠沛流离，四处流放。他到杭州去做官，知心好友文与可苦苦劝他："北客若来休问事，西湖虽好莫吟诗。"但他还是吟了。结果，七年后被人抓了辫子，遭贬黄州。后来几经辗转，又流放到惠州，住了一段时间，他感到很舒适，人也胖了，脸也泛出红光，便情不自禁地写诗抒怀，其中有两句："报道先生春睡美，道人轻打五更钟。"谁知又被人打了"小报告"，说他在这里享了清福，朝廷便又把他流放到更为荒远的海南岛。

听到这里，小护士们齐声说，那些打"小报告"的人真可恨。我说，是呀！古往今来，这种人名声都不好，咱们可要以此为戒呀——以后我再看书，你们可不要向护士长"告密"了。大家"哗"的一声笑了起来，说："我们上当了，原来，你绕着弯子表示抗议。"

也正是在这种新的岁月里，我开始用心品啜着一种新的人生况味，体验着一份纷乱中的澄静、挣扎后的从容，体味着对生命的诗意感受和人过中年、岁月遒迈的悲壮之美。由于身体素质强健，又兼发现得早，什么"化疗""放疗"都没有做，这样，不到半年就照常上班、照常写作了。

痊愈后，我曾写过一篇《病床也是大学校》的散文，其中有这样的话：

> 人的生命历程宛如单向行驶的列车，又似大江东去，是一次性的，一去不返，不可重复。而疾病又总是伴随着生命而来，接转着生命而去。唐代大诗人白居易说得好："若问

病根深与浅,此身应与病齐生。"因此,战胜疾病的侵扰,保持身体的健康,就成了终生的乃至永恒的课题。

这里的重要启示,是人在获得了生命之后,不能只是消费它,支配它,享用它,还必须时刻考虑到如何滋润它,培育它,调适它。因为一切事物都是有生有灭的,弄得不好就会得而复失,健康也不例外。特别是人过中年,生命旅程进入了事故多发期,肌体的各种零部件不断地出现破损,活力在逐渐衰减,或早或晚,总有那么一天,会像江淹的五彩笔那样,被"造化小儿"强制索回。

这原本是一个至为浅显的道理,可是,对许多人来说,尤其是那些长时期很少患病的人,却往往缺乏清醒的认识。他们存在一种错觉,以为自身体质绝佳,简直到了与病苦绝缘的仙家境界。日常生活中经常可以见到,有些人以自己的体魄健壮相标榜,拍着胸脯,吼着喉咙,津津乐道,简直是忘乎所以,结果放弃了对疾病应有的警觉。

脱离开病魔的惊扰,迎来的是在新的高度、新的层次上创作方面的自我挑战。就是说,在品味着散文集《清风白水》获取的成就感的同时,更着意于咀嚼着那些透彻的批评与殷殷的教示,考虑如何再攀上一个新的台阶。这样,就有了尔后二十余年未中断的创作方面种探索与尝试。

同"生命转型期"相对应,这段时间,工作上也出现了转折。从 1994 年开始,与创作有关的有这样几件事:

先是,中宣部为筹备全国第五次作家代表大会,确定调我到中国作协任党组书记,丁关根部长亲自找我谈话,我在表示感谢组织信任的同时,以"缺乏全局性领导经验,力难胜任;而且,身体也还没有完全恢复"为辞,诚恳地予以谢绝。丁部长表示理解,考虑了一会儿,说:"那就另觅人选吧。"

1995年,辽宁省作家协会换届,省委决定由我兼任新一届的主席;并经中组部批准,参加职称评定,被评为"文学一级";紧接着,次年1月,因年龄到限,又从省委转岗到省人大常委会任副主任。从专业角度看,上述安排具有实际意义,因为这意味着已由过去的业余创作基本上转为专业创作。

1996年12月底,全国作代会召开,差额选举产生全国委员会,再由全委会选出主席团成员。这天,时至午夜,选举计票完成,主席团会议正在进行中。忽然,中宣部值班室转过来一个电话,说是民盟中央副主席张毓茂教授有事找我。那时,手机还未盛行,张先生通过中宣部找到了我,为的是祝贺我顺利当选。他说:"你当了省委宣传部部长,我不祝贺你,宣传部部长多着呢,祝贺不过来;你加入了中国作家协会,我也没有电话祝贺,因为那只说明作家身份得到了组织承认;这次,你当选了全委会和主席团的委员,而且又是经过全体代表差额、无记名投票,说明你的文学成就获得了作家朋友的普遍认同,这是我特别看重的。"当时正值寒冬深夜,由于进行选举和等待计票结果,已经十几个小时没有进餐了,真是又饥又渴又冷又累。可是,这个电话却使我热流灌注,感发兴起,倦意全消。

>>> 1995年,王充闾兼任辽宁省作协主席,次年又从辽宁省委转往辽宁省人大常委会担任副主任。图为王充闾主持辽宁省人大会议。

就当时全国的大环境来看,随着市场经济中心地位的确立,人们的价值观念、行为方式、文化认同也发生了显著变化;文学创作呈现转型,强化了个性化写作。作为个体精神劳动的一种方式,文学创作更多地追求个体生命体验的审美表达和个人情感、自我价值、审美理想的寄托。

同样,我的散文创作,也呈现出一种较为明显的心灵化、主体化、个性化的特征,在审美视角、叙述立场、心理定式方面,由外部客观世界向着创作主体内心世界靠拢,较多地关注精神追寻、生存叩问、终极关怀,变铺张扬厉为沉淀凝定,体现了文学真正向审美本质回归的特点。其间,散文集《春宽梦窄》获得了中国作协创设的首届"鲁迅文学奖",面对各方面骤然袭来的赞誉,我的警觉性也大大增强,没有陶醉于已有的成绩,而是在不断地奋力追求,力图有所创新;同时,视角与立足点,切实从宦途中调整过来,做到了回归自我,体认"本根"。

当世界已经走进信息时代,信息的处理速度已经超出了以往的理解力,"换笔"便成为一种新的诱惑,新的挑战。1994年,我下决心学习用电脑写作。这既可节约大量劳动时间,也能进一步理解现代工作方式给人们生活方式以至思维方式带来的巨大变化。当时,周围的人"换笔"的还很少,尤其是像我这样年届花甲、又不懂得英文的人,更是望而却步。当我怀着一种好奇的心情,以闯关的勇气,打开电脑书、手按打字盘的时候,也觉着键入、回车、主菜单、任意键等一大堆术语令人眼晕,更感到五笔字型输入法难以掌握:"王旁青头戋五一,土士二干十寸雨……"不

>>> 王充闾获得"鲁迅文学奖"后,辽宁省委宣传部举行创作经验座谈会。图为他在座谈会上。

仅要背下这二十六句口诀、一百三十种基本字根,而且要把每个汉字拆分得开,再一个个敲击出来。大前提是必须准确地掌握每个汉字的写法,首先是"笔顺",否则就休想打上去。

我在冲闯这个关卡过程中,敲出第一篇千字小文,竟用了三个整天的时间,但这也带给我足够的慰藉。面对打印出来的第一张由漂亮的宋体字组成的文稿,我反复地端详着这个"宁馨儿",心中的得意和快活真是难以言表。从此一发而不可收,二十几年间我用电脑写出了七八百万字的文稿。每当打开电脑,在自己设定的绿色屏幕上打字、编辑、修改、复制,总有一种涉身现代化、信息化的自豪,体验到手指运作的一份快感,尝到了应用现代科学技术的甜头。

工作效率的提高是惊人的,既免除了抄写之劳,又能将大量资料存储在硬盘里,以备随时调用。当然,这还仅仅是开始,电脑每一程序所能展示的深广世界,对我来说,许多仍是未知数。在它面前,我永远承认:"弱水三千,只能取一瓢饮。"文字编辑软件我也换了几回。先是用 WPS,经过一年操作,达到熟练程度。后来听说 UCDOS 更好一些,于是又学会用这种软件操作,确实尝到了甜头。接下来,友人又向我推荐 WINDOWS 和 WORD 软件,说它的编辑功能远远超过 WPS。但是,对于已经适应了前一种软件的我,学起来还是遇到了许多麻烦。界面不同了,一个个的窗口,一个个的下拉菜单,由过去的"熟头巴脑"一变而为面目全非。术语改换了,功能键的作用不同了,操作方式也变化了,"块删除"命令变成了一把形象的小剪刀,靠控制符编辑的文件变成了"所见即所得"……一切都变得陌生、不习惯。但是,在朋友演示下,它强大的排版、编辑功能所产生的诱惑力,使我再也无法排拒。经过一个星期的刻苦磨炼,我终于又和这种新的软件结下了情缘,可以熟练掌握,运用自如了。

电脑写作,苦乐相循,在诸多的快感中,也夹杂着一些烦恼。有时,一个误操作使整个屏幕变成一片空白,临时性的断电曾导致几个小时的劳动成果化为乌有。我也曾产生过返回旧路,重新把笔的念头,但是,终因电脑太多的优越性而不忍"移情"。相交日久,我才发现,原来电脑这个"劳什子"也懂得"欺生",当你和它磨合好了,摸准它的脾气,"调皮蛋"自会变得百依百顺,成为亲昵的"方脸大情人"。当时写下的《一网情深》,便是这种心境的真实写照,录片段如下:

> 在尽情享受着网络交流的快捷的同时,我和每个"网虫"一样,还拥有网络时代的海量信息。网上,确实是一个精彩、神奇的世界。只要点开"搜索"的引擎,我们的眼前便仿佛展开一个光怪陆离的万花筒。我观察过昙花的开放过程,在扁平的叶状新枝的边缘,翠玉般的花蕾竟和电影特写镜头里的一模一样,次第地展开了,层层花瓣上的每根筋络都在拼力地舒张,似乎要把积聚多年的心血倾泻无遗,把全部的美感和爱心奉献出来。网上信息的展现同花蕾的绽放有些相似,也像是要在美妙的时刻,毫无保留地向"网虫"们展示出全部的珍藏。
>
> 心脉疾速地搏动着,手指在键盘上轻快地起落着,一个

个窗口被敲开,以复杂的感情、诧异的双眼,扫描这里,窥视那个,充满了冒险、抉奇的快感。此刻,颇像童年时期悄悄地从家里的后门溜出,跑进一个未曾寓目的崭新天地,尽情地浏览着。在现实空间越来越狭窄的情况下,人们竟能在这里开启一扇精神之门,剥离物质世界五光十色的表象,回归人文精神的家园,释放一下现代人过重的精神压力,放飞那不无沉重的浪漫,展示着不倦的追忆,去践履那没有预定的心灵之约,多一份对人生的感悟,多一份创造的激情。

有时我也感到惊讶,曾几何时,还在向旁人询问DOS的基本命令,练习WPS的排版技巧,仿佛一夜之功就闯入了网络时代。呼呼啦啦地筹划着调制解调器的安装,浏览器的使用,新邮件的收发……应该承认,我们确实是在尚未做好充分准备的情况下,迎接了计算机化、信息化、网络化的到来。面对着这一系列新的技术、新的知识、新的挑战,真有如刘姥姥懵里懵懂地闯进了大观园。

网络,作为一种无法逃避的生存状态,一种加速度的内驱力,正在营造一个与现实不同又紧密结合的虚拟世界,使人们跨越了时间与地域的界隔,迈向无限的自由空间,自然也改变着思想和行为方式。就这个意义说,同网络的结缘,与其说是工具的变换,毋宁说是观念的更新。它使人记起了丘吉尔的话:人们改变世界的速度总是快过改变自己。

…………
因之,对于网络世界,我还是一往情深。

第二节

梦幻情结

就艺术特征来讲,如果说,《清风白水》属于"美学化的散文",集中表现了作者自我的审美体验与诗意的审美情怀;那么,作为《清风白水》的姊妹篇——散文集《春宽梦窄》,其独特的美学标识,则是带有意识流特征的空灵自由的梦幻式写作手法。

"梦幻情结"与"梦幻笔法",是两位美学家在评论我的散文作品时分别提出的。王向峰先生说:"我们判定充闾有一个梦幻情结,是因为他特别倾心一个'梦'字,有多篇散文是直接以梦幻为题材的,而且还有对于梦的近于理论分析的充分认识。作为解除外在束缚以自由飞升的一种动力源,这种情结在他的诗文创作中已呈愈演愈烈之势。"他说,翻开充闾的散文集,即赫然可见或为自我、或写他人的纪梦和述梦之作,如《梦游沈园》《春宽梦窄》《细雨梦回》和《邯郸道上》《青山魂梦》《梦雨潇潇沈氏园》《春梦留痕》《情在不能醒》等等。

颜翔林先生指出,笔者所界定的王充闾散文的"梦幻笔法",类似于西方新马克思主义的重要人物之一布洛赫的"艺术为幻想的白日梦"的美学观念。这种"幻想的白日梦",往往属于艺术家有意识虚拟的精神果实,蕴含了一定的情感内涵和思想意义,属于有意味的审美符号和感性意象,体现了形式化的美感。在创作过程中,作家充分运用了自由联想、意识流动、梦幻体验等心理功能和审美手段,最大限度地展现存在个体对现实世界、历史现象、人生境域、生命隐秘的感知、理解、领悟和认识,以空灵飘逸的艺术精神,拓展了当今散文的表现领域,丰富了修辞技巧。这些都体现了"梦幻式散文"的独特魅力。

依我个人体验,自由飞翔的愿望和现实的种种羁绊之间,仿佛永远有一道无形的穿不透的障壁。古人喜欢用"神游万仞""心骛八极"之类的话语来状写人的心志的放纵无羁。可是,到头来却是,或则被弃置在灵魂的废墟上,徒唤奈何;或则被拘禁在自己设置的各种世俗陈规的樊篱里,不能任情驰骋,像一只笼鸟那样,即使开笼放飞,也不敢振翮云天。倒是酣然坠入了黑甜乡之后,神魂在梦境中,可以凭借大脑壳里的方寸之地,展开它那重重叠叠的屏幕,放映出光怪陆离、千奇百怪的画面。既不受外界的约束,自己也无法按照计划加以规范,完全处于一种自在自如的状态。而由于任何人在梦中都会撤下包装,去掉涂饰,从而显露出各自的本来面目,因此,梦境中的那个自我,往往比清醒状态下的更真实、更本色。梦境是一部映射心灵底片的透视机,可以随时揭示出人的灵魂深处的秘密。

说来,梦境也真是奇妙无比,哪怕是天涯万里,上下千年,幽冥异路,人天永隔,都可以说来就来,要见就见。梦中似乎不存在时间与空间的概念,也不大考虑基础和条件。清人胡大川《幻想诗》中,有"千里离人思便见,九泉眷属死还生";"天下诸缘如愿想,人间万事总先知"之句,现实生活中根本做不到,可是,梦境中却能够如愿以偿,般般兑现。歌德说过:"人性拥有最佳的能力,随时可在失望时获得支持。"他说,在他一生中有好几次是在含泪上床以后,梦境用各种引人入胜的方式安慰他,使他从悲伤中超脱出来,从而得以换来隔天清晨的轻松愉快。

大抵人们做梦,不外乎由内在与外在双重因素促成。所谓内在,是指精神上、心理上的向往,也就是人们常说的"梦是心头想""昼有所思,夜有所梦";而外在因素,即是指身体上、生理上的物质原因,比如,心火盛即往往夜梦焦灼,四体寒凉则梦见风雨交袭。古人把前者叫做"想",把后者叫做"因",二者结合起来,决定了一个人在什么情况下会做什么梦。现代人说,梦是现实生活中某些缺憾的一种补偿,是一种愿望的达成,是生活中某种向往与追求的反映。

当然,梦境也并不总是尽如人意。甜美的固然不少,但凄苦、忧伤的梦也常常碰到,有的还会使人震怖、惶遽。而且,经常是幻影婆娑、扑朔迷离,像日光照射下的枝间碎影,像勉强连缀起来的残破的网片,又像是迸落在岩石上飞流四溅的浪花,不仅错乱复杂,不易解读;而且,有的竟如电光石火,稍纵即逝。更主要的是,现实中得不到的,梦境中也未必就能如愿以偿,所谓"绮梦难圆"者也。林黛玉魂归离恨天,贾宝玉到了潇湘馆号啕大哭一场,意犹未尽,还想在梦中见上一面,细话衷肠,于是,诚心诚意地独自睡在外间,暗暗祷告神灵,希望得以一亲脂泽,孰料"却倒一夜安眠,并无有梦"。大失所望中,只能颓然慨叹:"悠悠生死别经年,魂魄不曾来入梦。"第一次愿望没有达成,又寄希望于第二次,结果照样是一无所获。

在《历史与美学的对话》一书中,颜翔林从三个方面分析了"梦幻式散文"的特征:

关于梦幻体验

他说,在王充闾的散文创作中,梦幻体验已经上升为作者的一种艺术技巧、美学化的修辞手段,甚至构成一种独特的艺术话语和风格。有些散文虽然没有直接关涉到"梦幻"因素,然而却以亦幻亦真、幻觉流动的技法,虚实相济,传神写照,曲尽其妙地表达了主体的复杂情绪和深邃思理。《春宽梦窄》里就有较多这样的篇章。艺术文本里所包含的"幻想的白日梦",往往属于艺术家有意识虚拟的精神果实,它蕴含了一定的情感内涵和思想意义,属于有意味的审美符号和感性意象,体现了形式化的美感。

可以下面几段描写为例。作者访问英国女作家勃朗特三姐妹故居时所写的《一夜芳邻》中,有这样的文字:

> 三姊妹的故居对面就是她们埋骨其间的教堂,我投宿的小客栈坐落在教堂的右侧,抬起头来便能望见故居里一百多年来彻夜长明的灯光。当时,蓦地产生一种奇异的感觉,似乎岁月纷纷敛缩,转眼已成古人,自己被夹在史册的某一页而成了书中角色。睡眼迷离中,仿佛觉得来到一座庄园,一问竟是桑菲尔德府……忽然又往前走,进了一个什

么山庄,伴着一阵马蹄声,视线被引向一处峭崖,像有两个人站在那里……翻过两遍身,幡然从梦境中淡出,再也睡不着了,这时是后半夜3点钟。我便起身步出户外,在连接故居与教堂的石径上往复踱步,想象并思索着。

故居与教堂墓地之间的石径不过五六十米,一如勃朗特三姊妹短暂的生命历程,而其内涵却是深邃而丰富的。其间不仅刻印着她们的淡淡屐痕,而且,也一定会浸渍着情思的泪血,留存下她们心灵的轨迹。

漫步中,仿佛觉得正在步入19世纪的三四十年代,渐渐地走进她们绵邈无际的心灵境域,透过有限时空读解出它的无尽沧桑;仿佛和她们一道体验着至善至美而又饱蕴酸辛的艺术人生与审美人生,感受着灵海的翻澜、生命的律动。相互间产生了心灵的感应,一句话也没有说,却又像是什么都谈过了。

夜色无今古,大自然是超时间的。具体的空间一经锁定,时间的步伐似乎也随之静止,我完全忽略了定时响振的教堂钟声。脑子里不停地翻腾着三姊妹的般般往事,闪现出她们著作里的一些动人情节。在凄清的夜色里,如果凯瑟琳的幽灵确是返回了呼啸山庄,古代中国诗人哀吟的"魂来枫林青,魄返关塞黑"果真化为现实,那么,这寂寂山村也不至于独由这几支昏黄的灯盏来撑持暗夜的荒凉了。

噢,透过临风摇曳的劲树柔枝,朦胧中仿佛看到窗上映出了几重身影——或许三姊妹正握着纤细的羽毛笔在伏

>>> 王充闾在英国哈沃斯小镇勃朗特三姊妹故居前。

案疾书哩;甚至还产生了幻听,似乎一声声轻微的咳嗽从楼上断续传来。联想到自己曾经患过病痛的经历,霎时心头漾起一脉怜惜之情和深深的敬意。

关于自由联想

翔林先生认为:"充闾善于运用自由联想的方式去结构散文,以审美幻觉的自由流动将历史与现实、时间与空间、逻辑和直觉、自然与心性水乳交融地组合于文本之中,使散文达到一种起承转合的潇洒自如,思理跳跃的灵巧活脱,格调情趣的绚烂多姿。就《春宽梦窄》散文集而言,如《春宽梦窄》《西双版纳》《祁连雪》《三道茶》《情满菊花岛》《大禹陵和宋六陵》《梦雨潇潇沈氏园》《黄陵柏》《两个爱情神话》等诸多篇章,即是依凭着作者的自由联想的活动,表现了深刻丰富的精神主题和雅致超越的审美趣味。例如,《春宽梦窄》一文即是典型的自由联想的文本。作者写意南疆,以泼墨皴染的技法,写出茫茫戈壁的地域景观,由此联想到环境类似的美国加州西部的干旱贫瘠的荒漠。然后笔锋一转,切入历史的想象性画面,勾画了一幅幅"瀚海行旅图"。继而,由历史走入神话的氛围,联想到《西游记》中唐僧取经路经西域的神话描写;又触及种种的民间传说,并结合比照了现实存在的巨大变化。作者饱蘸情感的浓墨,回首了旧日民族的悲剧化历史,而以今日的'天涯静处无征战,兵气销为日月光',显现历史与现实的沧桑变迁。最后,作者以富有辩证思维的语句作结,给读者留下了丰富的联想空间:

>>> 获得"鲁迅文学奖"的《春宽梦窄》中的《西双版纳》《祁连雪》《三道茶》等,都表现了深刻丰富的精神主题和雅致超越的审美趣味。图为在西双版纳采风时,吉祥的大象向王充闾示好。

我总觉得南疆是一片神秘的土地。这里地处西陲,群山环阻,沙碛障路,可是,两千年来却成为中亚与华夏的陆上交通纽带,有过"驿骑如星流""使者相望于道"的商旅繁兴的岁月;这里酷旱高温,终年少雨,可是,却以盛产香梨、甜瓜、棉花名满天下;这里并不具备文化发达的土壤,可是,它却是中西优秀文化传流交会、充满着疑真疑幻的神话传说的地方;这里给人的直观印象是荒凉、单调、枯索,可是,却富有诱惑力,显现着浓郁的民族风情和边疆特色;……尽管数日的短暂逗留,还难以形成系统的深知邃解;但匆匆一瞥,已经留下了铁铸刀刻般的印象,日后思量,尽足以向往于无穷了。

翔林指出:"如果说,《春宽梦窄》一文展现了荒漠瀚海的意象,它的描写采用'点'与'面'相结合的技法;那么,《祁连雪》则是勾勒出苍凉皎洁的白雪意象,以流动的线条摹写了'千山空皓雪'景象。作者以相似于当今阐释学的理念,试图达到一种新的文化语境下的'视野融合'和'效果历史'的解说,凭借新历史主义的意识,获得对以往历史的新的视界的想象和理解。"

祁连山古称天山,西汉时匈奴人呼"天"为"祁连",故又名祁连山。一过乌鞘岭,那静绝人世、夐列天南的一脉层峦连嶂,就投影在我们游骋的深眸里。映着淡青色的天光,雪岭素洁的脊线蜿蜒起伏,一直延伸到天际,一块块咬缺了完整的晴空。面对着这雪擎穹宇、云幻古今的高山丽景,领略着空际琼瑶的素影清氛,顿觉情愫高洁,凉生襟袂。它使人的内心境界趋向于宁静、明朗、净化。

....

观山如读史。驱车河西走廊,眺望那笼罩南山的一派涳濛,仿佛能谛听到自然、社会、历史的无声的倾诉。一种源远流长的历史的激动和沉甸甸的时间感被呼唤出来,觉得有许多世事已经倏然远逝,又有无涯过客正向我们匆匆走来。这时,祁连山上的一团云雾渐渐逸去,露出一个深陷的豁口,我猜想它就是历史上著名的大斗拔谷。两千一百年前,骠骑将军霍去病从这里穿越祁连山进入河西走廊,以迅雷不及掩耳之势攻占了匈奴的单于城,在焉支山前开展了一场震天撼地的大拼杀,终于赶走了匈奴,巩固了西汉在河西的统治。霍去病死后,汉武帝为了纪念他的赫赫战功,特意在自己的陵墓旁为他堆起了一座象形祁连山的坟墓。时光流逝了七百三十年,隋炀帝率兵西征,再次穿过大斗拔谷。不过,他没有碰上霍去病那样的好运气。"山路隘险,鱼贯而入,风雪晦暝,文武饥馁沾湿,夜久不逮前营,士卒冻死者大半。"(《资治通鉴》)但是,由于他在张掖会见了西域二十七国君主,实际是举行了一次中原王朝与西域诸国的和平友好会议,也是一次首创的国际经贸洽谈、物资交流会,使此行毫无逊色地与骠骑将军的武功一同载入史册。

翔林认为,在这里,创作主体的自由联想,开拓了散文更为广阔的抒写空间,也将过去、现在、将来的时间分割有机地连接

>>> 王充闾总觉得南疆是一片神秘的土地。图为他和中国作协采风团在新疆。

于文本之中。作者从"祁连雪"的视觉意象联想到古代的祁连景象,进而切入神话故事和民间传说,展现祁连山的神奇雄浑、瑰丽涳濛。在这里,神话与传说作为文本的联想线索,空间上的不断流动,构成了叙事上的时间转移,进入对历史的追溯与联想;再从历史的苍茫多姿画卷里走出,联想到祁连山在现实境域的发展变化,通过时间与空间的想象性的意识跳跃,淋漓尽致地表现了历史与现实的审美联系。同时,也为散文植入了厚重的思想蕴涵和飘逸的艺术灵性。正是这种自由洒脱的修辞技法,构成了王充闾散文创作的一种艺术特色,使文化散文的写作提升到一个新的境界。由以往的一些文化散文拘泥于叙事与议论而陷入理性的沉重和逻辑的切割,以至降低审美的功能,转向到眷注空灵飘逸的自由联想、智慧活脱的景情转换,使散文走向一种新的精神敞开和澄明。

关于艺术幻觉、直觉想象。

翔林认为,《青天一缕霞》属于意识流式的抒情散文,体现了创作主体自由联想与直觉想象相结合的特征。文章由心理空间的审美体验牵引出对客观对象艺术表现的时间叙述,时间顺序依附于心理空间的想象性变幻。文中,"云"构成审美意象,同女作家萧红及其生命历程形成一种隐喻结构;通过心理联想,把天上的云和地上的人这两个本来互不相干的存在对象捆绑在一起,建立一种审美化的逻辑对应。在写法上,接近于诗歌境界。诗意地审美体验,诗意地直觉想象,诗意地联想,诗意地言说,以意识的流动应和着变幻的云的意象,借助于艺术的幻觉与联想,景情一体,巧妙穿起天才女作家的生命轨迹。这种方式写作散文,鲜有前例;这是一种具有象征意味的"变法",正是以此为标志,王充闾散文获得了一种个人符号化的审美表达的艺术方式。

且看下面这两段描写:

从小我就喜欢凝望碧空的云朵,像清代大诗人袁枚说的:"爱替青天管闲事:今朝几朵白云生?"尤其是七八月间的巧云,如诗如画如梦如幻,对我有极大的吸引力,我能连续几个小时眺望云空而不觉厌倦。虽然眺者自眺,飞者自飞,霄壤悬隔,互不搭界,但在久久的深情谛视中,通过艺术的、精神的感应,往往彼此间能够取得某种默契。

我习惯于把望中的流云霞彩同接触到的各种事物做类比式联想。比如,当我读了女作家萧红的传记和作品,了解其行藏与身世后,便自然地把这个地上的人与天上的云联系起来——看到片云当空不动,我会想到一个解事颇早的小女孩,没有母爱,没有伙伴,每天孤寂地坐在祖父的后花园里,双手支颐,凝望着碧空。而当一抹流云掉头不顾地疾驰着逸向远方,我想,这宛如一个青年女子冲出封建家庭的樊笼,逃婚出走,开始其痛苦、顽强的奋斗生涯。有时,两片浮游的云朵亲昵地叠合在一起,尔后,又各不相干地飘走,我会想到两个叛逆的灵魂的契合,他们在荆天棘地中偶然遇合,结伴跋涉,相濡以沫,后来却分道扬镳、天各一方了。当发现一缕云霞渐渐地融化在青空中,悄然泯没与消逝时,我便抑制不住悲怀,深情悼惜这位多思的才女。她,流离颠沛,忧病相煎,一缕香魂飘散在遥远的浅水湾……这时,会立即忆起她的挚友聂绀弩的诗句:"何人绘得萧红影,望断青天一缕霞!"

第三节

域外文踪

从 1985 到 2011 年,二十六年间,我借助多种方便条件,出访了亚、非、欧、美三十几个国家。一是,率团或参与中国作协组织安排的出访活动;二是,省、市任职期间,率代表团出访;三是,担任兼职教授,参加高校课题研究,出国考察;四是,作品出版外文版,应邀出席国际图书博览会;五是,省出版部门安排出访——我担任辽宁出版集团学术顾问多年,并曾多次受邀审读中国古典文学作品,如钱锺书著《宋诗纪事补注》(十二卷本)等,但从未领取过报酬。每次出访,在完成负荷使命的同时,我都会抓住机会,就便进行文史考察,就中以考察所在国度的文艺巨匠居多。这里我想拣选几个实例,忆述一些当时的生命感悟与心灵体验。

1985 年 6 月,我在营口奉命率团访问日本北陆地区,谈判、协商建立"友好城市"的有关事宜,这是首次跨出国门。

列车驶入福井县境,我记起了这里是日本当代作家水上勉的故乡,问了日方陪同访问的广濑先生,果然不差。据我所知,水上勉出生于一个贫寒之家,父亲是个穷木匠,养活不了五个孩子,断炊是经常的事。水上勉九岁时,便被送进附近一座寺院当了小和尚,后来因为不堪寺院的非人境遇,冒险出逃,从事过卖药、送报等三十几种职业。多舛的生涯、丰富的阅历,为他日后的文学创作,提供了坚实的生活基础。他的长篇名作《雁寺》就是取材于少年时期那段僧侣生活。对于水上勉先生,我之所以抱有特别兴趣,还因为出国之前,在沈阳图书馆偶然看到一份资料,说水上勉在20世纪30年代末,曾一度流寓中国,在沈阳北市场附近当过搬运工,患了肺结核,卧床不起,多亏一个烧开水的中国小伙子悉心照料,才得以逃出病魔的纠缠,保全了性命。水上勉一直惦记着这件事,深情怀念这位救命恩人。他长期致力于日中文化交流,战后曾多次访问中国,并担任日中文化交流协会常任理事和最高顾问。

我曾读过水上勉的长篇小说《越前竹偶》。同作家的其他许多小说一样,都是以家乡为背景,以社会底层生活为题材,描写普通民众生计的艰辛和命运的残酷,富有人情味和乡土气息。故事发生在20世纪20年代日本越前(今福井县)武生附近的一个名叫竹神的小山村里。当地盛产竹子,以竹制品工艺精湛而闻名遐迩。小说成功地塑造了三个生动感人的形象。制竹工艺师喜左卫门在世时,和一个叫玉枝的妓女关系很好,但没有娶她进门。他死之后,儿子喜助独身一人,于是想到把枝子接到家里来生活。但他视枝子如同母亲一般,毫无任何非分之想,枝子对此颇感不适。就在这个当儿,一个富商插手进来,奸污了美丽的枝子。枝子羞愧难当,身染重病,含恨而死。喜助从此万念俱灭,不久也悬梁自尽。整部作品的调子是凄婉而低沉的,给予读者以历久不磨的悲凉意象。

我们在金泽站下车,由东道主陪同,游览了位于市中心的日本"三大名园"之一——兼六园。它始建于1676年,中间经过四代藩主,历时一百七十年才最后建成。

参观中,广濑先生问到"兼六园"的名字由来,我说:"来源于中国古代文献。您知道宋代女词人李清照吧?她的父亲李格非,中过进士,当过礼部员外郎,也是一位文学家。他的散文代表作《洛阳名园记》,记述了十九处园林,在谈到湖园时,他讲:'园圃之胜不能相兼者,有六:宏大者,少幽邃;人力胜者,少苍古;多水泉者,艰眺望。兼此六者,唯湖园而已。'而此处园林,在建设者、营造者、观赏者看来,具有中国洛阳那座湖园的特色,也就是既宏大又幽邃,人力加工却能保持苍古格调,水泉众多而不妨碍眺望,兼此六者之长,所以名之曰'兼六园'。"

说到汉文化对日本文化的影响,不能不提到驰誉世界文坛的日本古典文学名著《万叶集》,而且,它就产生在我们那时驻足的北陆地区。《万叶集》形成之初,日本还处在从原始社会向封建专制社会过渡时期,经济、文化相对落后;由于同汉文化广泛交流,大量引进中国文献典籍,使本国诗文创作获得了长足发展。《万叶集》正是在借鉴汉文学的基础上,通过消化吸收、创造革新,最后形成了具有日本民族特色的诗界丰碑。

出国前,我曾专门到图书馆翻阅了1984年出版的杨烈的中文全译本。得知作为日本第一部诗歌总集,《万叶集》收录了4世纪初至8世纪下半叶间,从天皇、官吏到文人、庶民的诗作(和歌)四千五百余首,总共二十卷。总的特色是,以人性为基础,以现实主义为特征,直率地表现人的真情实感,开创了日本和歌的道路,成为后世诗歌的典范。在那些表现男女爱情的抒情诗中,最为凄怆动人的,是与中国李白、杜甫同时代的中臣宅守及其妻室茅上娘子的赠答诗。

中臣宅守婚后不久,便被判处流放罪,发配到边远的越前味真野町,而妻子茅上却滞留于京城奈良。以现今的交通条件而言,两地相距不过三四个小时的车程,可说是方便极了。但在8世纪,这里还属于洪荒未辟的穷边绝塞,山川阻隔,道路崎岖,简直就是一在天之涯,一在地之角了。中臣宅守在诗中苦吟:"远山复远山,行行过重关。相逢更无日,凄苦满心间";"杜鹃无凭证,任意越关飞。但能如彼鸟,看妹频来回。"一双爱侣被生生地分开,相见无期,关山难越,竟至艳羡那无须缴验证件,即可自由翱翔于万里苍空的杜鹃鸟,渴望能够像它们那样,冲出重重关卡,随时与所欢会面。

而茅上娘子的答诗,结想尤为奇特,且又同样饱含着血泪相思之情:"愿君长行路,折叠垒作堆。付诸昊天火,一炬化成灰。"她幻想求助于冥冥中的神灵,将丈夫与她拉开的漫长的苦痛之路、相思之路,像一个纸条那样,折叠在一起,然后笼起一场弥天大火,一烧了之。这样,夫妇就可以长相聚首,永不分离了。这些饱蕴着纯真、炽烈的深情,伴和着凄惨泪水的铿锵诗句,令千载以下的今天的读者犹为之伤情不已。

中臣宅守的流放地越前味真野町,在今福井县武生市。午前在飞速奔驰的列车上,我曾看到过"武生"这个站牌。当年发配刑徒的穷边绝塞,于今已高楼栉比,市廛连云,到处都是一片繁华景象。即使还能觅得"味真野町"这个地点,肯定也无从找到一千二百年前的鸿爪留痕了。

广濑先生介绍,《万叶集》中许多诗篇,产生于包括福井、金泽、高冈、富山等地的北陆一带。我们要去"结对子"、建立友好城市的富山县冰见市,附近有一座万叶山,被认为与《万叶集》有着直接的渊源。诗集中收诗最多的歌人、担任过全书总纂的大伴家持,就曾在这一带任过官职,至今冰见市还完好地保存着他的活动踪迹。

他说,《万叶集》与万叶时代,是北陆人民以至整个日本民族的骄傲。直到今天,它在国内文史专家、社会学家的笔下,还往往被罩上一圈闪亮的光环,人们总是充满着憧憬与向往。

我说,是这样。记得日本作家井上靖先生的长篇小说《市声》,就真实地描绘了当代人的这种心态。书中记述,一位退休老教师一直深情无限地缅怀往昔,在他的心目中,唯有"万叶时代"才是充满理性光辉与诗性智慧的理想社会。为此,他在桑榆晚景中,带上孙儿和一个萍水相逢的农村姑娘,乘坐汽车,沿着《万叶集》所吟咏的路线漫游,企图寻找一个理想的处所。可是,足迹所至,到处都是经济的畸形繁荣,世道浇漓,文明异化。无情的利刃挑开了商业时代现实的脓疮,往昔的诗情画意、田园牧歌已经消逝净尽。最后,这位老人嗒然若丧,以彻底的失望而告终。

按照原定的文化交流计划,我于1991年12月,率团前往莫斯科等地访问。到了宾馆,刚刚住下,就听电台广播,莫斯科市市长被免职。圣诞节那天,我们正在列宁格勒(现圣彼得堡),戈尔巴乔夫发表电视讲话正式宣布辞职。当日19时45分,俄罗斯的红、蓝、白三色旗取代"镰刀、锤子"旗冉冉升起,从此,苏联的历史宣告终结。

令人惊异的是,这样的巨变,在下面并没有引发任何动乱局面。当晚,我们仍然按照原定计划,在基洛夫剧院观看根据普希金长诗改编的芭蕾舞剧《泪泉》的演出。剧院名气很大,有"全苏第一流"之美誉。入场前,观众一律把外衣、帽子和手提包存放在寄物处,女士们一般都对镜整容化妆,有的还要换鞋更衣;男士们也都衣着整肃,像是出席宴会一样。似乎外面的苏联解体、卢布贬值、通货膨胀、商品供应奇缺,全然与己无关。其实,完全有可能,入场之前,有的还在排队,最终也没能买到什么食品;可是,来到剧院,却仍然显得如此雅致、悠闲。

第二天,我们便登机飞往雅尔塔,入住奥连达宾馆,然后驱车前往古迹巴赫奇萨拉伊参观。中午,便到达了目的地。作为古克里米亚汗国的首都,这里有建于1519年的鞑靼王基列伊的宫殿和陵墓,有一座用大理石装饰的喷泉,上面镶嵌着一弯新月,相传是基列伊国王为寄托他对痴情苦恋的那位波兰郡主的哀思而修建的。当年,普希金就是根据这一题材,经过想象加工,写出了题为"巴赫奇萨拉伊的喷泉"的长诗。

一个古老的传说在那里流传,

>>> 1991年12月圣诞节,苏联的历史宣告终结。王充闾此时恰在苏联。图为他在圣彼得堡涅瓦大街。

> 知道它的有两位年轻女郎,
>
> 于是那座阴森的建筑物,
>
> 便被她们称作"泪泉"。

关于知道这个"古老的传说"的"两位年轻女郎"究竟是谁,在苏联的学术界,意见并不一致。普希金研究专家伊凡·诺维科夫认为,是指拉耶夫斯基的两个女儿叶卡捷琳娜和叶莲娜,正是她们将那个凄婉动人的传说讲给普希金听的。而在列·格罗斯曼那部举世公认的普希金的权威性传记中,则认定是指波托茨基家的两姊妹索菲娅和奥尔加。她们自幼住在克里米亚世袭领地的别墅里,在巴赫奇萨拉伊听到过有关本家族中这位悲剧性人物——玛丽雅·波托茨卡娅郡主的传说,并由姐姐索菲娅讲给了她们的朋友普希金。坚持后一种说法的,还提出了另一重要证据:普希金那首根据法国诗人巴尼的诗《西色拉的一瞥》意译的《柏拉图式爱情》,便是他于1819年年底献给索菲娅的。诗中表达了他对这位冷若冰霜、拒绝了爱神青睐的少女的炽烈恋情。后来,索菲娅嫁给了基谢列夫将军。普希金曾经讲过,《巴赫奇萨拉伊的喷泉》灵感的惠予者,就是那位被他"长期愚蠢地爱着"的女郎。

在这部长诗中,鞑靼可汗对波兰郡主玛丽雅·波托茨卡娅的单相思,与诗人普希金对索菲娅·波托茨卡娅的一厢情愿的狂热恋情恰相照应。因此,有人说,普希金是借他人的酒杯来浇自己的块垒。

在长诗的结尾处,他奋笔疾书,直抒胸臆:

> 我忆起同样可爱的目光,
> 和那依稀是人间的玉颜,
> 我的全部思念都向它飞去,
> 在逐放中依然把她眷恋……
> 啊,痴人,算了吧,
> 再别燃起这无益的灯盏!
> 令人心魂不宁的单恋的幻梦,
> 已使你作出了够多的奉献。

由于"普希金是用自身的炽烈的生命来温暖它们",所以,他的"南方长诗能够唤起读者炽烈的热情",显得格外凄怆动人。不管两位女郎究竟是谁,我想,对于车尔尼雪夫斯基的这一论断,人们当无异议。

三年后,我又有美国之行。漫步在纽约街头,充塞于头脑之中的,不是那些触目皆是的"石屎森林",也不是那种光怪陆离的豪都万象,而是从18世纪初一直延续到当代的灿若群星的纽约作家群,及其所创造的林林总总的文学形象。

我首先想到的是欧文。人们当会清楚地记得,这位出生在纽约,被誉为"美国文学之父"的小说家、散文家的第一部文学作品《纽约外史》,淋漓尽致地讽刺了荷兰殖民者在纽约的统治,曾受到英国小说家司各特的激赏。

当然,人们印象最深的还是纽约作家惠特曼的《草叶集》。在恢宏、绮丽的诗章里,诗人创造了"人"的光辉形象——一种惠特曼式的新型的人。他们身体健壮,心胸开阔,有崇高理想,永远乐观，从事劳动创造，鲜红的血沸腾着，好像那消耗不尽的力量的火焰。

与惠特曼同年出生在纽约的赫尔曼·麦尔维尔，也是值得大书一笔的。他的杰作《白鲸》，是一部绚丽多彩、蔚为奇观的经典性作品，堪称一首威武雄壮的海洋叙事诗。一个多世纪以来，书中主人公充满艰难险阻、英勇壮烈的奋斗生涯，那种坚忍不拔、死而无畏的顽强拼搏精神，一直激荡着人们奋进的心弦。在《白鲸》中，作家通过象征、烘托、借喻、曲笔等表现手法，翔实地描写了19世纪捕鲸者紧张、惊险的生活，叙述了曲折跌宕的故事，刻画了人物隐秘的内心世界，抒发了他对美与丑、善与恶、文明与野蛮、民主与奴役、命运与自由的独到见解，表达了他对普通人民特别是黑人的深挚同情。但是，这部"百科全书式"的作品，由于思想超越了当时人们的理解能力，以至长期受到文学界的冷遇。直到作家去世三十年后，人们才开始注意它，于是，又是出作者全集，又是写传记、拍电影，闹得沸沸扬扬。这也是古今中外文坛上常见的、令人为之扼腕的现象。

阿瑟·米勒算得上当今美国剧坛的"第一号人物"。在美国的剧作家中，能够排列在他前面的，只有诺贝尔文学奖获得者尤金·奥尼尔，还有田纳西·威廉斯，但是，他们都已经不在世了。米勒是犹太人后裔，青年时代开始对马克思主义产生兴趣，由此，终生他都关心社会问题与人类命运。他创作出近三十部作品，1949年由于典型现代悲剧《推销员之死》的上演，进而成为世界知名的剧作家。

>>> 王充闾出访东欧时,同好兵帅克蜡像合影。好兵帅克在险象环生时,总能处变不惊,镇定自若。他已是世界文学中的一个经典人物。

对于他,中国观众是熟悉的,1978年秋他曾访问过中国,《推销员之死》也在北京上演过。剧本以一位上了年纪的推销员被老板辞退后驾车自杀的悲剧,揭示了"美国梦"的社会现实的虚幻。这是一部撼人心弦、发人深省的佳作,广大观众称之为"一枚埋在美国资本主义大厦下面的定时炸弹"。推销员威利的结局是20世纪三四十年代千千万万普通美国人的人生悲剧。剧作家是这样陈述他的创作意图的:我"要在那些新老板和洋洋自得的王公面前,横陈一具他们的信徒的尸体"。在表现形式上,这部剧作也是独树一帜的。它将类似电影艺术中的闪回手法成功地运用到舞台上,并通过灯光变化等手段,将过去与现在、现实与梦幻巧妙地糅合在一起,从而获得了突出的艺术效果,可说是现代戏剧技巧与严肃社会主题完美结合的一个典范。

应该说,纽约这个地方,对于一个现实主义作家是颇富诱惑力的。纷繁万状的世相,你死我活的争夺,随时发生在作家的身旁,刺激着他们的神经,触发着他们的灵感,为他们提供了取之不尽、用之不竭的创作源泉。这也许正是有那么多的作家从纽约起步,或者以纽约为创作背景的重要原因。

在纽约市曼哈顿区南部,有个著名的格林尼治村。说是"村",其实并非乡村,而是这个大都会中一个比较幽静的所在,历来是作家艺术家喜欢居住的地方。在这里的咖啡馆,你常常可以听到涉及文学艺术课题的交谈;漫步此间一些公寓和住宅的门旁,你会发现一个个铜牌,从而得知埃德加·爱伦·坡、托马斯·沃尔夫、亨利·詹姆斯、尤金·奥尼尔等,曾经在这里居住过。这些作家、艺术家的影响是深远的,以至漫步在纽约街头,无时无刻不感到他们的存在。

由于国情的差异、民族的隔阂、语言的障碍,我们这些他乡游子踏上这片神奇的土地之后,不仅"举目有山河之异",而且社会人情各个方面都感到生疏、隔膜,交往的圈子很窄,没有机会同平民百姓接触,加之,时间短暂,行色匆匆,手抚一斑,难窥全豹。一条重要的沟通渠道,就是借助于文艺作品。比如,一些作家描写过的纽约的种种人情物态,一些摄影师、画家提供的市井风情画面,都为我们认识大洋彼岸这个极具特色的国度创造了条件。这次身历其境,置身于百老汇街、时代广场、中央公园、五大道……居然有似曾相识的感觉,从而对于生于斯、长于斯、歌哭于斯,将社会真实描述给我们的作家、艺术家,产生一种由衷的感佩。

我漫步在纽约街头,细心地寻觅"二十号街"的踪迹,为的是想亲身体认一下出生在纽约的进步作家艾伯特·马尔兹笔下的《二十号街的星期日早晨》的实况:大街上阳光灿烂,一群穿着节日服装的孩子正在玩球,跳绳的小姑娘发出"踢踏、踢踏"的声响,一片繁杂、热闹景象。突然传出"有人自杀了"的信息,街坊邻居以及收尸工人对这种人间悲剧早已麻木得无动于衷。公寓楼上的窗口出现许多面孔,谁也不说话,谁也不走开,谁也不下楼。不久,房东太太在事主大门的玻璃上挂上了"空屋出租"的牌子。着墨不多,而人情世态毕现无遗。

街头闲步,见到前面有一座歌剧院,刚好散场,人们挤挤撞

>>> 王充闾踏上美国这片土地。图为他在从旧金山到洛杉矶途中休憩时,与小动物嬉戏。

撞,匆匆离去,我却久久伫立,深情地注目。心想,这也许就是美国女作家埃迪丝·沃顿《天真时代》中描写过的剧院哩。观众里面,有没有那位伯爵夫人奥伦斯卡呢？记得小说是这样描述的:某天晚上,纽约一家歌剧院的包厢里,大家不约而同地把目光投向了穿着与众不同的奥伦斯卡伯爵夫人身上。她的丈夫是个行为放荡的波兰贵族。为了摆脱家庭的羁绊,她返回了故乡,渴望离婚,却又慑于社会舆论压力,心情十分苦闷。她与新派律师纽兰·阿哈,通过频繁交往,由相知、相悦而相爱,但却受到同样爱着阿哈的表妹的干扰。作家通过深入描写阿哈同两姐妹的"三角恋",反映了由于习惯势力这堵墙的阻隔使真正的爱情无法实现的现实。

小说的结局是这样的:三十年过去了,表妹和丈夫都已经去世,分处两地、久久离别的这对情人,有了结合的条件。这天,奥伦斯卡夫人邀请阿哈带领他的儿子前去做客。阿哈如约而至,但在最后一刻,他只让儿子进屋,自己却凝望着楼上的灯光,在窗外伫立着。他唯恐爱情的甜美回忆,会无情地被历尽沧桑的自己的衰老形象所粉碎。小说具有优美、醇厚的艺术韵味。

我漫步在纽约街头。这里是国际金融贸易中心,富可敌国的豪商巨贾在此进行着紧张、繁忙的经贸活动。然而,我想到的却是两桩发生在纽约市区,微不足道却震撼心灵的"买卖"。一桩是短篇小说《麦琪的礼物》中所描写的,圣诞节的前一天,住在与贫民窟相差无几的公寓里的德拉,正在愁着没有足够的钱为丈夫杰姆买一件圣诞礼物。她刚刚哭过一场,此刻站在镜子前,望着披肩秀发,毅然决定卖掉它,用来购买礼品。这样一来,她到底为丈夫买到了一件圣诞礼物——为他那块祖传三代的金表配上了一条金表链。晚上,她煮好了咖啡,等待丈夫归来。可是,杰姆回来后,一见德拉的短发立刻怔住了。原来,作为圣诞礼物,他为德拉买了美观大方的镶着珠宝的高级发梳,但长长的秀发却不见了。德拉一边安慰着丈夫,说:"没关系,我的头发长得快。"一边拿出她为丈夫买的金表链。可是,她哪里知道,杰姆为了买这把高级发梳,已经把金表卖掉了。真是"贫贱夫妻百事哀"!可贵的是,他们没有为日常生活的拮据而丧失其美好的感情,都想为对方献上一份爱心。这种事情发生在物欲横流的商品化社会里,就弥足珍贵。作者欧·亨利与埃迪丝·沃顿同龄(看,又一对同龄的美国作家),虽然他不是出生在纽约,但曾长期居住在这里,经常出入于贫民公寓、小客店、小酒吧、下等剧院,广泛接触下层人民,一直自认为是四百多万纽约小市民中的一员。

另一桩"买卖"出自短篇小说《灾星》里。作者杜鲁门·卡波特运用"意识流"的表现手法,把现实与梦幻交织在一起,刻画纽约小市民、女主人公迪尔维亚的贫穷与孤独。迫于生计,她卖了妈妈送的手表,卖了獭皮大衣,卖了晚上出门用的金网银提包,待到手头再没有东西可卖时,就如美国作家辛克莱在《屠场》中借马利亚之口所说的:"人到穷苦无告时,什么东西都会出卖的。"她就以五美元的代价出卖自己的梦。但是,失去了梦,也就意味着失去了幸福,失去了希望,失去了灵魂。因此,她又冀求再把梦找回来。作者就这样迂回曲折地通过畸形怪诞的形象，表现了小人物的绝望与辛酸。

这可说是最为凄神寒骨、令人心灵震撼的。如果认为欧·亨利的小说是"含泪的微笑"；那么，看过《灾星》之后，恐怕是绝对笑不出来的。悲哀如果还有泪、有笑，则人心尚有感、有觉，此可谓悲哀之最初境界；若是到了泪与笑都没有时，则为彻底的悲哀，自是悲剧的最深层境了。

有人说，短篇小说好像都有国籍。意思是，各国的风格独具。比如，19世纪的莫泊桑、梅里美、左拉的作品带有鲜明的法国风格，一般都要叙述故事，而且围绕一个情节展开，故事主题又尽可能奇特不凡；契诃夫、柯罗连科、屠格涅夫的短篇小说，则是朴素无华、日常生活化的，同时又体现了情感化和严肃性，一眼就能看出俄国短篇小说的特点。而美国短篇小说的历史是比较短的，到现在也不过一百六七十年，但它在欧美文坛上，却是成果辉煌，唯一可与俄、法并称，鼎足而三的。英国作家毛姆甚至认为，"不止一次，美国短篇小说深刻地影响了别的国家短篇小说的写作实践"。从上述提到的几个短篇，大体上也能看出所谓"美国性"的独特风格，即更注重想象，追求奇异的情节；同样是反映现实，但方法却好像是把望远镜掉转头来，从物镜一端看出去，现实依然可见，只不过被推到了很远的背景上。

说到域外文踪，绝对不该忽略的，是在异国他乡与"初唐四杰"之首的王勃的邂逅。

那次，我率领中国作家代表团访问越南，在我国驻越使馆听到一个惊人的信息:唐代文学家王勃的墓地和祠庙,在紧靠北部湾的越南北部的义安省宜禄县宜春乡。《旧唐书》中记载,王勃到交趾省父,"渡南海,堕水而卒"。罹难场所和葬身之地向无人知,想不到竟在这里!

由于急切地想要看个究竟,第二天,我们便在越南作家协会外联部负责人的陪同下,驱车前往实地访察。二百多公里路程足足走了六个多小时,到达那里已经是夜幕沉沉了。驻处邻近海边,窗户敞开着,林木缝隙中闪现出几星渔火。"哗——哗——哗",耳畔涛声阵阵,好像就轰响在脚下,躺在床上有一种船浮海面,逐浪飘摇的感觉,似乎随时都可能漂走;迟迟进入不了梦乡,意念里整个都是王勃到底是怎么死的,死了之后又怎么样……很想冲出楼门,立刻跑到海边去瞧一瞧,无奈环境过于生疏,只好作罢,听凭脑子去胡思乱想。

次晨,东方刚刚泛白,我便赶到海边。当地文友说,这里是蓝江入海口,距离中国的海南岛不远,大体在同一纬度上。气候很特殊,看上去浪软波平,可是,老天爷喜怒无常,瞬息万变。说声变脸,立刻狂风大作,搅动得大海怒涛汹涌,往来船只不知底里,时常招致倾覆。听到这些,王勃遇险的因由,我已经猜到几分了。

草草用过了早餐,我们便赶忙去看王勃的祠庙和墓地。听说有中国作家前来拜望王勃,乡长停下正在进行的会议,早早等候在那里。见面后,首先递给我一本铅印的有关王勃的资料。封面印着王勃的雕像,里面还有墓碑的照片,正文为越南文字,后面附有以汉文书写的《滕王阁序》。大家边走边谈，突然，一大片荒榛断莽横在眼前，几个圆形土坑已经长起了茂密的茅草。乡长指着一块凸凹不平的地基说，这就是王勃祠庙的遗址，整个建筑1972年被美国飞机炸毁了。我急着问："那么，坟墓呢？"当地一位乡民指告说：离这里不远，也都被炸平了。这时，乡长从我手里取回资料，让大家看封底的照片——炸毁前此地的原貌：几株参天乔木笼罩着一座园林，里面祠堂高耸，径路依稀，不远处有荒冢一盔，累然可见，其间还有一些游客。于今，已全部化作了尘烟，进入了虚无。真是"此情可待成追忆，留得残图纸上看"了。

全场静默，榛莽无声。苍凉、凄苦、愤懑之情，壅塞了我的心头；而目光却继续充盈着渴望，我往四下里搜寻，很想从历史的碎片中打捞出更多的劫后遗存。于是，又拨开对面的灌木丛，察看隐没其间的一座墓碑。已经断裂了，碑额抛掷在一旁，以汉字刻写的碑文多处残损，而且漫漶模糊，大略可知树立于王勃祠庙重修之际，时间约在18世纪末年。

承乡长见告，王勃祠庙遭受轰炸后，当地一位名叫阮友温的退伍大尉，冒着生命危险把王勃的雕像抢救出来，没有地方安置，便在家中腾出一间厅堂把他供奉起来。这引起了我们的极大兴趣，就立即赶赴阮家探望。阮先生已经故去，其胞弟阮友宁和先生的儿媳、孙儿接待了我们。王勃像供在中堂左侧，前面有一条几，上设香案。雕像由上好红木镌刻，坐姿，为唐朝士大夫装束，通高一米四五左右。由于年深日久，脚部已开始朽损，面

孔也有些模糊。跟随着主人,我们一同上前焚香拜祝。我还即兴口占了一首七律:

> 南郡寻亲归路遥,孤篷蹈海等萍飘。
> 才高名振滕王阁,命蹇身沉蓝水潮。
> 祠像由来非故国,神仙出处是文豪。
> 相逢我亦他乡客,千载心香域外烧。

站在雕像面前,我为这样一位悲剧人物深情悼惜——

王勃字子安,山西绛州龙门人,生于贞观二十三年(649年)。祖父王通,世称文中子,是隋末的知名学者。王勃悟性极强,六岁善文辞,即有"神童"之誉。他见到庭前的风吹叶落,便随口吟出:"高高山头树,风吹叶落去。一去数千里,何当还故处!"寥寥二十个字,竟然隐喻了他一生的行藏。他的仕途并不顺畅,由于恃才傲物,深为同僚所嫉,屡遭颠折,曾经两次遭贬。后一次严重到不仅自己丢掉了官职,被投进监狱,险些送了性命,而且连累了他的父亲。后来幸亏赶上高宗册立太子,大赦天下,他才挣脱了这场杀身之祸。仕途的险恶,使他惊悸万端,心灰意冷,决意从此告别官场,远涉千山万水,前往交趾看望被流放的父亲。

王勃来到交趾,陪父亲一起度过了炎热的溽暑,秋八月踏上归程,由蓝江启航,刚刚驶入南海,即不幸为风浪所噬,终年仅二十八岁。据越文资料记载,那一天,海水涨潮倒灌,把王勃的尸体顶入蓝江,被村人发现,认出是这位中土的早慧诗人,即刻通知他的父亲,然后就地埋葬在蓝江左岸。出于对他的崇敬,为之雕像、修祠,永为纪念。千古文章未尽才,无论就整个文坛还是

>>> 一千三百多年前。王勃到交趾省父,在现越南义安附近海中"堕水而卒"。图为王充闾在这里留影。

就他个人来讲,都是抱恨终天的憾事。传说王勃死后,情怀郁结难舒,冤魂不散,蓝江两岸总有乌云滚动。还有人在南海之滨看到过他那飘忽不定的身影;夜深人静时,风翻叶动,簌簌有声,细听,竟是他操着中原口音在吟咏着诗文。

我曾在一篇文章中悲愤地写道:

> 对于文学天才,造物主不该这样刻薄悭吝。唐代诗人中得享上寿者为数不少,怎么偏偏同这位"初唐四杰"之冠过不去,不多留给他一些创造璀璨珠玑的时间!
>
> 短命还不算,在他二十几年的有限生涯中,几乎步步都在翻越刀山剑树,弄得伤痕累累,焦头烂额。他的身心实在是太疲惫了,最后,满怀积怨,来到南海之滨寻觅一方逍遥化外的净土,让那滚滚狂涛去冲洗倦客的一袭黄尘,让那富有诗情画意的蕉风椰雨去抚慰那颗久滞异乡的破碎之心。
>
> 他失去的太多,他像彗星那样在大气层的剧烈摩擦中倏忽消逝,如一粒微尘遗落于恒沙瀚海。他似乎一无所有,然而却在中国文学史上留下了一串坚实、清晰的脚印,树起一座高耸云天的丰碑,特别是能在域外长享盛誉,历久弥新。如此说来,他可以死而无憾了。

王勃属于那种精神世界远比行为层面更为丰富、更为复杂的文学家,有着广泛而深邃的可研究性。相对于诗文的解读,我们对于这位天才诗人的人生道路、性格、命运的研究,还是很欠火候的。

第四节

生活点亮文学

我担任辽宁省作协主席,特别是全国作协的主席团委员以后,到各地参加文学采风活动的机会大大增多。

采风,原根意义是指对民情风俗的采集,历史上一般特指对地方民歌、民谣的搜集。这里属于概念的借用,主要是指应各地邀请、由作协或其他文学团体组织的深入景区、深入基层、深入民众的采访及观光活动。我从1985年第一次外出采风到现在,参加由全国作协以及各地作协组织的文学采风活动,大概不下三十次,每次都能写出一两篇文章,或为游记,或为随笔,或为文化散文,有时还会即兴、即景写些诗词。

对于作家来说,采风活动是必不可少的。直接获取创作素材、推动文学创作自不必说;更主要的还是作家本身能够从中受益——以文会友,相互切磋;放松心态,触发灵感;开阔视野,扩展胸襟;同时,也是接触基层干部群众、接受新事物、获取新知识的极好机会。

1998年,中国作协采风团来到四川西南部川滇交界处的凉山彝寨,受到热情好客的彝族主人的热烈欢迎。他们早早地欢聚村头,置酒接风。一队靓装丽服、美目流盼的彝族姑娘,手里

>>> 王充闾担任辽宁省作家协会主席后,到全国各地参加采风活动的机会增加了很多。图为东北三省作协主席相聚都江堰,左为张笑天,右为迟子建。

擎着酒杯,高歌侑酒。我以素无饮酒习惯为辞,姑娘们便打着节拍,齐声唱着:

> 大表哥,你要喝。
>
> 你会喝也得喝,
>
> 不会喝也得喝,
>
> 谁让你是我的大表哥!
>
> 喝呀,喝!
>
> 我的大表哥!

在这种情殷意切的态势下,别说是浓香四溢的美酒,即使是椒汁胆液、苦药酸汤,也不能不倾杯而尽。

在接风席上,姑娘们表演了一个《喜背新娘》的歌舞节目。寨子里的姐妹们打扮得花枝招展,把阿呷姑娘围在木屋中央,和着歌声、笑声,为她将红白相间的童裙换成中段为黑蓝两色的长裙;将独辫分成双辫,盘在花头帕上。——阿呷姑娘就要出嫁了。女伴们缠绵悱恻、难舍难分的《惹打》嫁歌还没有落音,外面的迎亲队伍已经进来了。原来,散文家吴先生竟"混"在迎亲客里面,而且是"喜背新娘"的角色。大家齐声道好,一致赞扬导演的眼力。只见姑娘们七手八脚,瞬时间就用锅烟灰把我们的"江南才子"抹成了花脸,引得全场哄然大笑起来。吴才子灵巧机智,趁着慌乱、喧哗,背起新娘阿呷就走,把全场歌舞腾欢推上了高潮。

在凉山彝家婚礼的实际生活中,不管去往男家的路是远是近,新娘都得由人背着,有的地方也可骑马。因为新娘的双脚是不能沾地的,这祖辈传留的规矩,谁也不能违背。彝族谚语说:"不抢不背身不贵,背去的媳妇赛千金。"

背新娘颇有讲究,一般由新郎胞弟或堂弟担任。要求背上的新娘要侧身、屈膝,双手搁放胸前;背新娘者不得用绳带捆系,只能双手托住新娘弯曲的小腿。如果路程遥远,需要在途中过夜,新娘亦不能进入迎亲队伍借宿的人家,只能在户外由人们轮流守护着,静待天明。

接下来,就是听歌。有人说,到凉山来,忘了吃,忘了喝,忘不了彝家姑娘一曲歌。彝家儿女历来有以歌传情、以歌代言的习尚,触事为歌,随口而唱。赛歌会上,男女青年初识乍见,交浅言深,有些碍口,往往以歌声"投石探路",曲折传情。

这边,小伙子唱道:

> 唱支山歌给妹听,看妹格是痴情人。
> 点灯还要双灯草,有情小妹来接音。

那边,有时姑娘看不中对方,便用歌声加以婉言谢绝:

> 妹是一杯酒,苦荞子酿成。
> 闻着味不香,喝着味不醇。
> 阿哥是上品,另找可心人。

彝族民歌中数量最大的自然是情歌;其次,酒歌占有相当重要的位置,"人生酒歌"一般以敦勉、教诲为目的;还有一种"塘酒歌",老人们坐在一起,通过歌唱,谈古论今,展示才智,这种酒歌多为鸿篇巨制,内容渊博,素有"歌母"之称。

据熟谙声乐艺术的朋友讲,彝家唱歌发声的方法很科学、很考究。他们善于使口腔、喉腔、胸腔和鼻腔巧妙自然地加以配合,达到音距大、吐气长、音域宽阔,即使数十拍的长乐句也能一气呵成。彝家女儿长成大姑娘了,一般都随身携带一种用竹片或钢片制成的口弦。演奏时将口弦置于唇间,左手握住弦柄,右手轻轻地拨动簧尖,或吹或吸,发出柔和、婉转的清音,借以表达复杂、细腻的情感。这美妙的音乐所洋溢的万种柔情,会使热恋中的小伙子如登春台、如饮醇醪。

凉山彝家以真诚质朴、热情好客闻名于世。每当我们踏入彝寨,都会遇到人们主动地问询:"曲博,卡波?"意思是,朋友,你去哪里?你只要说出准备拜访的人家,他们便会热情地前趋指路,甚至一直陪送到那一家。

有时,我们没经事先联系,随意走进哪个彝家,男女主人也总是很有礼貌迎迓接待,决不会冷落了这种不速之客。里巷徜徉,随时都能听到彝家的暖人情怀的《祝酒歌》:

  远方的朋友,来哟,来哟!
  珍贵的客人,来哟,来哟!
  请喝一杯彝家祝福的酒,
  丰收的酒哟!
  彝家的心像篝火一样红,
  金子一样真哟!
  请喝下这珍贵的酒啊,
  接受彝家一片深情哟!

客人登门，酒是必备的，往往客人一就座，主人便立即递过来一杯酒，然后边叙边饮，以酒代茶，一直喝到客人起身告辞。彝家待客慷慨大方，他们有句俗话："一斗米不吃十天，难以度年；十斗米不做一顿，无法待客。"

民族学家林耀华先生，四十年间三上凉山，对于彝家的这种盛情待客，有更深的体会。一次，他到昭觉的甲甲阿吉家串门，因为这里地处平坝，为了让家中的羊避暑，主人事先把羊寄放到山上的亲戚家里。现在来了客人，一时无羊可捉，没有肉食款待，主人感到很难堪，便一连气杀了四只鸡来下酒，还再三地表示过意不去。

还有一次，在尔吉久布家，见客人来到，主人当场就花二百多元钱，买下了一头牛来，准备宰杀。林先生一看这种情势，赶忙登车告别，如同逃跑一般。虽然心知这样做会使主人不悦，但无论如何，也不忍心让他无端做如此大的破费。

彝家认为，善是立身处世的根本。他们说，步子直才能走得快，心肠好才能交朋友。存善心，行善事，既可以造福自己，又可以荫庇子孙。广泛流传在民间的大量故事传说，都宣扬了这类思想。长期的生产力低下，从自然界获取物质生活资料艰难，加上天灾人祸频仍，使他们养成了合群互助、团结齐心、扶弱抑强的风尚。

我们这次采风活动的核心内容，是参加农历六月二十四的凉山彝族火把节。大家乘车来到普格县五道箐乡拖木沟的一处非常开阔的草坪，四周天然隆起，形似看台，上上下下已经坐满

>>> 1998年,王充闾随中国作协采风团在四川凉山采风,核心内容是参加农历六月二十四举办的凉山彝族火把节。图为他和陈忠实(右一)、邓友梅(右四)、叶楠(右二)在一起。

了人群,据说达三万余人。

彝家常说:过年是嘴巴的节日,火把节是眼睛的节日。意思是,过年讲究吃好喝好,而火把节讲究的是穿戴打扮、好玩耐看。放眼望去,尽是姑娘们的七彩裙、花头帕、绣花坎肩和小伙子们的白披毡、蓝披毡、花腰带,好像一个硕大无朋的五彩花环笼罩在青苍的碧野上。

天色暗了下来,我们在街前广场上,点燃起干蒿扎成的火把,跟随着长长的队伍,走向田野,走向山顶。很快地,到处都响起了火把节《祝歌》的雄壮歌声:

> 朵乐荷,朵乐荷,烧死猪羊牛马瘟,
> 烧死吃庄稼的害虫,烧那穿不暖的鬼,
> 烧那吃不饱的魔,朵乐荷,朵乐荷!

由于火把节适值盛夏,田里秧苗正处于旺盛的生长期,也正是各种危害庄稼的昆虫繁殖的高峰期。当火把在四野燃起,那些害虫便迅速攒聚趋光,一齐葬身火海。所以确有除害保苗的实效。

时间已到深夜,登高四望,但见漫山遍野都有金龙飞舞,起伏游动,浩荡奔腾,人们仿佛置身于火的世界。城市里也同时施放礼花,把光明送到天上,让暗淡的长天也大放异彩。山在燃烧,水在燃烧,天空在燃烧。与此相应合,人们的情绪也在燃烧、激扬、纵放,沉浸在极度的兴奋之中。面对着星河火海,我也不禁手之舞之,足之蹈之,高声朗诵起郭沫若《凤凰涅槃》中的诗句:"我们生动/我们自由/我们雄浑/我们悠久/一切的一,悠久/

一的一切,悠久/——火便是你/火便是我/火便是他/火便是火/翱翔!翱翔!/欢唱!欢唱!"

　　火把节自始至终体现了一种反规范、非理性的狂欢精神。这显然带有原始的万民狂欢的基因,但更重要的是反映了现代人的一种精神需求。从更广泛的集体心理来说,人们都愿意借助这个节日,营造一种规模盛大的、自己也参与其中的欢乐氛围,使身心放松、亢奋,一反平日那种循规蹈矩、按部就班的生活秩序,而同时又不被他人认为是出格离谱,荡检逾闲。

　　正当我们交口称赞这次盛会的堂皇富丽时,彝族诗人马德清却指了指采风团中的诗人吉狄马加,说:要讲火把节,正宗的并不在此,而是在马加的故乡吉拉布拖。只有到过布拖,才能叹为观止。一番话,使作家们对布拖充满了神奇的向往,后悔这次没能赶到那里去参加火把节。我笑着接上他的话头,说,踏不上的泥土,总被认为是最香甜的,也不妨在意念中留下一方充满期待与怀想的天地,付诸余生梦想。也许,德清先生施展的是关云长的故智:当关王爷刀斩颜良,力解白马之围以后,曹操赞曰:"将军真神人也!"关公却说:"某何足道哉!吾弟张翼德于百万军中取上将之头,如探囊取物耳。"曹操听了,自是惊羡万般,向往不置。这叫深一层表现法。其实,并不见得张飞就比关公更胜一筹。大家听了,又是一阵说笑。

　　采风活动结束后,每位作家都写了诗文。我的那篇散文就叫《朵乐荷,朵乐荷》。

　　还有一次,我们中国作家采风团来到了武夷山,一行六人,登上竹筏,开始了九曲溪的漫游。两位篙工一男一女,都很年轻、漂亮,而且知识面宽,富有情趣,口才也都很好。两人分立竹筏两头,见我们已经坐稳,便合力撑篙,划向中流,同时风趣地说:"欢迎各位作家上了我们的贼船。"大家一齐笑了起来。

陪同游观的东道主、作家陈先生说,正像人们到了西湖定会记起白居易、苏东坡,登上岳阳楼不能不提到范仲淹和杜甫一样,来到武夷山是必然要接触到朱熹的。这一带是朱夫子的"过化之乡",他在此间前后寓居四十余年,足迹遍布川原村社、茶场书坊,最后选定一个叫做黄坑的村落,作为他的夜台长眠之地。八百多年过去了,至今还随处可以感受到他的深远影响。至于身后是非,为毁为誉,那就是另外一码事了。

我说,平心而论,朱熹的诗与其他道学家的不同,往往是寓理趣于叙事、抒情之中,还是比较活泼有趣的。比如,描写九曲溪的《棹歌》,就是清新自然,意蕴丰富。一直在沉思默想的散文作家张女士,这时插了一句:"朱熹的诗句确也不错,九曲溪的景观更是妙境天成。可是我总觉得,如果要给它编排次序,总该是顺着流向,一、二、三、四地往下排列,现在却是'九曲''八曲''七曲'地一路倒数下去,实在有些别扭。"

"是呀,游程刚一开始就演奏《九曲棹歌》的尾声,我也觉得这种倒尾为头的做法,非常滑稽。"诗人刘先生说:"当时,我的脑子里突然闪现出一个真实的故事。'文革'中某市一个造反派头头,抡大锤出身,'文化水'很浅,刚刚走上领导岗位。这天,他出面主持一个大会,秘书事先给他起草好了开幕词和闭幕词,他也没有细看,就分别放在左右两个衣兜里。由于他事先并没有弄清楚会议的主题、开法和讲话稿里的意思,跨上了主席台,就照本宣科地读了一通。结果,开幕式上竟把闭幕词念了,闹出了大笑话。——朱老夫子可是硕学鸿儒啊,莫非他老先生也要幽我们一默?"诗人真是富于联想,你看他说着,就带出来一个"文革笑话"。

"显然,这和朱夫子当年逆游九曲溪有直接关系。"男篙工说,"各位刚才都经过了,'七曲'之上一滩高似一滩,顶着激流漩涡,撑篙难度很大。它不像我们:这样顺水漂舟,省时省力。所以,当地有两句俗话,叫做'古人是笨蛋,今人是懒汉'。"

"其实——"我说,"顺行、逆行,各有各的道理。走顺水船,'舟摇摇以轻扬,风飘飘以吹衣',淋漓酣畅,充溢着一种快感;可是,过眼云烟,不像逆水行舟那样,可以深思熟虑。打个比方,前者属于诗人气质,后者就有点像哲学家了。这位朱夫子整天在那里细推物理,格物致知,自然就喜欢船走得慢一点。听说,他终生不吃豆腐,这倒不是因为滋味不鲜,也不是觉得做起来费事,只是由于他发现豆腐做出后,重量超过豆、水、配料的总和,反复'格致'也不得其解。"大家笑说,这真是一个古怪的老头儿。

舟行"五曲",男篙工指了指对面的山峰,告诉大家说,朱熹在这座隐屏峰下建立了武夷精舍,经常前来传经讲道。这时,竹筏过处,恰好闪现出摩崖石刻上朱熹的《棹歌》诗句:

五曲山高云气深,长时烟雨暗平林。

林间有客无人识,欸乃声中万古心。

我说:"看得出来,朱老夫子当时的心境是十分孤寂的。"

"自命清高,孤芳自赏。"一位女作家陈述了她的看法。

"也可能是撇高腔儿。弄不好,就成了'此地无银三百两'。"女篙工说,"诸位往左上方看,那里有一个很大的山洞。民间传说,当年里面住着一个聪明、美丽的狐仙女郎,化名胡丽娘。每当黄昏人静之后,她都要到武夷精舍去,悄悄地和朱熹幽会。当时称为小妾,现在时髦的说法,叫做恋人。"

男篙工有意逗趣,偏要反话正说:"人家可不是'家里红旗不倒,外面彩旗飘飘'。书本上考证了,那个时候,朱老夫子的老婆已经病故了,所以,人家就是再娶一房,也是顺理成章的。"

"就算是老婆死了,再娶。朱熹可是信奉孔孟之道的,也应该遵照圣人的教导,'非礼勿动',等待'父母之命,媒妁之言'啊。说一套,做一套,难怪人家说他言行不一。"女篙工口口不咬空,也是够厉害的。

朱老夫子究竟有没有这桩风流韵事,史无明文。也可能是当地民众颇不满于他那可憎的道学面孔,有意识地作践他、取笑他——越是正襟危坐、道貌岸然,越要给他抹上一鼻子白灰。

两个小时的游程就要结束了,"一曲"已经抛在我们身后。下筏前,大家卸下马甲式的救生衣。男篙工故意学着赵本山的腔调,逗乐说:"脱了马甲,我也会认出你们来的,希望我们能够再见。有道是,十年缘分同船渡,百年缘分共枕眠。看来,咱们至少都有十年的缘分。"

"这么说,你们两位是百年缘分了?"我对他们颇有好感,因

>>> 王充闾随中国作协采风团来到武夷山,登上竹筏,开始了九曲溪的漫游。图为他在九曲溪。

而这么随便问了一句。

"不是。"女篙工笑着摇了摇头。

"白天同摆一条船,夜晚回家各自眠。朱老夫子英灵在上,山野小民是不敢胡来的。"男篙工的话刚一落音,立刻又引发出一阵哄堂笑声。

你看,这种文学采风,多么活泼、有趣。它的特点,是写作者直接投入到现实生活中去,作为群众中的一员参与其间,一起纵情谈笑,同经苦乐悲欢,不是隔岸观火,袖手一旁。这样,群众立刻就把你接纳过去,毫不生分,没有顾忌,讲真话,露真情。常常是,只要把采风场景如实记录下来,稍加整理,就可以写就一篇鲜活生动的文章。九曲溪泛舟之后,我以"撑篙者言"为题,写了一篇散文。

大凡人们外出旅游,心境都会感到十分放松,日常的矛盾纠葛、家务负担、情感联系,以至职务、身份,一股脑儿放下,尽可以卸却尘劳,摆脱拘束,得数日之闲,畅游观之兴。有时,不免放浪形骸,剥离故态,露出一个"人"的自然本色。

作为社会成员外出变换生活环境,实际感受新奇事物,而实现个体心理满足与群体自我完善的一种生活行为方式,这种旅游有两种文化蕴含:一方面,围绕着闻见所及而构筑起来知觉体系与现象世界,这可见的世界的核心是观感、是场景;另一方面,围绕着记忆与经验而凝聚起来经验体系与本体世界,这个不可见的世界的核心是想象、是领悟。高质量的旅游文化,往往能把二者结合在一起,使眼前景物化为回忆与感悟,予人以赏心悦目的艺术享受。

　　旅游中总会有长途行车,为了防止瞌睡,消除寂寞,一般都喜欢逗闲哏、说趣话、讲故事,结果逗得一车人哄堂大笑,激发出浓烈的兴趣。那次河西走廊千里之行,车上有一位老兄,极富幽默感,却"深藏若虚"——静坐一旁合眼假寐,不时地发出一声鼾鸣,似乎什么也没有入耳,实际上一切都听到了。当某人讲到关键地方,他往往慢条斯理地捎上那么"哏哏叨叨"的两句,就会使一车人忍俊不禁,或者轰然腾笑,而他本人却不动声色。他更是讲故事的能手,一般只讲一个,只是在大家的强烈要求下才补上一条,逗弄得人们笑出了眼泪,胀痛了肚皮。当然,车上逗笑也有一条不成文的戒律,就是绝对不能干扰司机的工作。

　　车上同行数日,通过有益的倾谈漫叙或开展种种文化活动,实现感情交流,增长了见识,扩大了交往,发展了友谊,互相在记忆之井里投入进去许多值得珍视的东西,可供日后长久追怀与向往。

第六章

渴望超越

(1997—2002)

第一节
面对历史的苍茫

我喜欢游历、喜欢访古,习惯于胜地寻踪、荒园踏梦,洗去岁月的尘滓,再现历史的光泽;通过理性思考和感性认知,连缀文明的断简,把散文创作的艺术背景放在广阔的历史空间,让笔底流露出厚重的文化沉淀和世事沧桑之感。但过去游观,大多是在参加各种会议的间隙,虽然也走了不少地方,获得诸多感受,可是,毕竟行色匆匆,来不及过细咀嚼、从容玩味。匆遽的心境所感受的东西,往往止于触景生情,谈不到"乘物以游心",发掘深层的奥蕴。近两年总算有了纵情登览的条件。我曾专程寻访了号称"历史博物馆""文化回音壁"的魏晋、六朝、唐宋古都;徜徉于群雄逐鹿的中原和历代兵家必争之地的"三晋"古战场;驻足战国时期辩才云集的齐都稷下;临流淮上,体验着庄、惠观鱼的"濠濮间想";踏着晚秋的黄叶,漫步在采石矶头、桃花潭畔、敬亭山下、天柱峰前,冲破时空的限界,亲炙"诗仙"李白的幽情逸韵。

我把飞扬的思绪、开启的心智,连同思索与领悟、迷茫与困惑,以艺术形式表现出来;在艰苦的劳作中寻求着思想的重量,同时将深心里的情境展开,以探求与读者交流、沟通的心灵渠

>>> 王充闾喜欢游历、喜欢访古,洗去岁月的尘滓,再现历史的光泽,写出今天的思考。图为他在北京圆明园遗址。

道。正是这种知识的储备和智能活动,使心胸豁然开朗,一如浩荡的江河,融会了自己,也包容了客观世界。我喜欢这种心灵的维度、这种丰满的人生。而人生之丰满,是要靠思想来滋养的。思索使我在世俗生活之外,感受到了至高至重的幸福与欢愉。在尘嚣滚动、物欲横流之中,保留一块思索的净土,营造诗、史哲的艺术之宫,这是我的追求、我的期望。

说是自然的漫游,实际却是置身于一个丰厚的艺术世界。如同诵读古人的诗书,倾听中华传统文化的回音,通过一块情感的透镜去观察历史,从而获得以一条心丝穿透千百年的时光,使已逝的风烟在眼前重现华彩的效果。那民族兴衰、人事嬗变的大规模过程在时空流转中的留痕,人格的悲喜剧在时间长河中所显示的超出个体生命的意义,存在与虚无、永恒与有限、成功与幻灭的不倦探寻,以及在终极毁灭中所获得的怆然之情和宇宙永恒感,都在新的境遇中展开,给了我远远超出生命长度的感慨。

在这里与传统遭遇,又以今天的眼光看待它,于是,历史就不再是沉重的包袱,而为我思考当下、思考自身提供了无限的可能性。此刻,无论是灵心慧眼的冥然会合,还是意象情趣的偶然生发,都借由对历史人事的叙咏,而寻求情志的感格、精神的辉映。这是历史,也是诗章,更是哲学,是天人合一的美学境界。

此刻——一方面,从历史老人手中接受一种永恒悲剧的感怀,今古同抱千秋之憾,与山川景物同其罔极;一方面,又从自然空间那里获取一种无限的背景和适意发展的可能性,感悟到人不仅由自然造成,也由自己造成,不仅要服从自然规律,也能利用自然规律,最后复归于自然,又时刻努力使自己的生命具有不朽的价值。

就这个意义来说,赏鉴自然,实际上也是在观书读史,体味古往今来无数哲人、智者留在这里的神思遐想,透过"人文化"的现实风景去解读那灼热的人格、鲜活的情事。当然,人们在欣赏自然风物的同时,也是在从中寻找、发现和寄托着自己。

正因为这样,我总是习惯于凭借自己的游踪,对一些名城胜迹做历史性的考察与观照,对社会、人生做哲学性的反思和叩问;喜欢饱蘸历史的浓墨,在现实风景线的长长的画布上去着意点染与挥洒,使自然景观烙上强烈的社会、人文印迹,努力反映出历史、时代所固有的纵深感、凝重感、沧桑感;体现创作主体因历史而触发的现实的感悟、渴望与追求,努力使作品获得比较博大的历史意蕴和延展活力,让自己的灵魂在历史文化中撞击,从而产生深沉的人文批判,留下足够的思考空间。

从创作实践中我体会到:散文中如能恰当地融入作家的人生感悟,投射进史家穿透力很强的冷峻眼光,便能把读者带进幽深的历史时空里,从较深层面上增强对现实风物和自然景观的鉴赏力与审美感,也会使单调的丛残史迹平添无限的情趣。

我的历史文化散文写作,始于20世纪90年代后期。继凭吊过北宋、魏晋遗迹和开封、洛阳、邯郸等古都城之后;接下来,又带着强烈的"问题意识",有目的地北上黑龙江的金源故都阿城和囚禁徽、钦二帝的五国城,南下滇中武定,叩访狮子山——

传说中明初建文帝的"龙隐"之地。漫步在史影斑驳的大地上,倾听着历史老人满带着忧思、悲愤与困惑的精神独白。在感受沧桑、把握苍凉中,敞开传统文化与现代认知双重渗透下的自我,去体味焦灼里的会心、冥思后的渐悟、凄苦中的欢愉,从而产生个性化的人文批判,对文化生命做一番富有兴味的慧命相接。这样,就集中书写了《叩问沧桑》《陈桥崖海须臾事》《细语邯郸》《土囊吟》《文明的征服》《狮山史影》等系列散文。凭借着名城胜迹这一文化载体,以诗意的运思和直觉领悟的方式,同似近实远、若明若暗的历史展开超越时空的对话,揭示了一些体现历史必然性与偶然性的探索性认识,也传递了某种灵光闪烁的幽思禅趣。

在凭吊洛阳魏晋故城遗址之后写成的《叩问沧桑》中,我没有重复《黍离》《麦秀》那孑遗的悲歌和荆棘铜驼的预言警语,而是通过观照废墟这悲剧的文化,展现出搏斗后的虚无、成功中的沦丧,阐释诗文存在所付出的代价。清人赵翼有两句著名的诗"国家不幸诗家幸,赋到沧桑句便工",说的就是诗人的命运与社会、时代的关系,以及成就伟大作家所付出的惨重代价。

魏晋时期,可供后人咀嚼、玩味的东西太多。它是真正的乱世,统治集团内部斗争激烈,政治腐败,社会动乱,民不聊生,"名士少有存者";同时,这个时期又是"精神史上极自由、极解放,最富于智慧、最浓于热情的一个时代""是中国历史上最有生气、活泼爱美,美的成就极高的一个时代"(美学家宗白华语)。其时,儒学"独尊"地位动摇,玄、名、释、道各派蜂起,人们的思想十分活跃,个性大为张扬,注重自我表现,畅抒真情实感。大批思想家、文学家,生活上、人格上的自然主义和自由主义充分高涨,呈现出十分自觉、自主状态和生命的独立色彩。他们有意识地在玄妙的艺术幻想之中寻求超越之路,将审美活动融入生命的全过程,忧乐两忘,随遇而安,放浪形骸,任情适性,畅饮生命之泉,在本体的自觉中安顿一个逍遥的人生。一时间诗人、学者辈出,留下了许多辉耀千古的诗文佳作。他们以独特方式迸射的生命光辉,以艺术风度挥洒的诗性人生,给后世的文化发展留下了一笔宝贵的财富,抛出一系列千古不尽的话题,为中华民族造就了一个堪资叹息也值得骄傲的文学时代、美学时代以及生命自由的时代。

魏晋文化跨越两汉、直逼老庄,使生命本体在审美过程中跃动起来,自觉地把对于自由的追寻当作心灵的最高定位,以一种特定的方式实现了生命的飞扬。当我们揭开历史的帷幕,直接与那些自由的灵魂对话时,更感到审美人生的建立、自由心灵的驰骋,是一种难以企及的诱惑。

与此形成鲜明对照的,是以"八王之乱"为中心的司马氏血腥家族的权力之争。它启衅于王室与后党之争,扩大为诸王之间的厮杀;尔后,又由诸王间的厮杀扩展成各部族间的混战。这场狂杀乱斗,足足延续了二十余年,西晋政权像走马灯一般更迭了七次。先后夺得权柄的汝南王、赵王、齐王、成都王、东海王,以及先为贾后所利用、随后又被贾后杀掉的楚王等,无一不是凶残暴戾的野心家、刽子手。在他们制造的祸乱中,"苍生殄灭,百不遗一",京都洛阳和中原大地的劳动人民被推进了茫茫的苦海深渊,最后导致了十六国各族间的混战和持续三百年的大分裂,在我国历史上出现一次大的曲折和倒退,其罪孽是异常深重的。对此,我在行文中进行了强烈的谴责与批判。同时,抓住北邙山上星罗棋布的陵寝墓冢这样一个透视点,予以揶揄和讽刺。然而,就在那些王公贵胄、豪强恶棍骸骨成尘的同时,竟有为数可观的文学家及其诗文杰作流传广远,辉耀千古。这种存在与虚无的尖锐对比,反映了历史的铁的规律。

《陈桥崖海须臾事》一文,则体现了耐人寻味的长久与短暂的哲思。

那次我踏上中州大地,记忆中,前人何希齐有这样两句诗:"陈桥崖海须臾事,天淡云闲今古同。"正是它,把我引到了开封东北四十五华里的陈桥驿。这是一个普通至极的北方小镇。低平的房舍,窄狭的街道,到处都有人群往来,却也谈不上熙熙攘攘。只是由于一千多年前,此间曾经发生过一起震惊全国的兵变,导致了王朝递嬗,便被载入了千秋史册,而成为中华历史名镇之一。

漫步古镇街头,玩味何希齐诗中的意蕴,不禁浮想联翩,感慨系之。的确,从宋太祖赵匡胤在这里兵变举事、黄袍加身,创建赵宋王朝,到末帝赵昺在元朝铁骑的追逼下崖州沉海自尽,宣告赵宋王朝灭亡,三百多年宛如转瞬间事。可是,仰首苍穹,放眼大千世界,依旧是淡月游天、闲云似水,仿佛古往今来都未曾发生过什么变化。"后之视今亦犹今之视昔",这是一个深刻的哲学命题，让人们生发出许多感慨。不仅接触到古人通天尽人的怆然感怀，体味到哲人、智者的神思遐想，而且，为研究史事打开了一个新的视界，提供了足够的思考空间。

同样也是漫游古代名城胜地，当驻足古赵都城邯郸的时候，我思考得最多的却是"出世与入世"这样一个人生的话题。"燕赵古称多感慨悲歌之士。"漫步邯郸街头，遥想两千多年前那些慕仁向义、慷慨悲歌的往事，一个个凛然可畏，"路见不平，拔刀相助"的义士形象，宛然如在目前。这里的民风素以勇悍、尚武著称，既不同于中原、齐鲁，也有别于关陇、秦川，更迥异于江浙、湖广。司马迁有言：此间地近匈奴，经常受到侵扰，师旅频兴，所以其人矜持、慷慨、气盛、任侠；加之胡汉杂居，耳濡目染，通过血缘的传承和文化的渗透，多种因素共同产生深刻的影响。早在春秋时代，当政者就已患其桀骜难制，中经赵武灵王"胡服骑射"的改革，任侠之风益发浓烈。"赵客缦胡缨，吴钩霜雪明，银鞍照白马，飒沓如流星。十步杀一人，千里不留行""三杯吐然诺，五岳倒为轻。眼花耳热后，意气素霓生"。李白笔下的侠客形象，为此做了形象的注解。

但是，一个地域的文化构成，总是多元复合，并非清一色的。这次，我在邯郸考察古赵文化的过程中，就意外地发现，与悲歌慷慨，积极用世，借以体现自身价值的人文精神相对应，还存在一种鄙薄功业、粪土王侯、崇尚避世、倡导"无为"的思想追求。

与赵武灵王的丛台相对应，市内还有一个以"黄粱梦"的传说闻名遐迩的吕翁祠。"黄粱梦"的故事，源于唐人沈既济的传奇小说《枕中记》。郁郁不得志的卢生进京赶考,在邯郸一家旅店里遇见了道士吕翁。寒暄之后,卢生谈起了自己的胸襟、抱负,说自己才华毕具,可以出将入相;但是,眼前却处境困窘,英雄没有用武之地。说着说着,他觉得目暗神昏,沉沉思睡。这时,店主人正在煮黄粱米饭,吕翁顺手从囊中取出一个方形瓷枕,递给卢生,让他睡下。梦中,卢生官运亨通,由进士及第,再出任陕州牧,到擢为京兆尹,不断升迁。先是凿河利民,乡人刻石纪德;后又出征讨寇,斩首七千级,拓地九百里,边民立碑于居延山以颂之。归朝册勋,恩遇极盛。结果,横遭构陷,被捕入狱。他慨然对妻子说,吾家有良田五顷,足以抵御饥寒,何苦汲汲求禄?现在若想像当年那样,骑着青驹,徜徉邯郸道上,已经不可得了。后来,幸得平反,再度起用,最后晋封为燕国公,五十多年安富尊荣。卢生梦醒之后,发现主人的黄粱米饭尚未煮熟。卢生问道:"难道这是一场梦吗?"吕翁说:"人生适意,也不过如此罢!"

吕公祠的一副对联,把这一主旨揭示得十分透彻:

睡至二三更时,凡功名皆成梦幻;
想到一百年后,无少长俱是古人。

看得出来,在中国历史上,尽管儒家文化长期以来一直占据主宰地位,但是,文化因子从来都不是一色清纯的单维存在。道家文化在人生与艺术的天地中,始终与儒家文化争奇斗异,竞领风骚。在铸造民族气质、精神、性格和模塑人的思维方式、智力结构、文化心态方面,二者各有其不可代替的作用。如果说,儒家"兼济天下",积极入世的宏伟抱负,铸造了封建士子的使命感和忧患意识,因而执着、热切地追逐"为王者师""献经纶策"的人生极致;那么,道家出世、游世的隐逸取向,则使他们在"苟全性命于乱世"的时候,能够知足知止,见几知命,急流勇退,安顿下一颗无奈的雄心。

二者各有旨归,但并非互不相容,彻底决裂,不仅经常出现相反相成的互补现象,而且,会在不同阶段奇妙地统一在一个人身上,所谓"达则兼济天下,穷则独善其身"。避世与用世的对立统一,正是中国文人的典型心理结构。而且,随着境遇、年龄的变化,人们的取向、心态也会产生明显的差异。鲁迅先生在《过客》一文中有一段精辟的描述:当过客问到"前面是怎么一个所在"时,老翁答复是坟场;而女孩却说是鲜花,"那里有许多许多野百合、野蔷薇"。应该说,他们讲的都是真实的存在,却都只是一个方面。之所以各执一词,是因为女孩正值生命的春天,内心一片光明,充满蓬蓬勃勃的生机,因而注意的是鲜花簇簇;而老翁已届暮年,一切人生的追求都被沉重的生活负担和波惊浪诡的蹭蹬世路所消磨,正所谓"五欲已消诸念息,世间无境可勾牵",所以注目的不过是坟场一片。这是从不同的主观条件对相同的外界环境做出的截然对立的判断。

《土囊吟》《文明的征服》两篇散文,所揭示的是征服者与被征服者互换位置这一富有哲学意味、带有规律性的历史现象。空间上,两个古迹所在都处于北国苦寒之地;时间上,讲述的都是宋、金两朝的逸闻轶事。

《土囊吟》以五国城为叙事基点,讲述徽、钦二帝"北狩"逸闻,用写意的技法,简练勾画了二帝由龙庭端坐、锦衣玉食到囚絷在开封近郊的青城,最后被羁押到东北苦寒之地,饱遭凌辱以终的故事。巧合的是,过了一百零七年,金人降元,元军亦把金宫室后妃皇族五百多人劫掳至青城,尔后全部杀死。"兴亡谁识天公意,留着青城阅古今。"(金人元好问诗)历史潜隐着循环的密码与因果的种子,潜隐着神秘难测的悲剧魔影。走笔至此,我曾题诗记感:"哀悯秦人待后人,松江悲咽土囊吟。荒淫不鉴前王耻,转眼元人又灭金!"引证唐人杜牧名篇《阿房宫赋》中"灭六国者,六国也,非秦也;族秦者,秦也,非天下也"和"秦人不暇自哀而后人哀之;后人哀之而不鉴之,亦使后人而复哀后人也"的警语,阐发历史奥蕴。

《文明的征服》以"金源故都"上京会宁府为故事焦点,讲述的是金代的兴衰史,文章寻求历史之谜的答案,题目中渗透的是对文明与文化的深度思考。穿透历史的刀光剑影、狼烟烽燧的表象,总览人事与物理,得出自我的感悟——人类创造的文化,无一不包含着自我相关的价值、功能上的悖谬,并且随着时间的推移,不断地做反向的运动与转化。

女真人以原始生命的强悍,征服并吸收了柔美精致的大宋文明;反过来,在大宋文明腐败因子的侵蚀下,重蹈覆辙,又被更为强悍的蒙古文明所征服。历史的巨笔在他们之间画了一个诗意的圆,这是象征着宿命意味的循环怪圈,也是富有玄机禅意的精神怪圈。在这个神秘的怪圈里,该是演绎了多少令史学家、文

王元间

>>> 王充闾在黑龙江阿城,寻访金太祖陵。

学家感伤与怀旧的故事,隐喻着多少艺术与审美的意蕴啊!

　　北方少数民族没有太多的文化积淀,自然也不存在着浓重旧习的因袭和历史的负累。除了落后的一面,在文化心理、社群关系上,倒有某些健康成分的底蕴。苦寒的气候,辽阔的原野,艰难的生计,给女真族以豪勇的性格、强壮的筋骨、质朴的民风,和冲决一切的蛮劲蓬勃旺盛的生命活力。他们刻苦耐劳,勇于进取,擅长骑射,能征惯战。因而在完颜阿骨打这个矫健的民族英雄的统驭下,铁骑所至,望风披靡,奇迹般地战胜了军事力量超过自己几倍甚至几十倍的强大对手,十一年间,消灭了立国二百零九年的辽朝,而并吞已有一百六十七年历史的北宋只用了两个年头。但是,他们也同前朝的契丹、身后的元朝一样,当他们从漠北的草原跨上奔腾的骏马驰骋中原大地的时候,都在农耕文化与游猎文化的撞击与融合的浪潮中,自觉不自觉地经受着新的文明的洗礼。

　　金人攻宋是野蛮的、非正义的,它给中原大地带来了一场灾难。而中原文化与北方文化的融合,又主要是在战争过程中实现的,战争的胜利者在征服敌国的过程中接受了新的异质文明。从这一点来说,却又是文明的征服。诚如马克思所说,野蛮的征服者总是被那些他们所征服的民族的较高文明所征服,这是一条永恒的历史规律。文明征服的结果,是加速了女真封建化的进程,直接推进了金源文明的发展。

　　这些历史文化散文分别收入《面对历史的苍茫》和《沧桑无语》两部散文集中。

第二节
生命还乡的欣慰

2000年,散文集《何处是归程》问世,题记为两首七绝:

> 世间无缆系流光,今古词人引憾长。
> 且敛飞花存碎影,勉从腕底感苍凉。
> 生涯旅寄等飘蓬,浮世嚣烦百感增。
> 为雨为晴浑不觉,小窗心路觅归程。

题旨是生命还乡,这里涵盖了回归自然、回归童心、回归淡泊、回归生命本原、回归文学本体等诸多方面的意蕴。而这一切,也恰恰与整个大的环境相适应。针对人类生存环境的破坏、文化传统的流失、人性扭曲、物质与精神失衡所引发的种种矛盾,学术界也正在呼唤着向自然、向传统、向相对朴素生活的适度回归。

论者认为,"《何处是归程》无疑是富有审美独创性的散文作品,作者选择了新的题材和新的话语,从而获得了艺术创造的新的灵感和激情,由此产生了不同以往的审美果实,这属于一种必然的逻辑结果,也是对作家艰辛变法、舍弃成规、刻意进取的合理回报。显然,作家的自我超越性和艺术的独创性,成为《何处是归程》的获得成功的心理条件和美学基石"(颜翔林语)。

其时,我刚刚从闹市区迁徙到市区北郊一个比较僻静的小区里。这里环境幽雅,花树繁茂。吃过晚饭后,我在河边闲步。从前,工作重担在肩,匆匆地过往,即便是再绚美的景色,也往往是视而不见。现在情况不同了,心境宁帖下来,仿佛般般景色都奔赴眼前。那一丛丛金英翠萼的迎春花,正开得满眼鹅黄,装点出枝枝新巧;小桃红也忙不迭地吐出了相思豆一般的颗颗苞蕾;而堤畔的杏林花事已经过了芳时,绯桃也片片花飞,在淡淡的轻风中,旋出美丽的弧线,飘飞在行人的眼前,漫洒在绿幽幽的草坪上,坠落到清波荡漾的河渠里。

无论在乡村、在都市,面对这残红万点的景色已经不知多少次了。印象最深的,是小时候到姨母家去,时光不比现在晚多少,我却已经换了单衫,是月白色的土布做的。路过一处桃林时,空中没有一丝风,缤纷的花瓣飘落在布衫上,一片叠着一片,乍一看,像是绣上去的细碎的花朵。妈妈在前面几次三番催我快走。我说,走不得,往外一走,我的绣花衫就又变成白布了。最后,索性站在桃林深处,一动不动,享受着大自然的美的赐予。可是,等我们几天后回家,再度经过这里,已经是繁英荡尽、绿叶蒙茸了,脑子里也丝毫未现什么"落花心绪"。果真是"少年不识愁滋味",当时,暗诵着王安石的"春风取花去,酬我以清荫"的诗句,觉得大野芳菲如此幻化无穷,确是蛮新鲜的,一时竟抑制不住心头的兴奋。当时实在不能理解,那些文人骚客对着绿暗红稀,居然愁绪茫茫,究竟所为何来?

有人说,花朵是沟通大自然与人心灵的一种不需要翻译的语言。借助花朵的昭示,人们能够体察到天地造化中的灵性,感知自己灵海的波澜、心旌的摇荡。也许果真是这样,现时的我,只觉得年华老大之后,面对着残红委地、落英缤纷的衰凉景色,总有些"春归如过翼""流年暗中偷换"的丝丝怅惋。此刻,仿佛行进在霏霏细雨之中,耳畔听得见那似近似远,疑幻疑真的时间的淅沥,像是丝丝缕缕、点点滴滴都飘落在寂寥的心扉上,切实地体验到一种流光似水、逝者如斯的感觉。

  记得莎士比亚在喜剧《皆大欢喜》中,曾借杰奎斯之口说,世界是个大舞台,所有的男男女女不过是一些演员。一个人在一生中扮演着多种角色,可以分为七个时期:最初是在保姆怀中啼哭、呕吐的婴儿,然后是满脸红光、背着书包、很不情愿地走进课堂的学童,再后是"像炉灶一样叹着气"、咏着恋歌的情人,再后是爱惜名誉、好勇斗狠的军人,第五个时期变为满嘴都是格言和老生常谈的法官,第六个时期成了鼻子上架着眼镜、腰边悬着钱袋、形体精瘦的龙钟老叟,最后一场是全然的遗忘——没有牙齿、没有眼睛、没有一切。把整个人生描绘得形象、深刻,惟妙惟肖,十分耐人寻味。

  但我觉得,如果从中国的文化传统背景出发,按照习惯说法,把人生的童年、青年、中年、老年四个阶段分别比喻为一年的春、夏、秋、冬四个季节,倒是很贴切的。阳春烟景,万物昭苏,充满了生机,饱绽着活力,颇像一个人的少年时代。但初春发育的幼芽,毕竟未曾饱经风雨,没有受过磨折,还不免有些娇嫩、稚拙。待到炎阳播火的夏日,滚滚鸣雷赶着一阵阵的疾雨,"绿遍郊原白满川",正是谷物茁壮成长的时节,有如人生处于青壮之年——大时代的弓弦呼唤着年轻的臂力,风帆鼓满,豪气冲天。秋天是成熟的季节、收获的季节,蓝天澄明高爽,白云浅淡悠闲,"落木千山天远大,澄江一线月分明"。人到中年正是如此——经验丰富,阅历深广,情怀由浪漫、激烈而至于深沉、阔大,处事由粗犷、焦灼变为成熟、稳健,像品味封存日久的佳酿与甘醇的水果一般。如果说,青年生活于未来,老年生活于过去,那么,中年则生活于现在,更加注重实际。在人的一生中,老年虽为收敛时期,属于生命的黄昏,却也意义充盈、丰富多彩,像一年四季中的冬天一样。冬天是透明的,可以使人透视宇宙万般,头脑清醒,睿智、澄明。由于它接受了春的绚烂、夏的蓬勃、秋的成熟,因此,冬天也是充实的。与此相似,作为命运交响曲的第四乐章,老年包容了生命之旅中的欢欣与烦恼、期待与失望、颂赞与非议、慰藉与苍凉,领悟着哲学意义上的宁静与超然,称得上是人生的冠冕。在七色斑斓的黄昏丽色中,继续演奏着生命真实的凯歌。最后,生命火花闪灭,一切都返回大地母亲的怀抱,消融于苍茫无尽之中。

"暮年心事一枝筇。"在古人眼里,一根朝夕相伴的竹杖能够最鲜明地参透与映衬那老去的情怀。因此,又可以说,淡泊无求的心性也植根于生理的实际。此无他,存在决定意识也。"不知筋力衰多少,但觉新来懒上楼。"在这里,疲惫的双腿向稼轩先生提示着老之已至。而彻夜难眠、辗转反侧,则使随园老人深谙衰年的苦楚:"老去神昏夜不眠,更筹数尽五更天。"由少壮而老迈,由劲健而衰颓,"芳林新叶催陈叶,流水前波让后波。"新陈代谢,生老病死,这原是铁一般的自然规律。

威尼斯商人安东尼奥的朋友葛莱西安诺曾经发问:"谁在席终人散以后,还能保持初入座时那么强烈的食欲?哪一匹马在漫长的归途上能像起程时那么长驱疾驰?"这是不言自明的。而他的喟然叹惋,也是极富哲理性与真实感的:"一艘新下水的船只扬帆出港的当儿,多么像一个矫健的少年,给那轻狂的风儿爱抚拥抱。可是等到它回来的时候,船身已遭风日的侵蚀,船帆也变成了百结的破衲,它又多么像一个落魄的龙钟浪叟,被那轻狂的风儿肆意欺凌!"

面对老之已至,我们往往会生发出一种悟道太迟、为时已晚的感慨。这里,固然包含着对未能及早踏上"专业"途程的怅憾;但是,更主要的还是对韶华虚掷、老大无成的愧悔。比起生长在新的历史时期的年轻一代,应该承认,我们那一代人的时间,确实是浪费得太多了。无休止的批判,不间断的"运动",延续十年之久的大"革"文化之"命",朝朝暮暮,月月年年,我们该做了多少于国于民并没有实际价值、自己也毫无兴趣却又不得不耐着性子去勉强应付的事啊!

宛如白驹过隙,生命是匆促的,每个人都在一天天地接近"没有明天的一天"。我们曾经拥有过,却没有办法留住它。在充满偶然性的选择之中,我们丧失了宝贵的无涯岁月。于今,就像流行歌曲中所唱的:"再回首,泪眼蒙眬;再回首,恍然如梦。"

当有朝一日我们终于谒见马克思的时候,该如何向他递交那份人生的答卷呢?有没有勇气重复中学时代常常挂在嘴边的那句话:我们既不因碌碌无为而羞耻,也不为虚度年华而悔恨。

古人说,人生过后方知悔。人在少小时候谈不上有什么憾悔,因为阅历简单,参照物不多,没有什么可以追忆和反省的内容;而且,即使发现某些缺憾,总会觉得来日方长,尽多追补的余地。悔,是从对比、追忆、反省中派生出来的,悔是成年人的专利。

"东隅已逝,桑榆非晚""失晨之鸡,思补更鸣"。人到老年,与其伤逝感旧,在痛苦的追忆中重拾青春的流韵,莫如珍惜有限的光阴,实施有效的补偿,做一些符合平生志趣、过去却因种种条件限制而未能畅怀适意地去做的事情。

《岁短心长》一文,记录了我"半退休的生活"实况:

> 过去重任在肩,无暇旁骛;现在,工作担子减轻了,公务活动变少了,人际关系简化了,世情纷扰也渐渐淡去,正可恢复书生本色、云水襟怀,实现多年的夙愿——把读书、创作看作一种诗意存在的生存形式;把屐痕处处,游目骋怀,"平生塞北江南,归来华发苍颜。布被秋宵梦觉,眼前万里江山",视为人生的至乐。

每天清晨,我都要到公园里去散步。人生感悟、创作构思也就在这里丝丝缕缕、片片层层地展开。任凭身旁人声嘈杂,墙外车流涌荡,也并不为其所扰。身在红尘嚣壤之中,心驰四野八荒之遥。此刻,对前人说的"静,在心不在境""心远地自偏"的意蕴,有了切实的理解。

  现在,所写的文字也偏重于反映童年生活,偏重于揭示作者的内在世界、心灵感受。从表现手法上看,比较柔细、活泼、从容、闲适一些,议论少了,白描多了;敞开自我,揭橥内心。当然,这种敞开是有节制的,注意到把持自己的情绪,不像那些少男少女披猖无忌,毕竟已经人过中年、渐进老境了。

在《收拾雄心归淡泊》一文中,我写道:

  淡泊是一种人生哲学、一种生存方式,也是一种审美文化。它的内涵十分丰富,大体上涵盖了平淡、冲淡、素淡、散淡等多方面的意蕴,反映出一个人内在的襟怀与外在的风貌,但集中地表现为一种人生境界、精神涵养。

  "少年心事当拏云。"人在年轻时节,雄心勃勃,豪情四溢,充满了奇思狂想,敢于藐视权威,勇于冲锋冒险,不主故常,不怕失败;在青年心目中,无事不可为,无事不能为。这是最为难能可贵的。当然,有时也会闯出一点"乱子",撞下几处伤疤;由于虚荣心作怪,或者经验不足,有的也难免逞强、使气,显摆、卖弄。如果"春行秋令",要求青年人都像老年人那样宁静与淡泊,是不现实的,也是不应该的。及至他们饱经世事的磨炼,"阅尽人间春色",历遍世路艰辛,那时,便会显得成熟与历练,不再担心失去或者错过什么,也不肯茫然地赶冲某种喧腾的热浪,便会觉得天高地阔、极目悠然。

这种宁静与淡泊,会使人们显示智慧的灵光、超拔的感悟,以"过来人"的清醒与冷静,对客观事物做静观默察,持超拔心态。平淡不是消沉,乃是修养已深,思想和见解均已成熟,返于纯粹自然,而无丝毫做作。因为是自然的表现,不能包装,也无法模拟。

文章对于"淡泊是一种人生境界"做了解析,指出它首先涉及人的心理素质。这种心理素质具备了,凡事就能够看得开、放得下,对于名利、权势等身外之物不再看得过重,对于庄子所说的"外物偶然到来,只是寄存于此,寄存的东西,来时不能阻挡,去时不能挽留",就会有透彻的理解;再往深一步看,"生命只是偶然的有限的历程,生是死前的一段过程,活着时宛如住在旅馆,死去就是回家了,回归永恒的家园;生与死不过是一种生命形态的变化"。只要看开了"生命无常"这个自然法则,能在精神上超越死生的拘牵,那样,自然也就会放得下对于世间利害、得失和人事升沉、荣辱的执着,养成悠然的心境、达观的意识。

第三节
回头几度风花

《何处是归程》中的第一部分,即为童年追忆。以乡愁为背景,以亲情为脉络,以心灵回归为灵魂,追忆是其艺术的感性外壳与表现形式,童心则为美学的精神内核,它们共同构成了乡情与亲情这两个互相关联的主题。作品渗透着一种澄明的思境和朦胧的诗性,再现了那些属于历史的过往存在,沟通了往昔与当今,连接了自我与他人,使个体的生命存在和深挚情感延伸到永恒和无限的时空。这里面既有对皈依童心的呼唤,也有对人过中年的舒缓流水的倾听。呼唤与倾听,交织着作者心灵的独白,寄寓着同往事、故人对话的渴望。

作为老年人特有的专利,回忆是对于遥远童心的痴情呼唤,是重新感受年轻、追忆逝水年华的一种心灵履约,是对于昔日芳华的斜阳系缆。普通的人们毕竟还都天机太浅,既不具备佛家的顿悟,也没有道家"坐忘"的功夫,总是像《世说新语》中所说的"未免有情",这就会不时地挑战"忘却的救主"。但是,由于想象中的完美和过于热切的期待终竟代替不了现实的近乎无情的变迁,所以,这种记忆特别是日后的追忆,看似撷采,或曰"朝花夕拾",实际上正是印证着失去。因为没有失去,也就无所谓撷拾。

飞逝的时光便是飞逝的生命。而"飞去的梦因为飞去的缘故,一例是甜蜜蜜而又酸溜溜的"(朱自清语)。这样,在展现飞逝的生命流程中,在感受几丝甜美、几许温馨的同时,难免会带上一些淡淡的留恋、悠悠的怅惘,夹杂着几许感伤、苦涩、苍凉的况味。早在一千多年前,玉溪生就已慨乎言之:"此情可待成追忆,只是当时已惘然。"当时即已惘然,更不要说事后追忆了。

书中这些刻印着橙色童年乡梦的追忆文字,再现了昔日烂漫天真的般般印迹,飞扬着少小年华鲜活生命的灵魂跃动;而一颗真实、澄明的童心,宛如茫茫暗夜里的一穗灯火,朗照着精神行走的前程。

散文集中有一篇是忆述母亲的——

从小我就喜欢玩水、鼓捣泥巴,特别是夏季的风雨天,总愿意在大沙岗子上,无数次地爬上滚下。夜晚光着脚板在河边举火照蟹,白天跳进池塘里捕鱼捉虾,或者踏着黑泥在苇丛中觅雀蛋、摘苇叶。整天在外面摸爬滚打,成了地地道道的泥孩儿。母亲看在眼里也不加管束,反而为我辩护:"不亲近泥土,孩子是长不大的。"只是看到我的身子太脏了,便不容分说,扒光我的衣服,然后按在一个灌满温水的大木盆里,浑身上下用丝瓜瓤儿搓洗一遍。她老人家还告诉过我:咱们世上的人,都是天皇爷用泥巴捏出来的。所以,一辈子都要和泥土打交道,土里刨食,土里找水,土里求生,土里扎根;最后,到了脚尖朝上、辫子翘起那一天,又重新回到泥土里。

六周岁了,我入私塾读书,每天晚上都要去温习夜课,无论刮风下雨、酷暑寒冬,年近半百的母亲,夜夜都要站在大门外面候望着我。回来时,家家都已熄灭了灯火,繁星在天,万籁俱寂,偶尔从谁家院子里传出来几声犬吠,显得分外凄厉而又响亮,我吓得大气都不敢出,心脏跳得蹦蹦的,像是怀里揣着个小兔子,一溜烟地往回疯跑着,直到看见了母亲的身影,才大叫一声"妈妈",然后扑在她温暖的怀抱里。此刻,攻书的倦怠,赶路的惊恐,腹中的饥饿,身上的寒冷,一切都化解了。

劳累了一天的父亲已经睡下。不大工夫,母亲便把用猪油和葱花炒过的高粱米干饭端到我的面前,然后装上一袋烟,坐在一边慢慢地抽着,直到我把米饭吃完,她再安顿我睡下。但是对于母亲,这一天的劳作并没有结束。寒冬腊月,夜间屋里一片冷清。母亲看着我钻进被窝,帮我把被子四下里掖紧,便找出针线筐,就着昏暗的豆油灯,一针一线地为我缝补着衣裳、鞋袜。有时半夜醒来,看到母亲还在小油灯下做活。微弱的灯光映着她那布满额头的皱纹和已经花白的头发,心里很不好受,往后穿衣服、鞋袜也就比较在意了。

母亲赋性严谨,口不轻言,平素很少和人开玩笑。对子女要求非常严格。在我四五岁的时候,有一次,她发现放在大柜里的几个特大的铜钱不知了去向,便怀疑是我偷偷拿出去换了糖球儿吃。于是,从早到晚审问我,逼着我承认。她铁青着脸,目光炯炯似剑,神态峻厉得有些吓人。我大声地哭叫着,极力为自己辩诬,并且,用拒绝吃饭、睡觉来表示抗议。母亲没办法,只好再一次翻箱倒柜,最后到底找到了,原来是记错了存放的地方。她长时间紧紧地搂抱着我,深表悔慰之情,在尔后的几十年间,还曾多次提到这件事,感到过意不去。我知道,母亲是在望子成龙的心理驱使下,情急而出此。她看重的并不是几个铜钱,而是儿子的品格素质、道德修养。爱之愈深,责之益切,律之则益严。这一点,对我后来的为人处世,产生了深远的影响。在我成长的关键时刻,母亲对我进行一番生命的教育,把志气和品行传给了我,用的不是语言文字,而是行为。

小时候,还有一件事留给我十分深刻的印象。我家院子里西厢房,住进了一位从山东搬迁过来的房客,我们称他"靳叔叔"。他人缘很好,左邻右舍的婶子、大娘们,看他"光杆子"一个,就给他提媒,把邻村一个智力有些缺陷的女人介绍给他。新娘比新郎年轻,手大、脚大、脸盘大,整天笑嘻嘻的,我们都叫她"笑婶"。"笑婶"特别喜欢戴花,只要上街,她就会拿出靳叔叔所有的钱把花买下。无论是真花假花,山花野花,见着了就往头上插,十朵二十朵,叠叠层层,满头花枝摇曳,然后,就对着镜子前后左右地照。却不懂得坐下来唠唠家常嗑儿,和丈夫说句体己话。

这个"笑婶"确是有些"缺心眼儿"。妈妈看她不会做针线活,便将一件年轻时穿过的带大襟的旧棉袄送给她。不料,她却将前后两面颠倒过来穿反了,结果,费了很大劲儿也系不上纽扣,逗得人们在一旁窃笑。有时,在大门外,还会围上一群孩子、大人,抓住"笑婶"的一些话柄来耍笑她。每逢见到这种情景,妈妈都要喊我回家,不但不让我跟着掺和,连看热闹都不许。她很看重这类问题,总是严词厉色地告诫说,这样取笑别人,是很不道德的——痴乜呆傻没有罪过。妈妈没有上过学,说不出来"尊重别人也就是尊重自己""己所不欲,勿施于人""恻隐之心,人皆有之"那番书本上的大道理,却极富同情心,总是设身处地,将人心比己心;而且,能从实际出发,讲出一条颇有些辩证色彩的"理论":太阳爷不会总在一家头顶上红,三十年风水轮流转。上辈子聪明伶俐的,下辈人难免痴乜呆傻,现在你们笑人家,将来人家笑你们。

听说山东解放了,靳叔叔立刻返回老家,"笑婶"也不知了去向。一天,母亲打扫西厢房,无意间从棚顶上发现了一个小口袋,里面装有四块银洋。料想是靳叔叔唯恐"笑婶"乱花,私自藏起来的,过后却忘记了。当天晚上,母亲同全家人商量,想什么办法给靳叔叔捎回去。父亲说:"只听说他家在山东,可是,九州十府一百零八县,人海茫茫,到哪儿去找啊?你这个难题可不小。"母亲却并不死心,几乎问遍了屯里外出的人,人人都说:找那干啥?到街上割二斤肉,吃掉算啦!就算是老靳在世,恐怕自己也忘了。可是,母亲并不这么想,她说:"人家用血汗挣下的钱,我们迷着黑心眼子给花了,于良心有愧。"尔后过去了几十年,她仍然耿耿在念,钱始终放在大柜底下,任何人都没有动过。

我这一代,母亲还没有照看完,又开始把她衰迈的精力投放到下一代身上。结婚后,我们有了个小女孩,母亲爱怜备至。晚上搂在身旁,早晨起来以后,耐心地给她梳着小辫儿,扎着蝴蝶结、鸳鸯结、葫芦结,每天变换一个花样。白天,像当年拉扯着我那样,领着小孙女从后园子转到前院,又从前院爬坡到沙岗上,到处转悠着,讲各种各样的传说、故事,只是再也抱不动了。看着老母亲苍苍的白发和伛偻的身躯,我想,她把整个一生都献给了儿孙。真个是"谁言寸草心,报得三春晖"!

参加工作后,我经常外出开会,或者去工厂、农村蹲点。母亲几乎天天都站立在楼上的窗前,遥遥地望着、望着。渐渐地,老人家的眼睛看不清东西了,可是耳朵却异常灵敏,隔着很远,就能够辨识我的脚步声。只要告诉她,我在哪天返回来,母亲便会在这一天,拄着拐杖,从早到晚站在门里面,等着听到我的动静好顺手开门,直到把我迎进屋里。这时,老人家便再也支撑不住了,全身像瘫痪了一样,卧伏在床铺上。

母亲去世前一年,我奉调到省城工作,老人家当时身体已经很衰弱了,打心眼里不情愿我走,但是,她知道我是"公家人",一身不能由己,最后还是忍痛放行了。告别时,久久地拉着我的手不放,一再地嘱咐:"往后是见一次少一次了。只要能抽出身,就回来看我一眼。"听了,我的心都有些发颤,唰地眼泪就流了下来。后来听妻子说,我走后还不到一星期,母亲就问小孙女儿:"你爸爸已经走一两个月了,怎么还不回来看看?"

端午节到了,我想到应该给老母亲捎个话,问候平安,告诉她我一切都好,不要挂念。那时不要说手机,即便是座机,家里也没有,于是,就往我原来所在的机关拨个电话,请为转告。听说,老母亲欣慰之余,又不无遗憾地对那位传话的同志说,她实在走动不了啦,不然,一定跟他到机关去,在电话里听听我的声音,亲自同我交谈几句。母亲的话令我感伤,从这以后,每逢看到桌上的电话,我的心总是揪揪着,非常难过。

老人家个人生活的需求非常有限,什么锦衣玉食、华堂广厦,对她来说,全无实际价值;她只是渴望,有机会多和儿孙们在一起谈谈心,唠唠家常,以排遣晚年难耐的无边寂寞。特别是喜欢回忆晚辈的一些儿时旧事,因为老年人终朝每日都生活在追怀、忆念与盼望之中。

无分贵贱贫富,应该说,这是十分廉价、极易达到的要求。可是,十有八九,我们做儿女的却没能给予满足。我就是这样。那时节,整天都在奔波忙碌之中,没有足够地理解母亲的心思、重视母亲的真正需要,对于母亲晚年的孤寂情怀体察得不深,缺乏感同身受的体验,没能抽出时间多回家看看,忽略了常和老母亲聊聊天,更谈不到给予终生茹苦含辛的母亲以生命的补偿了。结果,老人家经常深陷于一种莫名的寂闷之中。逝者已矣,于今,只能抱憾于无穷,椎心刺骨也好,呼天抢地也好,一切一切,都无济于事了。

第四节

深度追求

　　人是一种特别容易满足的动物,一当有所进益,周围响起一些赞誉的掌声,便会像古人所说的"顾影自媚",自我欣赏。我自知自己同样也有这个毛病,因而,时时警觉和惕厉着自己。

　　2000年,我在辽宁省作家代表大会上有个讲话,我说,如今已年过花甲,年龄大了,锐气会随之锐减,更容易师心自用,拒绝不同的见解;特别是出了名以后,赞扬的话听多了,经常处于自我陶醉状态,而无视差距和薄弱环节;名声大了,到处都来约稿,不愁没有地方发表,难免出现率尔操觚、粗制滥造的现象。所以说,成功是一个陷阱。有些困难的征服,可以仰仗他人帮助,唯独挑战自我、超越自我,必须依靠自身的勇气和毅力,依靠一种鲜活的、开放的、奋进的心态。

　　两年后,在北京大学举行的散文论坛上,我又以"渴望超越"为题,进一步阐述了这个想法。我说,我们从事创作的最可贵品质,就是精进不已的创新精神——不断地创造,不断地出新。"创"在《说文解字》中,从"刃"、从"刀","刃,伤也";而"造,建也,始也"。这就是说,创的含义是破坏,造则是建设,连在一起就是在破坏的基础上始建新的事物。

创新是文学的生命线。文学的独特性质,决定了它必须时时刻刻拿出新的作品,既不能重复别人,也不应蹈袭自己。同是艺术,有些门类允许自我重复,比如书法,一个字体,甚至一幅字,可以反复写,只要写得好,只要是名家,有无变化没有谁在意;有的歌唱家,靠一支歌子成名,能够唱一辈子,所谓"一招鲜,吃遍天"。唯独作家不行。哪怕少写一点,写慢一点,绝对不能重复。南宋词人刘克庄慨乎其言:"常恨世人新意少,把破帽年年拈出"。对一个作家来说,这应该是最大的悲哀。

为了实现自我超越,我提出了一个深度追求的目标。面对经济全球化和由此而形成的全球化语境,加上西方现代主义文学艺术的影响,人们的主体意识、探索意识、批判意识、超越意识大大增强,审美趣味发生变化,实现了文学自身审美原则的整合与调节,导致文学观念趋向多样与宽容,各种文学话语、理论话语众声喧哗。随之而来,作家的审美意识也发生了重大变化,逐步呈现出表现自我的自觉性。就散文创作来说,由以往的对于现实功利目标的直白展露、注重外部世界的描绘,转为对自身情感、心灵世界的深层开掘;从过去对政治形势的热情跟踪和对表层现象的匆促评判,转向对人的生存状态的深切关注,对现实世界和国民心理的深刻剖析;扬弃那种平面的线型的艺术观念和说明性意义的传达,致力于新的表现领域的开拓与抒写方式的探索,终于使散文以悠闲的步态、更为深刻的人生思考、深层的哲学内涵和情感密度走近读者,从而实现创作主体与接受主体的精神对接。

这种深度追求,应该是以对社会人生与宇宙万物的深度关怀、深切体验,来抒发内心的真实情感、表露充满个性色彩的人格风范;在状写波诡云谲的历史烟云时,以一种清新雅致的美学追求和冷峻深邃的历史眼光,渗透到对生活的独特理解之中。在美的观照与史的穿透中,寻求一种指向重大命题的意蕴深度,实现对审美世界的建构,对意味世界的探究。

散文创作的深度追求,是同个性化的写作紧密联系在一起的。缺乏个性化的支撑,势必导致思想的平庸化和话语的共性化。米兰·昆德拉把模仿认同和从众求同称为媚俗。他说,"媚俗所引起的感情是一种大众可以分享的东西",是"讨好大多数人的心态和做法",他们往往"用美丽的语言和感情把它乔装打扮,甚至连自己都会为这种平庸的思想和感情洒泪"。在创作中,作为一种极富活力的人文精神,个性化可以抵制烦琐、无聊、浅层次的欲望化和心灵的萎缩现象,而表现出对人类命运的终极关怀,对审美意蕴的深度探求,使心灵情感的开掘达到一个很深的层面。正是在这个意义上,郁达夫在《〈中国新文学大系散文二集〉导言》中,把一个作家的每一篇散文里所表现的个性比从前的任何散文都来得强,作为现代散文之最大特征来充分予以肯定。这在今天来说,无疑具有特殊的现实意义。

从文学审美形态的发展来说,理性的缺席、诗意的失落是一个时期以来的突出问题。哲学含蕴的稀薄,动人心魄的思想刺激的缺乏,已成为当前文学创作普遍存在的一个弱点。我们所处的时代是对思想、对创新充满渴望的时代。人类理性的高贵品格就在于它的永不止息的创造性与开发性。艺术的深度存活于创造之中。从一定意义上说,人的本质性的追求便是在创造过程中探求人生的奥蕴。现在,广大读者已不满足于一般性的消遣、娱乐——这在各种媒体中已经得到餍足,他们期待着通过文学阅读增长生命智慧,更进一步解悟人生、认识自我,饱享超越性感悟的快乐。这也正是当下思想随笔、文化散文备受青睐的原因。我们没有理由拒绝读者这一正当需求,应该充分注重作品思想蕴含的深度,沉潜到文化与生命的深处,透过生活表象去勘察社会人生的真实状态,采掘人的内在心理活动的富矿。

为此,一个时期以来,我把很大的精力投放在哲学的研读方面。依我个人的体验,学习、研究哲学有两个要领:一个叫选择视角,一个叫提出问题。哲学研索本身就是一种视角的选择,视角不同阐释出来的道理就完全不一样。视角和眼光是联系着的。视角之外,还有个立足点问题——所处位置不同,观点和取向就将随之而变化。

哲学离不开问题,应该从问题出发,发现问题,探索问题。如果我们头脑中没有挂上问题,只是记住一些名词、概念,这样的"哲学"可就真的不好用了。但是,哲学却并不提供具体答案,它只是推动我们去思考——反思、体悟、品味、涵泳,这是学哲学、用哲学的不二法门。因此,需要有"问题意识"。爱因斯坦就曾说过,他的"脑子里始终都装着问题"。理论是关于问题的理性思考;或者说,理论始于问题。过去学哲学有一个偏向,就是满足于背诵结论,而不善于以理论为指导去发现问题、研讨问题、解决问题。

　　从一定意义上说,哲学不是知识学,而是问题学。这可以从两个角度来理解:一是哲学的基本问题常解常新,是永不过时的,只是随着时代的发展,理解与阐释方式发生变化,它与科学不同,科学的问题一经找到答案,便成了知识,不再具有问题的性质;二是如果说科学给人以知识,那么,哲学就是给人以智慧——提出问题本身就体现了哲学智慧。哲学家的贡献不在于他完成了多少实际工作,而在于他提出了富有前瞻性、开创性的问题。问题是哲学的发展动力,问题开启了思维探索之门。

　　这里最关紧要的是具备批判性思维能力——以提出疑问为起点,以获取证据、分析推理为过程,以获取有创造性的解答为结果。对这个结果又会提出新的疑问,导致新的发现。这是科学创新、理论探索、思想升华的共同逻辑。

　　运用哲学思维于散文创作实践,多年来我有这样一点体会:智性话语的艺术转换是至关重要的。比较理想的做法,是将文化认同的智性思考同诗性的激情想象融会在一起,也就是把这些智性的哲学理解通过一种诗性的、艺术性的语言表达出来。在古人笔下,这种矛盾也许并不突出,因为古代的论说文就包含在散文范畴里。一部《古文观止》,一多半是论述性质的,每篇论文同时也是优美的散文。现在则不行,现在的散文和论文,属于两种文体,已经分道扬镳。所以,这就成了一个很突出的课题。许多作品没能实现把纯粹抽象的论说转换成艺术的话语,往往是智胜于情、理胜于趣,缺乏应有的审美性、可读性。

文学是灵魂的曝光,内心的折射。苏珊·朗格说,艺术表现的是人类的情感本质。这种情感本质,必然是人类深层意识的外射,是个体生命对客观世界的深刻领会与感悟。也就是说,作者要通过自身的灵性和感受力,通过哲学思维的过滤与反思,去烛照历史、触摸现实、探索文化、追寻美境。

我的读书范围虽广,但选择性很强,增强创造性与想象力,一直是读书的侧重点。经验表明,创造能力的发挥,绝对离不开想象力。爱因斯坦有一句名言:"想象力比知识更重要,因为知识是有限的,而想象力概括世界的一切,并且是知识进化的源泉。"他还说过,提出一个问题往往比解决一个问题更重要。因为解决问题也许仅是一个数学上或实验中的技能而已,而提出新的问题,却需要具有创造性的想象力。本来,文学作品必须创造出不同于现实世界的艺术世界。像一位英国评论家所说的,小说里的人生是蒸馏过的人生,是从生活里来的,却又不是原样照搬,而是经过艺术加工,成为人生的精髓。艺术创造应该是既在情理之中,又在意料之外。可是,现在许多作品以所谓"写实"为标榜,热衷于现实情景的仿真,重复、模拟日常的生活表象,缺乏对"文学是一种原创行为"的理念的高度自觉。这是文学创作的致命缺陷。

相对于思辨力,我的想象力比较匮乏。为了改变这种现状,我有意识地阅读那些想象力丰富的、有悬念的作品。我是写散文的,却很少读当代的散文作品,而喜欢看中外文学经典,还有域外的短篇小说、剧本和获得奥斯卡金像奖的电影。苏格拉底说过:"没有经过自省检讨的人生是没有价值的"。我在严格自查、自省、自讼的基础上,刻苦钻研中国古代和西方的文史哲典籍,以获取真知,扩展视野,弥补阙漏。通过对自己的人生经验、学术背景进行全面检索、省察,把过去、现在、未来连贯起来,使知识储备得到升华,实现更新换代。

除了阅读典籍,我还颇得益于文友间的交流。我有许多年轻的文友,他们思想活跃,反应锐敏,知识结构比较合理,既有精深的专业,又有广博的知识。苏联时期的文学理论家米哈伊尔·巴赫金认为,"生活就其本质说是对话。"对话既是目的又是方式。同一层次的参与者,围绕同一话题,通过不同视角、不同方式的对话,彼此开启思想的闸门,相互交换能量,相互启发,相互碰撞,许多新的观点、新的思想火花就会迸发出来。

第七章

千秋叩问

(2003—2007)

第一节
事是风云人是月

我从1996年、1997年开始历史文化散文的写作,到2012年,十五六年间结集为《面对历史的苍茫》《沧桑无语》《文明的征服》《龙墩上的悖论》《历史上的三种人》《文在兹》《一夜芳邻》《生者对死者的叩问》《事是风云人是月》等多部作品。成书于20世纪90年代后期的《面对历史的苍茫》与《沧桑无语》,散文的文体特点比较突出,都是凭借自己的游踪,对一些名城胜迹做历史性的考察与观照,在赏鉴自然、感受沧桑、把握苍凉中,体味古往今来无数哲人、智者留在这里的神思遐想,透过"人文化"的现实风景去解读那灼热的人格、鲜活的情事,同时也是发现和寄托着自己。而撰写于21世纪的历史文化散文,除了采用这种写法,还较多地利用了自身学术研究的成果,以独特的视角探赜发微,对过往的社会人生特别是所谓"说不尽的历史人物"做千秋叩问与哲学反思;间或借鉴小说、戏剧的写法,通过人物描写、场景铺陈、情节勾勒、心理刻画,以诗性感应的领悟体认方式呈现出来。

这些历史文化散文,大多形成系列的组合。像爱情系列、友情系列、女性系列、文士系列、帝王系列、政要系列等等。有评论家说是体现了清醒的文体意识,有的概括为"工程意识"。实际上,写作时并没有像完成一部学术专著那样,先有一个总体构想,然后写出各个篇章。这所谓系列是后来归纳出来的。许多文章的形成,是在现实中对于人性弱点、人生处境、命运抉择中的种种困惑有了一种深刻的感悟,然后从烂熟于心的史海中找到种种对应人物来"借尸还魂"。总之,这些文章作为表达思想倾向的载体,把观念交给了人物的个性与命运。读者尽管与这些历史人物"萧条异代不同时",却有可能通过具有历史逻辑性的文本获得共时性的感受,同样也会"怅望千秋一洒泪"的。

2009年在北京大学中文系的学术讲座上,我以《历史文化散文的现实期待与深度追求》为题,集中阐释了下述几个问题:

一、历史何为?

我国有特别发达的史学传统,从前传下来这样两句话:一是"文史不分家",二是"六经皆史"——此论首倡于元代的郝经,后经清代的章学诚系统地提出,意思是《易》《书》《诗》《礼》《乐》《春秋》这六种经书都是夏、商、周三代典章政教的历史。龚自珍、章太炎都认同此说。而今天的读者之所以欢迎历史题材作品,综合多方面认识,可能有下列因素:

首先,由于历史人物具有一种"原型属性",本身就蕴含着诸多魅力,作为客体对象,他们具有一般虚构人物所没有的知名度,而且经过时间的反复淘洗、长期检验,头上往往罩着神秘、新奇的光圈。

其次,历史题材比现实题材具有多义性、不确定性和更多的

>>> 2009年在北京大学的讲座上,王充闾集中讲了历史散文的问题。图为他在北京大学做讲座以及讲座的海报。

"空白",因而具备一种文体的张力。

再次,从审美的角度看,历史题材具有一种"间离效果"与"陌生化"作用。布莱希特说过:"戏剧必须使观众吃惊,要做到这一点,就必须依靠对熟悉事物加以陌生化的技巧。"和现实题材比较起来,历史题材把读者与观众带到一个陌生化的时空当中,这样可以更好地进行审美观照。作家与题材在时间上拉开一定的距离,也有利于审美欣赏。

最后,当前正处于社会转型期,现实生活中越来越多的人产生现代性的焦虑与深沉的困惑,他们也希望从历史的神秘宝笈中寻求可以称为永恒的东西。而历史文化散文较之轻灵、精致的抒情美文、写景散文,有着更多文化反省的意味,写得好可以提供较深的精神蕴含与认识价值。

就写作者而言,按照黑格尔的说法,诗人、艺术家"特别喜爱从过去时代取材",因为这可以"跳开现时的直接性","达到艺术所必有的对材料的概括化"。莱辛在《汉堡剧评》中也说:"诗人需要历史,并不是因为它是曾经发生的事,而是因为它是以某种方式发生过的事。和这样发生的事相比较,使人很难虚构出更适合自己当前的目的的事情。偶尔在一件真实的史实中找到适合自己的心意的东西,那他对这个史实当然很欢迎。"其实,以历史写现实的文学传统,在我国一直是很发达的,郭沫若的《棠棣之花》《三个叛逆的女性》等历史剧,都是借历史人物表现自己的见解,或者借以传播某种思想的。历史是一个传承积累的过程,一个民族的现在与未来都是对历史的延伸;尤其是在具有一定超越性的人性问题上,更是古今相通的。将历史人物人性方面的弱点和种种疑难、困惑表现出来,用过去鉴知当下,寻找精神出路,这可以说是我写作历史散文的出发点。

二、笔涉往昔,意在当今,即所谓现实关怀、现实期待问题

历史是精神的活动,精神活动永远是当下的,绝不是死掉了的过去。读史,原是一种今人与古人的灵魂撞击,心灵对接。俗话说,看三国掉眼泪——替古人担忧。这种"替古人担忧",其实正是读者的一种积极参与和介入。它既是今人对于古人的叩访、审视,反过来也是逝者对于现今还活着的人的灵魂拷问。每个读者只要深入人性的深处、灵魂的底层,加以省察、审视、对照,恐怕就不会感到那么超脱与轻松了。在这里,"哲学已经不再是为了认识而注视着外部世界;它作为一个登上舞台的人物","走出阿门塞斯的阴影王国,转而面向那存在于理论精神之外的世俗的现实"(马克思语)。

我在写作中时刻记怀着歌德对曼佐尼的批评:"如果诗人只是复述历史家的记载,那还要诗人干什么呢? 诗人必须比历史家走得更远些,写得更好些。"针对近年来影视剧中和讲坛上充斥着美化皇帝、狂热歌颂封建统治者的倾向,我用反讽、揶揄等解构手法,写了一部《龙墩上的悖论》,以渗透着鲜明的主体意识的偶然性、非理性的吊诡及悖论,对那些所谓圣帝贤王的"盖世勋劳、丰功盛烈"进行艺术的消解,对于封建王朝的致命性矛盾、无解性难题,予以彻底的披露。

前人说,"古人作一事,作一文,皆有原委"。这种"原委",有的体现在个人的行藏、际遇、身世上,有的依托于浓烈的家国情怀,或直或曲、或显或隐地抒怀寄慨,宣泄一己的感喟与见解。太史公作《史记》,应该说是十分客观的,但里面同样也有借他人酒杯浇自己块垒的成分。《古文观止》的编者即指出,观《报任安书》中"家贫货赂不足以自赎,交游莫敢视,左右亲近不为一言"三句,"则知史迁作《货殖》《游侠》二传,非无为也"。此前,金圣叹也曾说过:"人凡读书,先要晓得作书之人是何心胸。如《史记》,须是太史公一肚皮宿怨发挥出来。所以,他于游侠、货殖传特地着精神,乃至其余诸记传中,凡遇挥金、杀人之事,他便啧啧赏叹不止。一部《史记》只是'缓急人所时有'六个字,是他一生著书旨意。"《史记》作为信史,以客观叙事为依归,尚且如此;而个性更为鲜明的纯文学作品,自然更应该充分体现作家的主体意识与思想倾向。这里有个突出事例,就是唐人杜牧的《阿房宫赋》。从前读这篇散文,只是沉浸在优美的辞章里,至多领略一点小杜的"发思古之幽情"。可是,后来读《樊川文集》,看到《上知己文章启》,方知他是借古讽今,旨在劝诫唐敬宗不该大兴土木。启中写道:"宝历(敬宗年号)大起宫室,广声色。故作《阿房宫赋》。"这篇赋文就写在唐宝历二年(752年)。当然,文中并未直涉时事,而是批评一千年前的"秦人",属于"隔山打牛""异代监督"性质。

我写过一个友情系列。在《不能忘记老朋友》一文中,写了周恩来总理由于长年累月超负荷地工作,特别是"四人帮"的明枪暗箭、百般刁难所造成的巨大精神负担,使他的心灵饱受痛苦的煎熬,结果患上了恶性肿瘤,并已严重扩散。住院二十个月,经过大小手术十三次,输血八十九次,浑身上下插满了各种管子,以致连翻身都受到限制。可是,他在临终前却郑重嘱咐"不能忘记老朋友",特别提到了张学良,说他是千古功臣。他秉承着传统的"我有恩于人,不可不忘也,人有恩于我,不可或忘也"的古训,哪怕是别人的一点点好处,所谓"滴水之恩",他都永不忘怀。长征途中,他患病高烧,兵站部部长杨立三参与用担架把他抬出草地。多少年过去,他一直记怀着这件事。1954年杨立三因病去世,身为国务院总理的周恩来,不顾工作繁忙,亲自参加追悼会主祭,最后还坚持要抬棺送葬,体现了一种平等而深挚的同志之情。我在文章中写道:"不能忘记老朋友,这句普通至极的家常话语,却是饱含着生命智慧、人情至理的金玉良言。寥寥七个字,杂合着血泪,凝聚着深情,映现着中华文明伦理道德的优秀传统,闪射着伟大革命家高尚人格与政治远见的夺目光辉,当然,里面也渗透着我党数十年来斗争实践中正反两方面的经验教训。"

三、人为主体,重在通心

创作历史文化散文,离不开两种元素,一个是人,一个是事。我有个说法:"事是风云人是月。"那么,月与风云,谁为主从呢?当然月是中心。"烘云托月""云开月上""月到风来","月"总是占据主导地位的。

就是说,历史总是以人物为中心,历史是人的实践活动在时间中的展开。是人创造并书写了历史。光照简册的万千事件,诚然可以说轰轰烈烈、空古绝今、惊天动地、撼人心魄;可是,又有哪一桩不是人的作为呢!人的思想,人的实践活动,亦即人的精神存在与物质存在,是一切史实中最基础的事实。可以说,历史的张力、魅力与生命力,无一不与人物紧相联结着。历史中,人为主体,人是出发点与落脚点。人的存在意义,人的命运,人为什么活、怎样活,向来是史家关注的焦点。整个人文学科都是相通的:哲学思索命运,历史揭示命运,文学表达命运——无往而非人,人是目的,人是核心。所以,革命导师马克思有言:"历史什么事也没有做""创造这一切、拥有这一切,并为这一切而斗争的,不是历史,而正是人,现实的活生生的人。'历史'并不是把人当作达到自己目的的工具来利用的某种特殊的人格,'历史'不过是追求着自己目的的人的活动而已。"

读史也好,写史也好,有一条不成文的准则,就是重在通心。"未通古人之心,焉知古代之史?"(钱穆语)通心,才可望消除精神障蔽与时空界隔,进入历史深处,直抵古人心源,进行生命与生命的对话。而要通心,就应设身处地加以体察,也就是要把历史人物放在当时当地的历史情境中去进行察核。南宋思想家吕祖谦有言:"观史如身在其中,见事之利害,时之祸患,必掩卷自思,使我遇此等事,当作何处之。"这就应"遥体人情,悬想时事,设身局中,潜心腔内,忖之度之,以揣以摩"(钱锺书语)。

再就是强调感同身受,理解前人。研究历史的朋友都知道,苛责前人,率意做出评判,要比感同身受地理解前人容易得多。而换位思考,理解前人,却是一切治史、写史者所必不可缺的。前人讲过,凡读古人之书,论前人之事者,盖当"略其迹而原其心"。法国年鉴学派的史学家马克·布洛赫在《历史学家的技艺》一书中也曾指出:"长期以来,史学家像阎王殿里的判官,对已死的人任情褒贬。这种态度能够满足人们内心的欲望";而"理解才是历史研究的指路明灯"。其实,"我们对自己、对当今世界也未必十分有把握,难道就这么有把握为前辈判断是非善恶吗"? 我体会他的意思,不是说不应该评骘、研判、褒贬——治史、读史、写史本身就意味着评判,而是如何进行评判,亦即按照什么尺度、坚持什么原则、采取什么态度加以评判的问题。

读史过程中,我也经常着眼于隐蔽在书页后面的潜台词、画外音。研究《周易》有"变爻""变卦"之说,我于历史也往往注意其演进过程中的"变爻""变卦",从而做出旁解、他说,所谓"读书得间",别有会心。

四、读史、写史最根本的是要坚持唯物史观

史观是指对于历史的认识。历史事实是客观存在,不以人的认识为转移,但如何阐释与研判是会有变化的。就是说,史料必须真实,看法可以讨论。而要正确认识历史的本质与真相,就需要坚持马克思主义唯物史观。作为一门科学,历史堪称社会、人生的无言而雄辩的教师,其手中握有高倍数的望远镜和显微镜。自古以来,我们就看重历史的借鉴作用,史书也取名叫《资

治通鉴》,讲究"前事不忘,后事之师"。新的史学,鉴古之外更强调知今,强调由历史而开阔视野——一个人能够看到多远的过去,他就能够看到多远的未来。历史是镜子,但不是尺子。镜子有借鉴作用,但不能作为衡量现实的标尺。社会是不断发展进步的,不能以古量今、是古非今。

当前,要突出地警惕历史虚无主义。鉴古知今,有助于弘扬爱国主义精神,强化民族自豪感与文化认同,筑牢我们在世界文化激荡中站稳脚跟的根基。

清代学者龚自珍说过:"灭人之国,必先去其史。"

历史虚无主义具有很大的欺骗性和迷惑性。有的借助大众娱乐形式,恶搞、消费历史,利用影视剧、微博文字、微信公众号、视频音频、表情包、段子等,选择一些情节性较强的历史片段,进行戏说,制造"看点""笑料",引发、诱导人们对历史的错误认识;诸如"远离崇高""娱乐无极限""一切都别当真""历史是用来玩的"等错误观念,就是如此。有的凭借个别资讯或者一两条孤证,蓄意推翻既有的历史定论。

须知,历史研究是建立在科学基础之上的极严肃的事业,必须通过多种材料勘核互证,才能做出结论;如果属于历史人物,更要"听其言而观其行",绝不能盲目轻信个别人一己的记述。

以文学的方式走入历史,需要以唯物史观分析历史人物与事件所处的时代背景与社会环境,研索其发生、发展的路径,成败得失的经验。同时,也可借鉴、应用西方史学研究中经常应用并已证明确有价值的一些现代科学方法,研究历史人物的不同特点——性格、心理、素质、命运等。

理论需要阐释,有待于在实际应用中加深理解。

这里我有一点实际体会:"人民创造历史"这一理论观点,无疑是正确的,属于真理性认识。从整体上、根本上讲,从来未曾置疑;可是遇到某些具体事例,有时就模糊不清了。后来读了《恩格斯致约·布洛赫》(1890年9月),深受启发。他提出的"合力说"认为,历史是这样创造的:最终的结果总是从许多单个的意志相互冲突中产生的,而其中每一个意志,又是由许多特殊的生活条件促成的。这样,就有无数相互交错的力量,有无数个力的平行四边形。由此而产生一个结果,即历史事变。当然,在众多合力中有主导与辅助之分。"人民",在这里体现并代表了社会历史发展的前进方向。

与此相关,还有必然性与偶然性问题。对于社会历史的发展变化,我们强调必然性,强调经济基础的决定性作用,这是完全正确的;但是,同时也不应忽视社会的政治、心理、文化等因素。事实上,在一定条件下,杰出人物、自然灾变、外敌入侵等偶然因素往往起着直接作用。马克思说,历史"发展的加速和延缓,在很大程度上,是取决于这些'偶然性'的";"如果'偶然性'不起任何作用的话,那么,世界历史就会带有非常神秘的性质"。这里所说的"神秘性质",也就是历史宿命论。为此,我们应当以历史偶然性为先导,通过大量的、丰富的历史偶然现象,去揭示历史发展的客观规律。就是说,在强调"历史理性"的规定性,突出历史的客观必然性和规律性,眷注历史的逻辑力量和客观性势能,信奉历史的永恒正义与真理存在的同时,也不应忽略历史的主观性因素和偶然性力量,遗忘非理性因素对历史的潜在影响。

就此,文学评论家颜翔林在《历史与美学的对话》中指出:

> 历史发展的结构本质是精神的结构。充闾先生没有仅仅将历史看作一个自然过程,而是在尊重历史的客观规律的基础上,注目于历史的偶然性,眷注到生命冲动和精神的无限可能性提供历史和文化的内在动力,更瞩目于主体性的意志与情感、理性与欲望对于历史的潜在影响。历史是人类精神蓦然回首的自我镜像,寄托了对未来时间的理想期待,聚合了人类的理性与感性的势能,交织着主体心理的记忆、意志、联想、想象、情感、分析、直觉等所有的功能。充闾先生调动了这所有的心理功能,以其诗性情怀展开了与历史的审美对话,尤其是在对历史的理性观照与诗意阐释方面,达到了一个新的突破。

五、在写法上,大胆探索,力求有所创新

我重视可言说性、可研究性,尽力拓展创作的广阔空间。为此,也特别关注人生难题、生命困境。作为过往的现实,历史也是人生,而且是经过沉淀与过滤了的人生。如同"需要"包括很多层次一样,人生所面临的难题、困惑也是多层次的。其较高层次,可能有生存、思考、情感、创造、精神超越、道路选择等种种难题。单就选择来说,这是大家都经历过的,可以说,每一次选择,

特别是那些关系重大的选择,都是一场具体而丰富的灵海翻澜、心力较量,一次自我的确认与摒弃,有时还会关乎形而上的存在、有无、意义、价值的追寻与思索。难怪哲人要说,"相对于命定,选择是一种痛苦"。再比如思考,种种追问会以不同的方式发出,从而拨动心灵的弦索,让人心在世俗的日子里有了一种神性的向往。而对笔下的生命所固有的种种疑难发出各自的精神询问,以及对生存的种种困境做出取向的抉择,这恰是作家驰骋笔墨、鼓荡才思的所在。

写作中,我总是把古人的心灵世界看作一种精神库存,努力从中发掘出种种历史文化精神。在同古人展开对话、进行心与心的交流过程中,着眼于以优秀民族传统的精神之火去烛照今人的灵魂;在对古人进行灵魂追寻的同时,也进行着对于今人的灵魂拷问,包括对于作家自己的灵魂撞击,从而在历史和现实之间,架起一座沟通的桥梁,挺举起作家人格力量和批判精神的杠杆。

在写法上,我欣赏那种"超以象外,得其环中"、"得其精而忘其粗,在其内而忘其外"的大写意手法。我平素喜欢看黑白照的人物摄影展。有些是捕捉瞬间形态,做特写式的略带夸张的剪影。记得在一次印度摄影家的个展上,留下印象最深的是英迪拉·甘地和特蕾莎修女的几张类似肖像的照片。那凌厉的眼神、刚毅的嘴角、黄昏时节劲拔的身姿,都迸射着英迪拉·甘地这位存有争议的女政治家性格的火花,难怪时人要说,她是"一群妇人内阁中唯一的男子汉"。而作为苦难的亲历者与同情者,特蕾莎修女脸上的皱纹、深陷的眼窝和握在眼前的双手,则无言而雄辩地对凄惶、苦楚做出了最直接、最精彩的宣示。瞬时就是历史,眼角写着沧桑。人生就是这样,小时候喜欢糖球,到老了爱吃苦瓜,因为过来人体验到了苦的真味有胜于甜者。

六、坚持开放性,多方借鉴,博采兼收

历史的意蕴呈现于后人能动性、历史性的接受实践中;历史文本永远向着解读开放,理解总是在进行中。人文学科不同于自然科学,自然科学的结论是划一的,任何时代、任何科学家都承认,水的冰点是零度,圆周率是 3·14159……;而史学有着无限的内涵,存在多种解读可能性。正所谓"有一千个读者就有一千个哈姆雷特"。即使是同一个人,在不同时刻、不同情况下,也会存在着认识上的差异。正是在这个意义上,人们才说,每一次解读与研判都是独一无二、不可重复的。因为在解读中,一方面是对象所展示的"自在空间",一方面是解读者以当下的心境、自身经验与学识构成的"主体空间",这就为结论的多样性,亦即主体对客体的解释提供无限多样的可能。

《三国志》记载,"一代枭雄"袁绍死后,曹操临墓祭奠,"哭之流涕;慰劳绍妻,还其家人宝物,赐杂缯絮,廪食之"。东晋史学家孙盛对此予以批评,认为"尽哀于逆臣之冢,加恩于饕餮之室",魏武"谬于此举""百虑之一失也"。清代小说评论家毛宗岗更是斥之为"奸雄手段",说是杀了人家儿子,夺了人家儿媳,占了人家土地,还灵前大哭,虚假得很。而北宋学者刘敞却说,曹操之哭是真实的,因为他与袁绍当"董卓之乱"时曾结为同盟,祸福与共,回思过去的岁月,难免悲从中来,体现了"慷慨英杰"的气概。同是一件事,评价却悬同霄壤,体现了解读者"主体空间"对于客观对象"自在空间"认知的差异所造成的判断的多样性。

布莱希特在论述自己的"叙述性戏剧"与传统戏剧观念的区别时,说过这样的话:传统的戏剧观念把剧中人处理成不变的,让他们落在特定的性格框架里,以便观众去识别和熟悉他们,而他的"叙述性戏剧"则主张人是变化的,并且正在不断变化着,因此不热衷于为他们裁定种种框范,包括性格框范在内,而把他们当成未知数,吸引观众一起去研究。

我写宋、明两朝开国皇帝,有别于一般史书,说赵匡胤与朱元璋忧危积心、机关算尽,对足以挑战皇权的所有因素,确是般般想到、无一疏漏。可是,实际上却收效甚微,甚至适得其反。对此,人们习惯于简单地归咎于"天意",说"种的是龙种,收获的是跳蚤"。其实未必尽然。且不说皇权专制制度存在着无法化解的根本性矛盾,单就老皇帝自身来说,缺乏政治远见,"火烧眉毛顾眼前",只求现实功利,不计后患重重,乃其招灾致败之由。许多祸患的发生,似出"天意",实系人为。从这个意义上说,他种下的本来就是"跳蚤",而并非"龙种"。

与此相关联,为了开阔视野,扩展主体对客体的解释空间,我在写作历史散文时充分借鉴前人的经验。宋人苏轼写了大量"人物论",仅汉代就有论述刘邦、范增、张良、晁错、贾谊、扬雄、霍光、曹操、诸葛亮等论文,笔阵纵横,语言犀利,谋篇布局匠心独运。且看几篇文章的开头:《高帝论》从分析入手,说对奉行仁义的你要讲仁义,对注重功利的你就该晓以利害。叔孙通不懂得这个道理,当汉高祖要更换太子时,他以"废长立幼不合礼法"相谏,结果遭到了刘邦的嗤笑;张良深谙此中奥妙,通过向太子献计,使刘邦权衡利害,从而获得成功。《晁错论》先立论:"天下之患最不可为者,名曰治平无事,而其实有不测之忧。"《范增论》首先交代事件经过,"汉用陈平计,间疏楚君臣。项羽疑范增与汉有私,稍夺其权。增大怒曰:天下事大定矣,君王自为之",于是甩袖离开。《贾谊论》一开始就下定语,慨叹"贾生王者之佐,而不能自用其才"。互不重复,各具特色。我从这里获得了启迪,学到了技巧。

同时,借鉴了西方史学知识,通过研究法国年鉴派和美国新历史主义,使我获得许多新的启示,扩展出巨大的思索空间。西方史学强调解释者的主体性,认为历史是叙述的结果,文本的解释者同时也是创造者,是今天"活着的人说着过去的事",让过去的事情活在今天。从中我认识到,历史是精神的活动,精神活动永远是当下的,绝不是死掉了的过去。史实属于客观存在,这一点不容否认;而从叙述角度看,历史是一次性的,它是所有一切存在中独一以当下不再为条件的存在。这种存在其实是曾在,包括特定的环境、当事人及历史情事在整体上已经过去了。史家选择、整理史料,使之文本化,其间存在着主观性的深度介入。古今中外,不存在没有经过处理的史料。这里也包括阅读,由于文本是开放的,人们每一次阅读它,都是重新加以理解。

第二节
古代士人的悲剧命运

散文集《文在兹》收文四十五篇,其中三分之二写的是中国古代文人士子。写作中,注重视角选择,防止面面俱到,一般都是抓住一个侧面,或者截取一个断面,突显特点,画龙点睛。说的是史实、是事件,而彰显的却是思想、人生、性格、命运,带有鲜明的主体性。

在揭橥其人生际遇与命运颠折时,我总是兼顾内外双重因素,既着眼于本人的个性、气质,还从更深的层面上挖掘社会、体制方面的种因。这些读书士子自幼即接受儒学教育,头脑中早早地就树立了"修、齐、治、平"的奋斗目标和立德、立功、立言的人生"三不朽"抱负。与西方知识分子多元价值取向不同,摆在他们面前的是一条人生的单行线,万马千军都要过登朝入仕这条独木桥——士者仕也,"学成文武艺,售与帝王家"。他们总是以社会精英自居,抱着经邦济世、尊主泽民的理想,具有极其强烈的自我实现的愿望;而要实现这些宏伟的抱负,唯有沿着立朝入仕的阶梯一步步地爬上去。

这样,历史的悲剧性就出现了:作为国家、民族的感官与神经,古代的这些读书士子往往左右着社会的发展、人心的向背;

但是,由于封建社会并没有先天地为他们提供应有的地位和实际政治权力,为了实现自身的价值,他们必须解褐入仕,并取得君王的信任。而这种获得,却是以丧失一己的独立性、消除心灵的自由度为代价的。就是说,他们参与社会国家管理的过程,实际上就是驯服于封建统治权力的过程,最后,必然依附于权势,用划一的思维模式思考问题,以钦定的话语方式"代圣贤立言"。如果有谁觉得这样太委屈了自己,不愿意丧失独立人格,想让脑袋长在自己的身上,甚至再"清高"一下,耸耸肩、摆摆谱儿——那就必然要像那个狂放的"诗仙"那样,丢了差事,砸了饭碗,而且,可能比"诗仙"的下场更惨,丢掉"吃饭的家伙"。唐人柳宗元有"欲采蘋花不自由"之句;现代学者陈寅恪,作为自由知识分子的代表,反其意而用之,改作"不采蘋花即自由",显示他的另一种人生选择、生存状态。然而,谈何容易,即便甘心"不采蘋花",自由恐怕也是难以得到的。

迨至清朝,封建士子的这种厄运达于极点,为了防范那些才识过人的知识分子的"异动",防止江山不稳、社稷摇动,朝廷通过"驯心",蓄意把那些英才统统炮制成百依百顺、俯首帖耳的奴才。他们从过往的历史经验和现实的特殊环境中悟解到,仅仅吸引读书士子科考应试,以收买手段控制其人生道路,使其终生陷入爵禄圈套之中还不够;还必须深入精神层面,驯化其心灵,扼杀其个性,斫戕其智能,以求彻底消解其反抗民族压迫的意志,死心塌地地做效忠于大清帝国的有声玩偶。在这里,清初统治者扮演着君主兼教主的双重角色,把皇权对于真理的垄断,治统对于道统的兼并结合起来;同时强化"文字狱"之类的恐怖手段,全面实现了对于异端思想的严密控制,从而彻底取缔了知识阶层所依托的逃避体制控制和思想压榨的相对独立的精神空间,导致了读书士子靠诠释学理以取得社会指导权力的彻底消解。应该说,这一手是非常高明,也是十分毒辣的。

当然,仕途之外,也还有隐逸一途。一些人以追求人格的独立与心灵的自由为旨归,奉行"不为有国者所羁",不"危身弃生以殉物"的价值取向,成为传统的官本位文化的反叛者;他们自觉地向老庄和释家寻绎解脱之道,体悟人生的真谛,获致精神的慰藉,不仅对社会政治不动心、不介入;而且对身外的一切都不闻不问,使冷漠成为一种性格存在状态。还有些人在受到现实政治斗争的剧烈打击或深痛刺激之后,仕途阻塞,折向了山林。开始还做不到心如止水,经过一番痛苦的颠折,"磨损胸中万古刀",逐步收心敛性,战胜自我,实现对传统的人格范式的超越。这就是所谓"隐心"。隐心的痛苦程度,往往超过衣食无着、饥寒交迫的物质匮乏,需要战胜富贵的诱惑,勇于面对父祖辈望子成龙的期待目光,妻儿、戚友们殷殷劝进的无止无休的聒噪,朝廷、郡县的使者之车的不时光顾,同学少年飞黄腾达、志得意满的炫耀,需要以顽强的意志坚守其特殊的价值取向和人格追求。

其实,在封建时代,即使是归隐山林,也未必就能脱离政治风险。早在战国时期,那个专门为帝王提供对付士人权术的韩非就曾说过:许由、务光、伯夷、叔齐之辈,都是些不听命令、不能使令的"不令之民"。他们"赏之誉之不劝(不能受到鼓舞),罚之毁之不畏,四者加焉不变,则除之!"而皇权在握的朱元璋也有类似说法:"朕观当时之罪人,大者莫过严光、周党之徒,不仕忘恩,终无补报,可不恨欤!"斩钉截铁,切齿之声可闻。

正是出于内外种种原因,历代取径"出世"的人为数并不很多;绝大部分读书士子,终其一生,还是和政治纠结在一起,表现了深切的人文关怀、家国情怀。他们总是积极投身社会政治实践,奔走仕途,即便是那些大思想家、大文豪、旷世诗哲也不例外。我在《两个李白》一文中写道:

> 在中国古代诗人中,李白确实是一个不朽的存在。他的不朽,不仅由于他是一位负有世界声誉的潇洒绝尘的"诗仙"——那些雄奇、奔放、瑰丽、飘逸的千秋绝唱产生着超越时空的深远魅力;而且,因为他是一个体现着人类生命的庄严性、充满悲剧色彩的强者。他一生被登龙入仕、经国济民的渴望纠缠着,却困踬穷途,始终不能如愿,因而陷于强烈的心理矛盾和深沉的抑郁与熬煎之中。而"蚌病成珠",这种郁结与忧煎恰恰成为那些天崩地坼、裂肺摧肝的杰作的不竭的源泉。一方面是现实存在的李白,一方面是诗意存在的李白,两者构成了一个整体的不朽的存在。它们之间的巨大反差,形成了强烈的内在冲突,表现为试图超越却又无法超越,顽强地选择命运却又终归为命运所选择的无奈,展示着深刻的悲剧精神和人自身的有限性。

解读李白的典型意义,在于他的心路历程及其穷通际遇所带来的苦乐酸甜,在很大程度上反映了几千年来中国文人的心

>>> 图为王充闾在安徽泾县追寻"诗仙"李白的足迹,体味"桃花潭水深千尺"的意境。

态。就是说,颇富典型性。

"诗仙"李白时刻渴望着登龙门、摄魏阙、居高位、掌权衡,以实现一己的宏伟抱负。他高自期许,确信只要能够幸遇明主、身居枢要、大柄在手,则"治国""平天下"易如反掌。在他看来,这一切作为和制作诗文并无本质的差异,同样能够"日试万言,倚马可待"。显而易见,这多半是基于情感的蒸腾,而缺乏设身处地、切合实际的构想。他耽于幻想、天真幼稚,习惯于按照理想化的方案来构建现实,凭借直觉的观察去把握客观世界,因而在分析形势、知人论世、运筹决策方面,常常流于一厢情愿,而脱离实际。归根到底,李白并不是一个出色的政治家,大概连合格也谈不上。一生中,他有两次从政经历,都以惨败告终:前一次,被以"文学弄臣"蓄之,即使这样,也还是"君王虽爱蛾眉好,无奈宫中妒杀人","谤言忽生,众口攒毁",最后只好"上疏请归",一走了事。后一次,竟然招致一场灭顶之灾,糊里糊涂地卷入了最高统治层争夺皇权的斗争,结果以附逆罪被窜逐夜郎,险些送了性命。归根结底,他只是一个诗人,当然是一个气壮山河、睥睨百代、雄视万夫的伟大诗人。

客观地看,李白的官运蹭蹬,也并非完全种因于政治才识的欠缺。即以唐代诗人而论,这方面的水准远在李白之下、稳登仕进者也数不在少。要之,在封建社会里,一般士子都把个人纳入社会组合之中,并逐渐养成对社会政治权势的深深依附和对习惯势力的无奈屈从。如果李白能够认同这一点,甘心泯灭自己的个性,肯于降志辱身,随俗俯仰,与世浮沉,那是完全能够做个富于文誉的高官的。可是,他是一个自我意识十分突出的人,时刻把自己作为一个自由独立的个体,把人格的独立视为自我价值的最高体现。他反对儒家的等级观念和虚伪道德,高扬"不屈己、不干人"的旗帜。由于渴求为世所用,进取之心至为热切,自然也要常常进表上书,锐身自荐,但大前提是不失去自由、不丧失人格、不降志辱身、不出卖灵魂。如果用世、进取,要以自我的丧失、人格的扭曲、情感的矫饰为代价,那他就会毅然决绝,毫不顾惜。

李白轻世肆志、荡检逾闲,总要按照自己的意志去塑造自我,从骨子里就没有对圣帝贤王诚惶诚恐的敬畏心情,更不把那些政治伦理、道德规范、社会习惯放在眼里,一直闹到这种地步——"长安市上酒家眠,天子呼来不上船,自称臣是酒家仙"(杜甫诗),痛饮狂歌,飞扬无忌。这要置身官场,进而出将入相,飞黄腾达,岂不是缘木求鱼!

壮志难酬,怀才不遇,使李白陷入无边的苦闷与激愤的感情漩涡里。这种灵魂的煎熬,伴之以自我为时空中心的心态,主体意识的张扬,脱离现实的价值观同残酷现实的剧烈冲突,构成了他诗歌创造力的心理基础与内在动因,给他带来了超越时代的持久的生命力和高远的视点、广阔的襟怀、超拔的境界、空前的张力。就这个意义来说,既是时代造就了伟大的诗人,也是李白自己的性格造就了自己。当然,反过来也可以说,他的悲剧,既是时代悲剧、社会悲剧,也是性格的悲剧。我在文章结尾处写道:

>>> 壮志难酬,怀才不遇,使李白陷入无边的苦闷与激愤的感情漩涡里。图为王充闾在安徽当涂拜访"诗仙"李白之墓。

历史很会开玩笑,生生把一个完整的李白劈成了两半:一半是,志不在于为诗为文,最后竟以"诗仙""文豪"名垂万古,攀上荣誉的巅峰;而另一半是,醒里梦里,时时想着登龙入仕,却坎坷一世、落拓穷途,不断地跌入谷底。我想,亏得李白政坛失意,所如不偶,以致远离魏阙、浪迹江湖,否则,沉香亭畔、温泉宫前,将不时地闪现着他那潇洒出尘的隽影,而千秋诗苑的青空,则会因为失去这颗朗照寰宇的明星,而变得无边的暗淡与寥落。这该是何等巨大的遗憾、多么惨重的损失啊!

与"被劈成两半"的"诗仙"李白相对映,状元杨慎则是一生中"冰火两重天"。我曾以《风波中的彻悟》为题,剖析了这一场更为典型的人生惨剧。

杨慎字升庵,出生于中国封建社会后期一个官僚地主家庭,父亲杨廷和是吏部尚书、武英殿大学士,一朝宰辅,元老重臣,而祖父、叔叔、弟弟、儿子,也都是进士及第,有"一门科第甲全川"之誉。他在二十四岁时,殿试第一,考中状元,任翰林院修撰和经筵讲官达十二年之久,可说是飞黄腾达、春风得意。

当时的皇帝明武宗纵欲亡身,没有子嗣,也无兄弟,依照《皇明祖训》"兄终弟及"的规定,由其同辈庶出的近支堂弟朱厚熜继承大统,是为明世宗嘉靖皇帝。世宗即位第六天,就下诏礼部,命廷臣集议自己生父兴献王的主祀和尊号问题。以首辅杨廷和为首的府部群臣一致认为,本着帝系继统制度,应该以国为重,"继统继嗣",这就要称武宗之父、兴献王之兄孝宗为皇考,而称兴献王为本生父或叔父。可是,年仅十六岁的少年天子,为了提高本家宗族的地位,决意打破这个成规,以其生父兴献王为皇考,奉以皇帝尊号。从宗族承嗣上看,这就意味着脱离了孝宗、武宗支派,从而在朝廷中引发了一场承认皇统还是尊奉家系的所谓"大礼议"的激烈论争。当时内阁大臣中分为两派,新科进士张璁等主张遵从上意,称孝宗为皇伯;而内阁派杨廷0和杨慎父子和众大臣都坚决反对。嘉靖皇帝断然固执己见,杨廷和以辞官归里相要挟,皇帝并不予以挽留。

于是,皇帝正式下诏改称生父为恭穆皇帝,杨升庵便纠集一些人上疏切谏;没有得到答复,他又和廷臣们跪伏左顺门外请愿。皇帝更加震怒,下令将带头抗命的八个人逮捕下狱。这就更加激起了群臣的愤慨,杨升庵年轻气盛,激动万分,高喊:"国家养士一百五十年,仗节死义,正在今日!"当日有二百多名廷臣在金水桥畔、左顺门前跪伏痛哭,抗议非法逮捕朝臣,高呼"太祖高皇帝""孝宗皇帝",声震云天,响彻宫廷。皇帝下令逮捕哭声最大、闹事最凶的一百三十四人,投入锦衣卫诏狱,全部廷杖。杨升庵被杖击后,奄奄一息;十日后,再次廷杖,几乎死去;最后,谪戍云南永昌,永远充军。这一年他三十七岁。

关于这场轰天动地的宫廷大案的是非曲直,后世意见不尽一致。《明史》对嘉靖帝是持批评态度的,说他将生父"升祔太庙,而跻于武宗之上"实在过分,这无异于肯定杨升庵等人行为的正义性。学者王文才认为,"在这次激辩中,杨慎奋抗暴君,痛击邪曲,表现其'见义不敢后身'的政治品质"(见《杨慎诗选·

序》)。而当代学者柏杨则对杨升庵予以激烈抨击,鉴于他所坚持的是宋代程朱理学,斥之为"卫道之士"的"奴性狂热""恬不知耻""颠倒是非"(见《中国人史纲》)。其实,这两方面的是是非非,恐怕未必存在太大的实际意义。如果说,在皇帝那边还有个切身利益与宗族地位的考量;那么,对于杨升庵来说,无非是头脑里的"礼制"作怪,那么拼命奋争,直至付出几十年的惨痛代价去较这个死劲,既不能说"奴性狂热""恬不知耻",大概也算不上什么"义所当为"。

当然,这是后世的评说,作为当事人,杨升庵的彻悟绝对需要时间,需要实践,其间不仅有出生入死的生命体验,还离不开数十载穷边绝塞、谪戍岁月的苦难生涯。

嘉靖皇帝登极后,二十余年置朝政于不顾,整天躲进西苑,炼丹修道;可是,却时刻记着杨氏父子的"仇口"。他曾咬牙切齿地说,他在位一天,就不让杨升庵有出头之日,真是结下了永远解不开的死疙瘩。而偏偏这个昏庸君主在位时间又特别长,足足四十五年,致使杨升庵不要说回朝任职,即便普通的罪犯年老多病之后返回故里的"优渥",他也享受不到。年满七十后,他从云南偷偷溜回四川故里,巡抚察知,立刻勒令"逮还"。

生活是一部教科书。当日的鲜花着锦、烈火烹油般的荣华富贵,转瞬间化为乌有,由宰辅的峰巅跌入囚徒的谷底。这惨痛的遭遇,大起大落的浮沉跌宕,在给予他以沉重打击、身心折磨的同时,却使他在精神层面上获得解悟,实现升华。作为一代哲人,他从庄子那里悟解了"达生之道",认识到瞬息人生"不如意事常八九",原需奉行"齐物哲学",等同地看待荣辱、穷通、是非、得失;只要自己能够克服心理上的障碍,调整视角,则对人间万事尽可弛张莫拘,淡然处之。

杨慎在晚年创作的《二十二史弹词》中,抒发了这番感悟。其中有一段开场词,调寄《临江仙》:

> 滚滚长江东逝水,浪花淘尽英雄。是非成败转头空。青山依旧在,几度夕阳红。　　白发渔樵江渚上,惯看秋月春风。一壶浊酒喜相逢。古今多少事,都付笑谈中。

不要说后世的论者,即使他自己,数十年后,作为一个远戍蛮荒的平头百姓,徜徉于山坳水曲之间,以淡泊的心境回思往事,料也能够感到,当年拼死相争的所谓"悠悠万事,唯此为大"的皇上称父亲为皇考还是为皇叔的所谓"大礼议",不过是"相争两蜗角,所得一牛毛"。真个是"古今多少事,都付笑谈中"了。

实际上,这种彻悟与觉醒,不只是反映在这首《临江仙》词里。综观其后期的大部诗作,特别是《历代史略十段锦词话》,可以说,里面贯穿了这种淡泊功名、脱略世事的蕴含。且看《说三代》里的《南乡子》:

> 携酒上吟亭,满目江山列画屏。赚得英雄头似雪,功名。虎啸龙吟几战争。　　一枕梦魂惊,落叶西风别换声。谁弱谁强都罢手,伤情。打入渔樵话里听。

看得出来,这些词作既是他多年谪戍生涯、惨淡心境的真实写照,刻画出他以秋月春风、青山碧水为伴,寄情渔樵江渚的闲情逸趣,也是诗人赖以求得自我解脱,从一个方面放弃自己,又从另一方面获得自己的一种价值取向。正是这种超然物外,摒弃种种世俗烦恼,对个人的一切遭际表现出旷怀达观的人生态度,帮助他度过了漫长、孤苦的凄清岁月,最后得以七十二岁的上寿,终其天年。

李白也好,杨慎也好,终因见弃或见忌于最高统治者而命途多舛、饱受颠折;那么,像清代首屈一指的天才词人纳兰性德那样的天潢贵胄,并有幸饱受皇帝的青睐,总该是福慧双修、万般如愿、大展宏图吧?非也。他的人生际遇同样是一场悲剧。

纳兰出身名门贵族,父亲是权倾朝野的宰相;本人也是一路官运亨通,十八岁中举,二十二岁成了二甲进士,后来被授为皇帝的一等侍卫,出入扈从,显赫无比,可说是"要风得风,要雨得雨"。而这一切人间富贵、奕世荣华的获得,却是以丧失一己的自由、独立为其惨重代价的。这是他心灵苦闷、惨痛悲戚的根源。

有人统计,在纳兰现存的三百多首词中,"愁"字用了近百次,"泪"字、"恨"字也都出现过几十次;此外像"断肠""无奈""伤心""怆怀""无意绪""可怜生""冰霜摧折""芳菲寂寥"等,可说是开卷可见。字里行间渗透着深挚而哀怨的情思,宛若杜鹃啼血,声声凄切;即便是一些情辞慷慨、奋厉激昂之作,也间杂着"变徵之音",流露出沉痛的人生空幻之感。

晚清词人苕川对此有所诠释:"为何麟阁佳儿,虎门贵客,遁入愁城里?此事不关穷达也,生就肝肠尔尔。"西哲有所谓"性格

>>> 纳兰出身名门贵族,本人也是一路官运亨通,作品却流露出沉痛的人生空幻之感。王充闾借在浙江湖州师范大学讲学之便,到图书馆查阅纳兰性德侧室沈宛的资料。

决定命运"的说法。如果我们把"生就肝肠尔尔"理解为性格特征的话,那么,可以说,正是纳兰性德独特的个性及其内在思想冲突,决定了他的悲剧命运。

我在《纳兰心事几曾知》一文中,专门揭橥了他的独具特色的灵魂创伤与人生苦境。

纳兰公子自幼深受儒家学说的浸染,抱定了立德立功、显亲扬名的宏图远志。可是,实际上却事与愿违,"所欲施之才百不一展,所欲建之业百不一副,所欲遂之意百不一酬,所欲言之情百不一吐"(纳兰挚友顾贞观语)。原来,康熙皇帝对于纳兰公子,以其出身勋戚之家,又有超人的资质,因而倍垂青盼,把他留在自己身旁,视同心腹,擢为侍卫,所到之处,形影不离。而且,一任就是十年,直至公子病逝。在一般人看来,有幸成为天子宠臣,目睹龙颜之近,时亲天语之温,无比荣耀,无上尊贵,是求之不得的美差;可是,纳兰公子却大大不以为然。他十分清楚,这种负责宫廷宿卫、随驾扈从的职务,实质不过是司隶般的听差,在皇帝左右随时听候调遣,直接供皇帝驱使。

在纳兰心目中,当侍卫,入禁廷,实无异于囚禁雕樊、供人观赏的笼中之鸟。他写过一首《咏笼莺》的五言律诗:

> 何处金衣客,栖栖翠幕中。
> 有心惊晓梦,无计啭春风。
> 漫逐梁间燕,谁巢井上桐。
> 空将云路翼,缄恨在雕笼。

黄莺别号"金衣公子"。享用着锦衣玉食却戴着金枷银锁的纳兰公子,引"笼莺"以自况,真是最恰当不过了。你看这个莺儿,食以香谷,罩以雕笼,既无冻馁之虞,又不愁惨遭弹丸的袭击,表面上看去,真是富贵安逸、令人艳羡。它什么都有了,唯一缺少的是身心自由,它不能像其他同类那样任意地飞翔、自在地鸣啭。因此,它的内心是十分苦闷的。

如果说,这还只是情辞宛转的拟托,那么,他的《拟古诗》则是愤懑直陈了:

我本落拓人,无为自拘束。
倜傥寄天地,樊笼非所欲。
嗟哉华亭鹤,荣名反以辱!

一开板就毫不隐讳地申明:我本是散淡、落拓的人,寄倜傥于天地,不想受到任何形式的拘束,因此,对于樊笼厌恶极了。可是,时乖命蹇,造化欺人,最后反因荣名羁绊而受尽拘辱。这里有一个典故,晋代陆机为奸人所谮,临刑前叹曰:再想听听华亭鹤的叫声,做不到了。

不仅此也,当词人联系到远处穷荒绝塞的吴兆骞和身边的顾贞观、陈其年、严绳孙、姜宸英等一时佳隽的凄苦处境,心生悲感,痛彻心扉;而现实中庸才当道、飞黄腾达,且又"一人得道,鸡犬升天"的极端悖理的世态,尤其令他愤慨。他在写给顾贞观的《虞美人》词中,发泄了强烈的不满:

凭君料理花间课,莫负当初我。眼看鸡犬上天梯,黄九自招秦七共泥犁。　　瘦狂那似痴肥好,判任痴肥笑,笑他

> 多病与长贫,不及诸公衮衮向风尘。

"黄九""秦七"即宋代词人黄庭坚和秦少游,这里借指一代才人。眼看着一群鸡犬飞升天界,而这些旷代奇才却坠入地狱(泥犁)。"瘦狂"与"痴肥",比喻仕途上失意与得意。"诸公衮衮向风尘",意谓那些得志者登高位、握重权。杜甫有"诸公衮衮登台省,广文先生官独冷"之句。这里对"黄钟毁弃,瓦釜雷鸣"的不合理现象进行了嘲笑与抨击,对那般禄蠹官迷则投以极端轻蔑的目光。

一方面,是现实处境与心灵追求存在着不可调和的矛盾,致使身心两造,经受着双重的压力。他有理想,有追求,有抱负,无时无刻不在试图对于人生道路做出自己的选择,却又百不偿一,一切都不能尽如人意,好像命运专门与他作对,最后因难堪命运的残酷摆布而灰心绝望。另一方面,就是所谓"生就肝肠",亦即人性、个性同所处的社会环境的冲突。他天性萧疏散淡,渴望过无拘无束的生活,个性十分鲜明,结果,却是不但活动的范围和时间的支配受到严格限制,而且,必须极力掩饰自己的七情六欲、至情至性,一言一行都要唯皇帝之旨意是从,不允许有半点含糊、半点疏漏,否则后果就不堪设想。

这种苦况,在他写给知心朋友张纯修的信函里做了露骨的披露:"鄙性爱闲,近苦鹿鹿。东华软红尘,只应埋没慧男子锦心绣肠。仆本疏庸,那能堪此!"在写给"忘年交"严绳孙的书简里,谈得更加充分:

> 兹于廿八日又扈东封之驾,锦帆南下,尚未知到天涯何

处,如何言归期耶!汉兄(指吴汉槎)病甚笃,未知尚得一见否?言之涕下。弟比来从事鞍马间,益觉疲顿,发已种种,而执爻如昔,从前壮志,都已灰尽。昔人言,身后名不如生前一杯酒,此言大是。

把这些倾吐内心衷曲的私人信函,同他那些或宛转其辞,或直抒胸臆的诗词作品结合起来读,纳兰心事就不难窥见了。

当然,这种牢骚、苦闷,也只是说说而已,实际上却是无能为力、莫可奈何的。像人不能拨着自己的头发离开地球一样,纳兰所面对的同样是无法扭转的命运,在皇帝的长拳利爪之下,他的人生道路以至日常行止的抉择、去取,没有一样是属于自己的。这样一来,他也就终朝陷于抑郁、苦恼、伤情之中,终致一病不起,英年早逝,得年仅三十岁。

第三节
女性赞歌

文学评论界注意到,在我的历史文化散文中,一个突出的现象,是对于女性的关注。王春容教授曾有专文论述。她说:"科学的历史文化观告诉我们,无论正写的大历史,还是作为人类精神史的文学史,如果缺少对女性问题的关注和叙述,那必将是不完整的、不真实的历史。历史的、文化的、审美的视野,不可能置女性(性别)问题于不顾。相反,只要我们正视历史,就会发现正是一系列女性艺术形象构成了一部世界文学史,而创造名垂史册的女性形象的作家,也往往因此成为彪炳史册的经典作家。"

前些年,中国青年出版社曾把我的这一题材的散文收到一起,出了《话女性》专集。我在序言中谈到,女性是一个优秀的性别群体,丝毫也不比男性逊色。尊重女性,善待女性,这是一个社会健全、进步、成熟的标志。支撑着我这个观点的,有三块牢固的基石:一曰母爱,也涵盖了母教。这是从女性作为人母的角度来谈的。母亲是人生的第一位也是终生的教师。母教、母爱,至高无上,功莫大焉。德国教育家福禄培尔说得最为深刻:"国民的命运,与其说是操在掌权者手中,倒不如说是握在母亲手中。"二曰爱情,这是从女性作为人妻、作为人生伴侣的角度来谈的。女性视爱情如生命,一生一世地追求。爱情,如同看不见的强劲电流和巨大磁场,在爱侣之间以倾慕之情相互吸引着;尤其在维系家庭这夫妻百年好合、子女健康成长的"爱巢"方面,女性更是擎天一柱,起着关键作用。三曰奉献,这是从女性作为社会成员的角度来谈的。献身精神是女性生命中所固有的一种品格。她们不仅从事公职耐心细致、脚踏实地,对事业一丝不苟、克尽职责;而且在繁衍、抚育后代,操持家务,奉养双亲,相夫教子方面,有其独特的贡献。不是说"每一个成功男人的背后,必定少不了一个忠诚支持、默默关注的优秀女人"吗?优秀女人往往是成功男人的欣赏者与造就者。三个基点之外,还有一系列的才情、气质、风姿、华彩。且以本书中的古今人物来述说:李清照、萧红的才气,卓文君、朱淑真的勇气,香妃的正气,文成公主的大气,秦良玉的豪气,哪一点不是顶尖儿?"谁说女子不如男?"

中华民族有着悠久的母教优良传统,历朝历代都流传着许许多多贤母教子的感人故事,载于史籍的数不胜数。其中最著名的有"四大贤母":战国中期思想家、政治家、教育家孟子的母亲仉氏,晋代名将陶侃的母亲湛氏,北宋大文学家欧阳修的母亲郑氏,南宋军事家、抗金名将、民族英雄岳飞的母亲姚氏。她们以其高超的识见、卓越的品格和动人心弦的事迹,垂范百世,光照千古。

关于孟母,西汉时期两位学者所纂辑的《列女传》和《韩诗外传》,详细地记述了"三迁择邻""断织励学"和"买肉立信"等故事。童蒙读物《三字经》,也有"昔孟母,择邻处;子不学,断机杼"之句。孟轲父亲早丧,跟随母亲成长,先是住在一处墓地旁边,孟轲就和邻居的孩子一起学着大人的样子,办理丧事,做跪拜、哭号的游戏。孟母看到,皱起了眉头,心想:"这怎么行呢!看来,孩子住在这里不合适!"于是,就带着孟轲搬到一个新的处所。小孩善于模仿大人的行为,由于靠近市集,旁边又有杀猪、宰羊的屠户,这样,小孟轲便又和邻居的小孩一道,学起做生意和杀猪、宰羊的事。孟母发现后,又犯了合计:"这个地方也不适合我的孩子居住!"于是,便再次搬家。新居紧邻文庙,每到初一这天,官员们都到此间行礼跪拜,互相揖让,彬彬有礼。小孟轲看在眼里,记在心里。这次,孟母很满意,点点头说:"这才是我儿子应该住的地方呢!"

孟轲放学回家,母亲正在织布,关心地问:"学习怎么样了?"孟轲说:"跟过去一样,没什么好学的。"母亲见他那份无所用心的样子,十分恼火,便用剪刀剪断了织好的布。孟轲大为惊讶,忙着问母亲为什么要断织。孟母说:"你荒废学业,如同我剪断这丝缕一样。女人如果荒废了家务劳动,不去生产全家需要的生活必需品,男人如果放松了自己的修养和德行,那么,一家人纵使不做强盗、小偷,也就只能从事奴隶劳役!"孟子听了,悚然惊悟,自此,从早到晚,勤奋学习不辍,拜孔子的嫡孙子思的门人为老师,终于成了有大学问的圣贤。

还有一回,东邻杀猪了,小孟轲便问母亲:"他们为什么杀猪?"孟母逗他说:"为了给你吃肉。"话说过之后,她就后悔了,心想:"我从怀着这个孩子,就注意胎教;现在他刚刚懂事,而我却欺哄他,这不是教他不讲信用吗?"当即拿出钱来,买了东邻的猪肉给儿子吃,用以证明她没有说假话。

三则教子故事,内容并不复杂,里面却饱含着贤母的良苦用心和卓识远见。

这位两千多年前的伟大母亲,不仅富有强烈的责任感、使命感,而且,识见高超,把握主观与客观、内因与外因、环境与主体的辩证关系,深谙教子成才的规律和方法,不愧为千秋懿范。而"亚圣"孟子,作为儒家学派的传人,发扬光大孔子的思想,成为仅次于孔子的一代宗师。在这方面,孟母是做出了突出贡献的。

我认同"谛视女性即是探求文学真谛"这一说法,因此,在精心营造的文学世界中,与已逝的女性文学精灵对话,以女性的文学生命为本体进行再创作,占了相当的比重,在突显女作家惊人的艺术创造力的同时,探索她们丰富而复杂的内心世界。

这样,天才词人李清照就成为我首先关注的一位。散文《终古凝眉》从她的塑像写起——

我站在浙江金华的八咏楼前,面对着她的长身玉立、瘦影茕独的雕像,写下了如下文字:"那两弯似蹙非蹙、轻颦不展的凝眉,刀镌斧削一般深深地刻印在我的脑海里。我想象中的易安居士,原来是这样,是的,就应该是这样。""我似乎渐渐地领悟了或者说捕捉到了她那饱含着凄清之美的喷珠漱玉的辞章的神髓。"

易安居士从小就生活在一个学术氛围、文艺气息非常浓厚的家庭里,受到过良好的启蒙教育和文化环境的熏陶。她在天真烂漫的少女时代,也像其他女孩子一样,对人生抱着完美的理想。童年的寂寞未必没有,只是由于其时同客观世界尚处于朴素的统一状态,又有父母的悉心呵护和优越的生活条件的保证,整天倒也其乐融融,一干愁闷还都没有展现出来。及至年华渐长,开始接触社会人生,面对政治漩涡中的种种污浊、险恶,就逐渐地感到了迷惘、烦躁。与此同时,爱情这不速之客也开始叩启她的灵扉,撩拨着这颗多情易感的芳心,内心浮现出种种苦闷与骚动。那类"倚楼无语理瑶琴""梨花欲谢恐难禁""醒时空对烛花红"的词句,当是她春情萌动伊始的真实写照。

那种内心的烦闷与骚动,直到与志趣相投的太学生赵明诚结为伉俪,才算稍稍宁静下来。无奈好景不长,由于受到父亲被划入元祐"奸党"的牵连,她被迫离京,生生地与丈夫分开。后来,虽然夫妇聚首,屏居青州,相与猜书斗茶、赏花赋诗,搜求金石书画,过上一段鹣鲽相亲、雍容闲适的生活;但随着靖康难起,故土沦亡,宋室南渡,她再次遭受到一系列更为沉重的命运打击。

易安居士的感情生活极具悲剧色彩,中年丧偶,再嫁后又遇人不淑,错配"驵侩之下才";而与丈夫一生辛苦搜求、视同生命的金石文物,在战乱中已经损失殆尽;伶仃孤苦,颠沛流离。这一切,使她受尽了痛苦的煎熬,终日愁肠百结,精神处于崩溃的边缘……

除了平凡而伟大的孟母、千古卓绝的才女李清照,为女性唱赞歌,当然也不能忽视"庙堂之高"的特异典型。先说说年少和亲、立功绝域的文成公主。

这要从公元7世纪上半叶,藏民族杰出的代表松赞干布说起。如同大唐王朝的繁荣总是和唐太宗李世民的名字联系在一起一样,吐蕃王朝的兴盛,也是同它的开创者松赞干布和他的妻子文成公主分不开的。他们都是中华民族历史上的杰出人物,而且生活在同一时期。

松赞干布继位之后,把实现与大唐王朝结好,凭借大国之威伏制四方,以进一步提高吐蕃在列国中的政治地位,视为当务之急。于是,派遣使者前往长安晋见唐王。得到了太宗皇帝的高度赞赏,当即答应派出宗室文成公主前往和亲。文成公主生长在皇家,自幼受过良好的教育,熟读经史,多才多艺,而且胸怀远大的抱负,具有坚强的毅力。行前,太宗几次召见她,希望她以汉朝的王昭君为榜样,从唐蕃友好的大局出发,在吐蕃开辟一番事业。公主尽管对即将远离父母和家园感到情怀难舍,但她并没有整天沉浸在忧伤之中。通过与吐蕃使者详细交谈,她了解到许多情况,事先准备了吐蕃所缺少的日用物资和粮谷、蔬菜种子,以及佛教、儒学方面的经典、史籍,农艺、医药、历法、工技等书籍,带上了一大批精于纺织、刺绣、农事、建筑等各类技艺的熟练工匠。

公元641年,文成公主启程上路,唐太宗命江夏王李道宗持节护送,并亲自赐宴,为吐蕃使臣和文成公主饯行。在吐蕃那面,松赞干布也按照约定的日期,亲率禁卫军在柏海(今青海扎陵湖、鄂陵湖)迎候。到达逻些(拉萨)时,文成公主受到了空前热烈的欢迎,万人空巷,群情振奋。松赞干布与大唐公主的婚礼,成为吐蕃人民最盛大的节日。

为了迎娶大唐公主,松赞干布提出要专门修建一座宫殿。据说,最早的布达拉宫就是为文成公主修建的,后来毁于雷火与兵燹,但当日结婚时的洞房遗址和他们的塑像至今还保存着——松赞干布神采奕奕,英姿焕发;文成公主则端庄沉静,健美丰腴。

松赞干布对文成公主一往情深,十分尊重。公主笃信佛教,她跋山涉水,万里迢迢,把一尊释迦牟尼的佛像带进西藏。为了供奉这尊佛像,松赞干布授意,由文成公主组织随行的工匠,完全依照唐朝式样修建了一座寺庙,这就是小昭寺。松赞干布极力拥护文成公主弘扬佛法的主张,觉得佛教的教义有利于巩固王权,维护统治。

当地传说,文成公主入藏伊始,便显示了她的超人智慧。就在小昭寺开光典礼上,一名歹徒为了破坏唐、蕃友好关系,企图刺杀文成公主。由于发现及时,未能得逞,但凶手却被杀掉,显然是为了灭口。松赞干布明知凶手的幕后必有在场的内奸指使,但苦于无法查出。当下,文成公主进言:"我自大唐带来一口金钟,能够辨识忠奸邪正。方法十分简单,只要把它挂在一间暗室里,在场的每个人都去触摸一下,便知分晓——若是正直贤臣,抚摸之后,金钟寂无声响;如果有奸邪作乱者,手一碰到金钟,就会响震不停。在长安时,皇帝曾多次试过,灵验无比。我

>>> 为了迎娶大唐公主,松赞干布提出要专门修建一座宫殿。据说,最早的布达拉宫就是为文成公主修建的。图为王充闾在西藏拉萨寻访文成公主遗迹。

们也不妨一试。"

松赞干布点头称善。当即叫公主取来金钟,布置暗室。不大工夫,一切就绪。于是,全体王臣依次进入暗室摸钟。但是,自始至终,金钟也没有响过。难道奸人根本就不存在,或者没有在场?还是确有奸邪,但因金钟失效,没有侦察出来?人们正在狐疑之中,公主突然下令"点灯照明",并让每人都举起双手给赞普(君长)查看。只见绝大多数人都是手染烟黑,唯有两人手上干干净净。公主厉声命令把他们拿下,经过审问,二人对谋划行刺的罪行供认不讳。原来,公主事先布置,在钟上涂以厚厚的松烟,她料定奸人由于心中有鬼,必然不敢抚摸金钟,这样,就会把自己暴露出来。经过公主一番解释,赞普和满朝文武,人人都赞服她的智慧。

松赞干布在与文成公主朝夕相处、耳濡目染中,对中原的先进文化和技术工艺,始而感到新奇,继则极度倾慕与向往,萌发了学习大唐文化,改变吐蕃某些落后习俗的强烈愿望。他率先换上了唐太宗赐予的华贵袍服,在他的带动下,有些大臣也脱掉了笨重的毡裘,穿上了丝绸做成的中原服装。过去藏族上层贵族与普通民众,都是"以毡帐而居,无城郭屋舍",汉族工匠便向他们传授了建筑房屋的技术。吐蕃旧俗,人们常以赭色土粉涂面,公主看了觉得不太文明,松赞干布便发出号令改变这种习惯。一时间,唐风所被,濡染了整个逻些。所以,晚唐诗人陈陶《陇西行》中有句云:"自从贵主和亲后,一半胡风似汉家。"

文成公主十分喜欢山南地区雅隆河谷的景色,认为这里地势平坦,气候温润,花木繁茂,水碧山青,与故都长安有些相似,遂定居于泽当的昌珠寺。松赞干布万机之暇,也经常到这里来居住。寺内至今还珍存着据说是公主用过的酒壶、陶盆、炊灶和亲手刺绣的珍品;昌珠寺周围的柳林,传说也是松赞干布和文成公主留下来的。

为了扩大汉、藏两族人民的亲密合作和经济文化交流,唐、蕃双方大力整修道路,增设驿站,实施保护商旅的政策,内地各种货物源源输入雪域高原,尤以锦缯制品特别为藏族人民所喜爱;西藏的麝香、氂牛尾等土特产以及一些手工艺品,也畅销于中原各地。《红楼梦》第一百零五回中,锦衣军从宁国府查抄的物品里,有三十卷氆氇。有学者考证,就是来自雪域高原的贡品。

据统计,从松赞干布第一次派遣使臣赴长安请婚开始,到吐蕃王朝结束的二百一十三年间,唐、蕃双方使臣往来多达一百九十一次,形成了"金玉绮绣,问遗往来,道路相望,欢好不绝"的良好氛围。

继松赞干布之后,他的五世孙赤德祖赞又迎娶了大唐的金城公主,进一步加强了唐、蕃之间的亲密联系。在尔后的一百多年间,双方先后会盟八次。最后一次是在唐穆宗长庆年间进行的,所以称为"长庆会盟",盟文以汉、藏两种文字刻在石碑上。作为汉、藏两族人民友好关系的象征和历史见证,这块无比珍贵的唐蕃会盟碑,一千多年来一直矗立在古都拉萨的大昭寺前。

第四节

爱的悲歌

记得有这么一句话:"女人是为爱而生的。没有哪个女人能够逃脱爱的怀抱,爱情就像一杯毒酒,明知有毒,依然不顾一切地喝下去。"说得有些绝对,而且痴于爱情也不仅仅限于女性。但生活中确有一些青年男女,也包括不少诗人,对于爱情只看到鲜花满路,诗意盈怀,充满浪漫与激情,而忽略了它也常常荆棘丛生、悲情无限。我在《两个爱情神话》中写道:

  牛郎织女的传说本是一个悲剧结局,可是,中国历代文人词客总是出自美好的愿望,驰骋其丰富的想象力,为牛女双星写下了大量感人的诗章。有祝愿他们长相聚、不分离的:"愿天上人间,占得欢娱,年年今夜。"(柳永《二郎神》词)"唯愿年年此夜,人月双清。"(高则诚《琵琶记》句)也有为他们鸣不平的,欧阳修在《渔家傲》词中说:"一别终年今始见,新欢往恨知何限? 天上佳期贪眷恋,良宵短,人间不合催银箭!"认为牛女终年长别,只有七夕才能会面,而且良宵苦短,应该让他们尽兴欢娱,而不要银箭频催,过早地惊破他们的甜梦。

当一切美好的祝愿在冷酷的现实面前归于破灭,"乍见还别"的处境无法改变的时候,诗人们又从一个新的角度来抒写情怀,歌颂他们的爱情忠贞不渝、万古长新,不像人世间爱海波澜、翻云覆雨。苏轼这样写道:"相逢虽草草,长共天难老。终不羡人间,人间日似年。"立意绝妙,未曾经人道语。诗人提出一个耐人寻味的富有哲理性的课题:怎样看待爱情与幸福?什么样的爱情才算幸福?在这方面,写得最出色的要算秦观的《鹊桥仙》词了:

> 纤云弄巧,飞星传恨,银汉迢迢暗度。金风玉露一相逢,便胜却人间无数。　　柔情似水,佳期如梦,忍顾鹊桥归路。两情若是久长时,又岂在朝朝暮暮!

"多情自古伤离别",这在任何时代都难以避免。而"两情若是久长时,又岂在朝朝暮暮"的千秋隽句,恰好给人世间饱谙离别之苦的夫妻、情侣,带来无边的慰藉。

除了牛郎织女《天河配》,在我国古代汉族的爱情神话中,还有巫山神女的故事也久为人们传诵。它最早见于战国时代宋玉的《高唐赋》:

> 昔者楚襄王与宋玉游于云梦之台。望高之观,其上独有云气,崒兮直上,忽兮改容,须臾之间,变化无穷。王问玉曰:"此何气也?"玉对曰:"所谓朝云者也。"王曰:"何谓朝云?"玉曰:"昔者先王,尝游高唐,怠而昼寝,梦见一妇人,曰:'妾巫山之女也,为高唐之客,闻君游高唐,愿荐枕席。'

王因幸之。去而辞曰:'妾在巫山之阳,高丘之阻,旦为朝云,暮为行雨。朝朝暮暮,阳台之下。'旦朝视之,如言,故为立庙,号曰朝云。"

对于出自古代文人笔下的这个"巫山神女"的故事,倒是看不出悲剧性质,但唐代以来,许多诗人都曾提出过质疑。像刘禹锡在《巫山神女庙》诗中就直接地进行诘问:"巫山十二郁苍苍,片石亭亭号女郎。……何事神仙九天上,人间来就楚襄王?"也有对楚襄王加以讥讽的,李商隐在《过楚王宫》一诗中写道:"巫峡迢迢旧楚宫,至今云雨暗丹枫。微生尽恋人间乐,只有襄王忆梦中。"

在男女恋情问题上,西方有所谓"柏拉图式"的精神恋爱说。古希腊哲学家柏拉图认为,爱情是从人世间美的形体窥见了美的本质以后引起的爱慕,人经过这种爱情而达到永恒的理念之爱。这种爱情排斥一切肉体上的欲望,恋人只停留在纯粹的精神世界之中,在纯精神享受的云空中畅游,嘴唇永久不能接触,双臂只能拥抱理想的空间云雾。这种"精神恋爱说"虽然有别于通俗禁欲主义,而且,具有反对庸俗爱情的意义,但因是一种有节制的带有绅士气味的苦行主义,所以,本质上是柏拉图的唯心主义体系的一部分。

与这种超脱尘世的幻想相区别,古今中外绝大多数学者、诗人所持的则是现实主义的恋爱观。19世纪德国诗人海涅说得十分直白,男人不可能娶米洛的维纳斯雕像为妻,女人也不会嫁给普拉克希特利的赫尔麦斯雕像。人应该从幻想回到现实中来,

>>> 王充闾与夫人冯淑光在书房中。

把注意力转向现实世界。南宋女诗人朱淑真和晚清学者黄遵宪也都在爱情方面发出过现实主义的呼喊:"但愿暂成人缱绻,不妨长任月朦胧";"人人要结后生缘,侬只今生结目前"。当代女诗人舒婷对流传了几千年的神女峰的虚无缥缈的爱情神话,写下了与传统决裂的热情、勇敢的诗章:

> 沿着江岸,
>
> 金光菊和女贞子的洪流,
>
> 正煽动新的背叛:
>
> 与其在悬崖上展览千年,
>
> 不如在爱人肩头痛哭一晚。

如果说,牛郎织女的神话揭示了爱情与幸福的"久与暂"的辩证关系;那么,巫山神女的传说,实际上提出了一个爱情的"虚与实"问题。作为耐人寻味的话题,二者都是爱情哲学的重要组成部分。

翻过爱情神话这一"引言",就进入了"爱的悲歌"的正题。我在《泉路何人说断肠》一文中,首先写到了南宋女诗人朱淑真。她的《断肠诗词》集中,有这样两首七绝:

> 哭损双眸断尽肠,怕黄昏后到昏黄。
>
> 更堪细雨新秋夜,一点残灯伴夜长。

> 秋雨沉沉滴夜长,梦难成处转凄凉。
>
> 芭蕉叶上梧桐里,点点声声有断肠。

断肠,断肠,断尽愁肠,道尽了人世间椎心泣血的透骨寒凉。

朱淑真的生命结局备极凄惨,而且扑朔迷离。辞世之后,一种说法是"残躯归火"。另有一说,"投身入水",毕命于波光潋滟的西子湖。传说,她入水之前曾向着情人远去的方向大喊三声。真乃"重不幸也。呜呼惨哉"!

随着年华渐长,世事洞明,我的感知又出现了变化,也可以说获致一种升华。由童年时对朱淑真的无尽哀怜,转而为由衷地钦佩、赞美她的胆气、勇气、豪气,服膺其凛然无畏的叛逆精神。

对于女性来说,爱情不啻生命,她们总是把全部精神生活都投入到爱情之中,因而显得特别凄美动人。古代女子尽管受着政权、族权、神权、夫权的重重压榨,脖子上套着封建礼教的枷锁,但从来也未止息过对于爱情的向往、追求,当然,表现形式是不尽相同的。

当命运搬了道岔儿,"所如非偶",爱情的理想付诸东流的时节,大多数女性是把爱情的火种深深埋藏在心里,违心地屈从父母之命,委委屈屈、窝窝囊囊地打发流年,断送残生。再进一层的,不甘心做单纯供人享乐的工具,更不认同"嫁鸡随鸡,嫁狗随狗"的混账逻辑,便暗地里进行抗争,偷偷地、默默地爱其所爱,"红杏"悄悄地探出"墙外"。而更高的层次,是勇敢地冲出藩篱、私奔出走,比如西汉年间的卓文君。她以超拔的心志、惊人的胆识,勇于做挑战封建礼教的闯关猛士、开路先锋。不顾封建礼教的束缚,勇闯世俗藩篱,黉夜私奔,成为女性中自由恋爱的先驱。

在几千年的中国封建社会里,私奔一向被视为大逆不道。

而卓文君居然敢于冒天下之大不韪,跟着心爱的人司马相如毅然逃出家门,大胆冲破封建礼教的约束,勇敢地追求婚姻的自由,追求爱情的幸福,不惜抛弃优裕的家庭环境,去过当垆卖酒的贫贱生活。做到这一点十分不易,那要终生承受着周围舆论的巨大压力,不具备足够的勇气是下不了这个决心的。当然,较之她的同类,卓文君属于幸运之辈。由于汉初的社会人文环境比较宽松,不像后世礼教网罗的森严密布,她所遭遇的压力并不算大。再者,在旧时代,女性原本是压在社会的最底层,无法得见天日,而她,有幸投身于一个出名的文人,结果不仅没有遭到鞭笞,反而留下一段流传千古的风流佳话。

应该承认,从越轨的角度说,朱淑真同卓文君居于同等层次,可说是登上了爱情圣殿的九重天。这里说的不是际遇,不是命运,而是风致和勇气。作为一位出色的诗人,朱淑真不仅肆无忌惮地爱了,而且,还敢于把这神圣不可侵犯的权利张扬在飘展的旗帜上,写进诗词,形诸文字。这样,她的挑战对象就不仅是身边的及并世的亲人、仇人或各种不相干的卫道者,而且要冲击森严的道统和礼教,面对千秋万世的口碑和历史。就这一点来说,朱淑真的勇气与叛逆精神,较之卓文君有过之而无不及。何况,她所处的时代条件的恶劣、社会环境的严酷,要超出西汉多多。

爱情永远同人的本性融合在一起,它的源泉在于心灵,从来都不借助于外力,只从心灵深处获得滋养。这种崇高的感情,只有开始而没有结束。爱情消灭了时间、空间的限制,具有永生的品格。叛逆者的声音,敢于向封建礼教宣战的激情,无论是获胜了或者招来失败,都同归于不朽。

按照学术界的考证,也包括本人诗词中所展露的,大略可知,朱淑真少女时代的闺中生活是无忧无虑的,并且有一个情志相通的如意情人;随着年龄的增长,封建道德文化对女性的桎梏与其渴望张扬个性的矛盾日益突显,这在她的诗词作品中也都有充分的反映。在她刚刚步入豆蔻年华时,萌动的春心就高燃起爱情的火焰。且看那首《清平乐》词:

恼烟撩露,留我须臾住。携手藕花湖上路,一霎黄梅细雨。　娇痴不怕人猜,和衣睡倒人怀。最是分携时候,归来懒傍妆台。

可是,由于"父母失审,不能择伉俪",这场自由恋爱的情缘被生生地斩断了,她嫁给了一个与之根本没有感情、在未来的岁月中也无法去爱的庸俗不堪的官吏。这使她万念俱灰、痛不欲生。

就一定意义来说,爱情同人生一样,也是一次性的。人的真诚的爱恋行为一旦发生,就是说,如果心中早已有了意中人,就会在心灵深处留存下永难磨灭的痕迹。这种唯一性的爱的破坏,很可能使而后多次的爱恋相应地贬值。在这里,"一"大于"多"。

这样,她便重新投入旧日情人的怀抱。那般般情态与心境,都写进了七律《元宵》:

火烛银花触目红,揭天鼓吹闹春风。

新欢入手愁忙里,旧事惊心忆梦中。

但愿暂成人缱绻,不妨常任月朦胧。

赏灯哪得工夫醉,未必明年此会同。

一年过去,元宵佳节重临。可是,风光依旧,而人事已非。对景伤怀,感而赋《生查子·元夕》词:

去年元夜时,花市灯如昼。月上柳梢头,人约黄昏后。

今年元夜时,月与灯依旧。不见去年人,泪湿春衫袖!

对于昔梦的追怀,对于往日恋情和心上人的思念,成了疗治眼前伤痛的药方。且看《江城子》词:

斜风细雨作春寒。对尊前,忆前欢。曾把梨花,寂寞泪阑干。芳草断烟南浦路,和别泪,看青山。　　昨宵结得梦鸳鸯。水云间,悄无言。争奈醒来,愁恨又依然。展转衾裯空懊恼,天易见,见伊难。

有宋一代,理学昌行,"三从四德"的封建伦理,"饿死事小,失节事大"的残酷教条,禁锢森严,社会舆论对于女性特别是名门闺秀思想生活的钳制越来越紧。而完全属于人情之常的女性择偶、拒婚、再嫁,都会招人咒骂,更不要说"偷情""婚外恋"了。

作为一位爱恨激烈、自由奔放、浪漫娇狂的奇女子,朱淑真根本不把传统社会的这些规章礼法放在眼里,不仅毫无顾忌地做了,而且还以诗词为武器,向封建婚姻制度宣战,公开对抗传统道德的禁锢,热烈追求个人情爱与自我觉醒。其后果,不仅自身不见容于社会,惨遭迫害;而且,连那些掷地有声的诗词都被付之一炬,"传唱而遗留者不过十之一"。

如同汤显祖所说的:"世总为情,情生诗歌","因情成梦,因梦成戏"。我在散文《孤枕梦寻》中,以陆游的情感世界——一段悲剧化的情史为核心,以撼人魂魄的纪事诗为线索,串联起诗人对于亡妻唐婉追思苦恋的心路历程。

二十岁这年,陆游和舅舅的女儿唐婉结婚了。唐婉是一个美貌多情的才女,对于诗词有很好的修养,两人兴趣相投,以白头偕老相期,婚后生活十分美满。岂料,陆游的母亲竟然对自己的内侄女很不喜欢,最后甚至蛮不讲理地硬逼着儿子和她仳离。如果处在今天,夫妇完全可以不去管它,至多离家另过就是了。可是,在那个理学盛行的时代,在吃人的封建礼教的威压下,陆游是无论如何也不敢违抗"慈命"的,他只能向母亲婉言解劝、百般恳求,而当这一切努力都毫无效果之后,就只好含悲忍痛,违心地写下了一纸休书。一对倾心相与的爱侣,就这样生生地被拆散了。后来,陆游奉父母之命另娶了王氏;忍辱含垢的唐婉也在叩告无门的苦境中,改嫁给同郡士人赵士程。

光阴易逝,转眼间十年过去了。在一个柳暗花明的春天,陆游在百无聊赖中,信步闲游沈家花园,偶然与唐婉及其后夫相遇。尽管悠悠岁月已经逝去了三千多个日夜,但唐婉始终未能忘情于陆游。此时,见他一个人在那里踽踽独行,情怀抑郁,心中真像是打翻了五味瓶,说不出是酸是苦,分外难受。赵士程当下已经觉察了妻子痛苦的心迹,便以唐婉的名义,叫家童给陆游送过去一份酒肴。

陆游坐在假山上的石亭里,呆呆地望着伊人的"惊鸿一瞥",转眼已不见了踪影;温过的酒已经变冷,肴馔也都凉了。他眼含清泪,一口口地吞咽着闷酒,体味着唐婉深藏在心底的脉脉深情,心中霎时涌起一丝丝的愧怍;想到人世间彩云易散,离聚匆匆,不禁百感交集,顺手在粉墙上题下了一首凄绝千古的《钗头凤》词:

> 红酥手,黄縢酒,满城春色宫墙柳。东风恶,欢情薄。一怀愁绪,几年离索。错!错!错! 春如旧,人空瘦,泪痕红浥鲛绡透。桃花落,闲池阁。山盟虽在,锦书难托。莫!莫!莫!

唐婉后来重游沈园,看到了陆游的题壁词,不胜伤感,当即和了一首:

> 世情薄,人情恶,雨送黄昏花易落。晓风干,泪痕残,欲笺心事,独语斜阑。难!难!难! 人成各,今非昨,病魂常似秋千索。角声寒,夜阑珊,怕人寻问,咽泪装欢,瞒!瞒!瞒!

不久,唐婉便悒郁而终。

清代诗人舒位游观沈园时,曾就陆、唐的爱情悲剧写过一首七绝,鞭挞了以"恶姑"为代表的封建宗法势力:

> 谁遣鸳鸯化杜鹃?伤心姑恶五禽言!
> 重来欲唱钗头凤,梦雨潇潇沈氏园。

其实,纯真的爱,作为人类一种自愿的发自内心的行为,作为自由意志的必然表现,是不能加以强制命令的。外力再大,也无法强令人们产生情爱;同样,已经产生的情爱,也不会因为外在压力的强大而被迫消失。陆游,这个生当理学昌盛时期的封建知识分子,没有也不可能以足够的觉悟和勇气,去奋力抗击以母亲为代表的封建宗法势力,但在他的内心世界,却始终不停地翻腾着感情的潮水,一有机会就冲破封建礼法的约束,做直接、率真的宣泄。诚如他自己说的,"放翁老去未忘情"。他年复一年地从鉴湖的三山来到城南的沈园,在愁痕恨缕般的柳丝下,在一抹斜阳的返照中,旧事填膺,思之凄哽,触景伤情,发而为诗。这种情怀,愈到老年愈是强烈。

陆游五十九岁这年,正隐居于故里山阴。一次夏夜乘舟中,他听到岸边水鸟鸣声哀苦,像是叫着"姑恶,姑恶",当即联想到他和唐婉爱情的悲剧结局,随手写下了一首五言古诗,最后四句是:"古路傍陂泽,微雨鬼火昏。君听'姑恶'声,无乃遣妇魂?"

陆游七十五岁这年春天,再一次来到沈园,目睹非复旧观的园亭景色,感叹好梦难寻,韶光不再,回思既往,益增唏嘘。于是,写下了两首七绝:

> 城上斜阳画角哀,沈园非复旧池台。
> 伤心桥下春波绿,曾是惊鸿照影来。
>
> 梦断香消四十年,沈园柳老不吹绵。
> 此身行作稽山土,犹吊遗踪一泫然。

光阴易逝,诗人已届七十九岁高龄。而爱侣仳离,劳燕分飞,已经整整过去了一甲子,连他们的最后一面,也是四十多年前的旧事;但是,唐婉的音容笑貌以及寄托着他们无限深情的沈园,却时萦梦寐。这天夜里,诗翁梦中重游了沈氏园亭,醒后以两首七绝纪之:

路近城南已怕行,沈家园里更伤情。
香穿客袖梅花在,绿蘸寺桥春水生。

城南小陌又逢春,只见梅花不见人。
玉骨久沉泉下土,墨痕犹锁壁间尘。

直到八十四岁高龄,陆游在《春游》诗中还写道:

沈家园里花如锦,半是当年识放翁。
也信美人终作土,不堪幽梦太匆匆。

犹如春蚕作茧,千丈万丈游丝全都环绕着一个主体;犹如峡谷飞泉,千年万年永不停歇地向外喷流。爱情竟有如此巨大的魅力,历数十年不变,着实令人感动。此刻的诗翁已经临近生命的终点,死神随时都在向他叩门;但是,他那深沉、炽烈、情志专一的爱的火焰,却伴随着生命之光,始终都在熠熠地燃烧着。一年过后诗翁也辞别了人世。

说到爱的悲歌,必然要牵涉"殉情"的问题。

《纳西族文学史》中有一部名为《鲁般鲁饶》的东巴叙事长诗。故事的梗概是:

在很古的时候,一群纳西族的青年男女牧奴在高山牧场里放牧,他们搭起帐篷,吹笛子,弹口弦,相亲相爱,过着自由自在的生活。住在平坝上的牧主不能容忍这种自由的心性和举动,勒令他们迁徙下山。但牧奴们向往的是自由婚恋,为了摆脱拘束,拒不从命。一次又一次地催促,一次又一次地加以拒绝。牧主怕他们逃跑远游,就在山下修了几道石门进行拦阻。青年牧奴们推倒石门,逃逸而去。前路被金沙江隔断,洪水滔天,他们便乘船、溜索,战胜了重重困难,聚集在新的牧地。

这时,牧女开美久命金发现情人祖布羽勒排不见了,不知道他已在半路上被父母拦截回去,便请托善飞的黑乌鸦捎带口信到祖布羽勒排家里去问询,结果遭到其父母的一番咒骂。可怜的开美久命金在绝望中踏上归程,来到什罗山的大桑树下,用一条牛毛编结的绳索结束了年轻的生命,口里还叨念着要去那雪山上的"十二欢乐坡",会见爱神游主阿祖。七天七夜后,因为寻找丢失的牦牛来到什罗山的祖布羽勒排发现恋人已经吊死在树下,悲痛欲绝,便将她的尸首从树枝上卸下,投入到熊熊烈火之中,自己也一同葬身火海。生时没有得到幸福结合的自由,死后共同奔向理想的"山国乐园"。他们相信,那里是个风景绝佳,没有尘世污浊的净洁之地,在那里,处处是鲜花,冰雪酿美酒,白鹿当坐骑,没有嫉妒和干扰,情侣自由爱恋,永远年轻。

纳西族中还流传着一个"情死树"的故事。说是在剌是坪坝上,长着一株亭亭如伞盖的硕大无朋的古树,树身伛偻着,枝杈像虬龙,笼罩的荫凉有上百平方米。传说,当年开美久命金就是在这棵树上吊死的。从此,远近村寨的青年男女,每当遇到自由

>>> 纳西族中还流传着一个"情死树"的故事。说是在刺是坪坝上,长着一株亭亭如伞盖的硕大无朋的古树,树身伛偻着,枝杈像虬龙,笼罩的荫凉有上百平方米。传说,当年开美久命金就是在这棵树上吊死的。图为王充闾赴云南民族地区采风。

选择的婚姻受阻时,就跑到这棵树下来结束生命,每年至少有几十对。有人夜间从附近经过,发现树下点燃着熊熊篝火,几圈人围着它跳阿蒙达舞。远近传闻,这棵树聚结了情死者的精魂。

一位美籍学者指出,在这里,"神话事件构成了原型情境,所颂扬的神话主人公的经历类似情境中活着的人们的再体验。这样,活着的人又成为神话主角"。那些年纪轻轻的人愿意在生命的花季里潇洒地离开人世,以为这样,青春与幸福就会永远地伴随着他们。按照纳西人的信仰观念,"情死"者深信,殉情并非生命简单的结束,而是从此进入了一个美妙无比的胜境。他们在那里啜饮露珠,与自己的情侣永世恩爱。

不过,现在这种"情死"现象已经很少了,一是包办婚姻不合潮流,为人们所抛弃。二是纵使遇到这种情况,当事者抗争不成,也会一走了之,出现"跑婚"现象——两人一起跑到很远的地方,去过自己向往的自由生活;或者一方跑到对方家里偷偷藏匿起来,待到生米做成熟饭之后,再托人到家里说亲。数百年来,无数青年男女无法逾越的天堑,在当代恋人的脚下,一步就跨越过去了。

往者已矣。古老、神秘的"情死"本身,原是一种爱情遭受摧残后的感情变形,终究属于过去制度下的一种不幸。但它所蕴含的那种渴望爱情自由,誓不与陈规旧制妥协,宁为玉碎不为瓦全的抗争精神,却是具有深刻的认识价值和美学意蕴的。

上面这些文字,我都写进了散文《问世间情为何物》。

第八章

人格图谱

(2008—2012)

第一节
悖论话君王

我笔下的人物,许多都是历史上有争议、现实中众说纷纭、个性突出、阅历丰富、思想复杂、命运曲折、形象多面,可以做多种解读的所谓"说不尽的历史人物"。举凡人性的拷问、命运的思考、生存的焦虑,以及生命的悲剧意义的研索、自由超拔的生命境界的呼唤,都必然会触及哲学的层面,这样便存在着驰骋思辨、大做文章的广阔空间。

《龙墩上的悖论》中十几篇散文,写的都是人类历史活动中的特殊群体——封建帝王。由于他们至高无上的社会地位、予取予夺的政治威权,特别是血火交迸、激烈争夺的严酷环境——那个"犹如火宅,众苦充满,甚可怖畏"的龙墩宝座,往往造成灵魂扭曲、性格变态、心理畸形,时刻面临着祸福无常、命途多舛的悲惨结局,这就更会引起人们的浓烈兴趣。尤其是关于所谓历史的吊诡、人生的悖论,更是一个颇具诱惑力与挑战性的话题。诚如英国逻辑学家斯蒂芬·里德所说的:"悖论既是哲学家的惑人之物,又是他们的迷恋之物。悖论吸引哲学家,就像光吸引蛾子一样。"

我的理解,所谓"悖论",是指一种能够导致无解性矛盾的命题,或者命题自身即体现着不可破解的矛盾。悖论也可以表述为"逆论""反论",诸如,二律背反,两难选择,应然与实然、动机与效果的恰相背反,等等。单就悖论本身来说,冲突的双方都具有充分的价值和理由,一般不涉及正误、是非的判断,而是体现在矛盾选择之中。选择往往是令人困惑的,选择本身就是一种痛苦。信息过量,前路多歧,会使人莫知所从。腕上戴一块手表,可以毫不迟疑地确认当下的时间;而进了钟表陈列室,叮叮当当,响个不停,便无法判定几时几分几秒了。更何况,这里所说的选择,常常是"反贴门神——左右难",许多问题都带有无解性。也正是为此,它使历史的话题带上了深邃而苦涩的哲学意味。

写作过程中,对于下列耐人寻味的课题,我从哲学的高度做了形象的阐发:

其一,欲望的无限扩张

鲁迅先生说过:"中国人有一种矛盾思想,即是:要子孙生存,而自己也想活得很长久,永远不死;及至知道没法可想,非死不可了,却希望自己的尸身永远不腐烂。"我以为,号称"千古一帝"的秦王嬴政,就是这种"中国人"的典型代表之一。在《欲望的神话》中,我写了秦始皇既要征服天下,富有四海,又要千秋万世把嬴秦氏的"家天下"传承下去;既要一辈子安富尊荣、尽享人间欢乐,又要长生不老、永远不同死神打交道;即便是死去了,也要尸身不朽、威灵永在,在所谓的阴曹地府继续施行着他的统治。

>>> 秦始皇纵有再多的欲望,最后也都埋入一抔黄土。图为王充闾在陕西临潼秦始皇帝陵前。

真也难为他了,想象力竟然如此发达,制造出了一个不可思议的"神话的欲望"。

应该说,秦始皇的一生,是飞扬跋扈的一生、自我膨胀的一生,也是奔波、困苦、忧思、烦恼的一生;是充满希望的一生,壮丽、饱满的一生,也是遍布着人生缺憾,步步逼近失望以至绝望的一生。他的"人生角斗场",犹如一片光怪陆离的海洋,金光四溅,浪花朵朵,到处都是奇观、都是诱惑,却又暗礁密布,怒涛翻滚;看似不断地网取"胜利",实际上,正在一步步地向着船毁人亡、葬身海底的末路逼近。"活无常"在身后不时地吐着舌头,伺机把他领走。

按说,号称"千古一帝"的秦王嬴政,原本是一位了不起的历史人物。他以雄才大略,奋扫六合,统一天下,结束了西周末年以来诸侯长期纷争的局面,建立了中国历史上第一个统一的中央集权的封建国家。"百代都行秦政制",其非凡的创举、盖世的功勋,在中国历代帝王中,都是数得着的。可是,无尽的欲望、狂妄的野心,竟弄得他云山雾罩、颠倒迷离、昏头涨脑,结果干下了许许多多堪笑又堪怜的蠢事,成为饱受后世讥评的可悲角色。

历史老人很会同雄心勃勃的始皇帝开玩笑:你不是期望万世一系吗?偏偏让你二世而亡;你不是幻想长生不老吗?最后只拨给你四十九年寿算,连半个世纪还不到。北筑长城万里,抵御强胡入侵,不料中原大地上两个耕夫揭竿而起;"焚书""坑儒",防备读书人造反,而亡秦者却是不读书的刘、项。一切都事与愿违,大谬而不然。他的一生是悲剧性的。在整个生命途程中,每一步他都试图着挑战无限、冲破无限、超越无限,却又无时无刻不在向着有限回归,向着有限缴械投降,最后恨恨地辞别人世。"但见三泉下,金棺葬寒灰。"(李白诗句)这是历史的无情,也是人生的无奈。

不仅此也。人常说:"一死无大难""死者已矣"。他却是,死犹有难,死而未已。盖棺之后两千多年,他从来也没有安静过、消停过。"非秦"与"颂秦"竟然成了一对"欢喜冤家",时不时地露头一次;而他,只不过是用来说事的由头,经常以政治需要为转移。当然,完全坐实到他身上的,也所在多有——他的一生中几乎所有的重大行为,都没有逃过史家的讥评和文人的直笔。

就欲望和雄心而言,在中国古代帝王中能够与秦始皇媲美的,大概要算成吉思汗了。

在成吉思汗的字典上,根本就没有"不可"与"失败"这类字眼,尽管他相信天命,却并不相信命运女神能够控制他、左右他。一如德国历史学家李斯特所说的:"一个拥有权势的人,除了拥有更多的权势,还有什么能够吸引他?打败了所有的敌人以后,成吉思汗想要做的,就是去寻找更多的敌人。"但是,前路上已经没有敌人与之争锋。强悍的蒙古西征军,只好逐步地向东北方向撤回。一路上,成吉思汗既满怀着胜利的喜悦,快意平生,志得意满;又不无孤峰峭立、四顾苍凉、英雄寂寞之感。他踌躇满志地说:"直到如今,我还没有遇到过一个不能击败的敌手。我现在只希望征服死亡。"尽管成吉思汗这么说,但是,岁月终究不饶人。随着年龄的增长,他的身体、精力,在一天天地敲打着他的意志,一再地发出挑战性的警告信号。也许正是从这时候开始,他渐渐地懂得了什么叫做"无奈"。我在《天骄无奈死神何》中写道:

> 黑格尔老人说,死亡是自然对人所执行的必然的无法逃避的"绝对的法律"。对这一"性命之理",成吉思汗从前是不承认的;但自西征以来,特别是丘真人为他揭开世上本无"长生之术"这个迷局之后,他已经逐渐地觉察到死神的套杆正在身后晃动。只是不肯乖乖地束手就擒,反而把征服一切的欲望作为助燃剂,去继续点燃生存欲望的火焰,用以取代对死亡的忧虑与恐惧。

> "功成身退",原本是自然界极为普遍而正常的现象。日出月没,暑往寒来。飞潜动植,万般生物,都是在时序交接中悄然退去,毫无恋栈、迟回之态。唯有人不知止足,活着要成为"长明的灯盏",咽气了也要做"不坏的金身"。即使从理性上承认死亡的必至性,但当死亡真的临头时,仍会感到无边的失落。有些人是"死不起"的。生前拥有得越多,死时就丧失得越多,痛苦也就越大,就越是"死不起"。对于成吉思汗这类的一意攫取、贪得无厌者而言,这生而必死的规律,实在是太残酷了。

其二,实现欲望的手段

这一群体的无尽欲望的最高实现,是争天下、坐龙墩、当皇帝。那么,实现这一最高欲望的手段呢?《无赖刘三》一文中,以楚汉争锋作为典型事例。

在楚强汉弱、实力相差悬殊的情势下,刘邦之所以能够获得胜利,原因是多方面的,一般地说,符合历史发展的要求,实行成功的战略、策略,特别是善于用人、多谋善断,都是重要因素;特殊地说,同他善用权术、不择手段、不守信义,不放过任何机会,该出手时就出手,根本不考虑什么形象、什么道义、什么原则、什么是非,一切都以现实的功利为转移,从而能够掌握先机、稳操胜算,有着直接关系。上升到哲学层面,也就是"道德与功业的背反"吧。

正是那种不守信义、六亲不认的卑劣人格与痞子习气,那种政治流氓的惯用手段、欺骗伎俩,那种只求功利、不顾情理,只看现实、不计后果,只讲目的、不择手段的实用主义,多次帮助"无赖刘三"在实力悬殊的战场上、在楚汉纷争的政局中,走出困境,转危为安,化险为夷,直到取得最后胜利。而这种道德与功业完全脱节的情况之所以出现并能大行其道,当是由于秦汉之际,价值体系紊乱,社会道德沦丧,法家学说盛行,重功利、轻伦理成为一时的风尚,从而使刘邦的肆行无忌,不仅逃脱了社会舆论的谴责,而且获得了广阔的发展空间。

在政治家刘邦看来,他的一切卑劣伎俩,都是正常的,必要的,符合天经地义的,换句话说,这所有的一切,都是当时的险恶环境使然。政治斗争,有如两军对阵,是一场你死我活的殊死搏斗,白刀子进去红刀子出来,你不吃人就会被人吃掉。如果一味地讲道义、守信誉、重然诺、讲交情,满脑子仁义道德、温良恭俭让,恪守公平竞争原则,而不懂得如何运用政治手腕、策划阴谋阳谋,那就连起码的生存条件都保不住,更何谈斗争的胜利、事业之成功呢!

比如说对待功臣,刘邦的"卸磨杀驴""藏弓烹狗",一向为世人所诟病;即便是从巩固"汉家天下"角度看,可以理解,却不予原谅,一直被绑在道德的耻辱柱上。可是,在刘邦那里,却另有他的一套"强盗逻辑"。在他看来,韩信出身微贱,不过是一名"官不过郎中,位不过执戟,言不听,画(谋划)不用"的普通士卒,是我刘某人识微末于草莽之中,破格任用了他,为他提供了施展英才、建功立业的机会。要说承恩戴德,首先功臣要感激皇帝,而不应该由皇帝去俯谢功臣。一切立足于自我,"宁我负人,毋人负我",这正代表了这类枭雄的价值取向与个性特征。

而这一点,恰恰是出身于贵族世家、耳濡目染孔孟仁爱忠信之道,从而常常束缚于各种道德规范的项羽所不具备的。项羽的悲剧,从一定意义上说,是道德的悲剧;而刘邦的胜利,则颇得益于他的政治流氓的欺骗伎俩和善用权术、不守信义的卑劣人格与无赖习气。这使他把握住战场上的先机,一次次转败为胜。现在分析,当时以至后世,论者之所以对项羽这位失败的英雄无尽地追思、赞叹,其人格的魅力与道德的张力起了很大作用。"偶因世乱成功业",功业把"流氓皇帝"装扮成了英雄;而真正的英雄——"力拔山兮气盖世"的西楚霸王,却因失败而声名受损。流氓成功,小人得志,辄使英雄气短,混世者为之扬眉吐气。这里揭示了一种历史的悖论。

与此相关的,还有事功与人性经常会出现背反的问题。有一些事物,从历史发展角度看,应予肯定;可是,放在道德层面上来考量,却又会招致否定,比如恶与暴力。恩格斯指出:"恶是历史发展的动力借以表现出来的形式";"暴力,用马克思的话来说,是每一个孕育着新社会的旧社会的助产婆"。这是从社会发展规律,从政治学、历史学方面加以分析的。事实上,在皇权专制的国家里,在世风日下、道德沦丧的混乱社会中,一个当权者,如果不具备为达到目的而不择手段的气魄与雄心,也就不可能在"权力竞技场"上生存,当然,也就谈不上目标的实现、功业的达成。

我们这样说,绝不是认为奸雄有理,都应该照样去做,就是说,不是做价值判断;这里只是揭示历史上统治阶层相互斗争的一种常见现象,甚至是带有某种规律性的。

其三,夺得天下之后,拼力维护"家天下"

龙墩坐上,下一步就是苦心孤诣地维护这种"家天下"的局面。中国历史上为此而用心最苦、用力最大的有两个皇帝,一个是大宋王朝开国皇帝赵匡胤,一个是大明王朝开国皇帝朱元璋。在《机关算尽》和《宦祸》两篇中分别作了阐述。

由于皇权得来不易,加之,皇权的取得不是凭借正常接班,而是靠武力实现的;因而,称帝之后,赵匡胤为了保证大宋王朝的长治久安,赵氏子孙万世一系,在位十七年间,可说是呕心沥血、机关算尽。除了迫于严峻的形势,不得不抓紧铲除南方一些割据政权,剩下来的全部精力,就都放在对内加强中央集权,防范武将造反,消除各种可能危害统一大业的潜在势力上。概括说来,叫做"收兵权,制将权,分相权,集君权",始终围绕着一个"权"字不放,不过,实际效果也并不理想,甚至可说是事与愿违。

现在看来,这些做法倒都是符合权力分割、相互制约的策略,有效地防范了军人夺取政权的风险,终两宋之世,三百余年再也没有发生过内部的兵变。但是,从整体来说,这一举措却是失算的,因为它严重地损害了军队的战斗力和应敌作战的能力。掌握了这些情况,我们也就容易理解,宋朝的军队何以在对抗外部强敌时动辄不战而退、溃不成军了。每一次失败的结果,自然都是通过外交途径屈辱求和,每年都要把无尽的白银、绸缎作为"生存税金"向外方进贡,以购买昂贵的"和平"。结果,对待入侵之敌,先是"奉之如骄子",后来沦为"敬之如兄长",最后败落到"事之如君父",真是"一蟹不如一蟹"。宋人张知甫的《可书》中,引述了绍兴人的谐谑之语:金人有柳叶枪,宋人有凤凰弓;金人有凿子箭,宋人有锁子甲;金人有狼牙棒,宋人有天灵盖。鲁迅先生在引证这则令人哭笑不得的趣话时,愤慨地说了一句:"自宋以来,我们终于只有天灵盖而已!"

事与愿违,动机和效果发生严重的悖谬,另一个典型事例就是明太祖朱元璋。作为开基创业的老皇帝,他可说是忧危积心、废寝忘食,对足以挑战皇权的所有因素,确是般般想到、无一疏漏;可是,身后的实际表明,这都是枉劳心血。它和皇权专制制度存在着无法化解的根本性矛盾有直接关系。单就老皇帝自身来说,缺乏政治远见,"火烧眉毛顾眼前",只求现实功利,不计后患重重,乃其招灾致败之由。许多祸患的发生,似出"天意",实系人为。

同那些擎吃等穿、坐享其成的纨绔子弟不一样,朱皇帝经常夜不成眠,深谋苦虑;同时派人侦察舆情,以便随时捕捉朝野的形势变化。他生怕臣子怀有异心,觊觎他的煌煌帝业,因而对任何人都不予信任、不敢依托。怀疑、猜忌、防范,已经到了神经质的程度。全国政务事无大小,他都要亲自处理,因为对别人不放心,怕别人不像他那样尽心竭力;当然,更深的一层,还是怕大权旁落。比如,他为了把国家一切权力都掌握在自己手中,肆意摧毁了长期形成的相权与君权相互配合、相互制约的机制,而使天下安危系于皇帝一身。这在明朝初年两代君王精明强悍、勤政有为的情况下,弊端尚能遮掩;而到了中晚期,昏庸、怠政之君层现迭出,问题就全部暴露出来了。神宗在位四十八年,却有三十年荒废朝政,不召集臣僚议事,不补六卿及府州县的官职缺员,有所谓"六不做"——不郊、不庙、不朝、不见、不批、不讲。在这种情况下,由于失去了制衡与辅助的机制,遂使奸人乘隙,为所欲为,造成边患丛生,政局鱼烂,长期处于混乱状态。

至于在宦官问题上的失策,影响所及,就更为惨重了。应该承认,对于宦官干政,朱元璋原是深存戒虑、早有所备的。他从东汉、晚唐历史和切身实践中认识到这种人的严重危害性。可是,封建社会属于人治而非法治,统治者对制度、法律的确立与废除有很大的随意性。他的继承者完全可以根据自己的需要颁布新的律例,而不受包括《皇明祖训》在内的一切制度的约束。于是,历史就上演了这样一幕讽刺剧:开国皇帝最怕宦官专权,并且采取了一系列的防范措施,但是,恰恰是这个他所开创的王朝,成为中国历史上宦官乱政最为猖獗的时代。

其四,封建继统——老皇帝的难题

西周以来,"嫡长子王位继承制度"(在皇后与妃嫔所生的诸子中,皇后所生之嫡子具有优先的继承地位;而在皇后所生的诸嫡子中,长子又具有优先继承权)的确立,在很大程度上,对于皇权顺利交接、防止皇族内部(主要是皇子之间)因为争夺皇位而同室操戈,起到了一定的保障作用。这里只说一点,在中国两千余年的封建王朝中,从西汉八岁的昭帝到清末三岁的宣统帝,"娃娃皇帝"至少有三十个。他们之所以大体上还能"稳坐江山",确实和这种"百王不易之制"有一定的关系。但是,历代王朝中血腥夺位、"祸起萧墙"的现象,一直没有中断,成为一切封建统治者无法回避的难题。我在《老皇帝的难题》一文中,从先秦的赵武灵王,写到隋文帝、唐高祖、明太祖,最后写到清康熙帝,他们都为安排接班人、解决王朝继统问题,绞尽了脑汁,也吃尽了苦头。尤其是康熙皇帝,为皇太子问题,前后折腾了四十余年,一直到最后咽气也没有处理停当,真是死不瞑目。

可以说,自从皇权世袭这一体制确立以来,就始终潜伏着一种无法克服,甚至是无法预测的矛盾。这是一个根本跳不出去的怪圈,也可以说,是一个不能破解的悖论:要么你就干脆放弃

"家天下"的皇位世袭制,"天下为公",选贤任能;要么就得每时每刻都面临着种种根本无法解决的矛盾,兵连祸结,骨肉相残,朝廷危如累卵,社会动荡不宁,直至政权丧失、国破家亡。放弃前者不可能,因为"家天下"、世袭制是历朝封建皇帝的命根子;这样,就只能永无穷尽地吞咽混乱、败亡的苦果。

"立嫡立长不以贤",公开放弃了德才考究,可以说是一种极端典型的"非智能型"的皇位继统方式。其矛盾实质,在于高度集中的皇权与实际的治国理政能力完全脱节,与儒家的"尚贤""传贤"的政治理想相背离,尤其是同现实的需要不相吻合。众所周知,面对着极端繁重的政治事务和无限复杂的宫廷纷争,即使经过严格选择的贤能君主也难以应付,更何况在嫡长子继承制度下,登上皇位的难免会出现幼儿、白痴乃至性格变态者滥竽充数。这与专制政体所要求的"全智全能型"的圣帝贤王和"伟人政治",确是南其辕而北其辙。而且,这种制度还预伏着或者说命定地存在着种种危机——立嫡立长,出于诸皇子各守本分从而弭除祸乱的考量,其实只是一种良好愿望。即便是能够避免分裂于一时,而所立的嫡长子如果不孚众望、不堪造就,根本不具备统御天下的才具,日后又将如何驾驭全局、统领天下?立嫡立长之后,在"三宫、六院、七十二嫔妃"生下的众多皇子中,难免不会出现才能、功业、威望远远超过皇太子的二三佼佼者,夺位的危险就将随时存在,那么,东宫太子将何以自处,如何安其预设的权位?老皇帝在撒手红尘之际,又怎能放心、瞑目?

纵观历代王朝,真正由嫡长子继承皇位的并不是很多。这里受到诸多因素的制约,存在着种种变数和不确定性。比如,许多皇后没有生儿子,或者虽然生了儿子却过早地殇亡;有的即使得以顺利地成长,或因君王的好恶,会直接干扰嫡长制的施行;或因对于皇后的感情变化,"爱屋及乌"或者"殃及池鱼",也会影响到嫡长子的继统;再就是,权奸、藩镇、阉宦、后妃、外戚干政,也是影响嫡长子继承制贯彻实施的重要因素。

祸患的本源,在于君王拥有绝对的权威、无限的权力、无穷的财富,世间一切荣华富贵、物质享受集于一身,而且又能传宗接代。由于王位具有强大的吸引力,因此,一切"窥视神器"的人,都不惜断头流血,拼命争夺。这种情况,在上古时期不会发生。韩非子说,古代的帝王,住得朴陋,吃得很糟,穿得更差,就其享用来说,都赶不上看大门的;而且,还要带领民众,苦干在前,弄得大腿、小腿上的毛都磨光了,简直比奴隶还苦。因而,避王位,让天下,实质是为了脱离苦差事,并没有什么值得称赞的。可是,后世的君王就不一样了,作威作福,坐享其成,那谁还不争呢?这样,争夺储位或者直接抢班夺权,就成为不可避免的事。

其五,维护皇权统治需要人才,又须防止人才的异见异动

我在《驯心》一文中指出,清朝征服者清醒地认识到,"坐天下"和"取天下"不同,八旗兵、绿营兵的铁骑终竟踏平不了民族矛盾和思想方面的歧异。解决人心的向背,归根结底,要靠文明的伟力,要靠广泛吸收知识分子。他们自知在这方面存在着致命弱点——作为征服者,人口少,智力资源匮乏,文化落后;而被征服者是个大民族,拥有庞大的人才资源、悠久的文化传统和高度发达的文化实力。因此,清王朝从一开始就把主要精力放在两件事上:一是不遗余力地处置"夷夏之大防"——采取行之有效的民族政策;二是千方百计使广大汉族知识分子俯首就范,心悦诚服地为新主子效力。"以饵取鱼,鱼可杀;以禄取人,人可竭。"科举制就是以爵禄为诱饵,把读书、应试、做官三者紧密联结起来,使之成为封建士子进入官场的阶梯、捞取功名利禄的唯一门径。

但是,这里也明显地存在着一个难以处置的矛盾,或者说是悖论:一方面是治理天下需要大批具有远见卓识、大有作为的英才;而另一方面,又必须严加防范那些才识过人的知识分子的"异见、异动",否则,江山就会不稳,社稷就会动摇。上上之策,就是把那些"英才"统统变成百依百顺、俯首帖耳的"奴才",死心塌地做效忠于大清帝国的有声玩偶。

在牢笼士子、网罗人才方面,清朝统治者是后来居上、棋高一着的。他们从过往的历史经验和现实的特殊环境中悟解到,仅仅吸引读书士子科考应试,以收买手段控制其人生道路,使其终生陷入爵禄圈套之中还不够;还必须深入精神层面,驯化其心灵,扼杀其个性,斫戕其智能,以求彻底消解其反抗民族压迫的意志。

其实,清朝的统治者向来就不承认"天王圣明"之外还会有什么"英才"。他们一向厌恶那些以"贤良方正"自居的臣子,尤其是看不上那些动辄忧心忡忡、感时伤世的腐儒和骚客。因为设若臣下可以为圣、为贤,或者人人都那么"忧患"起来,那岂不映衬出君王都是晋惠帝那样的白痴、宋徽宗那样的荒淫无道,说明其时正遭逢乱世吗?乾隆皇帝就否定过"天下兴亡,匹夫有责"的说法,他的意思显然是,如果责任都放在村野匹夫身上,那他这个皇帝岂不形同虚设!

第二节

灵魂的拷问

前面说过,我的历史人物散文,多成系列。在"政要系列"中,我专门选择一批情况复杂、个性差异大、历来聚讼纷纭、具有多种可言说性的人物。他们多属举足轻重的权臣、枢要,在中国历史上颇具影响力的人物,只因各种因素,或涉及"功臣政治",或牵涉利害冲突,或出于立功、立德、立言考量,或遭逢非正常政治环境,而往往扮演悲剧角色。对于他们,我没有简单地按照善恶标准进行衡量,或者单纯地从政治功利主义角度加以诠释,而是充分考虑到人性异化、命运抉择、政治险恶等多重因素予以剖析,进行灵魂的拷问。马克思说,人是社会关系的总和。我们可以透过这些个案,看清中国封建传统政治的结构及其对个人的控制和改造。作为入仕者的标本,他们是颇具代表性的。

在《当人伦遭遇政治》中,我写到了汉初开国功臣韩信。我说,作为皇帝,刘邦自命为"神龙之子";而韩信者流,在他的眼中却只是一条狗。他曾当着诸位功臣的面,率直无隐地说:"诸君见过打猎的吧?追赶走兽啊、野兔啊,把它们逮了来的,是狗;而发号施令、指示兽类所在的,是人。诸君只能够擒拿走兽,所以都是'功狗'啊!"

这么一个怪怪的名词,亏他这个"大老粗"竟能想得出来。"功狗"也是狗,只是因为他们战功卓著——"了却君王天下事",因而加个"功"的谥号。但是,既然是狗,也就注定了被宰遭烹的命运。至于时机怎样把握、手段如何选择,全看操刀者的心计。越王勾践、刘邦与朱元璋,手黑心辣,剁起脑袋来没商量;而光武帝刘秀和宋太祖赵匡胤,一以柔术这一温情脉脉的面纱罩住政治暴力的狰狞,一以醇酒妇人、物质利益笼络功臣宿将。手法不同,目的则一。

　　刘邦晚年刻刻在念的,是铲除谋反隐患以确保"家天下"长治久安。在他看来,谁的功劳最大、威望最高、能力最强,谁就是最大的隐患。这样,韩信自然首当其冲。于是,一当项羽败亡,便被刘邦削夺了兵权。不久,即有人上书告他谋反(这是封建帝王谋杀功臣时惯用的政治圈套),高祖采纳陈平的计策,伪游云梦,会聚诸侯,意在趁机擒拿韩信。那边的韩信却傻乎乎地捧着皇帝仇人的脑袋前来拜见,当即被绑缚起来,这时才慨然长叹:"果真像人说的,'狡兔死,走狗烹;高鸟尽,良弓藏;敌国破,谋臣亡'。天下已定,我固当烹!"

　　已经失去存在价值,原在剪除之列;而此时的"功狗"韩信却傲然自视,日夜怨望,甚至逞能炫力,不懂得韬光养晦。一天,高祖与他闲谈,问道:"以我的才能,能够带多少兵?"韩信回答:"陛下最多不超过十万人。"又问:"那么,你呢?"回答是:"多多益善。"再问:"既然你有那么大的能力,为什么还会被我擒拿呢?"回答是:"陛下不能将兵,而能将将(不善于带兵,却擅长于掌控大将),这就是我之所以受制的原因。"说到这个份儿上,实际上一切都已经摊牌了。不能说韩信对于自己的厄运毫无觉察,只是为时已晚。

当然,还是后代诗人看得最清楚。唐人刘禹锡有诗云:"将略兵机命世雄,苍黄钟室叹良弓。遂令后代登坛者,每一寻思怕立功。"由韩信这一盖世英豪的可悲下场,导出后代登坛拜将者害怕建功立业的惊世骇俗的结论。大功告成之日,正是功臣殒命之时。为什么是这样?晚清袁保恒的诗做了回答:"高祖眼中只两雄,淮阴国士与重瞳(项羽)。项王已死将军在,能否无嫌到考终?"登坛拜将之后,韩信以五载之功,定三秦、掳魏王、服赵国、下燕代,东平齐国、南围垓下,击败西楚霸王、打下汉室江山。这里已经没有你的事,赶快到死亡女神那里去报到吧!

作为一个将领,你不能斩将搴旗、追奔逐北,每战必败,属于无能之辈,肯定也站不住脚;可是,当你发挥到了极致,达到"将略兵机命世雄"的高度,又会功高震主,必欲除之而后快。最后,那些佐命立功之士,如果不是战死或者病死,就必然面临着两种抉择:或者像范蠡、张良那样,及早从权力的峰巅实行华丽的转身,功成归隐,主动退出历史的舞台;或者像越国的文种和汉代的韩信那样,引颈就戮,最后发出"兔死狗烹"的哀鸣。

儒家礼教倡导"五伦"之义,讲究君惠臣忠、父慈子孝、兄友弟恭、夫义妇顺、朋友有信,以维护封建秩序。其中君臣关系被尊为"人之大伦",起着统率作用;当然,以冲突、斗争论,它也最为剧烈。出将入相,皆须"得君";而帝王要维持其一家一姓的统治,也需要那些"功狗"为之驰驱奔命。什么经邦济世,什么致君泽民,剥去那一层层漂亮的包装,就会露出政治交易的肮脏的"小"来。

对于封建帝王残杀功臣,一些心地善良的人责之以"过河拆桥",负心忘义,有始无终。其实,作为封建统治集团,君臣的相互依存,立足于互为利用,原本无"义"可言。范蠡曾说,越王为人"可与共患难,而不可与共处乐"。这里有个君王的忍耐度问题。同是谗言,当面临敌国外患的威胁、朝廷急需贤臣良将时,君王就顾不得那些闲言碎语,还是用人要紧;待到忧患解除,天下治平无事,贤愚、优劣的价值标准渐就模糊,君王已不用那么"宽容大度"了,于是,"鸟尽弓藏""兔死狗烹"之类的悲剧就连台上演了。

就着这个话题,再向外引申一步——由"五伦"中的君臣过渡到朋友。

沛县韩侯祠的碑廊里,刻有一首清人赵翼的诗,有句云:"淮阴生平一知己,相国鄽侯(萧何的爵号)而已矣。用之则必尽其才,防之则必致其死。"诗人以高度概括的语言,从韩信同萧何的关联中,演绎其一生的悲喜剧。

韩信原为项羽部属,由于没有得到重用,他便弃楚归汉,但在刘邦麾下,同样未得伸展。一个偶然机会,结识了丞相萧何,这样,他的奇才异能才被发现。可是,等了一段时间,仍然未见拔擢,大失所望之余,他便悄悄出走。萧何闻讯后,如失至宝,急忙跨上一匹快马,日夜兼程,总算追上。经过一番情辞恳切的劝说,韩信才勉强跟着回来。当时,刘邦听到有人报告丞相也逃亡了,又急又气,及见萧何返回,便问他为何逃跑。萧何说:"我不是逃跑,是去追赶逃亡的韩信。"刘邦不解地问:"逃亡的人多了,何以单独追他?"萧何说:"诸将易得,韩信国士无双。王欲夺天下,共谋大事,非他莫属!"这样,刘邦便选择吉日良辰,斋戒登坛,隆而重之地拜韩信为大将。由此,韩侯视萧何为知己。

一晃十年过去了,功高震主的楚王韩信已经遭到高祖的忌惮,被贬为淮阴侯。在刘邦北征陈豨,由吕后坐镇京都时,有人报告淮阴侯与陈豨串通"谋反"。吕后料到韩信不会轻易就范,便同萧何秘商对策。最后由萧何出面,谎称北方传回捷报:叛军溃败,陈豨已死,敦请韩信进宫向吕后贺喜。韩信万没想到这样一位知己竟会设圈套谋害他,结果,一踏进宫门,就被预伏的刀斧手捆绑起来。吕后全不念他的"十大功劳",迅即在长乐宫钟室将他斩首。

"成也萧何,败也萧何"这一故实,确实令人慨然于人情的翻覆、道义的脆弱、人性的复杂;不过就萧何来说,无论是当初的怜才举将,还是后日的献计谋杀,所谓"用之则必尽其才,防之则必致其死",显然都属于忠君报国、"扶保汉家邦"的政治行为,不应简单地以个人恩怨以及品格高下、人性善恶进行衡量。政治有其自身的逻辑,用西方政治家的话说,"那是一个既艳色迷人又容易使人堕落的处所"。在美轮美奂的封建堂庑中,这类人伦充当政治婢女的现象,可说是随处可见、无代无之。

当然,人是复杂的动物,即使作为政治人物的萧何,也同样有其多面性。据明清笔记载录,广西一带有韦土司者,系淮阴侯后人。当日韩信罹难时,家中一位门客把他三岁的儿子藏匿起来。知道萧何为韩侯知己,便私往见之。萧何仰天叹曰:"冤哉!"泪涔涔下。门客感其诚恳,以实情相告。萧何考虑到吕后的势力遍及中原,只有送到边陲才有望保全。便给素日关系很好的南越王赵佗修书一封,请他帮助照应。赵佗不负所托,视为己子,并封之于海滨。赐姓"韦",取"韩"之半也。萧何书信和赵佗赐诏,后来都刻在鼎器上。

从这里可以看到,萧何还是很讲人情的,可说是"善补过者"。他感念故人冤情,"泪涔涔下";且在紧急关头,甘冒巨大风险,托孤救孤,使韩侯得以"子孙繁衍,奉祀不绝",总算尽到了朋友的责任。

说到朋友,在《灵魂的拷问》一文中,我还书写了这样一对。

说的是,康熙朝进士、翰林院编修陈梦雷护送老母从京城回原籍福建,被据闽叛清的靖南王耿精忠扣留,强行授予伪职。此刻,他的同乡、同事、挚友李光地也陷入敌手。二人便秘密商议,筹谋应付叛军的对策。商议的结果是李光地设法脱身,向朝廷密报叛军实情;陈梦雷则继续留在叛军之中,做一些了解内情、瓦解士心的工作,待到讨耿清军一到,便做好内应。临别之际,他们相约:"他日如能幸见天日,当互以节操鉴证。"不料,李光地脱身之后,便把誓约抛到了九霄云外。后来,当陈梦雷遭到审查、置身危境时,已经受到皇帝宠信、重用的李光地,出于明哲保身、以图上进的考虑,不仅不澄清真相、加以鉴证,反而落井下石、深致构陷,致使他的这位"挚友"流放关外,给披甲的满洲主子为奴。

针对李光地的这一秽迹恶行,我在文章中进行了文化解剖和人性批判。

同陈梦雷一样,李光地也是康熙朝进士,官至文渊阁大学士。他治程朱理学,曾奉命主编《性理精义》《朱子大全》等书,是当时名重一时的理学家。理学虽奉抽象的"理"为至高无上的永恒妙义,实则并不脱离日常伦理。理学之集大成者朱熹就曾说过:"其实不离乎仁义礼智刚柔善恶之际","不外乎'六经''四书'之所传也"。可见,理学家在人格修养上,是应该践行先秦儒家学说的仁义礼智信,奉行"五常"中的"朋友以信"的。然而,李光地却口是心非,表里不一,为了保官保禄,竟然卖友求荣。文中,就此进行了"灵魂的拷问":

之一是:"那么,作为理学名家,他总该记得孔夫子的箴言:'君子有三畏:畏天命,畏大人,畏圣人之言。'不能什么也不怕吧?他总该记得曾子的训导:'吾日三省吾身:为人谋而不忠乎?与朋友交而不信乎?传不习乎?'他在清夜无眠之时,总该扪心自问:为人处世是否于理有亏,能否对得起天地良心吧?难道他就不怕良心责备吗?"其实,"三畏""三省"的修养功夫,孔、孟、颜、曾提出的当日,也许是准备认真实行的;而到了后世的理学家手里,便成了传道的教条,有些人专以训诫他人,自己并不准备践行;他们往往戴着多副人格面具,到什么山上唱什么歌;至于所谓"良心责备",那就只有天公知道,于人事何干?

之二是:"那么,是非自有公论,公道自在人心。你李光地就不怕社会舆论、身后公论吗?"作为李光地,既然做得出背信弃义的事,对于所谓"公论",他是可以满不在乎的——"死猪不怕开水烫"。厚起脸皮来,笑骂由人笑骂,好官我自为之。有道是:"身后是非谁管得,青史凭谁定是非?"

看得出来,所谓正义、诚信这类伦理道德范畴的东西,只对信仰它的人起到约束作用,而对全不把它当回事的人,则无异于"东风之吹马耳"。

转过来再看陈梦雷。

与李光地形成鲜明的对照,并非理学家的陈梦雷,倒是一个敦厚笃实的仁人君子。侯官别后,他忠实地履行自己的诺言,尽力做了该做的事;福建收复后,他全然相信李光地的谎话,每日里可怜巴巴地想着:朝廷如何重新起用他,给他以超格的褒奖,热切地期望圣上能体察孤臣孽子之心;而且在极端困苦之下,还是"以仁人之心度奸人之腹",觉得朋友也许有难言之隐;直到最后大幕拉开,真相大白,发现是被"朋友"出卖了,这才痛心疾首、惨不欲生。但是,他在康熙皇帝面前,仍然要说,李光地"虽然愧负友人千般万般,要说他负皇上,却没有"。真的是老实、忠厚得过了头!

对于这个"倒霉蛋"来说,这场奇灾惨祸如果也还有什么裨益的话,那就是从中认识到仕途的险恶、人事的乖张,也擦亮了眼睛,看清了所谓"知心朋友"的真实嘴脸。经年的困顿已经习惯了,沉重的苦役也可以承担,包括他人的冷眼、漠视统统都不在话下,唯独"知心朋友"的恩将仇报、背信弃义,是万万难以忍受的。如果说,友谊是痛苦的舒缓剂、哀伤的消解散、沉重压力的疏泄口、灾难到来时的庇护所;那么,对友谊的背叛与出卖,则无异于灾难、重压、痛苦的集束弹、充气阀和加油泵。已经膨胀到极点了,憋闷使他片刻也难以忍受;如果不马上喷发出来,他觉得胸膛就会窒息,或者炸开。因而,在戴罪流放的次年秋天,他满怀着强烈的愤慨,抱病挥毫,写下了一纸饱含着血泪的《绝交书》。

按照这个思路,说过了两对朋友之后,再叙说一番晚清官场中一对师徒。

我在《用破一生心》中谈到,曾国藩是一个极为复杂的生命个体,可说是一部内容丰富的"大书"。在解读过程中,我们会发现,他的清醒、成熟、机敏之处实在令人心折,确是通体布满了灵窍,积淀着丰厚的传统文化精神,到处闪现着智者的光芒。当然,这是从文化学、社会学、心理学的角度来研究;如果就人性批评意义上说,却又觉得他的人生道路并不足取。在他的身上,智谋呀,经验呀,知识呀,修养呀,可说应有尽有;唯一缺乏的,就是本色、天真。其实,一个人只要丧失了本我,也便失去了生命的出发点,迷失了存在的本源。

文章中突出讲了曾国藩的苦。认为他的苦主要是来自过多、过强、过盛、过高的欲望,一方面,他要通过登龙入仕,建立赫赫事功,达到出人头地;一方面要通过内省功夫,跻身圣贤之域,

"不愧为天地之完人",达到名垂万世。结果就心为形役,苦不堪言,最后不免活活地累死。只要把那部《曾文正公全集》浏览一过,你就不难得出结论,他是一个地地道道的悲剧人物。"功德"两个字,用破一生心。

封建王朝一切建立奇功伟业者,都免不了要遭遇忠而见疑、功成身殒的危机,曾国藩自然也不例外,而且,由于他的汉员大臣身份,在种族界隔至为分明的清朝统治者面前,这种危机更像一柄"达摩克利斯之剑"时时悬在头上。这是一种无法摆脱的两难选择:如果你能够甘于寂寞,终老林泉,倒可以避开一切风险,像庄子说的,山木"以不材得终其天年"(《山木》篇),这一点是他所不取的;而要立功名世,就会遭谗受忌,就要日夕思考如何保身、保位这个严峻的课题。明乎此,就不难理解曾国藩何以怀有那么强烈的危机感,几乎是惶惶不可终日。他对于古代盈虚、祸福的哲理,功高震主、树大招风的历史教训,实在是太熟悉、太留意了,因而时时处处都在防备着杀身之祸。

除了"畏祸之心刻刻不忘",曾国藩还有另一种心理压力。为了树立高大而完美的形象,他时时处处、一言一行,都是如临深渊、如履薄冰般的小心谨慎。他完全明白,居官愈久,其缺失势必暴露得愈充分,被天下世人耻笑的把柄势必越积越多;而且,人都是有七情六欲的,种种视、听、言、动,未必都合乎圣训、中规中矩。在这么多的"心中的魔鬼"面前,他还能活得真实而自在吗?

我们发现,在曾国藩身上,存在一种异常现象,就是所谓的

"分裂性格"。明人有言:"名心盛者必作伪。"他以不同凡俗的"超人"自命,事事求全责备,处处追求圆满,般般都要"毫发无遗憾",结果必然产生矫情与伪饰,以致不时露出破绽。我总觉得,在他身上,透过礼教的层层甲胄,散发着一种浓重的表演意识。而他自己,时日既久,也就自我认同这种人格面具的遮蔽,以致忘记了人生毕竟不是舞台,卸妆之后还需进入真实的生活。

与其恩师曾国藩相类似,李鸿章同样也是声威赫赫而且又最具争议的一代名臣。他官至直隶总督兼北洋通商大臣,授文华殿大学士,被慈禧太后称赞为"再造玄黄"之人。那么,他又是怎样一种类型的人物呢?

我在《他那一辈子》中,描绘了六种形象,既突显了他的个性特征,也大致能够概括其一生功业与修为。首先,他是一个"不倒翁"。一生中,始终处于各种矛盾的中心,经常在夹缝里讨生活。尤其是作为签订卖国条约的"专业户",他一直遭到国人轮番的痛骂。可是,他就是倒不了,最后,以七十八岁高龄,死在任上。这端赖于他的宦术高明,手腕儿圆活。于是,又有了第二种形象:出色的"太极拳师"。他周旋于皇帝与太后之间,各国洋鬼子之间,满汉大员、朝臣与督抚之间,纵横捭阖,从容应对。第三种形象是大清王朝的"裱糊匠"。他把晚清王朝比作"一间百孔千疮的破纸屋",他整天地到处补窟窿,哪里出了事,慈禧太后都要"着李鸿章承办"。他所扮演的就正是"裱糊匠"的角色。第四种形象是"撞钟的和尚",他曾说:"我能活几年?当一日和尚撞一日钟,钟不鸣了,和尚亦死了。"话是这么说,实际上所起的作用却是他人所无法代替的。这样,又有了第五种形象——晚清朝廷和慈禧太后的"避雷针"。他把割地赔款、丧权辱国所激起的强大的公愤"电流",统统吸引到自己身上,从而缓和了人们对最高统治者的不满,维护了"老佛爷"的圣明形象。第六种形象是"仓中老鼠"。《史记·李斯列传》讲,李斯为郡中小吏时,发现厕所里的老鼠吃污秽的东西,一见到人或狗走近,就惊慌逃遁;而粮仓里的老鼠,吃的是积存的粮谷,安闲自在,无忧无虑,诀窍在于它有强大的靠山。于是发出感慨:人的贤与不肖、有没有作为,全看处在什么样的环境。李鸿章深得此中奥秘。他要像仓鼠那样找个有力的靠山,具体地说,就是"挟洋以自重"。由于经他手签订了那么多丧权辱国的条约,在洋人心目中,他是有身份、有地位、说了算的、朝廷离不开的大人物;而慈禧太后已经被列强吓破了胆,人家咳嗽一声,在她听来,不啻五雷轰顶。有那些外国主子在后面撑腰,李鸿章自然不愁老太婆施威发狠了。

李鸿章这一辈子,一方面活得有头有脸儿,风光无限,生荣死哀,名闻四海;另一方面,又是受够了苦、遭足了罪,活得憋憋屈屈、窝窝囊囊,像一个饱遭老拳的伤号,浑身青一块紫一块的。

作为一种文化现象,李鸿章的出现不是偶然的。他是腐朽没落、外强中干、色厉内荏的晚清王朝的社会时代产物,是中国官僚体制下的一个集大成者,是近代官场的一个标本。李鸿章所处的时代,如他自己所说的,为"三千年未有之变局"。他出生于道光继统的第三个年头(1823年)。"鸦片战争"那一年,他中了秀才。从此,中国的国门被英国人的舰炮轰开,天朝大国的神话开始揭破了。封建王朝的末世苍茫,大体上相似,但晚清又有其独特性。其他王朝所遇到的威胁,或来自内陆边疆,或遭遇民变蠭起,或祸起萧墙之内;而晚清七十年间,却是海外列强饿虎扑食一般,蜂拥而上。外边面临着瓜分惨剧,内囊里又溃烂得一塌糊涂,女主昏庸残暴,文恬武嬉,官场腐败无能达于极点。在这种情势下,李鸿章的"裱糊匠"角色,可以说是命定了的。

李鸿章的飞黄腾达,得益于曾国藩者甚多,他奉曾国藩为老师,早年曾以"年家子"身份,投帖拜在曾国藩的门下,学习经世之学,奠定了一生事业和思想的基础;后来,又通过曾国藩的举荐,走上了飞黄腾达之路。师徒二人都具有深厚的儒学功底,恪守着封建社会的政治原则,都为维护大清王朝的统治而竭忠尽智;但他们的气质、取向却不尽相同,因而,为官之道也存在着明显的差异。

曾国藩看重伦理道德,期望着超凡入圣;而李鸿章却着眼于实用,不想做那种"中看不中吃"的佛前点心。李鸿章公开说,人以利聚,"非名利,无以鼓舞俊杰""天下熙熙攘攘,皆为利耳。我无利于人,谁肯助我?"当然,曾国藩说的那一套也并非都要实行,有些是说给别人听的;而李鸿章却是连说也不说。反过来,对于一些于义有亏的事,曾国藩往往是做而不说,而李鸿章却是又做又说。其差别就在于,一个是"伪君子",一个是"真小人"。李鸿章声明过,他"平生不惯作伪人",这与城府极深、诚伪兼施的乃师相比,要显得坦白一些。

在政治上,曾国藩患有"恐高症",他一向主张知足知止、急流勇退。每当立下大功,取得高位,总如临深履薄,惕惧不已。他曾多次奏请开缺回籍,归老林泉。对于老师晚年一再消极求退的做法,李鸿章颇不以为然,直接批评为"无益之请"。他说:"今人大多讳言'热衷'二字,予独不然。即予目前,便是非常热衷。仕则慕君,士人以身许国,上致下泽,事业经济,皆非得君不可。予今不得于君,安能不热衷耶?"

李鸿章洞明世事,善于投合、趋避,三分耿直中带着七分狡黠,既忠于职守又徇私舞弊,讲求务实却并不特别较真。他从来不以"正人君子"自命,无意去充当那种"道德楷模"。他考虑得最多的,不是是非曲直,而是切身利害。他论势不论理,只讲有用,只讲好处,急功近利,不择手段,不看重道德,不讲求原则。梁启超评论他是"有阅历而无血性之人","弥缝苟安,而无立百年大计以遗后人之志",这是很准确的。他缺乏中国传统知识分子那种为救亡图存而奋不顾身、宁为玉碎的精神魅力。在签订各项屈辱和约时,他缺乏"硬骨头"精神,妥协退让,委曲求全,不能仗义执言,拼死相争,一切都以能否保官固宠为转移,这正是"市侩式"的实用主义哲学在外交活动中的集中展现。

曾国藩、李鸿章这一对师徒,不仅在晚清的官场,即便在中国整个封建历史政要中,都是极具代表性的典型。

第三节
为少帅写心

我一向认为,一些有价值的具有永恒魅力的精神产品,解读中往往都具有无限的可能性。艺术的魅力在于用艺术手段燃起人们探索未知领域的欲求,有时连艺术家自己也未必说得清楚最终答案。布莱希特在谈到自己的"叙述性戏剧"时说,他不热衷于为戏剧人物裁定种种框范,包括性格框范在内,而把他们当成未知数,吸引观众一起去研究。

张学良就是一位具有无限的可言说性的传奇人物。关于他的传记、口述历史、回忆录,有很多,可是,并没有穷尽其丰富内涵,仍然有着巨大的叙述空间。

其一,他是一个真正的"谜团",其间有着谜一般的代码与能指,可予破译,可供探讨,可加辨析。他的人生道路曲折、复杂,生命历程充满了戏剧性、偶然性,带有鲜明的传奇色彩;他的"赤橙黄绿青蓝紫"的人生道路与奇诡瑰异的命运抉择,充满了难于索解的悖论,存在着太大的因变参数,甚至蕴含着某种精神密码。

其二,他是成功的失败者。他的一生始终被尊荣与耻辱、得意和失意、成功与失败纠缠着。他的政治生涯满打满算只有十

>>> 张学良是一位具有无限的可言说性的传奇人物,尽管关于他的书很多,但仍有许多叙述空间。图为王充闾在"辽海讲坛"谈"少帅其人"。

七八年,光是铁窗岁月就超过半个世纪。政治抱负,百不偿一。为此,他自认是一个失败者。然而,如果从另一个角度看,多少"政治强人""明星大腕",及其得意,闪电一般照彻天宇,鼓荡起阵阵旋风、滔滔骇浪,可是,不旋踵间便蓦然陨落。一朝风烛,瞬息尘埃。而张学良,作为"千古功臣""民族英雄",被列入"一百位为新中国成立做出突出贡献的英雄模范人物",中华民族将千秋铭记他的英名、他的伟绩。这还不是最大的成功吗?

其三,张学良并非完人,更不是一个圣者,以他的本性,即使想"圣"也"圣"不起来。一生中,他做的事不算多,可是,多数都干得有声有色,有光有热,刻下了历久弥新的印记。他的平生可议之处颇多。曾经颂声载道,又背过无数骂名。他抱着"行藏在我,毁誉由人"的超然态度。对于他的举措,人们未必全然赞同;但说起他的为人、他的丰标、他的气度,无不竖起拇指,由衷地赞佩。他的信仰是驳杂的,但对真理的追求,对祖国的热爱,能够终始如一、表里一致、之死靡他。

其四,同历史上的大多数悲剧人物一样,张学良也是令人大感伤、大同情、大震撼的。他的百岁光阴,充满了大悲大喜、大起大落,确是一部哀乐相循、歌哭并作、悲欣交集的情感标本与人生型范。在人生舞台上,他做了一次风险投资,扮演了一个不该由他扮演的角色,挑起了一份他无力承担却又只有他才能承担的历史重担。

其五,张学良之成为一个言说不尽、历久弥新的热门话题,在很大程度上,得益于他的独特的人格魅力,他的充满张力的不可复制的自我,他的迥异寻常的特殊的吸引力。他是那种有快乐、有忧伤、有情趣、有血气,个性鲜明、赢得起也输得起的人。而且有一颗平常心,天真得可爱,让人觉得精神互通。他既有青少年时代"不知今夕何夕"的忘我狂欢,像汉代杨恽所说的,"拂衣而喜,奋袖低昂,顿足起舞,诚淫荒无度,不知其不可也";又有"哀乐中年"的志得意满、纵情欢笑,乐极生悲、忧愤填膺,以及苦中求乐、强颜欢笑;更有晚年的忘怀得失,超脱于苦乐、哀荣之外的红尘了悟,自得通达。作为性灵的展现、情思的外化,这一切都是意趣盎然、堪资玩味的。

其六,我写他还有一点特殊原因,就是我们是同乡,所谓"桑梓情缘"。我的故园大荒乡后狐狸岗屯,离张学良将军的出生地桑林子乡詹家窝棚只有十几公里,小时候到那里去过。当地乡亲讲过许多关于他的轶闻趣事;我的族叔和塾师,同东北军有过交往,而且都见过张学良本人。乡关故旧,对他的人格与德政赞佩有加,每当说起他来,都流露出一种深深的怀念之情,亲切地称之为"少帅",里面夹杂着几分同情、几分惋惜、几分悲愤、几分赞佩。

1994年,我曾有美国之行,一到旧金山,就受到张学良的挚友、早年曾经共掌东北大学学政的宁恩承先生的热情接待。在交谈中,我得知将军正在夏威夷度假,而我们最后一站恰好在那里,因而提出请宁老斡旋设法见他一面的请求。宁老说:"思乡怀土,是汉公终生难以解开的情结。他曾多次对我说,最想见的是家乡那些老少爷们儿。同乡亲叙叙旧,应该说是他的暮年一乐。但是，毕竟已经是风烛残年，一点点的感情冲击也承受不起了，每当从电视上看到家乡的场景，他都会激动得通夜不眠，更不要说直接叙谈。因此，赵四极力阻止他同乡亲见面，甚至连有关资料都收藏起来，不使他见到。"

看到我们失望的神情，老人终于答应为我们牵线搭桥。

十天后，我们取道旧金山，准备转乘飞机前往夏威夷。行前，同宁老握别。老人说，前天同汉公通过电话，近日他稍感不适，晚间偶有微热，看来三五天内不可能会见客人，真是太不凑巧。我们自然是深感失望，但以汉公的健康为重，又只能作罢。就这样，缘悭一面，最后竟失之交臂。

2006年初，应大连白云书院之邀，我曾做过一次题为"话说张学良"的学术报告，《都市美文》杂志将它全文刊载。这个刊物同国内最大的期刊网站——国际龙源期刊网合作，向海内外发行了网络版。据统计，一年间海外读者浏览最多的一百篇文章中，《话说张学良》排名第一。这大大增强了我的信心，带来一种动力。这样，就有了以张学良为题材的写作构想。

当时的心境是，对于那些有机缘同汉公直接接触的写作者，我是心怀感激与敬意的——正是拜他们之赐，才有机会了解大量丰富而翔实的史料，从而获得进行深入研究、探索的方便条件；不过，同时也常常怀有不甚满足的心情，总觉得许多传记只是着眼于行迹、事件的揭示，而忽略了人物的内在蕴含，"取貌遗神"，缺乏鲜活的生命状态，漏掉了大量作为文学不可或缺的花絮与细节，尤其缺乏对于内在精神世界的探索与挖掘。

为此,我有一个说法,叫做"为少帅写心",亦即着眼于展现传主及有关人物的个性特征、内在质素、精神风貌、心灵境界,因而书名也就叫《张学良:人格图谱》。这也就决定了,写法上不可能是须眉毕现、面面俱足,而应是努力追求清人张岱所说的"睛中一画、颊上三毫"的传神效果。如果读者询问:"你的书写何以区别于其他传记?"这可视为主要一点吧。当然,这种文学境界,属于高标准的愿景,是很难达致的。在作者来说,起码是一个悬鹄:"虽不能至,而心向往之。"我的目标是向读者托出一个活灵活现、有血有肉的真实人物,我要挖掘张学良的精神世界,写出他的一部心灵史。也就是在讲述他的人生轨迹、行藏出处的同时,写出他的个性特征,并且从人格层面上揭橥他之所以具有如此命运、人生遭际的原因。在这本书中,我泼洒大量笔墨书写他的个性、人格。

应该说,张学良的性格特征是极其鲜明的,属于情绪型、外向型、独立型。一是活泼、好动,反应灵敏,喜欢与人交往,情绪易于冲动,兴趣、情感、注意力容易转移;二是正直、善良,果敢、豁达,率真、粗犷,人情味浓,重然诺、讲信义,勇于任事,敢作敢为。在他的身上,始终有一种磅礴、喷涌的豪气在;三是胸无城府,无遮拦,无保留,"玻璃人"般的坦诚,有时竟像个小孩子。而另一面,则不免粗狂、孟浪、轻信、天真、思维简单,而且我行我素,不计后果。这种性格和气质,有一定的先天因素,而更多的是受一定思想、意识、信仰、世界观等后天因素的影响,它们制约着张学良的行为,影响着他的命运——休咎、穷通、祸福、成败。

探索张学良个性的形成,是读者共同关注的一个话题,我从他的家庭环境、文化背景、社会交往、人生阅历四个方面加以剖析。四者互为作用,形成一种合力,激荡冲突,揉搓塑抹,最后造就了张学良的多姿多彩、光怪陆离的杂色人生。

写作张学良传记,在实际动笔过程中,首先遇到的是文体定位问题。我所要写的是散文、是文学,而不是历史。我不单是叙事,主要是写人,要进行心灵发掘、展示人物个性。这样,就必须借助于心理描写、形象刻画和广泛联想等文学手法。我写张学良初到夏威夷:

> 夕阳在金色霞晖中缓缓地滚动,一炉赤焰溅射着熠熠光华,染红了周边的云空、海面,又在高大的椰林间洒下斑驳的光影。沐着和煦的晚风,张学良将军坐着轮椅,从希尔顿公寓出来,穿过林木扶疏的甬路,向黄灿灿的海滨行进。
>
> 他从大洋彼岸来到夏威夷,仅仅几个月,就被这绚丽的万顷金滩深深地吸引住了,几乎每天傍晚都要来这里消遣一段时间。
>
> 这里是世界著名的旅游胜地,聚集着五大洲各种肤色的游人。客路相逢,多的是礼貌、客气,少有特殊的关切。又兼老先生的传奇身世鲜为人知,而他的形象与装束也十分普通,不像世人想象中的体貌清奇、丰神潇洒,所以,即便是杂处当地居民之中,也没有成为人们注目的焦点。老人很喜欢这种红尘扰攘中的"渐远于人,渐近于神"的恬淡生活。

告别了刻着伤痕、连着脐带的关河丘陇,经过一番精神上的换血之后,他像一只挣脱网罟、栖身岩穴的龙虾,在这孤悬大洋深处的避风港湾隐遁下来。龙虾一生中多次脱壳,他也在人生舞台上不断地变换角色:先是扮演横冲直撞、冒险犯难的唐·吉诃德,后来化身为戴着紧箍咒、压在五行山下的行者悟空,收场时又成了脱离红尘紫陌、流寓孤岛的鲁滨孙。

初来海外,四顾苍茫,不免生发出一种飘零感。时间长了逐渐悟出,飘零原本是人生的一种根性,古人早就说了:"飘飘何所似?天地一沙鸥。"地球本身就是一粒太空中漂泊无依的弹丸嘛!

涨潮了,洋面上翻滚着滔滔的白浪,涛声奏起拍节分明的永恒天籁,仿佛从岁月的彼端传来。原本有些重听的老将军,此刻,却别有会心地思忖着——这是海潮的叹息,人世间的一切宝藏、各种情感,海府龙宫中都是应有尽有啊!

这么说来,他也当能从奔涌的洪潮中听到昔日中原战马的嘶鸣,辽河岸边的乡音呕呕,还有那白山黑水间的风呼林啸吧?不然,他怎么会面对波涛起伏的青烟蓝水久久地发呆呢!看来,疲惫了的灵魂,要安顿也是暂时的,如同老树上的杈桠,一当碰上春色的撩拨,便会萌生尖尖的新叶。而清醒的日子总要比糊涂的岁月难过得多,它是一剂沁人心脾的苦味汤,往往是七分伤恸掺和着三分自惩。

人到老年,生理和心理向着两极延伸,身体一天天地老化,而情怀与心境却时时紧扣着童年。少小观潮江海上,常常是壮怀激烈,遐想着未来,天边;晚岁观潮,则大多回头谛视自己的七色人生,咀嚼着多歧而苦涩的命运。

此刻,老将军的心灵向度就被洪波推向了生命的起点。

关于谋篇布局,我做了精心策划,力求文体出新。我以散文形式,围绕着传主的行藏、修为、个性特征、心灵轨迹,写出二十篇文章,每篇既相互照应,贯通一气,又不致撞车、重复。看来,撰写名人传记,最好办的是线式结构,像串联的电路那样,将传主的一生行止次第展开;而本书属于另一种形式,采用的是扇形结构,类似并联的电路,着眼于内在逻辑、整体构思。这样,人物、事件的铺陈,就未必都能体现时序。

落实到具体篇章,也需要精心构思。比如,《人生几度秋凉》写的是传主的百年岁月,漫说一万字,即使十万字,怕也难以容纳得下。怎么办?我运用戏剧的写法,设计了三个晚上,通过他的心理活动,回首从前,从功业、爱情、人格魅力三个侧面予以展现。这就比较集中,也容易描写细节了。再比如,汉公与郭松龄的纠葛,我也是采用戏剧手法,一幕幕地设置场面、展开布局,以"尴尬四重奏"为题,集中写了那场战事。还有,他与宋美龄的关系非同寻常,那么,如何表现他们的情分呢?这是两个重量级人物,又是一个众所关注的敏感话题,分寸需要把握。我的叙述策略是,让他们自己"出场表演"——我把他们之间的交谈与信件加以整合,以"良言美语"概括之。这样,既保证客观、真实,又别开生面,令人耳目一新。为了写出张学良一生的大起大落,由荣誉的巅峰跌落到命运的谷底,我叙述了1930年和1931年的两个"九一八",生动形象,而且完全切合历史实际。应该说,这些都是煞费苦心的。

写作中,适当运用联想与合理想象,这也是本书的特点。比如,写张学良在夏威夷的三个晚上,主要是借助联想与适度想象。有人可能会说,你怎么知道他是那么想的?那我就要反问,你怎么知道他不是那么想的?这种心理活动,我无法证实,你也无法证伪。我必须也只能根据事件发展规律和人物性格逻辑,推测他完全可能做那样的思考。散文必须真实,这是此一文体的本质性特征;而散文是艺术,唯其是艺术,作者构思时必然要借助于栩栩如生的形象,张开想象的翅膀;必然进行素材的典型化处理,做必要的艺术加工。尤其是涉足历史题材,历史是一次性的,它是所有一切存在中独一以"当下不再"为条件的存在。在这种情况下,"不在场"的后人要想恢复原态,只能根据事件发展规律和人物性格逻辑,想象出某些能够突出人物形象的细节,进行必要的心理刻画,以及环境、气氛的渲染,其间必然存在着主观性的深度介入。

第四节
啃"硬骨头"

这期间,我曾着意书写了几位重量级的文化名人,他们共同的特点,就是深刻、厚重、矛盾、复杂。我谑称为啃"硬骨头"。

我首先要写的是瞿秋白烈士,原因在于他的思想的深刻性、复杂性。恰好碰到一次闽西之行,我特意在长汀住了几天,多次凭吊过秋白烈士的就义地。我想在满是伤痛的沉甸甸的历史记忆中,亲炙烈士的遗泽,体会其独特而凄美的人生况味,对这位内心澎湃着激情、用生命感受着大苦难,灵魂中承担着大悲悯的思想巨人,做一番近距离的探访,走进他的精神深处,体验那种灵海煎熬的心路历程。这样,我就写出了《守护着灵魂上路》。

众所周知,秋白同志走上党的最高领导岗位,是在斗争环境错综复杂,而中国共产党正处于幼年的不成熟时期。就其气质、经验与人才类型而言,他确实不是最佳的领袖人选。但形格势禁,身不由己,最终还是负载着理想的浩茫,"犬代牛耕",勉为其难。他没有为一己之私而消解神圣的历史使命感,结果,上演了一场庄严壮伟的时代悲剧。

不幸被捕之后,他的心境是无比沉重的。想到为之献身的党的事业前路曲折、教训惨重,他忧心忡忡;对于血火交迸中的中华民族的重重灾难,他痛彻心扉、深切反思。他以拳拳之心,"担一份中国再生时代思想发展的责任",感到有许多话要说,如鲠在喉,不吐不快;可是,处于铁窗中不宜公开暴露党内矛盾的特殊境况,又只能采取隐晦、曲折的叙述策略。在语言的迷雾遮蔽下,低调里滚沸着情感的热流,闪烁着充满个性色彩的坚贞。他因承荷重任未能恪尽职责而深感内疚;也为自己身处困境,如同一只羸弱的病马负重爬坡,退既不能,进又力不胜任而痛心疾首。这样,心中就蓄积下巨大而深沉的痛苦。

至于一己的成败得失,他从来就未曾看重,当此直面死亡、退守内心之际,更是薄似春云,无足顾惜了。即使是历来为世人所无比珍视的身后声名,他也同样看得很轻、很淡。真,是他的生命底色。他把生命的真实与历史的真实看得高于一切、重于一切,有时达到过于苛刻的程度。为着回归生命的本真,保持灵魂的净洁,不致怀着愧疚告别尘世,他"有不能自已的冲动和需要",想要"说一些内心的话,彻底暴露内心的真相"。于是,以其独特的心灵体验和诉说方式,留下了一篇《多余的话》,向世人托出了一个真实而完整的自我,对历史做出一份庄严的交代。

瞿秋白的信仰是坚定的,从来没有说过一句否定革命斗争的话,但也不愿挺胸振臂做英烈状,有意地拔高自己。他要敞开严封固锁的心扉,显现自己的本来面目。当生命途程濒临终点的时候,他以足够的勇气和真诚,根绝一切犹豫,把赤裸裸、血淋淋的自我放在显微镜下,进行毫不留情的剖析和审判。在敌人与死神面前,他是一条铁骨铮铮的硬汉子;而当直面自己的真实内心时,他同样是一个真正的强者,真正的勇士。

历经了一场灵魂的煎熬,那郁塞于胸间的一腔积愫已全盘倾诉出来,现在,他才真正感到彻底获得解脱,从而表现出一种从未有过的超然。他早已超越于生死之外了。昨晚,当获知蒋介石的密令已到,刽子手即将行刑时,显得异常平静。他说:"人生有小休息,有大休息,今后我要大休息了。"然后就安然睡下,迅即发出均匀的呼吸声,"梦行小径中,夕阳明灭,寒流幽咽,如置仙境"。

晨曦悄悄地爬上了狱所的窗棂,屋里倏然明亮起来。他心中想着:这世界对于我们仍然是非常美丽的。一切新的、斗争的、勇敢的都在前进。当然,任何美好事物的争得,都须偿付足够的代价。为此,许多人踏上了不归之路。

这样,他——也就守护着灵魂上路了。

走出大门时,他回头看了一眼空荡荡的院落,又向荷枪环伺的军人扫视了一下,嘴角微微地翘起,似乎想说:敌人的如意算盘——征服一个灵魂、砍倒一面旗帜、摧毁一种信仰,已经全然落空;得到的,也只是一具躯壳。可是,"如果没有灵魂的话,这个躯壳又有什么用处"?

途经中山公园,他见凉亭前已经摆好了四碟小菜和一瓮白酒,便独坐其间,自斟自饮,谈笑自若。他问行刑者:"我的这个身躯还能由我支配吗?我愿意把它交给医学校的解剖室。"原来,就连这具躯壳,他也要奉献给人民。接着就是留影——定格了他最后的风采:背着双手,昂首直立,右腿斜出,安详、恬淡中,透露出豪爽而庄严的气概,一种悲壮、崇高的美。路上,他以低沉、凝重的声音,用俄语唱着《国际歌》,呼喊着"中国革命胜利万岁""共产主义万岁"等口号。到了罗汉岭前,他环顾了一番山光林影,便盘膝坐在碧绿的草坪上,面对刽子手说:"此地很好!"他含笑饮弹,告别了这个世界。

此刻,"铁流两万五千里"的中国工农红军,正进行着一场震古烁今、名闻中外的伟大长征。而被迫离开革命集体的秋白同志,在这长仅千余米的人生最后之旅中,也同样经受着最严酷的生命与人格的考验。"咫尺应须论万里",这是另一种形式的伟大长征。

死亡,是人生最后的也是最为严峻的试金石。他以一死完美了人格,成全了信仰,实现了超越个人有限性的追求。烈士的碧血精魂,连同那凄婉的"独白",激越的歌声,潇洒从容的身姿,在他短暂而壮丽的人生中,闪现着熠熠光华。

对于他,死亡不是终结,而是完成。

此后的一段时间,我曾出访过德国与俄罗斯。在法兰克福和魏玛——歌德的故居与旧游地,写了散文《断念》,还有《未了情》和《爱别离·拟歌德日记》;在亚斯纳亚波利亚纳瞻仰过列夫·托尔斯泰的墓园,回来后写了散文《解脱》。

人们习惯于把托翁与歌德相比:这两位世界级的一流文学大师,都出生在8月28日,都活了八十三岁,而且,伟大的创造力都保持到生命的最后一刻。他们同样是贵族,又同样致力于社会改革,同样对大自然有崇高、神秘的体会。歌德看清了英雄人物灵魂深处的幽暗,托翁则主动放弃了"英雄式"的伟大,而向往着成为一个普通农民。作为世界文坛泰斗,他们都具备超越时空的生命实质,亦即无穷的艺术创造的魅力与活力。这样,"人虽然死了,但他与世界的联系继续对人类发生着影响,其程度不限于他生前的,而且还要大得多,这影响随着他的理性与爱而增强,并且像一切生命一样成长着,既没有停顿,也没有终结"。从这个意义上说,"死亡是另一种生命的开始"(法国人文主义思想家蒙田语)。

歌德在小说《少年维特之烦恼》面世之后,赢得了普遍的赞誉,特别是魏玛公国卡尔·奥古斯特公爵予以激赏。凭借他的推毂,歌德得以出任枢密院顾问官以及军务大臣、筑路大臣。他分管的事情很多,从参加欧洲宫廷间的政治谈判,到重新开发伊尔梅瑙的矿藏,直到制订防火条例这些细事。在种种世俗的诱惑面前,他狠了狠心,"砰"的一声关上了诗坛文苑的大门,雄心勃勃、兴致冲冲、踌躇满志地投入到繁杂艰巨的政务中去。

但他逐渐地发现,事情绝非像他所想的那么顺遂,越来越感到工作艰难,力不从心;这样一来,对于公国的变革也就逐渐地丧失了热情以至信心。也就是这个时节,来自宫廷的恶意中伤如蜂蝗骤至,使他感觉到"像一只被乱线缠住了的小鸟",插翅难飞;"箍在身上的铠甲变得越来越紧"。

正是怀着这样的心情,在过了三十一岁生日之后,他首次进

>>> 歌德在小说《少年维特之烦恼》面世之后,狠了狠心,离开文学创作,投身政务之中。图为王充闾在歌德故居前。

入伊尔美瑙西南部林区,穿过茂密的枞树林,登上了峰顶基尔克汉,投宿在圆形山顶上的猎人小木楼里。此刻,星月皎洁,万籁无声,他随口吟出那首传世的名诗:

群峰

一片沉寂

树梢

微风敛迹

林中

栖鸟缄默

稍待

你也安息

作为一个"狂飙时代"的激情诗人,整天委身于极端琐屑的事务,已经是难为他了;何况,还受到宫廷保守势力的层层包围,怎能不陷入矛盾、痛苦的漩涡!"稍待,你也安息",正是一种断念、一种割舍、一种新的意志的胎息。

歌德曾给一位朋友写信说:"人有许多皮要脱去,直到他能把握住自己和世界上的事物时为止。确实地告诉你说,我在不住的断念里生活着。这却是一个更高的力的意志。"这里道出了他生命哲学中一个核心思想。所谓"断念",绝非简单的自我限制,而是对高于自我的意志——"更高的力的意志"的服从,或者说,对不可探究的事物的敬畏。在歌德看来,人的能力固然是一天天地扩大,宇宙间却总还存留着大量人力所不能及的事物,人们应该敬畏这些神秘、承认这些无奈。

实践已经无数次证明,一个创造力过于旺盛、成就过于丰厚的人,所遇到的现实环境往往是吝啬的、贫瘠的。历史上不知有多少英杰之士在这里陷于绝境。歌德却是以其苦涩的智慧和稀有的自制力,度过许多濒于毁灭的险境,完成他光华四射的一生。

"我们身体的以及社交的生活、风俗、习惯、智慧、哲学、宗教,甚至一些偶然的事体,一切都向我们呼唤,我们应该断念。"歌德认为,"人不可能成为上帝",越是具备理想性格的人,就越要历练人生、克制欲望;情感有多丰富,欲望有多炽烈,自制力就需要有多强,二者相辅相成,形成一种稳定发展的张力。"若是任性下去,恐怕要粉碎了一切。"

掌握了这些,我们对于浮士德在"书斋"一幕中的痛切呼喊,就有了更深切的理解:

> 你应该割舍
>
> 应该割舍
>
> 这是永久的歌声
>
> 在人人的耳边作响
>
> 它在我们整整一生
>
> 时时都向我们嘶唱

这种歌声是一种永恒的召唤,每到关键时刻,特别是当情感与理智发生碰撞的时节,它就会骤然响起,像警钟、号角一样,化解着种种矛盾。

在艺术方面也应如此。"限制着自己,使自己就局限在一两个方面,挚爱着它们,依恋着它们,从不同角度揣摩着它们,和它们融成一体——我们就是这样出脱成一个个诗人、艺术家的。"以理智驾驭情感,这种意向贯穿在歌德的一系列重要作品之中。且看他的三部小说:在《少年维特之烦恼》中,夏绿蒂之所以能够顺利闯过情感的漩涡,正是理智作用的结果;而维特之所以自杀,则肇因于情感冲毁了理智的堤坝。《威廉·迈斯特的学习时代》中的主人公威廉,开始时一任情感的潮水放纵奔流,干了许多蠢事,结果遭到失败,待到他接受了以往的教训,懂得控制自己,最后便获得了成功;而陷入情感泥淖中不能自拔的迷娘,最后只能自食其果。《亲和力》中同样体现了作者明显的道路抉择与价值倾向:主理者得以存活,滥情者招致覆灭。

说到"断念",人们都会记起在歌德成长的关键时期,对他影响至深、有"精神教母"之称的施泰因夫人。歌德一到魏玛,很快就结识了这位不平凡的女性。当时她已三十三岁,并且是三个孩子的母亲,作为宫廷命妇,正处于心智发达、阅历丰富的成熟季节。而歌德只有二十六岁,意气风发,激情澎湃,拥有冲天的抱负和用不完的劲儿。两人相互欣赏、相辅相成,歌德为施泰因夫人的过人才智、超群魅力、高雅而冷艳的气质所吸引;反过来,这位一直郁郁寡欢的女性的生命力,也被歌德的翩翩风度和炽烈的"情感炸弹""言辞野火"激活了。从而,双双坠入了爱河。在爱情的滋润下,歌德这一阶段的抒情诗达到了前所未有的高度。当时,他曾为施泰因夫人写了许多优美动人的情诗。十二年间,歌德总共给她写了一千七百多封信。这再次证明了那句名言:"女人不是因为美丽而可爱,而是因为可爱而美丽。"

在歌德的情人中,只有施泰因夫人能够创造出使分裂为二的灵魂得到憩息的气氛。这位"精神教母"能够以其过人的理智与定力,使得经常处于激情磅礴、躁动迷狂状态的天才诗人,通过她的温情抚慰与良言解劝而宁静下来。当然,一切事物都具有两重性。镇静剂本身是一把双刃剑,它既能使天才诗人那颗烦躁不安的心平静下来,开始追求一种正常的生活方式和创作风格,避开宫廷斗争的漩涡从而免遭伤害;同时,也会使得他的澎湃的狂涛屡经退潮之后,失去卷土重来的活力,从而直接导致他对于施泰因夫人也冷静超然、激情不再。

终生都在向往远方,永远不肯固守一个方面,也许是一切天才,甚至所有创造者的个性特征,歌德自然也不例外。施泰因夫人的悲剧,正在于她所扮演的角色,作用与能量是有限的,时间的长度也早有安排。当那个走上政坛的"狂飙诗人"需要一个姐姐兼情人、谋臣兼教母的特殊时期结束之后,她这个肉体的长随、灵魂的护士,在留下理性启悟、生命体验的同时,也失去了作为情人的风姿与魅力。结果,歌德在他任职魏玛的第十二个年头,出人意料地偷偷潜往意大利,不辞而别,将施泰因夫人重新抛回到孤独与暗淡之中。显然,这一举措既是为了脱离恼人的官场、险恶的环境,又是出于对往日情人的厌倦与规避。作为一种合力,两种因素推动了这次的远行。

应该说,此番断念与割弃,既不是肇始,也并非终结。就歌德的人生轨迹来剖析,平面上的直线运行是绝少的,多数情况下都是呈回旋、轮转、波折、升华等形态。伴随着一次次的断念与割舍,歌德实现了一次次的新的开始、新的跃升。这种现象,同虫蛹化蛾、龙虾脱壳、蝮蛇蜕去旧皮之后,实现新的演变与成长极其相似。

与《断念》可以视为姊妹篇的《解脱》,则是另一位绝代天才的生命书写。

高尔基说过,列夫·托尔斯泰是"19世纪所有伟大人物中最复杂的人",他的内心深处升腾着错综而深刻的矛盾,甚至形成了无解的悖论。

托翁并非革命者,但他却是地主资产阶级不共戴天的敌人。他曾直接点名痛斥历代沙皇,在他们头上分别冠以"残忍的""愚昧的""丑恶的""粗暴而昏昧的"等定语,这在那些把沙皇看作"亲爱的父亲""慈悲的天主"的臣仆眼中,简直是大逆不道,无法无天。可是,同时他又是革命斗争道路的死硬的反对派。他的性格中存在着分裂的"两重性":一方面,同情农民,憎恨农奴制;另一方面,却又极力反对以革命方式消灭这一罪恶的制度。

托翁是沙俄帝国秩序的勇敢的揭露者,对"吃人"的农奴制度和整个社会中不合理的现象恨入骨髓;可是,却奉行"勿以恶抗恶"的哲学,主张通过道德的自我完善来改造现实社会。在他看来,"以恶抗恶"只能互相伤害,使恶步步升级;"手段的卑劣不可能导致目的的崇高","在血泊之上,营建不起来一个纯洁的天国"。他有一个颇具代表性的观点:"真正的进步是很缓慢的,因为这取决于人们世界观的转变,这是几代人才能完成的事业。"

>>> 小小的土丘,放射着世间最美好、最深刻、最感人的力量。王充闾在俄罗斯亚斯纳亚波利亚纳列夫·托尔斯泰墓前。

在《告政治家书》中，他形象地叙说："这将是完满之至了，如果人们能够在一霎间设法长成一个森林。不幸，这是不可能的，应当要等待种子发芽，长成，生出绿叶，最后才由树干长成一棵树。"这样，现实所应该做的，就是走"道德复活"之路，使私有者自愿放弃权利与特权。

托翁相信："总有一天，人类会终止争斗、厮杀和死刑。他们将彼此相爱，这个时代不可阻挡地必将到来，因为在所有人的灵魂中所植入的不是憎恨，而是互爱。让我们尽其所能，以使这个时代尽快到来。"为此，他让《复活》中男女主人公通过"忏悔"和"宽恕"走向"复活"。可是，实际情况却是，即使在俄国这样具有浓厚的宗教传统的国度，托翁所倡导的自我更新、自我拷问、自我鞭挞、自我完善的理想，也并不为大众所接受。

基督的博爱、孔子的仁义、老子的无为、叔本华对生命目的和意义的叩问——东西方的宗教和哲人的思考，最后都被托翁融会在"勿以暴力抗恶"的学说之中，有人径称之为"托尔斯泰主义"。在托翁的观念里，社会改造问题成了一个纯粹的伦理道德课题。这样，囿于天真、梦幻的信念，只能怀着对"大规模的暴风雨"的恐惧，天天肩负着自制的"十字架"，对自己轮番展开无休止的剧烈斗争。在托翁的世界观中，真正的民主主义思想和幼稚的乌托邦幻想合而为一。他在宗教信仰上反对暴力，奉行"勿以恶抗恶"的哲学思想；可是，回到现实生活中却支持农民行动起来反抗农奴主的压迫。当他看见村中穷苦农民为牛羊、锅釜被抢走而哀哀啼哭的时候，他愤然面对那些冷酷无情的衙吏，呼喊起"复仇"的口号。特别是他的作品所蕴含的旨在推翻专制、腐朽的社会制度的爆炸性力量,更使这种叛逆精神、正义立场彰显无遗。

同样的矛盾也反映在宗教与艺术的关系方面。罗曼·罗兰指出,在托尔斯泰身上,艺术家的真理与信仰者的真理未能完满地调和;二者的统一只存在于他的艺术与生命的悲剧之中。他强调艺术的宗教指向,认为"艺术应当铲除强暴,它的使命是要使天国,即爱,来统治一切",他为自己的有些作品无补于"天国的统治"而感到愧憾。但在他的生命途程中,艺术之路与信仰之路是并行而分割的,前者顺畅发达,后者崎岖险阻。看到他醉心于宗教信仰和道德自我完善的投入,欧洲的艺术家包括重病在身的屠格涅夫,都吁请他"重新回到文学方面去"。事实上,即使是晚年的托翁,也并没有真正地委弃艺术——自己赖以存在的理由。这样,就在他的心灵深处,宗教与艺术胶葛重重,燃烧着痛苦的火焰。

作为"俄国革命的镜子"(列宁语),托翁这种矛盾的人生,折射出俄国革命的复杂性;这种矛盾正是俄国社会错综复杂的矛盾的反映,是一个富有正义感的贵族知识分子在寻求新生活的过程中,清醒与软弱、奋斗与彷徨、呼喊与苦闷的生动写照。

人性与神性的纠缠、生活和理想的龃龉,使他陷入了出走、决裂、解脱与留恋家庭、关怀妻子中间依违两难的困境。他一直在家庭之爱与上帝之爱中间徘徊。他对妻子的既怜爱又反感的矛盾心情,笼罩着整个后半生。他们夫妇各自坚守着高过于自己生命的东西——托翁维护他的至高无上的精神、信仰,守护着他的灵魂的圣洁;而作为家庭主妇,夫人索菲娅考虑的则是一家人的生计、孩子们的现时健康与日后前程。

这些错综复杂、难剪难理的矛盾,积聚在心头,如同利刃切割、烈焰炙烤,把托翁折磨得烦躁不堪,连片刻清净都难以得到。而庄园与家庭——这从前的避风港、安乐窝、温馨的爱巢,更成了他心灵的牢狱,恨不得立刻就远远离开。他说:"这个家每时每刻都逼得我痛苦不堪,使我哪怕连一年合乎人性、合乎情理的生活都不能过。"

不堪痛苦的折磨,在生命的最后三十年,托翁一直在探求着解脱之路。他认识到,只有离家出走,走进偏僻的农村茅舍,生活在劳动人民中间,才能摆脱上流社会穷奢极侈的生活方式,才能同这个"被疯狂包围"的"老爷们的王国"彻底决裂。为此,他曾几番尝试脱离家庭,都因为亲人的极力阻拦而未能如愿。

这是最后一次了。寒风料峭的冬日,天还没亮,他就在家庭医生陪伴下,悄悄地登上了单驾马车,从后面绕出庄园,仓皇上路。以他的清醒、明智,不会不考虑到,这是一条不归之路——耄耋之年,体弱多病,在家时稍微劳累一点就会晕倒,现在,冲寒犯露,颠仆道途,不管逃到哪里,除了死亡,难道还会有其他结局吗?这些,他都在所不计了,他只想进入孤独,回归自我,到上帝那里去。他要像一只自由的野兽或者飞鸟那样,寻觅一个神秘的去处,悄悄地老,悄悄地死。结局是——刚刚过去十天,就因感染肺炎而凄然辞世。这样,终于在死神的配合下,摆脱了家人跟踪、警察监视以及由于盛名所累而造成的种种麻烦，实现了不算奢侈却百蹴未就的愿望。不过，这一用生命换来的解脱，代价也实在是太惨重、太高昂了。

我自认，在《解脱》一文中，这位伟大的文学家、思想家的深刻性、复杂性、多面性得到了充分的展示。

窃以为，所谓"啃硬骨头"，其本质特征乃是关于作品的精神重量与思想意蕴的深度追求。

第九章
创造性转化
(2013—   )

第一节
学术研究

对于学术研究,我一直抱有浓厚的兴趣。因而,在几十年创作生涯中,特别是 20 世纪 90 年代之后,学术研究占了相当的比重。

这种兴趣的养成,固然和强烈的求知欲望、问题意识、思索习惯有直接关系,但在我身上还有两个重要因素:一是幼习国学,酷爱历史;二是从 20 世纪 60 年代就下力气钻研理论著作。这对于学术研究都起了决定性作用。20 世纪 60 年代之初,我在营口日报社编辑副刊,参与创办随笔专栏《辽滨寄语》,适应创作与工作需要,重点研习《实践论》与《矛盾论》;"文革"十年搁笔,但学习马列迄未间断,曾专门用了三个月时间,刻苦研读《反杜林论》,前后读了五遍,除了做心得笔记,还在书上以五种笔迹,写满了页面空隙,重点把握哲学原理,受益良多;80 年代自觉补课,集中研究哲学、美学;90 年代以后,伴随着写作文化历史散文和在高校举办学术讲座,读了大量史学名著;近十几年来,主要是重读孔孟老庄等先秦诸子,为弘扬传统文化,尝试着在创造性转化、创新性发展方面做些努力。

关于学术研究的开展,情况也是多种多样。我最早参与的,是1964年国内学术界开展关于《忠王李秀成自述》的真伪问题的大讨论。我在认真阅读、分析有关文献之后,得出了"这份自述是真实的,并非出自曾国藩伪造的赝品,但有许多地方曾被篡改"的结论,并著文《〈忠王李秀成自述〉之我见》,刊登在《新民晚报》上。三十年后,全国史学界纪念清军入关三百五十周年,在沈阳召开了一次研讨清史的学术会议,我应邀到会做了《努尔哈赤迁都探赜》的学术发言。为了准备这篇论文,我曾用了十来天时间,研读了入关前清代前期政治史、军事史、经济史;并踏查了明、清在关外的几处主要战场,沿着当年"老罕王"的足迹,遍访了他曾安营扎寨和兴建都城的各个遗址。

2006年,因为一部散文集以英文、阿拉伯文在海外出版,我前往法兰克福参加国际书展。这样,积淀多年的"歌德情结"悄然鼓胀起来。这期间,我造访了他的故居,还到附近的魏玛住了一个星期,并访问了其他几处遗迹,算是比较系统地接触了歌德(也包括席勒)这位仰止已久的大师。归来后,写了系列随笔,其中的《断念》刊发在《人民文学》上。尔后,接到厦门大学与中国德国文学研究会来函,说是经学者、歌德研究专家叶廷芳先生推荐,邀请我参加在厦门举办的歌德学术研讨会。鼓舞、兴奋之余,我遂抓紧理清思路,确定选题,认真进行准备。不巧的是,这时接到中国作协通知,指定我率领大陆作家代表团出访台湾,时间发生碰车。只好投书大会筹备处,表示遗憾。

再一种情况是,从2002年开始,我被南开大学中文系聘为客座教授。为了准备讲座,做过多次较为系统的专题学术调查

研究,这里只说其中两次:

2003年底,我有拉丁美洲之行,为了准备授课,专门就魔幻现实主义的形成、发展以及对中国文学创作的影响这一课题做了调查研究。行前,收集了许多有关拉美文化的资料,还专门听了北京大学赵德明教授讲授拉美文学的课,抓紧阅读了加西亚·马尔克斯、路易斯·博尔赫斯、安赫尔·阿斯图里亚斯、巴尔加斯·略萨等大批拉美作家的作品。我觉得,拉美作家群表现美洲独有的现实与历史的广度、深度及其所体现的文学价值,具有世界性意义。他们善于把民族传统同西方现代派手法结合起来,使现实主义和超现实主义相融合,通过神奇的幻景、混合的体裁、无拘无束的表现形式,赋予文学以无限的生命力。

有人说,整个拉美大地就是一个谜团。比如亚马孙河两岸的热带雨林,全长九千多公里、横亘南北、号称"南美大地脊梁"的安第斯山,还有至今难以索解的复活节岛摩埃、纳斯卡地画,等等。正是在这片神奇而又神秘的广袤大地上,孕育了世界上独一无二的古拉美文明。当年,殖民者到这里来寻找黄金,掠夺财富,把他们的基督教文明强加于原住民,这样便发生了两大文明的撞击与融合,实现了新航路的开辟,进而出现东西两半球的不同文化圈的大会合。拉美地区是民族、种族构成最为复杂的地区。从某种意义上讲,拉美的历史就是一部种族、民族融合的历史。他们能够以较少偏见吸纳其他民族的优秀文化传统、风俗习惯。影响所及,拉美作家群也长于学习和接受外来事物。几百年来,印第安原住民文化,西班牙、葡萄牙宗主国文化,非洲文

>>> 整个拉美大地就是一个谜团。图为王充闾在巴西圣保罗与当地青年朋友联欢。

化,欧洲移民文化,经过拉美这座大熔炉的冶炼,吸收了各种区域文化、种族文化的优长,摒除了狭隘的偏见,最后融合成一种新的多成分的异质文化。

拉美文学正是这种多民族文化融合、杂交的产物,它为拉美作家群体创作出既能充分体现个性又具有世界性的作品提供了有利的条件。早在19世纪初,拉美文学就曾跟踪法国古典主义,到了30年代又从古典主义向浪漫主义过渡,学习雨果、巴尔扎克、福楼拜、左拉;到19世纪末,一批作家认识到,独立不仅是政治的、经济的,还应有文化的——拉美和欧洲毕竟差异太大,生搬硬套行不通,必须在借鉴的同时,把根基扎在拉美大地上,从而放弃了对时髦的追逐,而转入扎扎实实的本土创作,把艺术视线对准故土所蕴含的文化意识,把个人的生命体验融入对民族未来的思考之中,表现出强烈的历史意识和主体意识。几代拉美作家的经验证明,找到自我,立足本土,回到印第安文化和美洲文化的传统,是至关重要的,但观照的意识又必须是全球的、现代的。就是说,要在吸纳民族传统文化精华,紧密联结本土现实生活的前提下,不断接受外来文学的滋养与刺激,以增强自身的活力。要使现代意识和技巧在传统这棵古树上开花。

在这方面,我们是有教训的。新时期以来二十多年间,中国文坛几乎把西方近百年的种种文艺思潮、主义和流派统统炒过一遍。20世纪80年代初是尼采、萨特、弗洛伊德的"热";接下来又是卡夫卡的表现主义,普鲁斯特、乔伊斯、伍尔夫、福克纳的意识流,还滚动着其他新的方法的热浪。有人形容为"被新潮这只狗追赶得连停下来解手的时间都没有了"。这种现象的出现,有其客观原因,封闭了多年,一朝国门洞开,眼界焕然一新,难免饥不择食。从吸取有益营养角度看,这种补课是必需的;但应该以我为主,进行理智的择取、吸收,不能丧失了本我,一味盲目地跟着潮流跑。实际上,拉丁美洲文学,包括它的魔幻现实主义,绝不仅仅是一种创作手法、表现形式,而是作为一种精神境界、生命形态、思维方式反映出来的,里面已经融入了作家的生命体验、心灵感悟。我们有些小说作者看不到这一点,只是在那里机械地、简单地模仿人家的结构、框架或者语言、句法,最后必然陷入"东施效颦""邯郸学步"的尴尬境地。

归来后,我以"拉美作家群及魔幻现实主义的文化生成"为题,在南开课堂上做了演讲。

2005年春,我应邀去韩国光州参加艺术节活动,顺便访问了《春香传》的发源地南原、《漂海录》作者崔溥的诞生地和墓地,同他的直系后人进行了深入交谈。

《漂海录》是一部十分有价值的作品,讲述五百多年前,明朝弘治年间,朝鲜中层官员崔溥因事奉差出外,在海上乘船,不幸遭遇飓风,同船四十二人,从济州岛漂至中国台州府临海,最初被怀疑为倭寇,后经层层审查,解除嫌疑,即受到中国官员和平民的友善接待,遂由浙东走陆路至杭州,然后沿运河经扬州、天津等地到达北京,受到明朝皇帝接见,再由北京出发,陆行至鸭绿江,返回故国。在中国停留达四个月,回国后,崔溥用汉文叙写这一历程,名曰《漂海录》。访韩归来后,我依实地考证,结

>>> 王充闾与出版界文友同游智利复活节岛。

合书中有关叙述,加上分析、评论,写成学术论文《蹈海余生作壮游》,并在南开课堂上做了讲演。

第三种情况,也是受邀赴名校演讲,讲演本身自然需要加意准备,有时还要应对听众的提问,同样也是对理论功底、学术视野、知识领域的检验与挑战。

2002年、2009年,我先后两次应北京大学中文系邀请,就散文创作讲述体会与见解。这可非同小可。记得作家金庸先生应邀到北京大学讲学,他在开场白中,把"北大讲学"与"班门弄斧、兰亭挥毫、草堂赋诗"并列,作为"四大自不量力",体现了他的谦虚态度,但客观上也确实说明了这一举动的高度与难度。经过充分准备,头一次以"渴望超越"为题,讲解散文创作问题,提出"散文写作需要深入观照对象的意义世界,寻求一种面向社会、人生的意蕴深度;散文作家应该有深切的生命体验与超越性的感悟,保持自在的心态与不懈的追求"。在讲到生命体验时,我联系了自己九年前战胜病魔过程中的心理活动,有一位女学生提问:"我还年轻,不仅没有患过大病,而且其他经历也很少,那么,我要从事创作,应该如何获得心灵体验呢?请王先生指点!"

我说,可以从英国女作家勃朗特三姊妹的创作实践中获得启发:三姊妹童年是在寂寞与凄苦中度过的,但精神世界并不空虚。父亲是一位牧师,性格有些乖戾,却酷爱文学,早岁周游各地,带回许多文学名著;母亲也是天资颖慧,只是年纪很轻就去世了。三姊妹上过几年学校,由于赋性孤僻,与其他女孩子很少交往,更多时间是在家里自学,由父亲给她们讲课;再就是,经

>>> 作为南开大学客座教授,王充闾在南开大学讲学。

常跟随阅历丰富的老女仆在荒原上闲步,听讲一些荒村内外带有原始意味、充满离奇色彩的逸闻轶事。从而她们相信,早先仙女们经常在月色溶溶的夜晚来到溪边沐浴,后来山谷间种下了钢筋铁骨,长出一幢幢四四方方的厂房,仙女就再也不来了。她们从老女仆那里了解到社会上各色人等的生活方式和百式百样的人生厄运与家庭悲剧。

就艺术而言,作品对于作家及其创作背景具有相对的独立性,但它毕竟是某种现实的反映或心灵的再现。即使是一个普通的有机体,也还要考虑它的遗传基因和环境条件,何况一部作品乃是作家心血的结晶、灵魂的副本,是一个激情过于饱满的心灵的不可抑制的外溢。三姊妹自然也不例外。就是说,她们固然属于天纵奇才,但其成功还是有现实的踪迹可寻的。三姊妹的创作活动,早在十二三岁时就开始了。她们编撰了许多想象奇特、内容荒诞、语言夸肆的传奇、戏剧与诗歌,把它们刻印在自己编辑出版的"杂志"上。对于现实生活中所缺少的,孩子们大都喜欢通过想象编结一些美丽的幻梦来加以补偿;而孤独、寂静的环境又有利于孩子们养成沉思、幻想的习惯。她们把听来的外界的离奇诡异的传说,偶然接触到的各种社会现象,经过剪裁梳理、虚构夸饰,编织成有趣的文学"梦幻之网"。

长大之后,绝大多数时间,她们也还是离群索居。除了闷在房间埋头创作与绘画,就是在荒原上长时间地散步;走累了,便坐在山坡上的石楠花丛中,双手托腮,眼睛定定地盯着下面的村落,仿佛要把隐匿其间的一切神奇诡秘窥察个水落石出;或者仰首苍空,望着变幻多端的云朵,扑扇着幻想的羽翼,展开丝丝缕缕、片片层层的遐思。这时,她们就觉得心胸、眼界也像苍空、碧海一般的辽阔。看来,三姊妹都属于普鲁斯特所说的"用智慧和情感来代替他们所缺少的材料"的作家。她们常常逸出现实空间,凭借其丰富的想象力和超常的悟性遨游在梦幻的天地里。她们的创作激情显然并非全部源于人们的可视境域,许多都出自有待后人深入发掘的最深层、最隐蔽,也是含蕴最丰富的内心世界。可以说,这大大的荒原和小小的石屋只是托起她们那波诡云谲、万象纷呈的内宇宙的一个支点,不过是在奇光幻影的折射下所展现的环境的真实。

应该说,直接的生命体验是最可贵、最理想的,但一个作家即使他经历再特殊、阅历再丰富,也不可能一切方面都有切身体验,恐怕更多的还是通过感同身受的人生领悟,获得间接的体验。学者徐复观称之为"追体验的功夫";德国美学家谷鲁斯的"内模仿"说,也庶几近之。对于一个作家,如果说生命体验、人生感悟是根基、是泥土;那么,形而上的思考和深厚的情感便是它所绽放的两支绚丽之花。情感对于文学作品绝不是可有可无的,文学存在的依据就是表现人类情感的需要。罗丹说得很干脆:"艺术就是感情。"尤其是散文作品,如果缺乏情感的灌注,缺乏良好的艺术感觉,极易流于幽渺、艰深、晦涩的玄谈,以致丧失应有的诗性魅力和艺术感染力。

后一次北京大学讲学,我以"历史文化散文的现实期待与深度追求"为题,讲述写作历史文化散文"如何以一种开放的视角、现代的语境,做到笔涉往昔,意在当今,寄怀深远"。

第四种情况是,应出版社要求,编书、拟稿。2013年,现代出版社邀我编选一部《中国好文章》(古代卷)。我深知这是一件看似容易、实则难度相当大的事,推脱未果,勉力为之。宋代以降,特别是明、清两朝,留下了数量可观的选本,它固然可以参阅;但是,那些都是前人所做的,今天,面对的是现代读者,总不能跟着前人"步亦步,趋亦趋"呀,必须具备现代眼光,体现时代精神。正由于要面向广大读者,而不是自我欣赏,就不能只凭个人趣味与偏好加以抉择,而应以读者为依归,这就要切实调整视角,认真研索读者的审美需求。选择、品藻,贵有创见,应该自具手眼,提出一己的独到见解;而面对古人与时贤海量的学术研究成果,立足于恒河沙数的读者的审美选择,还有个众口难调的问题。这就需要确定准确的衡文标准,也就是明确究竟什么样的文章才能称得上"中国好文章"。对此,前人之述备矣,诸如,"事出于沉思,义归于翰藻","言有物,言有序","有作用,有意思","美无思则浮,思无美则枯",等等,说的都是思想性与艺术性、可读性的统一,思想震撼、心灵启迪、美的享受兼备。具体落实到文本选择上,应该是着眼于意义深、影响大、审美价值高的名篇。

为了尽量顾及全面,除了童年时接触过的《古文观止》《古文辞类纂》《古文析义》,我又遍览了宋、明、清三代的《文章轨范》(谢枋得)、《文章指南》(归有光)、《文编》(唐顺之)、《经史百家杂抄》(曾国藩)、《古文范》(吴闿生);当代的主要是参考冯其庸选编的《历代文选》。最后选定一百八十一篇广为后世传诵的古文名篇,认为这样分量比较适中,兼顾历代,尝鼎一脔,不宜太多,否则不利于普及。

　　由于篇数限制,在去取方面颇费斟酌。古代选本中,曾国藩、吴闿生之外,多未选入《庄子》,在我看来,这是一个漏洞,应予弥补。《陋室铭》一文,历来都认为是唐人刘禹锡所作;但今人卞孝萱提出不同看法,认为不是刘禹锡的作品;而吴汝煜举出多种证据证明作者确是刘禹锡。我觉得,对于推翻已有定论的意见应持慎重态度,所以还是维持原议。李陵《答苏武书》是《古文观止》中的名篇,许多老辈人都能琅琅成诵。有的可能会问,为什么这次没选?主要因为它是后人拟作,从风格、体例看,并非汉代作品。苏东坡说是六朝齐梁小儿所为。《古文观止》中选入,一直遭到讥议,认为编者缺乏眼力;而且他投降匈奴,有辱令名,所以不选也好。《与宋元思书》,有的作《与朱元思书》,甚至有的教科书里也是如此。我所依凭的是中华书局1962年印行的清代学者黎经诰《六朝文絜笺注》中的考证意见。现在知道,宋元思字玉山,因为他的同时代人刘峻有《与宋玉山元思书》。这是见诸唐人所编《艺文类聚》卷三十七的。刘峻是南朝齐梁间学者、文学家,曾为《世说新语》作注,收集材料颇为丰富。可见,应该作"宋元思"。

　　每篇的解读文字不过数百字,但下功夫颇多,读者需要了解:本篇既然入列《中国好文章》,那么,它究竟好在哪儿?当然,解读也好、作者介绍也好,都应要言不烦、点到为止,不能喋喋不休,喧宾夺主。"主"是正文,应该留给读者驰骋思考的余地。

第五种情况,是主动迎战,有感而发。针对一个时期电视台和有的"讲坛"不适当地歌颂封建帝王,张扬"权谋文化",2006年我完成了一部史学著作《龙墩上的悖论》。十几篇系列散文,针锋相对地揭露、批判封建帝制与王权政治,展示某些帝王的丑恶人性与残酷手段,以弘扬正气,彰显正能量,讲好中国历史故事。因前有专章叙述,此处从略。

第六种情况是,在辽宁大学等高校担任客座教授,参与博士、硕士生答辩,围绕论文课题,进行专题研究。

第七种情况是,在大连白云书院、《辽海讲坛》《刊授党校》等处,连续多年做学术报告或者发表文章。如《周易的六大基本理念》《中国古代知识分子的历史地位与悲剧命运》《中国古代人才思想》《老子其人其书》《孟子与士君子文化》《庄子善做减法》《庄子在西方》《西晋血腥家族与"八王之乱"》《明代宦官政治》《封建王朝的"功臣政治"》《隐逸文化》《中国传统文化与国学》《清文化与沈阳》《曾(国藩)李(鸿章)异同论》《东北地域文化的传承、重塑与创新》《中国传统诗词的创作与欣赏》《全球化浪潮中有关文学的几个问题》《散文的现代化与诗性》《探讨语言的文学性》《楹联丛谈》《姓名文化与称谓问题》《古代座次趣谈》等几十个专题。

第八种,结合文学专著的创作进行学术研究,如为了撰写《逍遥游——庄子全传》和《国粹:人文传承书》《文脉:我们的心灵史》(涉及老子、孔子等几十位古圣先贤其人其书),都曾阅览和研索了大量典籍、资料及评论文章,有的还进行了实地考察。

回首前尘,几十年来,我的学术研究的特点及其局限,也十

>>> 在辽宁大学等高校担任客座教授,参与博士、硕士生答辩,围绕论文课题,进行专题研究。图为王充闾在辽宁大学参加博士生答辩会。

分明显：

依附性，绝大多数都依附于文学创作，有些本身就是文学创作的有机组成部分。

随机性，多数是随机而动，事先缺乏计划。

驳杂性，林林总总，五花八门，涉猎范围广泛，不够系统。

应用性，与现实需要结合得比较紧，有些是"打快锤"的，理论深度相对不足；而且，多是"打一枪换一个地方"，系统化的开掘不够，资源浪费现象比较突出。

第二节
"致意最在《逍遥游》"

记得在我就读私塾的第七个年头,"四书""五经"与《左传》《史记》都读过了,业师确定要诵读《庄子》。这样,"可乎可,不可乎不可。道行之而成,物谓之而然。恶乎然?然于然。恶乎不然?不然于不然。物固有所然,物固有所可。无物不然,无物不可"这些类似"绕口令"的语句,就以稚嫩的童声飞出室外,伴着檐下的风铃在空中游荡。

于今,六七十年过去了,花开叶落,潮涨潮回,月亮缺了又圆,圆了又缺,说不清已多少次。敬爱的业师早已骨朽形销,而"口诵心唯"的绿鬓少年,也已垂垂老矣。沧桑阅尽,但见白发三千;只有那部《庄子》,依然高踞案头,静静的像一件古玩,朝夕同我对视。至于庄子本人,更是一直活在我的心里;他的思想、修为对我的人生道路抉择、价值取向,曾经产生过深远影响。这样,就如同法国文学家、哲学家萨特所说的:"他不是一个死去的人,他只是一个缺席者。"长期以来,我就立下志愿要为庄子撰写一部传记。

可是,谈何容易!如果说,散文创作主要是叙事、描写,间杂着抒情、议论,主要是着力于谋篇布局、立象尽意、文采修辞的话;那么,传记的写作,则必须同时下足义理、考据、辞章等哲学、史学、文学的功夫,也就是要真正地做学问。

而庄子的传记的写作,更有特殊的难度。且不说先秦典籍的解读需要深厚的国学功底,单就素材的把握,也是一道难关。众所周知,关于庄子的历史记载寥寥无几,最具权威性的司马迁在《史记·老子韩非列传》中记下的一段话,也仅有二百三十四个字。说是"神龙见首不见尾"吧,在云烟缥缈中,总还可见头角峥嵘、夭矫天半;而庄子,我们却全然不清楚他的先世、远祖的来历,甚至连父祖辈、子孙辈的情况,世人也一无所知。至于本人的生涯、行迹,年寿几何、归宿怎样、治学根脉、后世传承状况,都统付阙如。一切都是"恍兮忽兮""芒乎昧乎",可以说整个就是一个谜团。难怪有的学者说:"庄子活在时间之中,而不是置身空间里。"

办法是逼出来的。面对这个"无米之炊",我初步摸索出三条路径:

首要的、起决定性作用的是潜心解读《庄子》这部书。"解铃还须系铃人",归根结底,还要从庄子本人的著作中去找素材、找思想、找观点。在过去研习的基础上,这次又用了三四个月时间,聚精会神,心无旁骛,从多角度、多层次读解《庄子》这部经典。对于章节字句、义理辞采,特别是关于庄子其人其事、思想主张、精神风貌,进行了比较认真的考究。日夕寝馈其中,未敢稍有懈怠。

其次,用了将近一年时间,收集、披阅、研究古往今来有代表性的关于庄子的学术著作,充分吸收、借鉴前人与时人的研究成果。

再次,积累素材。1997年、2005年、2012年,十五年间,我曾三次前往河南、山东、安徽有关地区,围绕着传主及有关人物足迹所至,进行实地访察,阅览方志,组织座谈,一以搜索第一手素材、资料、实证及乡里轶闻、民间传说,一以广泛听取草根阶层对于庄子及庄学研究的看法、意见,注重现场和民间的取向。

今本《庄子》近七万字,其中记述庄子本人活动的有二十处左右。但是,"寓言十九",几乎全都"以谬悠之说,荒唐之言,无端崖之辞"出之,像是有意地弄得云山雾罩,任凭后人去"猜哑谜"、打"三岔口"。清代学者刘熙载说得很形象:"《庄子》之文,如空中捉鸟,捉不住则飞去。"

多亏闻一多先生指点迷津,他说:"归真地讲,关于庄子的生活,我们知道得很有限,三十一篇中述了不少关于他的轶事,可是谁能指明那是寓言,那是实录?所幸的,那些似真似假的材料,虽不好坐实为庄子的信史,却足以代表他的性情与思想,那起码都算得画家所谓'得其神似'。"这使我领悟到,读解《庄子》一书,关键在于"得其神似",亦即应该着眼于领会"他的性情与思想"。

读"庄"解"庄"中,我尝试着应用了两种具体方法,觉得效果很好。一种是,运用前人倡导的"八面受敌法"——"每次作一意求之",即读前选定一个视角,有意识地探索、把握某一方面内容,一个课题一个课题地依次推进。时日既久,所获渐多,

>>> 王充闾为撰写《逍遥游:庄子全传》,三赴鲁、豫、皖寻访庄子遗迹。图为他在山东菏泽阅览当地有关史志资料。

不仅初步连接起早已模糊不清的传主的身世、行迹、修为,而且从中读出了他的心声、意态、情怀、风貌、价值取向、精神追求,寻索到一些解纽开栓的钥匙与登堂入室的门径。再就是,采用对照、比较的方法,在春秋战国这个大时段中,把庄子同前代的老子、孔子,同代的惠子、孟子、公孙龙子等进行分析比较,寻根脉,究同异,辨得失,分高下。

在读解原著的基础上,展开对前代与当代治庄专家学者研究成果的借鉴、学习。我备有一部庄学专家方勇百余万字的《庄子学史》,通读一过之后,从中检索到古今有代表性的研究庄子的近百部(篇)著作,尽力搜罗齐全;同时,又从互联网上陆续搜索到大批当代学者、研究生关于庄子的论文;研读过程中,还涉及哲学、史学、美学、逻辑学、心理学等方面的学术著作。我所要做的,概言之,就是了解古今治庄的全貌,以扩展视野,多方鉴别,集思广益。着重研索、探究三个方面的课题:一是,在庄子本人透露的身世、行迹、思想、修为之外,前辈与时贤又发现了什么新的东西?二是,他们与庄子、他们之间,在一些重要问题上,哪些认识是一致的,哪些存在着根本性的分歧?三是,在新的历史条件下,海内外现当代学者对于庄子及其学说的历史意义、人文价值、功过得失、时代局限,又有哪些新的认识、新的评价?

把握住问题,提炼出观点,对于研究工作来说,这只是第一步;更关键、更要紧的还在于,对这些问题如何分析、鉴别、判断,进而得出接近客观实际的结论,具备较高的历史真实性与可信性。比如,关于庄子的国属问题,前辈与时贤大致上存在着"宋蒙说"与"楚蒙说"两种争论,这从宋代就开始了,今人也有力主"鲁蒙说""齐蒙说"的。论者各有所据,各执一词。那么,写作传记时又该如何认定呢?总不能敞着口、诸说并存吧;经过多方勘核,反复考究,斟酌、对照前代和当代的各种主要论据,并且经过三次对豫东、皖北、鲁南的实地考察,我最后认定庄子为战国时宋人。再比如,关于庄子的生卒年份,意见多达十几种,有的通史列举了五种说法。这种处理方式,述史、著论,未为不可;但写作传记就不行了,因为它牵涉传主与同代人的整个交往、行迹,必须有个统一、固定的结论。那么,怎么确定呢?同样经过反复考证、过细斟酌,最后采用了马叙伦先生的推断:出生于公元前369年前后,卒于公元前286年左右。整部传记中,遇到类似的事例不知凡几,都是这样经过反复推敲、严格论证,最后才下笔的。

写作过程中,我曾自嘲,说是像"老母鸡抱窝"一样,不敢随意挪动。因为在那十五六个月期间,我把整部《庄子》,加上一二百部(篇)古今研究庄子的著作(论文)中的主要观点、材料,全部吸纳到脑子里,使之融会贯通,记牢备用;届时,像元帅点兵那样,把平日的、现时的学术积累一齐调动起来,运用综合、分析、联想、想象等各种手段,按照行文需要,条分缕析,千针万线,最后织成完整的织品。

我从个人的创作实践中体会到,写庄子与写君王、政要以及其他多数文人不同,也有别于张学良传记的创作。写其他人物,更多是处于认知的层面,清醒、平静、客观地剖析心理、个性,而写庄子,则有赖于灵魂的参与、生命的介入,有赖于心灵与生命的体验。庄子是哲学家,写庄自然需要有独到的识见、超拔的智慧,但我觉得,只这样还不够,还必须有超越性的人生境界,否则无法理解传主的思想追求、生命底蕴。同样是隐士,他与汉代的严光在"不做牺牛""不为有国者所羁"方面是一致的——但严光彻底地远离俗尘,消极避世,有如禅门衲子;庄子却是"独与天地精神往来,而不敖睨于万物,不谴是非,以与世俗处","游于世而不僻,顺人而不失己",身在其中,却能洁身自好,不与俗辈同流合污,因而称为"游世",或曰"间世"。他和晋代的嵇康,世界观上大体一致,但不像嵇康那样狂狷、那样激烈,他善于保护自己。在潇洒、从容、人生艺术化方面,他与李太白、苏东坡相像,但他对于社会、民生、世务以及生命价值的实现并不热衷,不像那两位还有儒家的一面。如果硬要在历史上为他找个同道,也许陶渊明、曹雪芹庶几近之。

那么,在这种情况下,文学传记又该怎么写呢?具体来说,下述三个难点又怎样解决呢?第一,关于传主的不成系统、散漫无归的史料、素材,如何进行连缀、组合?第二,面对"三玄之一"的深邃难解、歧义重重的哲学著作《庄子》,怎样使它与文学联姻,从而保证这部传记成为读者所喜爱的可读、可解的文学作品呢?第三,如何使这位两千多年前的远古哲人,能够从历史册页中血脉偾张、形象鲜活地站立起来,而且基本上符合其精神原貌?

我思忖着,若要把这些零散、繁杂的素材整合起来,需要抓住"逍遥游"这个核心。庄子著书,"致意最在逍遥游"(宋人黄庭坚诗),以之冠为首篇,无非是要通过多种形象比喻,开宗明义地昭示一己的"逍遥于天地之间而心意自得"的人生观与生命观。其间带有强烈的现实针对性。在弥漫于战国时期的文明异化、人性扭曲、心为物役、"世与道交相丧也"的生存环境中,从精神上、心灵上寻找出路,获取自由,追寻个体意识的觉醒,实现对自身局限性的超越,体现个人精神意志的自主选择,这是庄子的人生鹄的和终极追求。而以闲散不拘、优游自在、恬淡怡适、心无挂碍为基本标志的"逍遥游",则被视为一种理想的人生境界。我觉得,"逍遥游"三字是总纲、是主旨,用它来题名传记,实在是再理想不过了。——舍此不足以映现传主的精神境界,难以概括其具有全息性质的不凭借外物、无任何拘缚的自由意志的内在蕴含与本质特征。

有鉴于此,我觉得整部传记比较理想的结构形态,是采用折扇的形式——以最能体现庄子精神个性的"逍遥游"境界作为元点、轴心,让笔墨向着传主的思想、行迹和人生侧面辐射,以展示其多姿多彩的生命图谱。这一支支扇股式的章节,既统一于传主的思想、个性、精神风貌,相互紧密连接着,又各自独立,各有侧重,互不重复,互不撞车。而且,这一个个专题的排序,也并非随意安置,还是大体上体现了传主生命流程的顺序,比如,第一章为总纲,然后以空间、时间为序次第展开,分别叙述传主的所在、所为、所思、所历,一如劳蛛缀网,连接成篇。相对于因果相连、环环相扣的线形结构,这种富有弹性和张力的扇形结构,显然更适合显现庄子那早已漫漶不清的历史身影。论者认为,这样的结构形态,也正好昭示了当前国内外传记写作的新变化,即传主的精神世界和内心生活更多地由幕后走向前台;传记作家描写传主的艺术重心,亦逐渐由讲述经历而转变为揭示心史。这里既有现代心理学发展对传记文学产生的巨大影响,也有20世纪以来,弗吉尼亚·伍尔芙等作家倡导"新传记"所形成的有力推动。

为了增强传记的可读性,写作过程中对于《庄子》本文,我在观照当时语境、尊重作者原意这两个大前提的基础上,充分借鉴、吸纳前辈与时贤的研究成果,做了尽可能的通俗化解读。单是语译一项,就下了巨大功夫,经常是一句话、一个词,对照古今多家注释,反复推敲、比较,即令没有达到"一名之立,旬月踟蹰"的地步,起码是丝毫也不敢马虎。一面是对古代词语以及诸家论述,力争有个准确的理解和通俗的表述;一面本着中外文化比较以及传统与时代对话的精神,对庄子的思想和著作,不做孤立的、静止的、封闭的审视,而是坚持将其置于中外历史文化的宏大背景之下,特别是置于现代化和全球化的进程之中,加以立体多面的观照与阐释。

比如"道",这是庄子从老子那里继承下来的一个带有总体性和本原性的哲学概念。为了使它走出"唯恍唯惚""微妙玄通,深不可识"(老子语)的模糊、混沌状态,呈现其自身的固有和应有之义,我在传记中专辟一章集中加以诠释。这种诠释,不是过去那类单纯的概念演绎,而是在对"道"实施整体把握的基础上,

《中国历史文化名人传》

>>> 2013年底,"中国历史文化名人传"首批作品出版首发式举行,作为这套丛书首部的《逍遥游:庄子全传》的作者,王充闾应邀作了发言,受到与会专家、学者的好评。

以生活化、自然化、社会化、心性化和审美化五种视角(我把它形容为"五张面孔"),开辟出通往"道"之本源的路径。这样,我们耳目所及的,就有许多精妙的对话和议论,大量有趣的场景和故事,既巧妙地对应和再现了庄子特有的发散性和非逻辑性思维,又形象地揭示了庄子心目中"道"在草根、"道"在自然、"道"无处不在的奥义,从而使"道"摆脱了一味虚玄缥缈的形而上气息,具有了可以直观和感触的人间性、生活性与社会性。

作为文学作品,这部传记采用散文形式、写实手法,钩沉传主出处行藏,展现人物精神风貌;凡细节勾勒、形象刻画,尽量注意出言有据、想象合理;征引寓言故事,取譬设喻,坚持抽象与具象结合;立论采取开放、兼容态度,展列不同观点,择其善者从之。虽然运用的是知性和理性结合的手法,但力避政论式的沉滞与呆板,坚持从明确的思想认识和清晰的逻辑关系出发,尽量浸入作者的感觉,选用清通畅达的性情化、个性化的语言。论者认为,我们读《庄子传》中"布衣游世""故事大王""圣人登场""传道授业"等章,就会觉得庄子是活生生的现实存在,而且是以庄子的手法来描写庄子,因而平添了作品的表现力与可读性。

且看下面的描述——

庄子是平民,庄子就在人间,就在我们身旁。在我的读书印象中,觉得如果给他画像,不应忽略这样三个特征:首先是那种宠辱不惊、心平气静、悠然自得、潇洒从容的神情和气度;其次,要把他那饶有风趣、好开玩笑、滑稽幽默、富于感染力的智者形象表现出来;最后,形貌上看去,和蔼可亲,平易近人,属于那类钻到人群里很难辨识出来的普通人物,引人注目之处,是身形瘦削、"槁项黄馘"——干瘪、细长的脖子,托着一个面色枯黄、前额笨重的脑袋。

这样的写法也得到了中国作家协会"中国历史文化名人传"丛书编委会创作组、学术组专家的认可。李炳银认为,"有关庄子人生经历的史料非常有限,而且不少还只能够从他的言论中去寻觅。所以,以惯常的紧密围绕传主人生经历的写作要求和方式写《庄子传》,几乎不可能实现";"作者采用'八面受敌法',从各个角度辐辏中心的艺术结构形式,对于像庄子这样资料缺乏的传主对象,不失为一个巧妙的靠近方法,渐渐地靠近,不断地显影,最后现其全象"。黄留珠指出:"长期以来,有关研究庄子思想的论著,可谓汗牛充栋,但关于他本人的传记作品,却不多见。人们转来转去,似乎很难跳出司马迁所撰《史记·老子韩非列传》的框架,搞出一点新东西来。王充闾撰著的《逍遥游:庄子全传》一书,可说是彻底打破了这样的局面。该书以全新的视角、生动优美的语言,为我们展现出一个有血有肉、生活于两千多年前的庄老夫子。""应该说,这是一部相当出色、极具个性特点的上乘之作。"

有的知名学者说,这是一部集大成的代表作,作者过去三十几年的成果全都可以略过,只要有这一部就可以垂之久远。这种评价未免过高,不过依我自己感觉,这次确实上了一个台阶。

2013年底,应邀出席在京举行的"中国历史文化名人传"丛书首发式(《庄子传》为第一部)。听了我的发言后,一位长期关注我创作的评论家说:"你起步于随笔,写了大量思辨性散文;尔后,转入美文写作,以游记、感怀为主;新世纪前后,写作篇幅长、分量重的历史文化散文,一发而不可收,最后以《逍遥游:庄子全传》达到了一个新的制高点。在我看来,这也将是一个新的转型的开始。继续写作散文,这毫无疑义;但你应该考虑向传统文化,向国学方面倾斜。"

这时,我记起了2009年在北京大学讲学期间一位学者的建议。他说,现在传统文化与国学研究受到重视,但是,面临着一项重大挑战,就是这方面人才"青黄不接",老的写不动了,年轻的功力不足,难以胜任其事。在他看来,我有国学基础,又有较好的马克思主义理论修养,学术视野比较开阔,应该从自身优势出发,把主要精力投向传统文化的研究与创作。

旁观者清,善言可鉴。特别是近年来习近平总书记多次强调,优秀传统文化是中华民族的精神命脉,是涵养社会主义核心价值观的重要源泉,也是我们在世界文化激荡中站稳脚跟的坚实根基,为了有效地继承和发展优秀传统文化,需要认真做好创造性转化和创新性发展的工作。这样,就坚定了我在这方面做出努力的决心与信心。

第三节
读解经典

　　中国古代典籍以深奥简古的文字表达,代代流传至今,很多词义已经发生了变化。如果不能深钻细研,把握当时的语境——特定的社会环境、心理环境和文化背景,洞悉古代遣词用字的章法、习惯,势必出现曲解、误读偏向。相对于前人,今天的读者本身就面临一个克服文字障碍、具备相应的历史知识的问题,若是再以当前社会上流行的所谓即刻性、碎片化、快餐型的"浅阅读"方式来对待,那还有什么准确解读之可言!

　　要之,读解经典,首先需要满怀敬畏之心,切忌急于求成、囫囵吞枣、浅尝辄止的浮躁心理和简单做法;在准确把握词义的基础上,能够疏浚心源,披文寻理,焕发自觉意识,既充分尊重传统文化的精神根脉与思维特征,又能着眼于现实,用新时代的视野发掘经典全新的生命。当然,也要防止脱离作者写作宗旨、毫无限制的所谓"多元解读"。诚然,"有一千个读者就有一千个哈姆雷特",但他总该是"哈姆雷特",而不能是"少年维特"。

　　再就是,应该防止"以西释中"的做法——按照西方哲学的概念、范畴、方法和理论,来梳理中国古代思想资源。当代学者张岱年强调指出:"求中国哲学系统,最忌以西洋哲学的模式来套,而应常细心考察中国哲学之固有脉络。"

研习古代经典,前辈学人积累了大量成功的经验。比如,孔子读《易》"韦编三绝",深阅读,反复读,持之以恒,务求精解。还有广泛流传的苏轼的"八面受敌读书法":强调反复研摩,"每一书作数次读";强调定向攻关,目标专注,每次"且只作此意求之,勿生余念";强调集中兵力打歼灭战,各个击破,像《孙子兵法》中所说的,对敌作战,切忌八面出击,而应集中优势兵力,以众击寡。

南宋理学家陆九渊则强调"涵泳工夫",意为沉浸书中,涵咀意蕴,细细品味,慢慢消化。他有一首告诫后学的七绝:"读书切戒在慌忙,涵泳工夫兴味长。未晓不妨权放过,切身须要急思量。"说的是,读书时切忌贪多求快,匆匆忙忙,一瞥而过;应该细细品味,反复揣摩、研索,鉴赏、比较,这样才能真正理解书中奥义,同时也能培养起审美的兴味与情趣,体会出文字中更多的妙处。

对于"涵泳工夫",古人普遍重视,论述颇多。大学问家朱熹认为:"涵泳玩索,久之当自有见";"学者读书,须要致身正坐,缓视微吟,虚心涵泳,切己省察"。又说:"大抵观书,先须熟读,使其言皆若出之于吾之口;继以精思,使其意皆若出之于吾之心。然后,可以有得耳。"清代学者王夫之的经验是:"熟绎上下文,涵泳以求其立言之指(旨),则差别毕见矣。"晚清的曾国藩则说得更为生动形象:"涵泳者如春雨之润花,如清渠之溉稻","如鱼之游水,如人之濯足";"善读书者,须视书如水,而视此心如花、如稻、如鱼、如濯足,则'涵泳'二字庶可得之于意之表也"。

借鉴这些成功做法,我把目标锁定在准确理解与精深阐释上。比如,解读《老子》,我就坚持回归原典,力求真正把握其精神要义、思想内容、逻辑体系、思维模式;而且,要从整体性上理解和把握,这样才能避免对这部哲学经典做片面的解读。应该说,"五千言"中尽是精言警语,句句珠玑。正是这些银丝金缕,织就了这部锦绣华章。

窃以为,解读《老子》首要一条,或者说关键性环节,在于明"道"。亦即运用古人所倡导的"辨名析理"(分辨、剖析一个名词、一个概念所蕴含的意义)的方法,力求弄清"道"的基本意蕴,为准确理解这部博大精深、体现着人类最高智慧的哲学经典,奠定思想理论根基。"道",是《老子》一书的总纲,是老子思想体系的核心,带有根本性的理念。"道者,万物之奥"(六十二章)、"万物之宗"(四章),天地万物之存在本根也。可以说,老子整个哲学系统的理论基础,就是构建在"道"这个观念之上的。它所要把握的不是存在于特定时空中的一个个特定事物,而是宇宙人生的普遍原理。

老子之"道",是形上性与实存性的统一。《老子》所指称的"道德",不同于现代所说的仁义道德的概念,"道"是指宇宙世界所遵循的秩序和规律,而"德"则是对"道"的运用和表现。"道"是基本原理,"德"是实际运用。当代学者杨国荣指出:"《老子》对形而上的问题表现出更为浓厚的兴趣:以'道'的辨析作为全书的出发点,一开始便展示了一种形而上的视域。而在老子哲

>>> 王充闾读过了《老子》,再来福建泉州拜见建于宋代的老子像。

学的展开过程中,我们确实可以一再看到对形而上问题的追问和沉思。"

老子的"道"是与人生密切结合的。就是说,老子反复讲"道"的恍惚无凭,"视之不见""听之不闻""搏之不得""不可致诘"(十四章);但是,"兴发于此而义归于彼",他所真正着意、时刻在念的,还是人生与政治的问题。这也许和老子所处的春秋晚期全盛于殷商、西周时代的天道观已经式微,"天人"关系出现了新的变化,从重视天道转而为重视人事,以民为本的思想越来越突出,有直接关系。

关于人生,老子总是企图将"个我"从现实世界的拘泥中超拔出来,将人的精神生命不断地向上推展,向前延伸,以与宇宙精神相契合,而后从宇宙的规模上,来把握人的存在,提升人的存在。关于政治,他以悲天悯人的博大情怀,一面呼吁"自然无为",主张为政不能扰民;一面鞭挞统治者横征暴敛、诛求无限的恶行,倡导知足知止,不为已甚。

这里有一个典型事例。他在七十七章讲"天人之道"时,说:"天之道,其犹张弓与(欤)?高者抑之,下者举之;有余者损之,不足者补之。天之道,损有余而补不足;人之道,则不然,损不足以奉有余。"老子出于对自然界和人类社会的深入观察,提出了一个极为精辟、独到的法则。这里有强烈的现实针对性。他所生活其间的春秋晚期,诸侯互相兼并,弱肉强食,竞争激烈。"损不足以奉有余",最终受难的还是普通民众。当代学者张松如在《老子校读》一书中指出:"老子把他从自然界得来的这种直观的认识,运用到人类社会,面对当时社会的贫富对立、阶级压迫的不合理现实,他认为'人之道'也应该像好比张弓的'天之道'那样,'高者抑之,下者举之,有余者损之,不足者补之'。这是他的主张,他的愿望。可是,现实怎么样呢?现实是'人之道,则不然,损不足以奉有余'。"

现在,就提出了一个问题:既然"道"是《老子》全书的核心理念,老子的整个哲学系统,都是围绕着"道"来铺排、展开的;那么,展开过程中,是不是还有一个纵贯全书的线索可循呢?根据多年来对《老子》这部书和老子的政治哲学思想的学习研究,我感到其间确实有一条贯穿始终的红线,那就是"法自然"(二十五章)、"为无为"(六十三章)、"柔胜刚"(七十八章),概括为自然无为、守柔处下。抓住了这条红线,理解老子的哲学思想和价值观念,就能纲举目张,收到"红线穿珠""牵一发而动全身"的效果。

在此基础之上,所要做的就是,从历史语境、文化背景出发,着力发掘、把握经典的原生意旨;广泛涉猎有关典籍,尽最大限度开阔视野,对于时贤往哲的研究成果,斟酌去取,博采精收。且以"上善若水"一语为实例,谈谈我的点滴体会。

这里只有四个字,却花费了我整整三天时间,包括阅读、思考、博览群书、披览资料。这么说,有的学友可能不理解——下这么大工夫有必要吗?我想说,就因为它是哲学经典。哲学经典不同于一般的书,它已经突破知识层面,而上升为智慧;智慧的把握,需要自得,需要悟入。当代史学家吕思勉有言:"学问之道,贵自得之;欲求自得,必先有悟入之处;而悟入之处,恒在单词只义,人所不经意之处。此则会心各有不同,父师不能喻之子弟也。昔人读书之弊,在不甚讲门径;今人则又失之太讲门径,不甚下切实工夫,二者皆弊也。"

我研索"上善若水"所下的工夫,大体上分为三步。

先是精读原文,弄懂本义。这四个字出自《老子》(八章):"上善若水(上善之人,其性如水)。水善利万物而不争,处众人之所恶(厌恶),故几(接近)于道。居善地(居处善于选择地方),心善渊(心胸善于保持沉静),与善仁(对人善于以诚相待),言善信(说话善于遵守信用),政善治(为政善于精简处理),事善能(处事善于发挥所长),动善时(动作善于把握时机)。夫唯不争,故无尤(罪过)。"

我记着曾为《老子》做过注释的三国名儒董遇的话:"读书百遍,而义自见。"朱子也曾说过:"读书别无法,只管看,便是法。正如呆人相似,崖来崖去,自己却未先要立意见。且虚心,只管看。看来看去,自然晓得。"这似乎是足够的笨拙,其实恰是最得益的方法。对老子这句话,经过字斟句酌,反复思考,结合作者的立论背景和自己的感悟、体验,进行理解、剖析,再对照时贤往哲的注析加以比较。

再就是,旁征博采,开阔思路。这个博采,包括老子在其他几处对于水的论述,孔、孟、庄、荀与文子以及古希腊哲人的论述,从其见解的异同中拓宽胸襟,扩展视野;再从河上公、葛玄、王弼、苏辙、薛蕙和朱谦之、张松如、陈鼓应、傅佩荣等近二十位古今学人的评析中,吸取精神养分,充实自己的认识。这里说个小例子:在解读"处众人之所恶"时,我特意查了《论语》中"子贡曰:'纣之不善,不如是之甚也。是以君子恶居下流,天下之恶皆归焉。'"这段话。一个是主动"处众人之所恶",一个是"恶居下流",观点尖锐对立,颇堪玩味。

最后,联系实际,得出结论,力求进行创造性的转化。老子的名言兼具德性与智慧的双重意蕴。作为德性,这种品格表现为别人争抢的他不争,利泽万物,施不望报;别人厌恶的他肯处,居卑处下,净涤群秽,忍辱负重,尽其所能以利万物。作为智慧,正如苏辙在评论中所指出的:"有善(做好事)而不免于人非者,以其争也";"水唯不争,故兼'七善'而无尤"。老子观物取象,以象寓意,通过赞美水的"利万物而不争"的德性与智慧,倡导一种高尚的人格与可贵的担当,在思想道德、精神文明建设上,给予后世以丰富的教益和深远的影响。

一部经典阅读史告诉我们,经典的蕴含是永无穷尽的,每一次阅读都是一种新的发现与开掘;每一次重读,都会有新的理解、新的认识、新的收获。这也正是经典的永恒魅力之所在。

比如《周易》,作为"群经之首、大道之源",堪称中国传统文化之瑰宝,数千年来,高踞于中华民族传统文化精神的源头,内蕴博大精深,既有天道规律、地道法则,也有人道原理。《吕氏春秋》说它"其大无外,其小无内"。《四库全书总目提要》概括为:"《易》道广大,无所不包,旁及天文、地理、乐律、兵法、韵学、算术,以逮方外之炉火,皆可援《易》以为说。"应该说,《周易》密切地联系着整个社会人生,只不过像《易传·系辞》中所讲的"百姓日用而不知"罢了。

《周易》不仅属于中国,也是属于世界的,不仅属于古代,也昭示着现代和未来,被誉为"科学皇冠上的明珠""解读宇宙人生密码的宝典"。冯友兰先生说,"《周易》是一部辩证的宇宙代数学"。黑格尔老人说,"《易经》代表了中国人的智慧"。瑞士哲学家荣格也说:"谈到世界人类唯一的智慧宝典,首推中国的《易经》。在科学方面,我们所得出的定律,常常是短命的,或被后来的事实所推翻,唯独中国的《易经》,亘古常新。"历代学者对于《周易》,考证、训诂、论辩,流派纷呈,总共留下了三千多部著作。数量之大,在古籍中大约可以拔头筹了。但直到今天,仍然是常读常新,"百叩百应",意义永无穷尽。

从《周易》中我们发现,远古先哲"推天道以明人事",通过静观默察,潜思体悟,从时空、天象的变化及其与人事生产生活之间的关系,发现规律性的现象与认识,从而形成了从整体上、宏观上把握事物的思维方式。有人说,读懂了《周易》,也就懂得了世路人生。而曾国藩讲得就更为有趣,他说:"各朝文人学者,没有不读《易》的,也没有不懂医的。医者,易也。医则调身,易则调神。"调神,意为提供精神食粮、生命养料,提升人们的精神境界。《易传》指出,先哲作《易》,旨在"以此洗心",因此,人称《周易》为"洗心经"。

那么,《周易》都有哪些基本理念、核心内涵,对于今天仍有伟大的现实意义和价值呢?通过反复解读,我认为至少有如下六个方面:

一是,揭示生生不已的生命意识。"生生之谓易",这是《周易·系辞》中的一个核心理念。"生生"也者,乃生命繁衍、孳育不绝之谓也。论者认为,"生生"二字,前面的"生"表示大化流行中的生命本体,后面的"生"为生命本体的本能、功用与趋向。功能与趋向不能脱离生命本体,而本体若是剔除功能与趋向,亦无生命可言,二者相辅相成,深刻地揭示了生命的本质。当代学者牟宗三说:"中国哲学,从它那个通孔所发展出来的主要课题是生命,就是我们所说的生命的学问。"而《周易》一书,应该说是道地的生命之学。

二是,展现宇宙万象发展、变易的内在规律。变易,可说是《周易》的灵魂。宋代理学家程颐指出:"易,变易也,随时变易以从道也。"现代学者章太炎也说:"变易之义,最为《易》之确诂。"与上述的生命意识相对应,作为发展、变易之学,《周易》所揭示的乃是关于生机的奥秘。自身的矛盾运动,决定了事物的发展、变易。变易为生命与生态系统提供了发展的基础和可能。"逝者如斯夫,不舍昼夜。"大化流行,肇源于万古如斯、渊源不竭的变易。

三是,坚持以天人合德为旨归的生态伦理观念。《周易》是以天人合德为旨归的生存之学。生命的实现,有赖于生存;而生存的本质,或曰根本属性,是达致天道与人道、天文与人文的天人合德,和谐统一。作为最古老的阐发人与自然、社会关系,察万物之情、究天人之际的《周易》一书,充分显现出视整个宇宙为一完整的生命系统,视人与自然为一整体的生态伦理思想,而把天人合德看成是最高境界。这一生态伦理思想,正确地表达了人与自然、人与社会的关系,是中国哲学对于世界的重大贡献。

《周易》中把整个宇宙分为天、地、人三个同元同构、相互感应的组成部分,"天生之,地养之,人成之"(汉代大儒董仲舒语),说的正是天、地、人"三才之道"。人与万物具有统一性,天地因人的存在而有意义,它们之间有着内在的默契,"与天地合其德,与日月合其明,与四时合其序,与鬼神合其吉凶"(《周易·乾·文言》)。如果我们把一部《周易》比作一座美轮美奂的摩天大厦,那么,天人合德、和谐统一,便是这座大厦的顶梁柱与奠基石。

四是,强调居安思危的忧患意识。建立在变易思想基础上的忧患意识,在中国古代典籍中最早见于《周易》。"作《易》者,其有忧患乎!"(《周易·系辞》)一言摄要,统括全局。这里讲的危亡、忧患,应该是广义的;远古先哲富有预见性,既有由于天敌肆虐、洪水泛滥的自然灾患所产生的"人天之忧",更有社会、人生、心灵方面的忧患,表现出深深的惕惧与挂虑。而其哲学基础,则是"泰极而否""盛极而衰""物极必反"的变易思想,充分体现了中华民族的生存智慧。由于远古先哲抱有尊天道,重人谋,诉求于内心的内省式的心性特征,因而其卜筮、占卦,往往建立在深而且广的忧患意识之上。从这个意义上说,忧患意识乃是远古先哲作《易》的原始动机。正是凭借着这种居安思危的忧患意识和朝乾夕惕的进取精神,才使得这个伟大而多灾多难的民族,能够在数千年间始终生生不息、巍然屹立,并不断地发展进步,创造了举世无双的人间奇迹。

中华民族古代哲人的忧患意识,直接导因则是对于客观规律和时势分析的准确判断。《周易·系辞》中明确指出:"《易》之兴也,其当殷之末世、周之盛德邪?当文王与纣之事邪?是故其辞危。危者使平,易者使倾。其道甚大,百物不废。惧以终始,其要无咎。此之谓《易》之道也。"危惧始得平安,而慢易则必致倾覆,所以,必须惧以终始。这样,就有望防止祸患的产生,出现了也能从容应对。

五是,倡导自强不息的奋发进取精神。自然现象与社会生活中的忧患,是客观存在的,不以人的意志为转移。忧患具有两面性,关键在于如何去应对它。宋人诗中有"一生忧患损天真"(欧阳修)、"少年忧患伤豪气"(王安石)、"忧患侵凌志气衰"(陆游)之句,说的都是人们面临忧患丛生的环境与际遇,身心会受到极大伤害。这一点不容否认。《周易·系辞》中也说了:"既辱且危,死其将至。"所以,面对忧患必须惊觉、警醒,这样就有望化危为机、否极泰来,所谓"置之死地而后生"。"殷忧启圣,多难兴邦"之古训,所揭示的正是这个道理。大前提是具有清醒的危机意识,进而激发自强不息、昂扬奋发的积极进取精神。

《乾》卦《九三》爻辞曰:"君子终日乾乾;夕惕若,厉,无咎。"说的是君子终日不懈、自强不息,即使到了晚上也抱有警惕之心、不敢松懈。这样,即便遭遇险情,也可安然无恙。因此,其《象》辞曰:"天行健,君子以自强不息。"孔颖达在《周易正义》中释为:"天行健,此谓天之自然现象。君子以自强不息,此以人事法天所行,言君子之人用此卦象,自强勉力,不有止息。"天道的本质特征是健,健是运行不息的意思——四时交替,昼夜更迭,岁岁年年,无休无止。君子应效法天道之健,自立自强,奋发进取。《恒》卦卦辞曰:"恒,亨。无咎。"恒,久也。像自然的恒常不变,人的壮心也迄无止息。亨,意为亨通顺利,没有灾患。这里强调的是守恒道,树恒心。《彖》辞曰:"天地之道,恒久而不已也。利有攸往,终则有始也。日月得天而能久照,四时变化而能久成,圣人久于其道而天下化成。观其所恒,而天地万物之情可见矣。"利有攸往,说的是利于出行,有所作为。

六是,阐扬唯变所适、革故鼎新的创新理念。中华民族是一个富有创新精神的民族,早在三千五百年前,商朝的开国君主成汤就把"苟日新,日日新,又日新"这九字箴言刻在沐浴之盘上,用以警戒惕厉自己。而这种创新求变的观念,又与产生于更早年代的阴阳八卦的意象恰相吻合。接下来,始编于殷周之际,作为上古巫文化遗存,由卦象、卦辞、爻辞组成的《易经》,特别是战国中后期产物、汇集解《易》作品的《易传》,更是进一步阐扬了这一理念。

创新的实质,是除旧布新,革故鼎新。《说文》释"创":"伤也,从刃。""创"的原意是损伤。所以,我觉得,海尔集团总裁张瑞敏讲的"创新是对已有成功的积极破坏"很有道理。学者指出,《周易》中的创新图变精神体现在生生不已的创化、创造的流变之中。创新化育,不是单纯的量的叠加,而是通过除旧布新,实现新质的生成。《革》《鼎》二卦,充分体现了新陈代谢、革故鼎新的基本理念。其根本目的,是要永葆进升态势、勃勃生机。当代哲学家方东美指出:"创新资源正是其原始的'始',像一个能源大宝库,蕴藏有无限的动能,永不枯竭;一切创新在面临挫折困境时,就会重振大'道',以滋润焦枯,因此,创新永远有新使命。纵然是艰难的使命,但永远有充分的生机在期待我们,激发我们发扬创造精神,创新的意义因此越来越扩大,创新的价值,也就在这创造流程中,越来越增进了。"

第四节
文脉传薪

为使优秀传统文化真正活在当代人的观念里与生活实践中,充分释放正能量,实现有活力、显实效的传承,而不仅仅封存于典籍中、书斋里,只是一些专家学者的研究对象,我们的当务之急,是必须在实现传统文化的创造性转化和创新性发展方面多下功夫。

根据我的理解,创造性转化,主要是立足于中华传统文化本身而做出的努力,本体是中华传统文化,目标是转化,要求是创造性;而创新性发展则是以中华传统文化为依托,从传统文化中汲取思想养料,在现实条件下致力于文化提升和思想超越,让传统文化中的充沛价值理念助推社会主义核心价值观的培育。以创造性为特征,就不是简单地搬运、移植,而必须具有新蕴含、新样式、新观照。这样,写出的作品就应一头连接着传统文化,一头进入新文化体系之中,使传统文化中的厚重精神资源支撑现代化各项事业的发展,凝聚中华儿女,共襄伟大复兴"中国梦"的宏图伟业。

遵循这个思路,《国粹:人文传承书》(北京大学出版社 2017 年版)以"人文命脉""生命符号""文明大地""生活智慧"四大板

>>> 2017年,在《国粹:人文传承书》出版仪式上,王充闾做讲座。

块,展现中华传统精神风貌,聚焦五千年文化史,在关注民族生存与发展的意义上,烛照精神生态,弘扬优秀传统,体现大文化的观念,既侧重于意识、精神、观念形态,又兼顾人文地理、生活哲学。书中按照传统文化与现代化对接的要求,以创新性发展为旨归,通盘观照,整体研究,在对传统文化全面比较、分析、鉴别的基础之上,标举出适应现实要求的新思想、新养分、新元素。付梓后,即获得广泛好评,被评为2017年"中国好书"。

评论家古耜指出:"《国粹:人文传承书》是诗意盎然、情采飞扬的一部文化史、传统史,更是深思熟虑、自成一家的心灵史、精神史。它所传递的不单单是文学家的历史意识,同时还有在广度与深度的结合上把握传统文化,以文学为主视角的文化史建构,以《左传》《史记》为开端的"文史合一"的写作方式。这也是《国粹》值得重视和珍视的重要理由";它"从精读元典、洞悉上游、夯实基础入手,展现一种溯源而上、由源及流的意识与能力";"贯穿和浸透于字里行间的属于作家特有的历史意识、文化情怀、人格理想、审美趣味、价值判断,它们无形中完成了有关中国传统文化的别一种描述与解读,突显了作家历史和文化回望的个体风范,其文心所寄,很值得认真揣摩和仔细回味"。

文学评论家孟繁华在《光明日报》撰文《传统文化与当代性》,其中写道:

> 在当代作家中就国学修养而言,可以说,很难有人可以和王充闾比较。他不仅是位学问家,更重要的是他对"国粹"的理解和阐发。所谓"人文传承",就是在这种理解和阐

发中实现的。这是对文化传统的延展,是继承,更是激活,是"文化自觉",更是一个知识分子的文化担当。

费孝通先生认为,所谓文化自觉,是指生活在一定文化历史圈子的人对其文化有自知之明,并对其发展历程和未来有充分的认识。换言之,是文化的自我觉醒、自我反省、自我创建。王充闾的文化自觉,首先在于他读史的方法。他认为,读史,主要是读人,而读人重在通心;读史通心,才有可能"进入历史传统深处,直抵古人心源,进行生命与生命的对话"。而"历史传统是精神的活动,精神活动永远是当下的,绝不是死掉了的过去"。其次是他强调感同身受,理解前人。他援引法国年鉴学派史学家马克·布洛赫的话说:"理解历史才是历史研究的指路明灯。"再次是不仅读人通心,而且要对"作史者进行体察,注意研索其作史心迹,探其隐衷,察其原委",等等。王充闾面对文化传统的这种自觉,是他能够同"国粹"对话、写出篇幅浩瀚的历史文化大散文的前提与秘诀。

作为中华民族的文化史、传统史、心灵史,祖先崇拜、生命符号、思想文化、人文地理以及生活哲学等,同样也是历史学家、思想史家所要处理的对象;那么,《国粹:人文传承书》又有什么突出的价值呢?它的不同凡响,就在于作者独具特色的言说方式,也就是鲜明的文学性、艺术的超越性。他的笔下有历史,有中国哲学智慧,同时也更具文学性。他谈论的是历史上的人与事,但常常枝蔓开去,或联想、或抒情、或状物,天上人间,信马由缰。既撒得开也收得拢,既鲜活又形象,他深得中国传统文章神韵和做法。他的文字用"庾信文章老更成"形容,是再贴切不过了。

  读充闾先生的文章,也进一步明白了什么是文如其人。充闾先生为人温文尔雅、潇洒从容,他的修养,我辈是无论如何也难以做到的,望其项背也难。他的文章给人的感受,也不是大开大阖、醍醐灌顶,而是如涓涓细流、沁人心脾。我们在他娓娓道来中润物无声地受到感染和滋养;他的知识储备、讲述方式以及对历史的理解、同情与会心,都给了我们通透、明了的启发。他书写日常生活的片段感受,抒写清风绿水的恬淡情怀,他的文字里有仙风道骨,也有人间冷暖,但他更沉迷的,似乎还是几千年来的华夏本土文化历史,这些文字里有一个民族的精神血脉,有人文世界的日月星辰和江山万里。

说到本书的文学特点,当代学者王向峰指出:《国粹:人文传承书》,荟萃了古典文化的丰富内容,更兼有艺术审美的生动笔法,文辞高雅,饱含诗意,尤其是对于今人比较生疏的一些古代文化问题,能深入浅出地加以化解,让人读来不觉隔生,且能得到有益有趣的艺术享受。

王教授指出,令人叹服的是,书名"国粹",可是作者并没有从国粹的一般范畴入手去展布知识格局,不是从概念出发,做定义阐释、逻辑演绎,而是运用散文笔法,钩沉蕴含国粹文化的诸般命题,以事为经,以情为纬,独辟蹊径地写出了中国传统的人文情怀、文化观念、价值选择、心灵空间和统摄诸多国粹文化范畴的精神脉络;通过一篇篇美文,侃侃而谈那些华夏文化的元话语,生动形象地讲述中国所特有的"科举""和亲""隐士""诗词""楹联""姓氏""丝绸之路""徽文化""竹林七贤"、贺兰山岩画、江南小镇等文化根脉与生命符号。我们既可以把它作为历史著作来读,也可以将其作为饱含哲学智慧的文学作品来读。此其一;

其二,按照马克思在《1848年经济学—哲学手稿》中所提出的"人化的自然界"和"人同自然界的关系直接就是人同人之间的关系",书中有专章写了人文地理、人化自然。可是,作者的着眼点却在于通过山川风物表现哲思、史眼、世态、人情。比如,他写江南名镇周庄、同里,把江南名菜"莼菜脍鲈羹"与名园退思园作为切入点,来写西晋名士张翰和晚清官员任兰生,最后落脚在中国文人的出处、仕隐、进退之类的人生道路抉择上。

其三,作者惯于采用时空交错、散点透视方法。时间是历史,空间是存在,空间未变,时间在变,时间变了,空间的文化与审美存在也在变化。这种纵横交错的联想、想象,使同一景观发生了奇妙的变化。与此相关联的还有生活观念与思想观念的处置技巧,二者经常搅和在一起;不同的是,思想观念不断流动,迅速更新,而生活观念常以民俗民风形式沉淀下来,相对稳定。这些都是以艺术手法表现传统文化时需要把握的课题。

说过了《国粹:人文传承书》,再谈谈《文脉:我们的心灵史》。这两部书,与《逍遥游:庄子全传》一起,构成了"王充闾人文三部曲"。《文脉:我们的心灵史》四十多篇散文自成一体,沿着中华文脉这条线索,分作基因、自觉、大气、平淡四大部分,跨度达三千余年。从《周易》《诗经》、孔、孟、老、庄,一直写到曹雪芹《红楼梦》,落笔在"长夜的先行者"。

关于孔子这位伟大的思想家、哲学家、教育家,中华文化思想的集大成者,可说的话很多,我觉得,首要的应该是复原他的本来面目。长期以来,出于政治需要,他老人家被"种种权势者用白粉给他来化妆"(鲁迅先生语),时而被捧杀,时而被棒杀,时而是圣人,时而是罪人;时而是王者师,时而是刽子手,成了最可怜的悲剧人物。所以,有必要为读者托出一个真实而可信的形象。我在《万古师表》一篇中,做出如下表述:他是人,不是神,更不是魔;他的德业辉煌、伟大,同时又是一位情感丰富、近人情、讲人性,很有人格魅力的长者。

现代作家林语堂说过:"事实上,在孔子的所言所行上有好多趣事呢。孔子过的日子里,那充实的欢乐,完全是合乎人性,合乎人的感情,完全充满艺术的高雅。因为,孔子具有深厚的情感,锐敏的感性,高度的优美。"这一说法是建立在事实基础之上的,《论语》中都有翔实的记述:

——孔子认为,依礼尽孝,乃是仁德的自我实现,是建立各种美德的起点。在一般人看来,孝父母,最基本的是奉养,保证父母的吃和穿。可是,孔子却觉得这个标准太低了。在回答弟子子游问孝时,他说:"今之孝者,是谓能养。至于犬马,皆能有养,不敬,何以别乎?"在回答子夏问孝时,他又进一步指出:"色难。有事弟子服其劳,有酒食先生馔,曾是以为孝乎?"

>>> 对于孔子这位中华文化的集大成者,王充闾觉得,首要的应该是复原他的本来面目。图为他访问匈牙利布达佩斯孔子学院。

前者强调一个"敬"字。如果只是养活父母、保证温饱,而对父母缺乏敬重之心,那同饲养犬马又有什么区别?后者强调,要从心里热爱父母,体贴入微,时刻做到和颜悦色,从来不给"小脸子"看。相由心生。《礼记》中说:"孝子之有深爱者,必有和气;有和气者,必有愉色;有愉色者,必有婉容。"孔子也认为,子于父母,能够一贯和颜悦色,原非易事,所以才说"色难"。但这又是最关紧要的。

——礼,是孔子思想中的重要内容,孔子希望能建立一个理想的礼治社会,提倡"克己复礼"。但孔子讲礼,能够从实际出发,并不像后世理学家那样,拘泥固执。古时行成人礼,要戴麻冕。按照传统规定,这种冠冕,要用两千四百缕经线,绩麻做成礼帽;而麻质较粗,要能织得特别细密,极为费工费力。为了省时省工,人们都喜欢用丝料来代替。对于这么改良,孔子予以肯定,说:"俭,吾从众。"

——互乡这地方的人,难于交谈,招人厌弃。那里几个年轻人却得到了孔子的接见。弟子们有些不理解。孔子说:"我们赞成他们的进步,不赞成他们退步。既然如此,那又何必做得太过分呢?不要死记着人家过去的不是。"

——弟子颜渊死了,孔子哭得极其悲痛。甚至连从者都说:"您悲痛过度了!"为此,林语堂说:"孔子一多情人也,有笑、有怒、有喜、有憎、好乐、好歌,甚至好哭,皆是一位活灵活现之人的表记。"孔子身边的弟子们,也都赞扬他:"温而厉,威而不猛,恭而安。"

上面这些记述,反映出孔老夫子是讲究人性,与人为善,善于体贴人情的。

再来看孔子的志趣,孔子的为人。他说:"幼年时不能勤奋地学习,年老了又没有知识可以传授别人,我认为是可耻的。离开故乡,事君,而身居高位,猝然与过去的老朋友相遇,却没有谈叙旧谊,我认为是可鄙的。与品质恶劣的小人相处在一起,我认为是可怕的。"孔子在另一场合,也曾引证《诗经》"忧心忡忡,愠于群小"之句,认为小人成群结党,是最令人担忧的。

孔子有一颗平常心,一副真性情。他的兴趣、爱好广泛,尤其对欣赏音乐甚为痴迷。《史记·孔子世家》记载:"《诗经》三百五篇,孔子皆弦歌之,以求合《韶》《武》《雅》《颂》之音。"即便是在奔走道途、席不暇暖的行色倥偬中,他也不放弃这种审美追求。那次在齐国欣赏《韶》乐,他沉浸于酣然忘我的审美境界,竟然吃肉不知其味。他同别人在一起唱歌,听到有谁唱得好,一定要请他再唱一遍,然后自己与之应和。

孔子到武城去,一进城门,弦歌之声就不绝于耳,孔子高兴极了,脸上现出喜悦的神色。于是,对在这里担任县宰的弟子子游开起了玩笑,说:"杀鸡焉用牛刀?"意思是说他小题大做。而子游是个十分较真的人,他没理解老师的兴奋心情,以为是批评他搞"形式主义",当即用老师平时的教导来予以反驳。孔子也觉得自己一时高兴说走了嘴,于是,向同来的弟子们说:"子游是正确无误的。我刚才那句话,不过是同他开个玩笑。"

你看,孔子就这么饶有风趣!绝非整天板着面孔,道貌岸然,架子十足。

一次,孔子同子路、冉有、公西华等四个弟子一起出游。他说:"我的年纪比你们大一些,你们不要因此而感到拘束,不敢说心里话。你们平时老说:'没有人了解我啊!'那么,如果有人了解你们,给你们提供了施展才能的机会,你们将怎么办呢?"

老师的话亲切、体贴,场面也非常宽松、随便。当其他弟子在老师面前"各言尔志"的时候,曾点却一直神情专注地弹瑟,直到老师发问:"点,尔何如?"他才"铿"的一声把瑟放下,然后站了起来,答道:"莫(暮)春者,春服既成,冠者五六人,童子六七人,浴乎沂,风乎舞雩,咏而归。"曾点没有像其他三位那样,陈述治国安邦、礼乐、宗庙之类的大事,而是谈他对闲适自在、充满情趣的生活的向往。他说,暮春三月,穿上春天的服装,陪同五六个成年人,带上六七个儿童,在沂水河中戏水沐浴,到舞雩台上吹吹风,然后唱着歌,一路走回家。

孔子听后,慨然地说:"我赞同曾点的想法啊!"

周游列国至郑国时,孔子与弟子们走散了,他便自己在城东门等候。当子贡四出寻找老师时,有一位郑人告诉他:"东门有个人,其额头像唐尧,脖子像皋陶,肩膀像子产,可是,从腰部以下,比大禹短了三寸。疲惫不堪的样子,像一只丧家狗。"按照这个指点,子贡很快就找到了老师,并将郑人的原话向他复述一遍。孔子听了,高兴地笑说:"形状像谁像谁,那倒未必;而说我似'丧家狗',很对呀! 很对呀!"既诚恳,又有趣,颇富幽默感。

同样是遵循创造性转化、创新性发展的原则,为了弘扬优秀传统文化,我还对上起先秦、下及近代的有代表性的哲理诗进行了赏评、剖析,每诗一文,写成近五百篇随笔,依托哲理诗的古树,绽放审美益智的新花,创辟一方崭新的天地。名曰《诗外文章》,已由人民文学出版社刊行。

借助诗文同体的优势,散文从诗歌那里领受到智慧之光,较之一般文化随笔,在知识性判断之上,平添了哲思理趣,渗透进人生感悟,蕴含着警策的醒世恒言;而历代诗人的寓意于象,化哲思为引发兴会的形象符号,则表现为一种恰到好处的点拨,从而唤起诗性的精神觉醒;至于形象、想象、意象与比兴、移情、藻饰、用典的应用,则有助于创造特殊的审美意境,拓展情趣盎然的艺术空间。

与一般的散文写作不同,由于是诗文合璧的"连体婴儿",要同诗歌打交道,就须把握其富于暗示、言近旨远、意在言外的特点,既要领会诗中已经说的,还要研索诗中没有说的,既入乎诗内,又出乎诗外。而现代阐释学与传统接受美学,恰好为这种"诗外文章"提供了理论支撑,构建了鼓荡神思的张力场。这一理论认为,作品(比如哲理诗)的意蕴,不是由作者一次完成的,文本永远向着阅读开放,理解总是在进行中,这是一个不断充实、转换以至超越的过程;文学接受具有鲜明的再创造性,"作者用一致之思,读者各以其情而自得"(清初王船山语);"作者之用心未必然,而读者之用心何必不然"(晚清谭献语)。

我体会到,这类文章的写作,应会通古今、连接心物,着意于哲学底蕴与精神旨趣,既依靠学术功力、知识积累,又要借助于

>>> 通过"王充闾人文三部曲"——《国粹》《文脉》《逍遥游》和《诗外文章》(上、中、下)的写作,在弘扬中华优秀传统文化,践行创造性转化、创新性发展过程中,王充闾有许多体会,也有具体做法。图为他在书房里沉静运思,精心研读。

人生阅历与生命体验,需要以自己的心灵同时撞击古代诗人和今日读者的心灵,在感知、兴会、体悟、自得方面下功夫,这才有望进入渊然而深的灵境。在这里,"哲学已经不再是为了认识而注视着外部世界;它作为一个登上舞台的人物","走出阿门塞斯的阴影王国,转而面向那存在于理论精神之外的世俗的现实"(马克思语)。要之,无论其为理性思维的探赜发微,还是诗性感应的领悟体认,反映到陶钧文思的过程中,都是一种消耗性的心神鏖战。

面对数百个文学、哲学、美学、心理学的课题,从历史逻辑、理论逻辑、实践逻辑出发,同时经历着直觉的体悟与理性的接引,灵魂交替着经受痛苦与陶醉的洗礼。日夕寝馈其间,不要说"静里玄机"霎然勘破,心神顿时为之一快;即便是寻觅到一个崭新的视角,发掘出三两个有趣的话题,开启了意义的多种可能性,那种被激活、被照亮、被提升的感觉,也都是一种切理餍心的美的享受。

通过"王充闾人文三部曲"(《国粹》《文脉》《逍遥游》)和《诗外文章》(上、中、下)的写作,在弘扬中华优秀传统文化,践行创造性转化、创新性发展过程中,我有如下体会与做法:

——这类解读与写作,实际是参悟历史、叩问人生、认识自我,抵达历史深处,同已逝的古人进行生命对话。为此,我总是把古人的心灵世界看作是一种精神遗存,努力从中发掘出种种历史文化精神;在同古人进行心与心的交流中,着眼于以优秀民族传统这把精神之火烛照今人的灵魂;在对古人进行灵魂拷问的同时,也进行着对于今人的灵魂拷问,包括作家自己的灵魂,一起在历史文化精神中迎接考验、经受撞击,从而在历史和现实之间,架起一座沟通的桥梁,挺举起作家人格力量和批判精神的杠杆。

——历史是一个传承积累的过程,一个民族的现在与未来都是对历史的延伸。而文学,则是历史叙述的现实反应,在人们对于文化的指认中,真正发生作用的是对事物的当下认知。写作中,我特别注重现实的针对性,努力做到以新见解、新发现、真性情、现实感灌注于史料解读之中。

——力求思、诗、史的结合,以史事为依托,从诗性中寻觅激情的源流,在哲学层面上获取升华的阶梯。通过文史联姻,使文学的青春笑靥给冷峻、庄严的历史老人带来生机与美感、活力与激情;而阅尽沧桑的史眼,又使得文学倩女获取晨钟暮鼓般的启示,在美学价值之上平添一种巨大的心灵撞击力。

——在准确理解古籍的前提下,尽最大努力增强文章的可读性。我的取径是:采用散文形式、文学手法,交代事实原委,展现人物精神风貌,尽量设置一些张力场、信息源、冲击波,使其间不时地跃动着鲜活的形象、生动的趣事、引人遐思的叩问;为了增加情趣、吸引读者,广泛联想、征引故实,取譬设喻,坚持抽象与具象结合;遇有细节勾勒、形象刻画,都尽量做到出言有据,切戒信口开河。说理应是一种恰到好处的点醒,有时是抒情、叙事的必要调剂;这种"理"往往来自生活的感悟,带有个性色彩;立论采取开放、兼容态度,有时展列不同观点,择其善者而从之。